邹子轩 / 著

LU

路

江西高校出版社
JIANGXI UNIVERSITIES AND COLLEGES PRESS

图书在版编目（CIP）数据

路 / 邹子轩著. --南昌：江西高校出版社，2023. 3

ISBN 978-7-5762-3689-7

Ⅰ.①路… Ⅱ.①邹… Ⅲ.①长篇小说 – 中国 – 当代

Ⅳ.①I247.5

中国版本图书馆CIP数据核字（2023）第025413号

出 版 发 行	江西高校出版社
社　　　　址	江西省南昌市洪都北大道96号
总编室电话	（0791）88504319
销 售 电 话	（0791）88522516
网　　　　址	www.juacp.com
印　　　　刷	江西千叶彩印有限公司
销　　　　售	全国新华书店
开　　　　本	880mm × 1230mm　1/32
印　　　　张	12.25
字　　　　数	260千字
版　　　　次	2023年3月第1版 2023年3月第1次印刷
书　　　　号	ISBN 978-7-5762-3689-7
定　　　　价	85.00元

赣版权登字-07-2023-138

/ 序 /

"路"的指向
——读邹子轩长篇小说《路》

卢凌日

"文以载道"是中华文化的传统观念，也是一贯的文艺创作思想。邹子轩秉承着这一传统观念和创作思想，在《路》中走出自己的路。这是一条朝向光明的康庄之路，一条盛开鲜花让人赏心悦目之路，也是一条指向陌生生活区域而让人耳目一新之路。主人公张尚文正朝着这条路走过来。

张尚文，一个农村穷苦家庭的儿子，经过一段时间的攀爬，1977年恢复高考，凭借他的努力终于考上了一所农学院大专班。平心而论，考上的学校档次并不高，教育条件的悬殊，使他不可能与考上名牌大学的人同步竞争，但考上大学，已经是他平生的大幸了。在校三年，他争分夺秒，刻苦学习，成绩优异，连续三年被评为三好学生，大三时加入中国共产党，毕业后主动向学校申请到艰苦的地方工作。学校根据他的要求，分配他到一处远离家乡的山区农场。小说正是从他踏上火车去农场路上的那天开始。

小说的时代背景是二十世纪八九十年代。这个年代，改革开放大潮汹涌澎湃，置身偏远山区的农场也不例外。因为这方小天地同样是一个小社会，一样需要改革才有它的生存意义。茶山上的老茶树品种更新和茶厂的工艺改进，机械厂的适应市场转产和营销手段创新，教育质量的提高和激励机制的完善，文明建设与日常生活需求的矛盾，等等。而落后生产关系的制约，人心的向往与条件的限制，无一不充满着改革的时与势。大浪淘沙，有人勇立潮头，与时俱进，直挂云帆济沧海，如张尚文、杨刚等；有人死不悔改，终于身败名裂，落花无情终流逝，如王福、韩天明等；有人迷途知返，洗心革面，浪子回头金不换，如郑世豪、苏秋来等。社会虽小，倒也纷纭复杂，凭着作者对生活刻骨铭心的经历和感受，作品可感可触，真切动人。

主人公张尚文，是一个完美人格的化身。作为下级，他是领导的好帮手；作为上级，他是下属的好班长；作为家庭一员，他是妻子的好丈夫，是女儿的好父亲，是父母的好儿子；作为领导干部，他是群众的贴心人，是党的路线方针忠实的执行者。以传统价值观念评说，他有义的担当、仁的践行、忠的勇烈、智的无邪。应该指出，由于作者对张尚文完美无缺的塑造，使得他笔下这一艺术形象缺少多维度、多侧面的立体构建，人物形象则略显扁平而少了异彩奇光。可喜的是，由于这一艺术形象的可亲可敬，它有着很大的吸引力，让一股正能量直抵读者心间。

所谓艺术空间，有多方面的指向，而在小说作品中指的则是小说所反映生活的深度和广度。不难看出,《路》也存在它的不足,作者没有把生活的触角伸向更广阔的层面,多维度地去开拓,只是沿着一条机关工作的狭隘路径推进。也许有人认为我这个定位有失公允,小说不也写了深圳参观考察,不也写福建茶商的实地探访吗?但要知道,一种只是过渡性的文字,就像抽烟吹出来的烟雾是落不到实处的。不就是写农场发生的事吗?你还能苛求作者什么?是的,这是客观存在,但它不能作为局限作者发挥艺术创造的条件。在有着视通千里、笔拢万端的小说叙述功能中,作者完全可以跳出当下背景的局限,不但有着"坐地日行八千里,巡天遥看一千河"的广度,还有着"可上九天揽月,可下五洋捉鳖"的深度。《红楼梦》不也是写大观园中一群男女老少吗?然而,它拓宽出广阔的社会图景和生活层面,被誉为中国封建社会的百科全书。所以,这完全是依靠作者的宏观把握,依靠作者的深思熟虑来实现作品的价值。这一点对作者来说,是真的有点苛求了。

邹子轩从走出校门之后,当过几年基层干部,之后一直在机关工作。他一心扑在工作上,长期与文字打交道,写工作总结、会议讲话、调查报告。以艺术的笔触来表现生活,对他来说还是第一次。凭借他平时对文学作品的喜爱,凭借他对一段曾经铭心刻骨生活的表现冲动,他毅然在键盘上一字一字地敲出他想说的话,而且是三十多万字的小说。冲这一点,就该为他点赞。

《路》的可贵还在于作者始终秉持着一双敏锐的眼睛,努力去发现生活中的圣洁、人性中的光芒。郑世豪,因为私欲膨胀,导致身陷囹圄。监狱中,众叛亲离,张尚文不计前嫌,以德报怨，买香烟和生活用品去探望他。张尚文凭人格的魅力，使郑世豪决心努力改造，立功减刑，重新做人。后来他如愿以偿，成了富甲一方的商人，而且懂得回报社会，捐资助学，释出善的伟力。麦丽娜，爱情生活的不幸，使她禁不住张尚文魅力的吸引而不惜以身试火，有意设下圈套去勾引他。但在张尚文正气的感动下，幡然悔改，最后与郑世豪完满结合。总之，作者努力去发现生活中的真善美，以真善美来讴歌生活，讴歌人生。

《路》的作者试图闯出的一条新路，不尽成熟是可以理解的，但作者那种执着的追求，那股勤奋和毅力，我有理由期待，一条成熟的、精致的新《路》，将在作者的笔下再度诞生。

前　言

　　湛江市坡头区建区三十多年来，在历届区委区政府的正确领导下，文艺事业不断发展，文艺队伍不断壮大，创作水平不断提高，出现了一批有影响的作者、作品。特别是新一届区委区政府成立以来，区委区政府的主要领导认真贯彻落实习近平总书记在全国文艺工作座谈会上的讲话精神，加强了对文艺工作的领导，从人力、物力上大力支持文艺工作，使我区文艺创作出现了空前繁荣的景象，出了一大批较有质量的作品，在全市范围内产生了积极的影响，受到了上级领导和各界的好评。

　　为了展示我区文艺创作的成果，激励我区广大文艺工作者积极开展文艺创作，为人民提供更多更好的精神食粮，把我区建设成为一个文化强区，我们决定出版"湛江市坡头区文艺作品系列丛书"。

　　编辑出版"湛江市坡头区文艺作品系列丛书"是一项浩繁的工作，为了把这项工作做好，使"丛书"在我区社会发展和精神文明建设中真正发挥其应有作用，我们成立了专家组，认真把好入选丛书的作品质量关，同时认真做好出版计划，让更多的优秀作品尽快面世。也同时诚恳希望有关专家给予指导和帮助。

湛江市坡头区文学艺术界联合会

鲁迅先生曾经说过："其实地上本没有路，走的人多了，也便成了路。"路有千万条，走对了就前途光明，走错了就遗憾终身。

　　张尚文今年65岁，退休已有3年。退休后，他脑海里总是回想起当年那些经历，尤其是青壮年时期的工作、学习和生活。于是，他一一记录下来。

　　以下是张尚文走过的路。

01

　　凌晨5点，省城火车站熙熙攘攘，人头攒动。车站的候车大厅不停地播放着：前往湖南方向的旅客请上车，347次北上的列车马上就要出发了……

　　一位身穿白色衬衫、黑色西裤，脚穿塑料凉鞋，提着一个大行李袋的年轻人，匆匆忙忙地挤进人群，踏上347次列车的第9号车厢。

　　年轻人中等身材，白皙皮肤，理着平头，精神抖擞。他叫张尚文，在省城的一所农学院大专毕业，被分配到新生农场工作，今天去单位报到。

张尚文昨天下午已到了火车站，由于没有北上火车，便买了今天早上的火车票，然后到公用电话亭给农场人事科打了一个电话，又到车站托运处办理两大纸皮箱货物的托运，晚上在车站附近的旅店过了一夜。他担心误车，一夜无眠，凌晨4点起床，5点就来到候车室，6点坐上开往湖南长沙的普快列车，目的地是明德县火车站。

列车在大地上飞奔，铁路两旁的山头、树木、农舍、庄稼一闪而过。从车窗向远处望去，橘红色的太阳从山顶上冉冉升起，被白云遮住半边脸孔，喷薄而出的光线呈现出条条彩带，形成了五光十色的朝霞。轻薄如纱的晨雾，笼罩着宁静的村庄，徐徐飘起的炊烟，在彩霞的渲染下，朦胧而美妙，恰似一幅亮丽的风景画。

在第9号车厢里，张尚文就坐在车窗边的硬座上。他买了一份早餐，一边吃，一边欣赏窗外的风景。这时，已是早上7点钟，轻雾逐渐散去，太阳在窗外晃动。一群鸟儿向南飞去觅食；一只雄鹰展翅高空，向北翱翔……

车厢内吵吵嚷嚷，广播放着此时最流行的歌曲《在希望的田野上》，嘈杂的说话声和美妙的歌声交融在一起，恰似一曲独特的交响乐。

张尚文出生在岭南西部农村，从小过得很艰难。特殊的年代，从小学到初中，他都是在半农半读中度过的。高中阶段，由于基础差，学习一直跟不上。毕业后，他回乡当了3年农民。1977年恢复高考，他虽然努力复习，结果只考上一所省城的农学院读大专。在校3年，张尚文不敢懈怠，争分夺秒地学习，成绩十分优秀，还担任学校团干，连续3年被评为三好学生，并在大三时加入中国共产党。毕业后，他主动向学校申请，到艰苦的地方去工作。学校根据他的要求，分配他到新生农场。

张尚文出生在一个地地道道的农民家庭，祖祖辈辈都是老实巴交的农民。祖父一辈是文盲，斗大的字也不认识几个。父亲读过一年多私塾。他想，自己能够读上大学，尽管只是专科，也是托了共产党的福。国家培养了自己，毕业后要好好为国家服务。现在，他即将走上工作岗位，虽然山区的条件艰苦，但自己年轻力壮，什么困难都可以克服。想到这里，张尚文不禁心潮澎湃起来。

列车已进入山区。窗外移动着的群山，在阳光的照耀下，巍峨挺拔，气势雄伟，层林尽染，好一派秀丽的自然风光。"咔隆咔隆"的列车奔跑声，犹如催人前进的号角，令张尚文精神振奋。此时，他正在思考着未来的前途和命运，憧憬着自己的未来。

大约10点，火车已到明德县车站，接他的汽车早已在车站门口等候，来接他的是新生农场人事科刘科长。刘科长40岁左右，中等身材，性格开朗，对人热情。他是部队副团级干部转业，在场部人事科工作已有3年。昨天下午，人事科内勤告诉他，张尚文今天来场报到。火车到站了，刘科长举着接人的牌子，站在出站口。

张尚文提着沉重的行李走到出站口，见到牌子，赶紧上前打招呼："你好，我是张尚文。""你就是小张同志？一路辛苦了。我姓刘，是农场人事科长，车就在前面，我们走吧！"刘科长握着张尚文的手说。"刘科长，请稍等，我托运了两箱货物要去取。"张尚文说完就往托运处走去。刘科长跟着他，帮他将货物搬上车。这纸箱十分沉重，两人花了好大力气，才把两个纸箱搬上车。"这是什么？这么沉？"刘科长问。"我的精神食粮啊！"张尚文答。他在大学读书3年，唯一的物质财富就是这两箱书。离校前，他买了两个纸皮箱，将在校时所读的书，包括专业书和在书店购买的书，全部打包，准备带到单位。昨天他请了一辆三轮车，将这两箱书从学校拉到火车站托运处。

两人上了面包车，一路向场部奔去。汽车在崎岖的山区公路上行驶，时而爬坡，时而急转，司机不敢开得太快。年久失修的沥青路，坑坑洼洼，高低不平，张尚文随着汽车颠簸着，摆动着。

一路颠簸后，才到场部，已是11点多钟。在场部招待所安顿下来后，刘科长在饭堂打了两份饭。吃过午饭，刘科长说："小张，你在招待所歇歇，下午两点半到人事科办理报到手续。""好的，多谢刘科长。"张尚文说。

下午两点半，张尚文准时来到刘科长的办公室。刘科长对张尚文说："小张同志，我代表场党委欢迎你来我们农场工作。考虑到你的专业，场党委决定，安排你到生产科当生产干事，你有什么意见吗？"张尚文没作任何思考："没意见，服从组织安排。"刘科长听了很高兴："很好！年轻人好好干，生活上的问题找行政办马茂林副主任解决，我已经和他打过招呼了。""好的，多谢刘科长！"张尚文客气地说。

随后，刘科长带着张尚文来到生产科。刘科长向生产科的同志介绍张尚文后，又向张尚文逐一介绍生产科的同志："生产科共有5个人，其中科长1人、副科长2人、干事1人，还有内勤1人。科长陈汉华同志，今年52岁，当科长将近10年；副科长李廷同志30岁，分管农业这一块；另一位副科长名叫王重山，也是30多岁，分管工矿这一块；生产干事小温同志，今年27岁，到生产科工作已有3年，是林业技术员；内勤陈莹同志，今年23岁，在生产科工作也有2年了。生产科的同志都是知识分子，希望小张同志虚心向他们学习，积极工作，争取进步。"

刘科长介绍完，陈科长对张尚文说："小张啊！你是新时期的大学生，分配到条件这么艰苦的地方工作，你要有思想准备！""陈科长，请您放心。我想好了，我这辈子就在这里扎根，条件艰苦我不怕，请陈科长和各位前辈、同事今后多多关照。"张尚文不假思索地回答，并向大家敬了一个不大标准的见面礼。陈科长很高兴："好样的。今后就跟着我，当我的助手吧。""谢谢科长，有机会跟你们学习，十分荣幸。"张尚文谦逊地说。

刘科长走后，陈科长向张尚文介绍生产科的职责和农场的基本情况。他说："生产科的职责是负责制定全场生产计划，调整生产布局和产业结构，进行技术指导，掌握生产进度，调度生产物资，监督生产安全。全场生产包括农、林、牧、渔、工矿。有近1000名正式工人。"陈科长喝了一口茶，接着说，"小张，你的工作就是跟随我下农业队和工厂、矿场，了解生产情况，掌握生产进度，撰写情况汇报和工作总结。除了白天下基层，晚上还要加班写材料，工作比较辛苦，你有什么想法吗？"知道具体的工作安排，张尚文很高兴，这项工作正符合他的特长，便说："陈科长，我不怕辛苦，也不会令您失望的。"

第二天，陈科长带着张尚文，坐上一辆北京吉普小汽车，到各农业队和工矿区走一走,目的是让张尚文熟悉情况,适应环境。

在车上,陈科长向张尚文介绍新生农场的历史沿革。他说:"新生农场原名明德农场,始建于1951年。建场初期,建设者们办公和居住的都是棚屋,后来逐步建起办公楼、宿舍。1965年我来到这里时,农场主要是从事农业,开荒种茶,工业只有一家生产制造红茶设备的机械厂、两家制茶厂。1967年,岭南省在这里办'五七干校',1968年又办'知青场',成为'三位一体'的单位,之后逐步发展工矿业和商贸业。改革开放后,撤销'五七干校'和'知青场',其人、财、物全归农场,将'明德农场'改名为'新生农场',经过几代人的奋斗,30多年的发展,才有今天这个规模,成为全省最大的综合性农场。"

陈科长的介绍,使张尚文对农场的历史与现状有了初步的了解。他问:"这么长的历史,这么大型的农场,应该对国家做出很大贡献吧?"陈科长说:"这是肯定的。现在,已经改革开放,农场要发展经济和各项社会事业,以减轻国家的负担。所以说,你来得正是时候,可以大显身手,你说对吗?""对!对!"张尚文笑着说。

他们走了大半天,去了几个农业队和几间工厂。将近11点,他们准备进入采石场。采石场是农场采矿大队下属的一个中队,专门生产各种石料,供全场的水利和房屋等基建使用。采石场在一座大山的半山腰,通过爆破将岩石炸碎,由工人将碎石搬到山脚,然后粉碎成石子或制作成石块。

突然,山腰处响起一阵轰隆的爆破声,随即见到响声附近有一块几百公斤重的石头,沿着山坡滚落下来。陈科长见状,急忙叫司机赶快开车离开，但司机已下车抽烟。陈科长急得直冒冷汗，拼命大声喊："师傅快开车！快开车！"张尚文也看到了，被吓得不知所措。眼看那块巨石沿着山腰，直冲向停在路口的吉普车。这时，开车已来不及了。在这危急关头，张尚文二话不说，打开车门，拉着陈科长快速冲出小车拼命跑，司机见状也莫名其妙地跟着跑。不到5秒钟，当他们离开小车还不够10米时，巨石已撞到吉普车，只听"嘭"的一声巨响，吉普车顷刻翻倒在路边，车体严重变形，在场的人都被吓出一身冷汗。两名保卫人员见状赶快跑过来，其中一名保卫人员问："伤到人了吗？""没事，车上没有人。"陈科长说。"真幸运！"保卫人员说完，马上用对讲机向中队领导报告，请求中队派车送陈科长等人回去，并派人清理事故现场。

回到科里，陈科长对张尚文说："小张呀，如果今天没有你，我这条老命恐怕要归西了。""哪里，是科长命大，有后福啊！"张尚文笑着说。张尚文从来没遇到过这种情况，当时也被吓坏了，但他急中生智，根本顾不上多想，拉着科长就跑，或者说这就是人的本能反应吧。

这次意外事件，生产科的同事知道后都很吃惊，大家都庆幸陈科长运气好，说陈科长命大，也赞扬张尚文机智，唯有陈莹一声不吭。

陈莹是农场的干部子女，父亲是已离休的副场长，母亲是招待所的副所长。陈莹中专毕业后，被安排在生产科搞内勤。她今年23岁，未婚，肤色红润，长着一双水灵灵的大眼睛，笑起来脸上有两个浅浅的酒窝，非常俏丽迷人。但她个性倔强，脾气古怪。她在科里与大家相处得不是很融洽，而且比较散漫，工作有时丢三落四，生产科的同志对她颇有微词。

昨天，行政办发了一份会议通知，要求各科室负责人今天上午集中开会，传达上级有关会议精神。陈科长没有参加会议，一上班就带着张尚文下基层了。行政办主任打电话问原因，但无法联系到陈科长。下午，行政办主任找陈科长补课。行政办主任走后，陈科长问陈莹："小陈，这是怎么回事？"陈莹的脸色很难看，低声说："忘记通知你了。"张尚文听到后，笑着说："你太健忘了吧？""我昨天上午有点不舒服，去医院看病，下午回来就忘记了。"陈莹红着脸解释。

陈科长听了陈莹的解释，觉得不是什么大事，赶紧打圆场："算了吧，以后注意就是了。"张尚文不哼声，但内心却对陈莹的表现很不满，觉得她年纪轻轻，不应该出现这样的问题。科里的其他人也觉得很难理解。陈莹却认为自己的话滴水不漏，露出轻蔑的目光。

02

张尚文到生产科工作时间不长，但科长交办的任务，事事有回音，件件有着落。那些写计划、写请示、写汇报，有时给场部的《工作简报》写报道等工作，他都是在宿舍加班完成的。

今天，场里召开农业生产现场会，主要是解决如何提高茶青的质量问题。参加会议的有各农业大队的大队长、中队长。会议由生产科组织，分管农业的刘副场长主持。会议针对当前茶青质量下降，从而影响红茶加工质量，出口合格率低的问题，组织与会人员到第一大队三中队参观，学习三中队抓好茶叶采摘，保证茶青质量的经验。为了及时宣传会议精神，推广三中队的经验，会议结束后，张尚文加班赶写会议报道，向场部的《工作简报》投稿。第二天他又将会议情况写成书面材料，向场长汇报。

为了提高工作效率，及时完成任务，张尚文经常加班加点赶写材料，有时写到深夜两三点钟。稿件写完之后，他还要给领导审阅、签批，到打字室去打印、校对、装订，才算完成任务。陈科长很欣赏他的工作态度，特别赞扬他的积极性："小张，你的工作效率很高，辛苦了，多谢你为我们科做了这么多宣传工作。""陈科长过奖了，这是我应该做的。"张尚文笑着说。

由于需要打印、校对的材料比较多，张尚文与打字室联系比较密切。那时的办公设备比较落后，打字室使用的是两台铅粒打字机，只有一台旧式复印机，效率非常低。打出来的材料错漏很多，校对费时费力。

打字室有两个打字员，分别叫郝红梅和黎小英，都是农场的干部子女。郝红梅今年26岁，已婚，有一个3岁男孩。郝红梅成熟稳重，待人和气，但很少与人说话。黎小英23岁，未婚，长得娇小玲珑，性格直率，待人热情。因工作关系，张尚文经常接触打字员。特别是黎小英，经常和张尚文开玩笑，一来二往，两人熟络起来。在黎小英的眼里，张尚文身材高大，皮肤白皙，英俊潇洒，说话幽默，平易近人，心中对他有一种很特别的感觉。因此，每次见到张尚文，她都莫名其妙地心跳加速，脸色泛红。对此，尚文也有所察觉，只是藏在心底。

上午，张尚文拿一份生产科的年度工作总结去打印。黎小英正忙着，见到张尚文，突然有些紧张，红着脸问："大秀才又打印什么杰作啊？"张尚文笑答："杰作谈不上，一份工作总结，请明天帮我打印出来，行不行？""没问题，不过要请客啊！"黎小英开玩笑说。"可以啊，就不知黎小姐要怎么请？天上飞的、水上游的我可请不起！"张尚文说。"去县城酒店吃大餐！"郝红梅笑着插话。黎小英明白郝红梅在开玩笑，张尚文每月工资仅45元，去酒店吃大餐？异想天开！她认真地说："梅姐不要开玩笑了，大餐就免了，请喝咖啡吧！""好的，一言为定，定星期天晚上吧！不过明天一定要打印出来，要上报了。"张尚文说完就走出打字室。

离开打字室，张尚文心想，自己初来乍到，人生地不熟，特别是从农村到学校，接触的不是农民，就是学生，思想都很单纯。现在已步入社会，与各种人打交道，必须学会处理。尽管经济条件不好，但多与人交往接触，对自己的成长肯定有好处。他明知黎小英开玩笑，但还是爽快地答应她的要求。

张尚文来农场工作有好几个月了，一直没时间全面、认真地了解所在地的环境。今天，他稍有空闲，便走出办公大楼，在场部周围转了一圈，领略一下农场的自然风光。

新生农场地处明德县境内西北部，四周崇山峻岭，山上全是石灰岩。裸露的石头形状怪异，岩石之间生长着稀疏矮小的灌木，缓坡地段种上松树，山脚下全是茶园。张尚文在沿海平原长大，对山区的环境感到很新鲜。崇山峻岭的那种雄伟气魄，让他觉得自己很渺小。现在，他身处的是农场场部，这是农场的管理、指挥中心。这个中心，就在大山包围着的一块盆地上。

四层的办公大楼建于20世纪60年代，钢筋水泥结构，外墙批石米，已比较陈旧。干部、职工的宿舍都是两层旧楼，设施很不完善。职工饭堂和招待所离办公大楼不远，办公楼前面有一座礼堂。场部东面是著名的北江，紧靠招待所。江面有四五百米宽，波涛滚滚向东流。江中的运输船、打鱼船穿梭不停，十分繁忙。

张尚文沿着江岸一路走去，在北江下游岸边，距离场部2公里处，有一个小镇，镇上只有一条不长的小街。小街沿江而建，街上路面铺上青石板，长满了青苔。由于缺少规划，街道两边的建筑都是一两层的旧楼，有的还是平房，还有临时搭建的简易棚屋，而且参差不齐，但街道两边门市部的商品应有尽有，还有饭店、旅馆、咖啡厅、电影院等，虽然简陋，但配套比较齐全。

星期六上午，张尚文去买菜。周六、周日饭堂不开饭，单身汉只能买菜自己做。他来到农贸市场，市场里人来人往，好不热闹。附近农民带着自产的农产品，如鸡、鸭、鹅、鱼、肉、蛋、蔬菜、竹笋、蘑菇等，到市场交易。农场干部、职工随心所欲地选购自己的生活用品，十分方便。张尚文觉得，在这样的环境条件下工作和生活，虽然比不上大城市，但比农村好得多，因而很庆幸当初的选择。

星期天晚上，张尚文兑现承诺，请黎小英喝咖啡。8点多钟，他们来到小镇，街上灯火明亮，人来人往。逛街的，消遣的，散步的，三五成群，男男女女，老老少少，十分热闹。

张尚文和黎小英进入一间咖啡馆，找位置坐下后，点了两杯咖啡，一边喝一边谈人生、谈理想。张尚文第一次与女孩子单独接触，有些拘谨，不知说些什么好。黎小英虽然年轻，但见世面比较多，成熟比较早。她主动问："张干事，农场的条件这么艰苦，你为什么来这里工作呢？""服从国家分配啊！我是农村出来的，这里的条件比农村好多了，再说，越是艰苦的地方越能锻炼人，你说对吗？"张尚文如实地回答。农场是国家事业单位，农村与其根本就没有可比性。此时的大学毕业生，以服从国家分配为基本原则，当然这也是觉悟高的表现，张尚文说的是大实话。

"家里都有什么人呢？他们都放心你来这里工作吗？"黎小英继续问。"我家共有四口人，我爸今年54岁，身体还好，我妈50岁，身体较差。一个妹妹，初中毕业后在家帮助爸妈务农。爷爷奶奶已去世了。爸妈对我来这里工作，都很放心，可我有点不放心他们。"张尚文毫不隐瞒地回答。"是啊！你爸妈的年龄越来越大了，你妈妈的身体又不太好，妹妹始终要出嫁的，确实令人担心。你今年已有二十六七了吧？不打算成家吗？在老家找呢，还是在这里找？"黎小英知道张尚文的家庭情况后，有些忧虑，也有些感触，试探地问。"上个月，我妈请人帮介绍一名女孩，说是区卫生院的一名护士，我们通过一次信，也打过几次电话，觉得话不投机，我便拒绝了。我参加工作的时间不长，没有经济基础，不想急于成家。当然，如果有合适的，也可先相处，条件成熟后再结婚。至于在哪里成家，顺其自然吧！你说呢？"张尚文好像竹筒倒黄豆，一口气说了这么多。末了，他问黎小英："你谈男朋友了吗？"

黎小英静静地听张尚文说话，边听边点头，并且若有所思。听到张尚文问她，她才反应过来，有点不好意思地说："你说的有道理，婚姻大事急不得。我爸妈也很担心我的婚姻问题，他们催得很紧，但我也觉得应该顺其自然，所以我目前还没有谈男朋友。"

这时，咖啡馆进来两个人，他们是行政办秘书郑世豪和生产科内勤陈莹。郑世豪是从省城下乡的知青，1969年到知青场时只有16岁。他在机械厂当了一年学徒，转正后又当了几年钳工。他通过自学打下一定的文化基础，1976年调机械厂办公室当文书。1981年，场部缺文秘干部，便调他到行政办工作，以工代干。他今年30岁，身高1米7左右，古铜色皮肤，性格比较孤僻。调到行政办之前，他已结婚，妻子也是从省城下乡的知青，同在机械厂工作，婚后育有一个男孩已3岁了。1979年妻子第一批回城。妻子回城后，由于长期两地分居，感情不和，两年前已离婚，孩子随前妻。已经单身两年的郑世豪，迫切想再婚。由于在行政办工作，又是搞文秘的，接触打字员比较多。他最初看上黎小英，但黎小英对他不感兴趣，他转而追求陈莹。陈莹认为自己是国家干部，长相又漂亮，觉得身价高，对郑世豪的追求根本不屑一顾。但是，郑世豪一点也不介意，而且下大本钱，经常约她喝茶、喝咖啡、看电影、逛街购物，她都是勉强应付。前段时间，陈莹忘记通知科长开会，就是郑世豪拉她去县城逛街所致。

见到两人进来，张尚文赶忙点头打招呼。陈莹见到张尚文和黎小英，有些不好意思，递个眼色给郑世豪，意欲离开。郑世豪没有在意，拉着陈莹找位置坐下，正好坐在张尚文的对面。张尚文没有理会他们，照样和黎小英有说有笑。但是黎小英却心存芥蒂，因为郑世豪曾经追求过她，多次要请她喝咖啡、看电影，她觉得郑世豪的为人不实在，对他没感觉，所以一直拒绝他。现在，郑世豪与陈莹在一起，黎小英觉得特别奇怪。她和陈莹都是干部子女，同在一所学校同一班级读书，大家都互相了解。以陈莹的性格，怎么可能看上郑世豪？一会儿，陈莹就拉着郑世豪，走出咖啡馆。

走到街上，郑世豪不解地问陈莹："这个男人你认识？""怎么不认识？他就是我们科新来的大学生，叫张尚文，农村出来的，我不想理他，想不到黎小英单独和他喝咖啡。"陈莹傲慢地说。"哦！原来如此，我听说过他，但没见过面。我也觉得奇怪，黎小英怎么会和他喝咖啡呢？"郑世豪沉默了一下，对陈莹说："不管他，我们去看电影吧？"陈莹应一声："随便。"两人就向电影院走去。来到电影院，电影已放了一半。放的是印度电影《流浪者》，虽然两人都不喜欢看，但是两人还是坐在最后一排，心不在焉地消磨时间。

陈莹和郑世豪离开咖啡馆，张尚文心里明白原因，黎小英也清楚怎么回事，但装作没看见，都不出声。9点多钟，两人也离开咖啡馆。时间尚早，他们一边走一边聊，慢慢地往场部走去。当走到街口时，突然听到有人大声呼喊："快来人啊！抢劫啦！"

张尚文赶忙向喊声处望去，见到不远处有一个全身穿黑衣服的男子，拎着一个女人的挂包，往江边方向跑去。一名中年妇女正在大声呼喊，一辆自行车倒在一旁，有几个人在观望。

见此，张尚文二话不说，撇下黎小英，拔腿就向黑衣男子追去，几个路人见状也拔腿跟着追。跑出街道，没有路灯，夜色朦胧。黑衣男子看似很年轻，但他毕竟做贼心虚，逃跑时跌跌撞撞，很快就被张尚文追上了。黑衣男子被追到江边，无路可逃。这时，他凶相毕露，从身上掏出一把10多厘米长、寒光闪闪的尖刀，对张尚文大喊："不要过来，再过来就捅了你！"张尚文毫无惧色："放下你的刀，乖乖跟我去投案自首。"张尚文理直气壮，步步逼近劫匪。劫匪心虚了，一边退一边歇斯底里地大喊："再过来我就不客气了！"张尚文一步跨去，用力抱住劫匪。劫匪拼命挣扎，狂乱地挥动手中的尖刀，企图挣脱逃跑。这时后面的群众也追上来了，劫匪还想脱身，他狗急跳墙，眼露凶光，举起尖刀对着张尚文的胸口直刺过来。张尚文侧身一闪，被劫匪刺中右臂，顿时鲜血喷涌而出，但他仍然不松手。群众将劫匪团团围住，劫匪见势不妙，跪地求饶："我把手袋还给她，你们放过我吧！""不行！必须跟我们去派出所投案。"张尚文斩钉截铁地说。

劫匪见到围上来的人越来越多，只好乖乖地被人们押去派出所。几个人马上帮张尚文止血，并将他送到卫生站救治。所幸的是，歹徒的尖刀刺得不深，没伤及筋骨。医生给他消毒，在伤口处缝了3针，然后敷药、包扎。

黎小英从来没经过这种场面。当张尚文只身追赶劫匪时，她也跟着跑，一边跑一边大声呼叫："抓贼啊！抓贼啊！"但心中害怕极了，非常担心张尚文遇到不测。她跑到现场时，人们已将劫匪擒获，并扭送去派出所。听说张尚文已被送去卫生站，她急忙向卫生站跑去，看到满身鲜血的张尚文，她内心十分紧张。当知道张尚文没伤及筋骨时，她吊起的心才放下来。黎小英走到张尚文身边，扶着他的肩头，关心地问："你没事吧？""没事，一点皮外伤，包扎一下就行了，我们回去吧。"张尚文生怕黎小英担心，淡淡地笑了笑，平静地说。

回到张尚文宿舍，黎小英赶紧帮张尚文换衣服，清洗血迹，一直忙到深夜12点，才回自己的住处。张尚文受伤后，生活不方便，黎小英主动帮他洗衣服，去饭堂打饭，直到痊愈。

事后，派出所经过审讯，得知劫匪是附近农村的一个惯偷，名叫赖三，现年23岁，平时游手好闲、好吃懒做、嗜赌成性。那天由于没有赌资，冒险出来碰运气，没想到栽在张尚文的手上。

派出所根据赖三的案底，查出他经常入屋盗窃、拦路抢劫，作案10多宗，获得赃款3万多元。公安机关提请检察院进行公诉，赖三被法院依法判处有期徒刑10年，为当地除了一害。

被抢劫妇女是农场的干部家属，他的家人专门制作一面锦旗，送到生产科，锦旗上写着"赠给：见义勇为好青年张尚文"。张尚文勇擒劫匪的事迹传开后，干部职工对他评价极高，县政府发出通报，表彰张尚文见义勇为。张尚文勇擒劫匪的事迹，在当地一时传为佳话。

再说，当天晚上，郑世豪和陈莹看完电影出来，在街上听到有人在议论："刚才有匪徒抢劫一名妇女的手袋，幸好被路人抓住了。听说第一个追劫匪的人是农场生产科的干部，叫张尚文，他还被匪徒刺了一刀，真危险！"郑世豪听到后，自言自语地说："这是怎么回事？他不是在喝咖啡吗？怎么又去抓劫匪了？"陈莹也说："不可能的。"郑世豪又哼一句："这是怎么回事？"第二天，当了解到真实情况后，郑世豪很不服气，心里酸溜溜的，在一些公众场合对别人说："张尚文的行为是个人英雄主义的体现，贪图虚名！"

⓪③

　　郑世豪当行政办秘书已经 3 年多了，在行政办主任吴华的领导下，按部就班，日子过得十分潇洒。

　　平时，他经常到吴华家里，吹牛、打牌、喝酒。吴华 58 岁，满头银发，见人笑容满面，整天烟不离手，而且酒量惊人，老白干一顿一斤不成问题。他因为文化低，所以一直上不去；又由于资格老，善交际，所以位子坐得稳稳的。他比较狡猾、手腕很硬，人称"老华（滑）头"。他喜欢贪点小便宜，也喜欢别人吹捧。前几年，为了从机械厂调到行政办，郑世豪虽然工资不高，但经常给他送烟酒，在他面前总不忘奉承几句，让他的心里乐开了花。

　　前两天，郑世豪听到消息，说是行政办最近要提拔一名副主任。今天晚上，他便带上一条"红双喜"、两瓶"老白干"，进了吴华的家。坐下后，他殷勤地向吴主任倒茶敬烟，嘘寒问暖。吴华应付几句就转入正题："小郑啊，我快退休了，培养接班人是当务之急。我已向场党委反映了，要提拔一名分管文秘的副主任，我退休后可以接班。"吴主任吸了一口烟，继续说，"现在看来，你是我心目中的第一人选，要努力啊！"

　　听了吴华这样说，郑世豪很高兴，说明消息很确切。他想，对这个副主任，我已盼望了多年，现在机会终于来了。于是，他毫不隐瞒地说："多谢主任！在您的领导下，这几年我干工作尽心尽力，希望主任多帮助、多提携啊！"

郑世豪在机械厂当了一年学徒，转正后当了3年钳工。通过自学，他的写作能力得到提升，被调到机械厂办公室当了4年文书。场部人事科在吴华的提议下，便将郑世豪调到行政办。到行政办后，他自称场部"一支笔"，自高自大起来。他跟随吴华几年，学到了吴华的为人和作风。他对人态度骄横，说话口气很冲，一般人都不放在眼里。吴华对这位得意门生特别信任，非常满意，有心提携，几次拍着胸脯说："放心吧！这副主任必定是你的。"

一个星期后，人事科按照党委的意图，进行定向考察，拟提拔一名行政办副主任。那时的干部考察和任命，很不规范，只有推荐干部这一程序。考察前，吴华已向行政办所有的人打了招呼。考察那天，人事科召开行政办全体干部座谈会，征求意见。吴华主动说："郑世豪同志有文化、有水平、有能力，工作积极，责任心强，作风正派，艰苦朴素。他在行政办工作的时间比较长，这个副主任非他莫属，我支持他、推荐他，请大家考虑。"吴华说完后，在场的干部大多数表态，赞成吴华的意见。

根据考察结果，党委研究决定，提拔郑世豪当行政办副主任，并在一星期后宣布。那时写材料的人手很缺。农场的行政工作总结、场长工作报告、向上级的工作汇报等大材料，都由郑世豪执笔，场领导对他很看重。当上副主任后，郑世豪更加飘飘然了。他觉得自己的水平最高，经常在办公室发表高论，或批评这个，或教训那个。他还开始拉山头、搞派别，排斥观点不同的同事和部下，使得行政办人人自危，大家对他都敬而远之。他不明原因，觉得奇怪，又自言自语地说："这是怎么回事？"

　　年末，又是一年一度写年终总结和职代会工作报告的时候了。一大早，郑世豪叼着香烟，哼着小调去上班。今天，他准备将各科室报来的年终总结看一看，找些素材写职代会工作报告。到了办公室，他冲上一杯茶，坐下来漫不经心地翻阅着材料。当看到生产科的总结时，他特别认真。一会儿，他放下材料，自言自语"这是怎么回事"，便拿起电话："喂！总机吗？请转生产科。"此时电话还没普及，单位内部电话靠总机转。电话接通了，那头回话："你好，我是生产科的陈莹，请问找谁？"接电话的是生产科内勤。"哦，小陈呀！昨天晚上睡得好吗？"郑世豪不忘对陈莹表示关心。

　　昨天晚上，郑世豪约陈莹喝咖啡。因为陈莹的工作表现问题，郑世豪轻描淡写地说她几句："小陈啊，有人说你工作态度不够认真，总是丢三落四，是真的吗？"陈莹不高兴了："丢三落四还不是因为你吗？"郑世豪本想提醒她，但她不接受，因此两人拌起嘴来，结果不欢而散。于是，陈莹在电话里没好气地说："不好，做了一个噩梦，梦见一条狼。"听陈莹这样说，郑世豪知道她还在生气，赶紧转移话题，问："陈科长在吗？""不在，下基层了，有事吗？""你们科今年的总结不是你写吗？""不是，有大秀才在，还用我写吗？张尚文写的，不行吗？""不行，写的东西我看不懂。"郑世豪傲慢地说。"不会吧？人家可是大学生哦！"陈莹明知郑世豪在玩心计，继续装糊涂。"大学生怎么啦？行不行我说了算。"郑世豪用生硬的语气说："请转告陈科长，生产科今年的总结要重写。"陈莹问："有这么严重吗？"她觉得有点过分了。"我不是开玩笑的。"郑世豪的口气特别硬。"明白了，一定转告。"陈莹说完放下电话，自言自语地说："你这个郑世豪也太自傲了吧，须知那山还比这山高，做人不要太自以为是。"

陈莹知道自己的水平，刚参加工作那年，因为她是内勤，科里没人肯写总结，于是她硬着头皮写了两年。她写的总结，陈科长虽然不太满意，但没有其他办法，只能将就报上去。郑世豪知道是陈莹写的，对陈科长说："你们科今年的总结写得很好呀！"陈汉华明白，这是郑世豪有意吹捧陈莹，只微笑着点了一下头。

张尚文分配来生产科后，陈莹向陈汉华建议："陈科长，今后写材料的任务就交给张尚文吧，他是大学生，肯定比我强。"陈科长也认为内勤很少下基层，不了解情况，写不好材料，便同意她的要求："行啊！他经常跟我下基层，了解情况，让他锻炼一下也好。"现在，陈莹听郑世豪这样说，担心今后写总结的任务又会落到自己的头上，于是在心中极不情愿地为张尚文打抱不平，她自言自语地说："怎么可能呢？张尚文写的总结要重写，我写的他却说写得好，真是令人费解！"

放下电话，郑世豪的心中在打鼓。其实，生产科今年的总结，是他在行政办当秘书以来，看过的最好的总结。文章条理清楚，内容简洁，结构合理，素材实用。他想，以自己的水平是绝对写不出来的。但是，按照他的性格，怎能让初生牛犊占上风？于是，他为刚才的电话感到很得意，情不自禁地哼起小调。

快到下班时间，陈汉华和张尚文下基层回来了，陈莹就把刚才的电话内容向陈科长汇报。陈莹还说了一句："我前两年写得那么差，都不用重写，真不明白他是什么意思。"陈汉华听了很纳闷，苦笑了一下，但不出声。张尚文觉得很正常，诡秘地笑了笑，离开生产科，直接去找郑世豪。

到了郑世豪的办公室门口，看到大门虚掩着，张尚文敲门进去，只见郑世豪双脚搁在办公桌上，正在吞云吐雾，整个办公室烟雾弥漫，呛得张尚文透不过气来。张尚文主动打招呼："郑副主任好！""是张干事啊！有事吗？坐吧。"见到张尚文进来，郑世豪赶紧放下双脚，毫无表情地说。"不坐了，听陈莹说，你要求我科的总结重写，我来找你，一是取回总结，二是请教一下，应该怎么修改。"张尚文谦逊地说。

听到张尚文这样说，郑世豪觉得应该在张尚文面前摆摆款，镇镇这小子。于是，他猛吸一口烟，然后用力灭了烟蒂，冷冰冰地说："是这样的，生产科今年的总结写得不规范，去年写的就很好嘛！你拿回去，参考去年的修改好再报，要抓紧，最好明天报来。""明白了，多谢郑副主任。"张尚文说完，拿了总结，离开郑世豪办公室。

回到科里，张尚文将情况向陈科长汇报，陈科长虽然不理解，但还是说："就按照他的意见办吧。"

张尚文听了陈科长这样表态，心想，可能陈科长不想得罪郑世豪这位大红人吧？不然怎么会这样表态呢！他只好说："好吧，请陈莹同志将去年的总结给我。""去年总结是我写的，写得不好，不用看了吧？"陈莹有些不好意思。"没关系，参考一下嘛！"张尚文拿到去年的总结，认真地看起来。

这时，大家都下班了，只有张尚文一个人在办公室。他看完后，认为去年的总结，结构较混乱，句子不通顺，语言不精练，事例不典型。如果参照这个总结去修改，根本无从入手，也没必要。张尚文十分明白，郑世豪在有意为难自己。他想，如果盲目地服从，今后有可能形成习惯，这样问题就复杂了。

下午上班，张尚文对陈汉华说："陈科长，我考虑过了，这份总结我不知道怎么修改，也没必要修改，明天再报上去，行吗？""我看可以，你决定吧。"陈科长表态。于是第二天，张尚文又原原本本地将总结报上去，并且不作任何解释。

"哼，这是怎么回事？"郑世豪看到后，自言自语地说，然后就丢在一边不管了。

不久，场部召开职工代表大会，听取场长在会上作工作报告。陈科长拿着工作报告，一边看一边听，但是报告通篇没有一个字提到生产科的工作，陈科长越看越生气。休会后，陈科长马上去找场长告状。

场长名叫杨刚，部队正师级干部转业，河南人，今年48岁。他个子不高，性格开朗，为人正直，作风正派，办事雷厉风行。陈科长将意见向他反映后，他立即找来行政办主任吴华问原因，吴华吞吞吐吐、支支吾吾，说不出个所以然来。

杨刚当了几年场长，十分了解生产科是农场的重要科室，对生产科的工作很清楚，也充分肯定。这次的工作报告，由于一时疏忽，出了问题，虽然自己有责任，但办公室领导和组织材料的同志显然没把好关。杨刚并没有责怪吴华和郑世豪，而是自我检讨"这是我的责任"，然后对吴主任说："叫郑世豪马上来我办公室。"吴主任即刻去找郑世豪。郑世豪听到场长要找他，不敢怠慢，急急忙忙去见场长。杨刚见到他，生气地问："怎么回事？今年的工作报告，生产科为何一字不提？"

场长这一问，在郑世豪意料之中。他心里明白，对生产科这次写的工作总结，自己确实存有私心，目的是给张尚文穿小鞋，但问题暴露了，总得找一个合理的说法。于是，他找了一个似乎牵强的理由："是这样的，生产科今年的总结，写得很不理想，我要求他们重写，他们不理会，我就丢在一边，最后忘记了，所以生产科的工作没写进去。""这就是你的理由？你不知道生产科这个部门对农场有多重要吗？你不用解释了，将生产科的总结拿给我。"杨刚场长不太相信郑世豪的解释，要亲眼看看生产科的总结，到底是不是写得不理想。

　　拿到生产科的总结，杨刚看得很认真，看完后眼睛一亮，觉得总结写得很有水平，这样的总结为何要重写？杨刚马上拿起电话，打给生产科长陈汉华："陈科长吗？你们科今年的总结是谁写的？""是我们科张尚文干事写的。"陈汉华回答。杨刚听了后，心想，你郑世豪分明是妒忌别人、打压别人嘛！张尚文是难得的人才，应该放到更加重要的岗位上。

　　张尚文虽然学的不是中文专业，但对写作特别感兴趣。从读初中开始，他的作文就经常被语文老师在课堂上当范文念。他课余时间大多在看文学作品和时事新闻，所以文字基础比较扎实。读大学时，他除努力学习专业知识外，还积极参加学校的文娱活动，是学校"文化沙龙"的积极分子。参加工作后，他通过虚心学习，多写多练，进步很快。

　　一个月后，张尚文被调到行政办当秘书。杨刚场长指定，今后所有大材料都由张尚文执笔。郑世豪被调整分管后勤工作，原来分管后勤的马副主任调总工会当副主席。

　　郑世豪本想玩弄权术，打压一下张尚文，殊不知聪明反被聪明误，因此对张尚文更是怀恨在心。

满打满算，张尚文来农场工作还不到2年。在这1年零8个月的时间里，他跟着科长陈汉华，较为了解全场的生产情况，还学到了很多东西，更锻炼了自己的工作能力。他想，领导信任自己，调整了自己的工作岗位，今后的责任更大了。因此，张尚文工作更积极、更主动，任务紧时加班加点，按时按质完成，经常受到领导的肯定和表扬。

郑世豪被调整工作后，念念不忘报复张尚文。他抓不到张尚文什么把柄，只能对张尚文主办的《工作简报》说事。他故意在干部中散布谣言，说张尚文报道的内容不实，有意拔高一些基层单位的成绩，目的是为了表现自己，影响很坏，等等。同时，他还说张尚文写的文章，政治术语用词不准确，概念混淆不清，令人看不懂，等等。他还四处散布谣言，说张尚文一脚踏两船，既与黎小英谈恋爱，又与服务员小钟关系不清不白。

风言风语吹进黎小英的耳朵，她去找张尚文质问："你什么意思啊？小钟那么好，干脆你找她算了。"之后一段时间，黎小英对张尚文的态度很冷淡，弄得张尚文一头雾水，不知如何解释。张尚文无奈，只好让小钟去和黎小英解释清楚："英姐，请你相信我，我与张秘书完全是工作关系，我是搞接待的，初来乍到，经验不足，多亏张秘书指导，外面的谣言你千万不要相信啊！"小钟的解释很真诚，让黎小英冰释前嫌，完全信任张尚文。

总之，郑世豪一有机会就无中生有，造谣惑众，打击张尚文。场部有一些别有用心的人，唯恐天下不乱，向杨刚反映这些情况。杨刚听多了，不得不引起重视。他找到郑世豪，要求他举出具体例子，证明张尚文写的报道存在问题。郑世豪却无法自圆其说，只好张冠李戴。杨刚指示纪委去调查核实，经过调查，郑世豪所举的例子全是凭空捏造。所谓故意拔高某些单位的成绩，其实是他道听途说；所谓政治术语概念混淆不清，是他根本没弄明白就乱说。至于与服务员小钟的关系，更是捕风捉影，恶意中伤。杨刚对郑世豪进行严厉批评，要求他实事求是地反映问题，不要搬弄是非。郑世豪碰了一鼻子灰，只好自认倒霉。

之后，郑世豪有所收敛，不敢再在公开场合造谣打击张尚文，表面上对张尚文嬉皮笑脸，貌似两人关系很好。张尚文心里很明白，但装糊涂，对郑世豪依然很尊重，也很热情，工作上认真配合。

郑世豪分管后勤，负责住房分配及维修、饭堂与招待所管理、车辆安排、生活物资发放等，资源比较丰富。他权力在手，加上善于投机取巧，因而在住房分配、车辆安排、物资发放等方面随心所欲，有意照顾他认为有用的领导和一些干部，部分领导和干部都认为郑世豪很能干，会做人，对他评价很高。郑世豪因此又自大起来了："哼！你张尚文这小子乳臭未干，还想和我斗，嫩着呢！"

一年后，行政办主任吴华到龄退休。由于郑世豪资格老，又有老主任提携，加上分管后勤一年多来，照顾了不少人，因此他很自然地当上行政办的主任。张尚文也同时被提拔为副主任，分管文秘工作，从人事科提拔一名姓邱的干部为分管后勤的副主任。

郑世豪当上行政办一把手后，更加飘飘然了，走起路来，腰板挺得很直，抬起头望着天空，面对同事经常视而不见。部下向他打招呼："郑主任好！"他只是用鼻孔"哼"一声。郑世豪心里说，张尚文，我本来就看你不顺眼，现在我又是你的上司，这下子有你的好日子过了。

张尚文却没有太多的顾虑。他认为，只要努力工作，诚实为人，坚持原则，是没什么可担心的。但是，这只是张尚文的一厢情愿。当上行政办主任的郑世豪，认为自己资格老、后台硬，根本不把张尚文放在眼里，总是千方百计打压他。

负责文秘工作的副主任，平时要跟随主要领导下基层指导工作或出差办事，还要参加领导班子会议，做好记录。张尚文作为负责秘书工作的副主任，应当经常在领导身边。因为那时的通信工具落后，场长如果有事找不到人，只能通过别人口头转达。

今天是星期四，杨刚场长打算明天上省农垦局汇报、请示工作，需要张尚文跟随，杨刚找不到他，让郑世豪通知。郑世豪说："这几天都不见张尚文上班，不如我陪你去吧？""也行。"杨刚认为只是汇报、请示工作，谁去都可以，就答应了。

其实，张尚文已经向郑世豪说清楚了，自己在宿舍写一份汇报材料。办公室嘈杂，宿舍比较安静，可以集中精神赶写材料，因为时间太紧了。没想到郑世豪却以此欺骗领导，以达到去省城会友的目的。

杨刚场长一到省城，忙着向领导汇报工作，郑世豪却不跟着场长去办事，私自跑去找朋友喝酒。杨刚办完事后，回头找不到人，非常生气。

杨刚从省农垦局回来第二天，就召开党政班子联席会议。杨刚没看到张尚文，问郑世豪："小张怎么不来做会议记录？"郑世豪又在玩心计，说："张尚文病了。"

　　会议刚刚开始，杨刚正准备讲话，张尚文就拿着记录簿走进会议室。见到张尚文进来，杨刚觉得突然，问了一句："小张，你不是病了吗？去看病没有？"张尚文觉得很奇怪，我好好的怎么突然病了呢？他笑了笑："我刚才在打字室校对材料呢，没病啊！""没病就好，坐下来做记录吧。"杨刚说完，很自然地瞟了郑世豪一眼，但见他的脸色很难看。这时，郑世豪心中也在犯嘀咕："这是怎么回事？"其实，今天是场领导班子例会的日子，张尚文是不会忘记的，只是校对材料来晚了。

　　会议开始，杨刚场长讲话："我这次上省农垦局汇报工作，有较大收获，不但了解到上面的有关精神，我们的发展设想，也得到局领导的赞成和支持。党的十一届三中全会，确定今后的工作重点，是以经济建设为中心。这几年，全国正在掀起社会主义建设高潮，农村实行土地承包责任制，还兴办集体企业；国营工厂实行厂长负责制，公司实行经理责任制，工农业生产的发展势头越来越好。"杨刚停了一下，喝口茶，继续说，"根据中央和省委的有关精神，省局指示我们，要结合实际，充分利用我场的自然资源，进一步扩大生产，增加经营项目，大力发展经济，提高效益，增加收入。"杨刚又停一下，两眼直扫会议室，与会领导都在认真听，有的在做笔记，张尚文在认真做记录。郑世豪则在一支接一支地吞云吐雾，完全不理会坐在附近的领导。

　　杨刚继续说："具体地说，我计划充分利用我们的资源，建两间红砖厂、一间石米厂，引进技术合作建一间农药厂，再在场部附近建两幢综合楼，新办一家商业公司、一家贸易公司。"

这时，分管基建的李副场长插话："这个计划非常好，就是资金有困难。"杨刚接着李副场长的话说："资金确实是个问题，但要发展，再多的困难也要想办法克服。我初步估算一下，上述各项目的投资大约需要 300 万元。我的设想是，自筹一部分，向银行贷款一部分，再请示省农垦局支持一部分。我们现在已自筹 100 多万元，这些作为启动资金，是完全可以的。"杨刚喝一口茶，继续说："我们要只争朝夕，说干就干。大家研究一下，看看还有什么好的意见。"军人出身的杨刚，一贯保持雷厉风行的作风。

领导们展开了热烈的讨论。你一言，我一语，个个热情高涨，决心很大。最后，一致赞成杨刚的意见。

散会后，郑世豪的心情特别好。前两天，他跟随杨刚场长去省厅办事，到了省城，他对场长撒谎："我有一个好兄弟生病住院，我想现在去看看他。"杨刚认为，来一次省城不容易，便相信他："去吧!"其实，他是跑去和死党韩天明喝酒。韩天明要求他帮助拉关系揽工程，现在机会来了。

回到宿舍，郑世豪第一时间用座机给韩天明打电话："老兄，在忙什么?""是老朋友啊! 有好消息吗?"韩天明在电话那头急切地问。"见面再谈吧，你过来，最好快些。"郑世豪也很心急，生怕夜长梦多。

"好的，明天有点事，后天吧，后天去见你。"韩天明肯定地说。"好吧，越快越好。"放下电话，郑世豪拿起饭盒，哼着小调去饭堂。

04

这天，韩天明开着他崭新的"桑塔纳"小轿车，一早就从省城出发，中午 12 点赶到农场。韩天明接上郑世豪，来到街上一家上档次的饭店，在一个小包厢里，两人你一杯，我一杯，喝得脸红耳热。郑世豪的舌头已有一点僵硬，他对韩天明说："天明呀，还是你……你的人生有意义啊！有房、有车，还有女……女人。我孤身一人，什么都没……没有，几个死工……工资，还不够抽……抽烟呢！"

韩天明的酒量大，头脑清醒得很。他明白这位交往多年的老朋友的心思，于是说："兄弟呀，不要悲观嘛，你现在当官了，只要我俩精诚合作，面包会有的，一切都会有的。来，干一杯！"两人又喝了一杯。趁着酒兴，郑世豪凑近韩天明的耳朵，向他透露党政班子会议内容："星期一，我场的党政领……领导班子召开会议，决定扩大生……生产经营，计划投资几百万……万元，开工厂，建楼房，办公司，应该怎……怎么做，老……老兄你考虑考虑吧！""很好，机会来了。放心吧，兄弟，只要听我的，包你发财。"韩天明很明白郑世豪的用意，拍拍他的肩膀，认真地说。

韩天明和郑世豪都是省城下乡的知青。韩天明的父亲是省城一间化工厂的副厂长。韩天明初中毕业后，与郑世豪同时下乡，并和郑世豪同食同住一段时间。1979 年他第一批回城，安排在父亲的工厂当工人。国营企业改革后实行厂长负责制，韩天明便停薪留职下海，当了包工头。由于他头脑灵活，胆子够大，在省城承揽了不少工程，生意越做越大，发了一大笔财，在省城买房、买车。现在，从事承包工程的人越来越多，管理也越来越严格，一些大宗工程项目还要招投标，竞争很激烈，因此，他要到山区来发展。韩天明想，老朋友升官了，将为他继续发财提供帮助。于是，他对郑世豪说："今晚就和你一起去拜访杨场长吧。""我也是这样想的。"郑世豪说。两人从中午12点一直喝到下午3点多钟，韩天明去旅店开房休息，直到下午5点才起床，然后又去喝到6点30分。

晚上7点30分，杨刚场长一家吃过晚饭，正在看电视新闻，郑世豪和韩天明进来了。见到两人进来，杨刚热情地打招呼："是小郑啊，什么风把你吹来了？快坐。""几天没听到领导教诲了，今晚专程来拜访，聆听您的教导。天明，这是我们的杨场长。"这时，郑世豪的酒已醒得差不多，思维也正常了，他指指韩天明："这位是和我一起下乡的朋友，叫韩天明，5年前回城了，现在下海单干，今天他从省城过来，专程来看望领导。"韩天明也在一旁自我介绍："杨场长好！我原来也是本场职工，在机械厂工作，当时和郑主任同吃同住，亲如兄弟。我前几年回城，在化工厂当工人，后来停薪留职下海承包工程。老朋友提拔了，一起来看望领导，表示感谢！"他说完将一大袋礼物放在茶几上。

杨刚听了郑世豪的介绍，明白了来人的身份和目的。既然是郑世豪的老朋友，应该把话说明白："不必客气，小郑是老资格了，我们又缺人手，提拔使用他是党委经过慎重考虑决定的。不要感谢我，要感谢组织。今后一定要努力工作，做出成绩就是最好的报答。你们坐吧！"

两人坐下来后，场长夫人给每人斟上一杯茶。杨刚喝了一口茶，对郑世豪说："小郑，你对我场最近扩大生产、经营的决策有何看法？有什么好建议吗？"

杨刚这一问，在郑世豪的意料之中。不失时机地表现，是郑世豪的强项。他便说："场长英明，有远见，这样做是形势发展的需要，也符合我场的实际。不过，既然决策已定，就应尽快落实，您说对吗？""对，对！还有什么好想法？"其实，杨刚也在考虑计划如何尽快实施的问题，只是苦于缺少资金。郑世豪说的话，多少给他增加一点信心。有点小聪明的郑世豪，摸准了杨刚的心理，又说："我今天带天明过来，就是想向您了解一下，我们的综合楼怎么建？什么时候建？"郑世豪直奔主题。"这几年，天明一直在省城从事承包建筑工程，有实力，有经验，可以帮我们。"杨刚听说有人可以帮助，很高兴地说："好啊！当然好。不过，我们的资金还没落实呢！"听到资金未落实，韩天明来了兴趣，赶忙插话："资金没有问题，我可以带部分资金承包工程，不搞招投标，按工程进度付款，你们的资金到位后归还。""天明是我的好兄弟，他的话可信，请领导认真考虑。"郑世豪也在一边加油打气。杨刚被这两人轮番诱导，心动了，说："好吧，明天召开场长办公会议研究一下，再作决定。"

他们聊了一会，郑世豪认为目的已达到，就要告辞："时间不早了，不影响领导休息，我们该走了。""记得通知明天上午9点召开场长办公会议。"杨刚叮嘱一句。"好的。"郑世豪说完就走。这时，韩天明急忙从手袋里拿出一包东西，放在茶几上，然后说"杨场长再见"，就迅速离开。待杨刚反应过来，韩天明已经走出门口，追也来不及了。

第二天，杨刚主持召开场长办公会议，主要议题是研究发展计划实施问题。杨刚对上次会议决定的计划发展项目进行具体分工，落实责任人和明确时间要求。杨刚说："我们建综合楼的资金，目前除自筹一部分外，其他资金尚未落实，但时不我待，要干就及早动手，怎么办？请大家研究一下吧。"

领导们展开讨论。有的人说："没有资金办不成事啊！"有的人说："等资金落实再干吧。"还有的人说："我们可以借鸡生蛋嘛！现在社会上许多建筑工程都是这样干的，叫作带资承包工程。"杨刚听了这番话，突然乐了，认为找到了知音。他站了起来，大声说："对头，借鸡生蛋！先将楼房建起来，办起公司赚了钱再还嘛！"

经过大家讨论，统一了认识，决定采用借鸡生蛋的办法，由承包方带资建设综合楼，不搞招投标。自有资金用于投资建红砖厂、石米厂和农药厂。

杨刚认为，综合楼建设投资多、工作量大、事情也复杂，必须有人专门负责才放心，于是他提出："建综合楼项目责任重大，由谁专门负责比较好？"刘副场长说："我建议就由李副场长专抓，他是分管基建的，有经验。"李副场长说："我应该担负起这个责任，但我的工作比较多，怕忙不过来，能否配个助手？"李副场长分管基建这条线，确实工作忙，他的要求合情合理。但有领导提出："不是有基建科李科长吗？就让他协助吧！"杨刚认为，现在正铺开大搞基建，分管领导和基建科长的任务很重，应该把综合楼建设单列管理，而郑世豪与包工头是好兄弟，方便今后工作，便当即拍板："就让郑世豪主任当你的助手，协助你的工作吧！"杨刚又说："世豪主任有一个朋友，愿意带资一两百万承包综合楼建设工程，按工程进度付款，大家意见如何？"

这时，郑世豪觉得场长已将协助综合楼建设管理任务交给自己，十分高兴，必须抓住时机加以说明，于是他赶紧插话："我这个朋友，是当年和我一起从省城下乡到本场的知青，回城已有四五年，停薪留职下海搞工程也有两三年了，带资一两百万没问题的。""这是好事嘛，借鸡生蛋，何乐而不为？"这是新出现的社会现象，对于资金紧缺又急需发展的单位，无疑是一件大好事。于是大家都没有异议，举双手赞成。

会议结束后，杨刚让郑世豪留下来，等其他人走后，拿出一包东西递给他："这是你朋友昨天留在我家的，什么东西我没看，请你帮我还给他。"郑世豪一看就明白："场长见外了吧！这是天明的一点小意思，何必这么认真呢？"杨刚板起脸孔："这是原则问题，你一定要帮我退回去，不然承包工程免谈。"

杨刚场长的态度很坚决，郑世豪无法推辞，只好接过包。回到宿舍打开一看，是人民币5万元。望着这一沓钞票，郑世豪两眼发亮，直盯盯地看着。他想，长这么大，还没见过这么多钱呢！现在，问题已经解决，目的已经达到，这笔钱理应归我。就这样，郑世豪心安理得地将这笔钱装进自己的腰包，对韩天明闭口不提。

收了这笔钱后，郑世豪一开始心里有些不踏实，总是担惊受怕，走在路上，觉得别人都用异样的眼神看着他。晚上睡觉，他也在不停地做噩梦，梦到警察找上门。平时，耳边总是听到警笛声。过了一段时间，看看没有风吹草动，慢慢地就不当一回事了，于是他胆子大了起来。韩天明为了拉关系，送给李副场长8万元，被李副场长毅然拒绝，之后将这8万元原封不动地转送给郑世豪，他也照收不误。

手头有钱了，郑世豪经常出入酒楼、饭店、咖啡厅、电影院，穿着打扮也时髦起来，抽的香烟也提高两个档次。郑世豪还在不同场合讥笑张尚文寒酸，特别是经常在黎小英面前讽刺张尚文。

那天在打字室，郑世豪问黎小英："小黎呀，张尚文最近请你去喝咖啡吗？"黎小英知道他的用意，大声地回答："他怎能同你比呢？你们天天茶楼、饭店、咖啡馆、电影院，没法比啊！""也是，看他那寒酸样，怎么请得起你呢？"黎小英说："是啊！他这几十块钱工资，怎么能经常去咖啡馆、上酒楼呢？都是我请他的。"黎小英话中有话，气得郑世豪无话可说。

05

张尚文到行政办工作已半年多，他经常列席行政领导班子会议做记录，又跟着场长下基层，对全场行政工作比较了解。他记忆力好，又虚心好学，而且善于接触人，工作上手很快，场党政领导都喜欢他、信任他。

场党委王敏书记接到通知，后天要参加省农垦局召开的经验交流会，需要提交经验介绍材料，写材料的任务自然落到张尚文身上。下午下班前，王敏书记找到张尚文："小张同志，后天我要到省农垦局开会，需要提交经验交流材料 40 份，内容是关于我场扩大生产、搞活经营的设想和做法，你辛苦一下，争取明天下午下班前交给我，可以吗？""没问题，请王书记放心，保证完成任务。"张尚文一边咳嗽一边回答。"你不舒服吗？"王敏书记关心地问。张尚文笑笑："没事，小小感冒。""小感冒也要去看医生啊！"王书记劝道。

王敏今年 40 多岁，知识分子出身，原是农垦局政治处主任，调来新生农场当书记已有 3 年。他为人低调，待人和气，办事公正，威信较高，干部、职工都很尊重他。他交办的任务，张尚文非常乐意接受。

今天早上，张尚文起床后，觉得腰酸背痛，十分疲倦。因为昨天上午，他陪同杨刚场长下基层检查工作，遇上一场暴雨。当汽车驶到第一大队三中队时，由于地势低洼，加上山洪暴发，导致道路中断。张尚文和司机冒雨推车，涉水赶路，全身湿透，受寒着凉。上午上班时已经开始感冒，下午越来越重。要是平时感冒，张尚文根本不当一回事，不吃药，不打针，过几天就没事了。今天接到王书记交办的任务，特别是书记的提醒，他认为必须保持清醒头脑，于是马上到医务所看病。

医生给张尚文测体温，39℃，高烧。他拿了医生开的退烧药，回到宿舍，吃完药就上床盖被蒙头大睡，晚饭也不吃。此时正是大热天气，不到一个钟头，张尚文全身发汗，衣服全部湿透。慢慢地，发热减轻，他的病情有些好转。张尚文起床，洗了一个热水澡，觉得精神好了很多，这时已是晚上 9 点。张尚文想起王书记交办的任务还没完成，马上拿起笔，铺好纸，开始写材料。由于文字功底好，又了解情况，他一鼓作气，洋洋洒洒，一篇3000多字的经验交流材料出笼了，此时已是凌晨3点。

第二天上班，张尚文拿着写好的材料去找王敏书记审阅。他说："王书记，我因感冒加重，昨天晚上连夜赶出来，还比较粗糙，请您审阅，看看还有什么需要修改补充？"王书记笑笑："小张辛苦了，重感冒一定要去看医生啊！"他拿了材料从头到尾认真地看了一遍，并提出个别地方修改补充意见，然后说："很好，不愧是秀才。修改后打印40份，下午下班前交给我。""好的。"张尚文说完，觉得头有点晕，强撑着回到办公室，按照王书记的意见进行修改。

改好后，他马上拿去打字室，对黎小英说："这是王书记明天到省农垦局开会需要的材料，我有点不舒服，要去看病。打完后你们认真校对一下，然后复印40份，下午5点我来拿。"黎小英正在忙着，头也不抬，答应一声："放在这里吧，快去看病，记得下班前来拿。""辛苦了，周日请你看电影，以示慰劳。"张尚文主动地做出承诺。黎小英不吭声，只是瞟了张尚文一眼。

张尚文走出打字室，突然觉得天旋地转，有些站不稳。他扶着墙壁，稍停片刻后，强撑着去医务所。医生给他做了检查，然后说："你发烧很严重，还有些虚脱，需要卧床休息啊！"医生给他注射一支先锋菌素，然后开了一些感冒药，并叮嘱一句："回去好好休息。""多谢医生。"张尚文拿了药，直接回宿舍。吃完药，倒床便睡，这一睡便是一天。

下午5点多，黎小英不见张尚文来拿材料，打电话到办公室没人接，觉得不对劲。已经是下班时间了，黎小英拿起材料直奔张尚文宿舍，敲了几次门，里面才传出沙哑的声音："谁呀？""我，小英，给你送材料来了。""哦。"张尚文这才想起这事，赶忙起床开门。开门时，他突然两眼发黑，差点摔倒。黎小英见状，赶紧扶住他在沙发上坐好，埋怨他："怎么病成这样也不说一声？""没事，感冒而已。"张尚文喘着粗气，无力地说。"你应该一天都没吃东西了吧？我帮你煮点稀饭吃。"黎小英关心地问。"好，顺便去买些咸菜什么的。"张尚文说完，又回房休息了。

黎小英进厨房一看，惊呆了。厨房里的饭锅已经发霉，用过的碗筷丢在洗碗盆里，盆中的水面浮着一层油，灶旁也没有几根柴火，米缸里剩下一点点米，还没有一斤，应该是好几天没开火了。黎小英熟练地帮忙搞清洁，然后煮稀饭。不一会儿，稀饭煮好了。她又到商店买了一盒鲮鱼罐头，两包榨菜。黎小英叫张尚文起床，两人就这样对付了晚餐。

饭后，张尚文对黎小英说："我现在有气无力的，麻烦你将材料送给王书记好吗？""好的，但你要按时吃药，好好休息，不要乱跑，知道吗？"黎小英说完，拿着材料就出去了。

几天后，王书记找到张尚文，满脸笑容地对他说："小张啊，你这次为我们场争光了。""王书记，怎么回事？争什么光了？"张尚文不解地问。"是这样的，这次会议，我场的经验得到农垦局领导以及与会同志的肯定和赞扬，都认为材料写得好，经验也很值得推广。会后，省局宣传处处长问我，这份材料是谁写的？我说是行政办副主任张尚文同志写的，结果他向我要人了。我说要人可以，但要征求他本人的意见。这不，我现在就是代表省局宣传处征求你的意见来了，你怎么想呢？"王书记在说这番话时，眉开眼笑，十分自豪。

张尚文听了王书记这番话，心中十分高兴，觉得自己带病写的材料没有白写。他说："原来如此，不是材料写得好，是场党委的正确领导，我场工作做得好。我只不过是将这些工作条理化，写出来而已。王书记，我哪里也不去，就在这里工作。"

其实，王敏书记也认为，像张尚文这样的人才很难得，被挖走很可惜。但是上级点名要人，他绝对不能打埋伏。现在，张尚文这样表态，作为党委书记，内心虽然很高兴，但还是说一句："小张，你要想清楚哦，到省局工作平台高，前程远大，机会难得啊！""王书记，不用考虑了，我来这里工作的时间不长，领导和同事们都很关心我，也很支持我的工作。"张尚文说。

王敏书记觉得，张尚文的思想觉悟确实不一般。人往高处走嘛，大多数年轻人都削尖脑袋往大城市、大机关钻，但是这个年轻人却放弃这么好的机会，真难得。王书记便说："好吧，尊重你的选择。其实，在下面锻炼几年也不一定是坏事，好好工作，今后有的是机会。"

之前，张尚文就意识到自己的知识很有限。于是，他利用业余时间读函授，报考中南财经大学法律专业本科，并通过了入学考试，成为名牌大学函授法律专业的学生。

现在，张尚文的身体已经完全康复。星期六晚上，他兑现承诺，请黎小英看电影。电影院放映的是台湾影片《妈妈再爱我一次》，受电影中女主人翁悲惨命运的感染，黎小英不断地流泪。张尚文在不停地安慰她，还帮她擦眼泪。郑世豪和陈莹也在看电影，就坐在张尚文和黎小英的前排。他们没有任何交流，只听到陈莹有时自言自语地大声说话，甚至哈哈大笑。

电影刚刚放到一半，突然听到有人大声喊："茶砖厂仓库着火了！"

茶砖厂是农场的下属工厂，专门生产茶砖。即用老茶叶通过揉软、发酵，加工成比较粗糙的茶饼，压成砖一样的块状，故称茶砖，供医疗器械厂做原料。茶砖属易燃物品，在仓库里堆放的时间过长、温度过高就会自燃。

听到火灾消息，张尚文和黎小英都被吓了一跳，电影院也出现一阵骚动。但这时电影的故事情节十分感人，骚动过后，马上又平静下来。张尚文坐不住了，立即冲出电影院，向茶砖厂跑去，黎小英反应过来时，张尚文已不见踪影。黎小英心里明白，张尚文一定是去救火了，于是在心中嘀咕一句"这家伙真是不可理喻"，然后马上跟着跑向火灾现场。茶砖厂就在电影院附近，中间是街道，距离电影院不到200米。张尚文跑到现场，只见茶砖厂仓库浓烟滚滚，火苗已蹿出房顶。

这时是晚上9点，干部职工和附近居民都在家休息。几个值班人员正在手忙脚乱，不知所措。张尚文让值班人员立即打电话报警，同时报告场部值班室。有一个值班人员说："已打电话报告了。"张尚文赶忙带领几名值班人员，抄起铁铲，提着铁桶，冲向着火点。有人找来水管，接上自来水龙头。张尚文找来竹梯，爬上仓库房顶，用水管对着火苗喷射。黎小英跑到火灾现场，见状大声喊："张主任注意安全啊！"然后她也加入灭火队伍，与在下面的几个人不停地用铁铲从沙池中取沙灭火。但是，由于水管太小，水压太低，出水太慢，加上人手少，沙池离火点又远，灭火效果很不理想。

这时，附近闻讯的居民和电影院跑出来的观众越来越多，但多数人都没有灭火工具，只能"望火兴叹"。面对越来越大的火苗，张尚文心急如焚。突然一阵大风吹来，将火苗刮向张尚文，他赶忙躲避，不小心踩了空脚，从房顶摔了下来。幸好张尚文年轻，仓库又是平房，张尚文只被地面擦破左脸皮，扭伤了右脚踝和左臂关节，黎小英和几个群众赶忙把他送去医务所救治。

10多分钟后，县消防大队的消防车赶到了，消防员十分熟练地开展灭火。由于消防车水管大、水压高、射程远，不一会就把大火扑灭了。

在医务所，医生给张尚文消毒、敷药，用纱布包扎着半边脸孔，还对他的手臂关节和脚踝进行医学处理。由于不能走路，张尚文只能躺在医务所的病床上。看到张尚文这种状况，黎小英急得眼泪直流，寸步不离地陪着他，张尚文很感动。他对黎小英说："对不起啊！本来高高兴兴地请你看一场电影，没想到会这样，下次再补回。我没事了，你回去休息吧！"值班医生也对她说："是啊！有我在，没问题的，放心吧。""你现在这个样子，我能放心离开吗？不要说话，好好休息。"黎小英难过地说。黎小英寸步不离，陪了张尚文一夜。

第二天，张尚文的伤势稍有好转，黎小英便扶着他回宿舍。因为工作忙，黎小英叮嘱张尚文几句，赶紧去上班。下班后，她又来到张尚文的宿舍，帮他做饭、洗衣服，连续一个星期，直到张尚文的生活基本能够自理，她才放下心来。

经过调查，茶砖厂这次火灾，是由于茶砖堆放的时间过长，变质发酵升温超过燃点造成的。由于灭火比较及时，造成的损失不大。但被淋湿的茶砖需要全部重新加工，茶砖厂也要进行整改，确保生产安全。

农场对张尚文为保护国家财产挺身而出的表现给予大力表扬，发出通报，要求全体干部职工向他学习。郑世豪又不舒服了，自言自语地说："这是怎么回事？出风头的好事怎么老是让他占去了呢？"

⑥

自从协助李副场长管理综合楼建设，郑世豪为了表现自己，干得特别卖力，协调工程预算，审阅施工图纸，签订承包合同，等等。他不熟业务，却装得十分专业。他天天在工地转悠，看似忙得不可开交，实际上只是做样子。李副场长因为工作太忙，无法顾及综合楼的建设，全权委托他管理。包工头韩天明三天两头找他喝酒，他经常喝得醉醺醺的。他不但对工程建设管理得过且过，而且对行政办的工作也无心过问。张尚文带伤工作，既要管文秘，又要搞协调，更要做好服务领导、服务机关、服务基层工作，忙得团团转。

冬天到了。新生农场地处岭南北面山区，冬天气温较低。如遇上霜冻天气，白天天高云淡，阳光猛烈，风干物燥。到了夜晚，大雾缭绕，凉风习习，寒气逼人。昼夜温差较大，一般中午一二点时 10 多度，早晚只有 2 至 3 度。当地人一到寒冬，最喜欢吃的就是狗肉火锅。

半个月后，张尚文的伤势痊愈。今天晚上，张尚文忙里偷闲，约了几个知己朋友在街边的大排档吃狗肉、喝小酒。他们中有副场长兼总工会主席陈强、党委办主任许洪，还有转业军人、基建科长李辉。陈强年纪稍大，已进入农场领导班子。李辉是营级干部转业，当科长也有3年了。陈强已将近40岁，许洪和李辉比较年轻，30岁左右，都是农场的中层干部、骨干分子，年轻有为，前途无量，人称"少壮派"。由于平时工作交集比较多，他们成了知己朋友。

火锅上来了，只见炉中的火苗跳跃着，锅中的狗肉翻滚着，热气腾腾，香气四溢，令人垂涎欲滴。几块狗肉、几杯米酒下肚，几个人的身子一下子暖和了很多，话匣子也打开了。

李辉首先说："我听说在建的综合楼工程质量很成问题，建楼的红砖半红半黑，水泥仅是325标号，用的是4号钢筋，这样下去，难保不出问题。前几天我去现场看了一下，确实如此，然后找郑主任反映，但他哼哼哈哈，没有任何表态。"

"材料质量不保证是最大的安全隐患，工程质量监督也十分重要啊！听说综合楼工程没有报质量监督，这样就危险了。"党办主任许洪，作为党委参谋部的负责人，关心单位的大项目建设是很正常的。"这些情况，我们要向有关领导反映才对。"

"这样还了得？建楼的资金还是包工头自带的呢！"总工会主席陈强说，"据我了解，场里已经自筹资金100多万元，又向银行贷款120万元，正在办手续，还向省局请示要求支持100万元，请示已送上去了。如果质量出问题，一切都有可能打水漂啊！"陈强是农场的领导班子成员之一，十分了解情况，关心工程质量问题更是他的职责所在。他继续说："不行。这些情况要马上向主要领导反映。"

几个人当中，张尚文最年轻，对建筑工程一窍不通，没有发言权。因今晚是他做东，只是客气地请大家吃肉喝酒："你们尽管放心，有李副场长担纲，郑主任具体负责，不会有问题的。来吧，大家喝一杯！"

　　张尚文的豪气，在圈子里是出了名的。他虽然年纪较轻，但对朋友、同事，从来都是以诚相待，不计较得失，也从不与别人争高低。他为人十分低调，说话做事接地气，既不冲动，也不浮躁。

　　酒过三巡，气氛更融洽了。这时，陈强转移话题："小张啊！你来这里工作将近两年了，今年有28岁了吧？应该考虑个人婚姻问题啦！听说打字员黎小英正在追求你，对你很上心。她的父亲是转业干部，家庭出身不错，她是高中毕业生，工作认真负责，性格开朗，对人热情，是一个好女孩。如果你有意，就定下来吧！"工会主席关心职工的生活，尤其是婚姻大事，是他的职责。

　　陈强说完，大家随声附和："对对，我们都等着喝喜酒呢！""放心吧！我不会令大家失望的。"张尚文脸颊绯红，这或者是酒精的作用，又或者是害羞的缘故。

　　狗肉加米酒，气氛热烈，话也投机，身体也暖和了。几个人天南地北地聊着，不知不觉已到夜晚10点多，大家才散场。

　　张尚文回到宿舍，觉得有点头疼，和衣倒床便睡。迷迷糊糊中，座机电话响了，赶忙起来接电话："你好！哪位？""我是小英，打了几次电话不接，在干什么呢？""是小黎啊！今晚和几个朋友在外面吃饭聊天，刚回不久。因喝了点酒，有些头晕就睡觉了。有事吗？""明天是星期天，我爸妈要来我这里，请你抽空来陪他们一下好吗？""我去方便吗？"张尚文觉得不太好。"有什么不方便的，我爸妈想见见你。"黎小英把父母摆了出来。"好吧！"张尚文听说她父母要见他，十分勉强地答应。

放下电话，张尚文酒醒了一大半，睡意全无。他意识到，这可能是未来岳父母要见准女婿。张尚文觉得，自己来自农村，父母都是农民，家庭条件不好。而黎小英出身干部家庭，两人条件差异很大。虽然黎小英对他很好，但她的父母又怎么看他呢？明天去见他们，送什么礼物？说些什么话？张尚文心中没底。

第二天，张尚文一早就起床，洗漱完毕，草草地吃了一碗泡面，穿好衣服，就上街买礼物。他在商场挑来拣去，买了1盒冰糖燕窝、1包花生糖果，又到农贸市场买了2斤猪肉、1条鲩鱼，还买了1瓶"二锅头"白酒，足足花了半个月工资。

黎小英住场部单身宿舍，一房一厅，有厨房、卫生间。黎小英的父母住红英茶厂，距离场部大约4公里。他们坐场内交通车，8点多钟就到了黎小英宿舍，正在喝茶拉家常。张尚文提着礼物，气喘喘地敲门进去，见到黎小英父母，连忙打招呼："伯父伯母好！"见到张尚文进来，黎小英的父母礼貌地站起来："是小张吧？快坐。"这时，黎小英从厨房里走出来，接过张尚文的礼物，介绍说："爸、妈，他就是我们行政办副主任张尚文。"见到张尚文提着一大袋东西，又说，"哎呀！我一早就去买菜了，还买这么多干什么？浪费钱。""不知买什么好，随便买了一些，不好意思。"张尚文坐下来，觉得有些拘束，很不自然地问："听小黎说，伯父伯母都退休了，身体还好吧？""还行。你工作那么忙，阿英叫你来陪我们，真不好意思，打扰了。"黎小英的父亲退休两年多了，退休前是红英茶厂厂长，有一定文化，说话慢条斯理的。"没事，我今天休息。两位先坐，我去帮帮小黎。"张尚文有些不知所措，想找个借口离开。黎小英马上从厨房里走出来，拦着张尚文："你就陪我爸妈坐坐吧，我会做饭，不用劳烦你。"张尚文无奈，只好坐下来。

这时，黎小英的母亲试探着说："张主任啊！我家阿英脾气不好，不太懂事，希望你今后多关心、多帮助她哦！"黎小英的母亲原是当地农村的女青年，与黎小英的父亲结婚后在茶厂当工人，去年刚刚退休。她文化不高，说话直接，不会拐弯抹角。"伯母，我会的。小黎工作积极，责任心强，对人热情，会关心人，是个好女孩，大家对她的评价很好。"张尚文有意赞扬黎小英。"工作上的事我不懂，就是希望张主任今后多关心她、教育她。听阿英说，你父母在农村，家庭生活比较困难是吗？"黎妈说。"是的，我的家庭条件不太好。不过，现在改革开放了，党的政策好，落实了土地承包经营责任制，相信日子会慢慢好起来的。"张尚文信心满满地说。"政策好当然是我们的希望，今后的日子怎么过，主要是靠自己。我家阿英虽然脾气不太好，性格直率，但心地善良，对人热情，做事勤快，会过日子。如果你们能成为一家人，我们会很放心的。"黎小英的父亲在部队是营级干部，转业后一直在新生农场工作，当茶厂厂长也有10多年了，能说会道，他用试探的口气说。

听了黎小英父母的话，张尚文已经猜到了原委。说明黎小英已经征求他们的意见，要与自己处对象，但又不敢做主，搬来父母当参谋，这是在张尚文的意料之中。

前几天，黎小家回家看望父母，父母追问她的婚姻问题什么时候解决。情急之下，她把张尚文抬了出来。父母听到女儿有男朋友了，十分高兴，说星期天无论如何都要见见未来女婿。因此，他们刚才说的话，都是有备而来的。张尚文一下子不知怎么回答，只能点头称是。然后他又找借口："你俩先喝茶，我去帮帮小黎。"说完就进入厨房。望着张尚文的背影，黎小英的父亲说："这小伙子不错。""我也觉得。他俩的年龄都不小了，应该考虑啦！"黎妈附和着。

11点多，黎小英已将饭菜做好。四菜一汤：排骨萝卜汤、红烧鲩鱼、西红柿炒蛋、鲜笋炒瘦肉，还有一个炒青菜。黎小英虽未成家，但从小就跟着妈妈学做饭。她今天做的几个菜，有模有样，虽然比不上饭店厨师的手艺，但也色、香、味俱全。摆上饭桌后，黎妈不停地赞扬："看看，我家阿英有出息了，厨艺大有进步，比老妈强多了。"黎妈这样说，既是表扬自己的女儿，又是特意说给张尚文听的。张尚文听了黎妈对女儿的赞扬，也附和着："确实不错。"

大家坐上饭桌后，张尚文拿来"二锅头"，斟了两杯，还斟了两杯茶。一杯酒给黎爸，一杯给自己，分别给黎妈和黎小英一杯茶。张尚文端着酒杯站起来："伯父伯母，晚辈敬你们一杯，伯父喝酒，伯母和小黎喝茶。"说完，他一饮而尽。

黎小英的父母都不会喝酒，两人举起杯子表示一下。黎小英拿过父亲的酒杯："我爸妈不会喝酒，我敬张主任一杯，多谢抽空来陪我爸！"说完也一饮而尽，然后她分别往父母和张尚文的碗里夹菜："试试，看看味道如何？"

张尚文吃了一口红烧鲩鱼，回味一下："唔，味道不错。"这时，黎妈又趁机赞扬女儿："我没说错吧？阿英从小就跟我学做饭，她的厨艺都超过我了。张主任，你觉得我家阿英怎么样？""很不错。"张尚文以为黎妈问女儿的工作表现或厨艺，随口便答。"我是问你，觉得阿英可以做你女朋友吗？"黎妈解释。

黎妈这一问，令张尚文觉得很突然。尽管张尚文内心很喜欢黎小英，但要和她成为一家人，他从来不敢想。人贵有自知之明，他总认为自己配不上黎小英，所以只是笑而不答。黎妈见张尚文不吭声，接着说："你们俩的年龄都不小了，阿英今年24了，你呢？也有27了吧？还要等吗？"

黎妈说这番话时，黎小英的父亲在不停地点头。张尚文有些不好意思，说："伯父伯母，我出生在农村，家境又不好。去年底，妈妈让别人在我区卫生院介绍一个护士，目的是我们结婚后，有人在家照顾我爸妈，我妹妹始终要出嫁的，但我觉得互相不了解，所以没答应。伯母这样问，叫我怎么回答呢？"

这时，黎小英满脸通红，对黎妈说："妈，你不要强迫人嘛！"黎妈不出声了。黎小英的父亲想了一下，认真地说："小张呀，你现在是一个科室的领导了，工作单位离老家又远，在老家结婚，两地分居很麻烦，即便婚后女方随你，工作、户口也很难办，不如在这里成家，今后将父母接来照顾，不是更好？"两位老人似乎商量好的，张尚文无法推辞，只好勉强应付："伯父说的话有道理，听你们的。"听张尚文这样表态，黎爸特别高兴，说："这就对啦！你和阿英今后就是对象了。阿英，你知道应该怎么做了吧？"黎小英吊起的心这才放了下来："我知道了。爸、妈，张主任虽然来自农村，但素质好、能力强、朋友多，领导很看重他，比起有些来自大城市的人靠谱，我不会看错人的，你们放心吧！""好好！小张，你春节就带阿英回老家见见爸妈，然后考虑结婚。"黎小英的父亲高兴极了，继续说，"不说这个啦，菜凉了，快吃吧！"

张尚文和黎小英谈恋爱的消息不胫而走，陈莹觉得有些后悔，后悔自己当初眼界高，看不起农村出来的张尚文。但是，郑世豪对她穷追不舍，令她左右为难，也不敢靠近张尚文。特别是郑世豪老是在她面前踩低张尚文："这小子的牛粪味还没散去，癞蛤蟆想吃天鹅肉！我起码是省城下来的，当初黎小英想追我，被我拒绝了。我想，黎小英不可能看上张尚文的，不信我和你打赌。"陈莹明知郑世豪在吹牛，还是给他面子，不想揭穿他的底，说："谁和你打赌啊！我和黎小英是同学，当年初中毕业我报考中专，她直接考高中，我了解她，她的眼光很尖，如果打赌，你输定了。"郑世豪无语，内心在犯嘀咕："这是怎么回事？难道我就比不过一个农村出来的？"

07

郑世豪很大方，频频约请陈莹吃饭、喝咖啡、看电影，或到县城逛街购物。陈莹是独生女，娇生惯养，非常任性。她对郑世豪的追求，只是勉强应付，过一天算一天。不管是吃饭、喝咖啡、看电影，还是逛街购物，她都觉得很平常，甚至给她买几百元一件的名牌衣服，她也不当一回事。

晚上，在一家茶馆，郑世豪请陈莹喝茶。郑世豪今天请陈莹喝茶的目的，就是要她表明态度。这几年，为了追求陈莹，郑世豪花了不少心思。但到目前为止，他们连手都没碰过，一句缠绵话也没说过，更不用说表明态度了。

　　郑世豪想，自己的年龄一年比一年大，不能再拖下去了。于是，他用试探的口气问："小陈，我俩的关系能确定下来吗？"陈莹淡淡一笑："我现在还不想谈婚论嫁呢！"听陈莹这样说，郑世豪怎么也想不明白。他在心里说，为了追求你陈莹，我花了不少钱，时间也不短了，两人一直保持着密切关系，而现在只等来这句话，你陈莹的做法确实令人费解了。于是，他突然变了脸色，实话实说："陈莹啊！你是不是觉得我年纪大，长得丑，又是二婚，配不上你呀？"陈莹没有直接回答郑世豪的问题，婉转地说："既然你说了，我也不再隐瞒你，我爸妈都不同意我和你来往。"

　　陈莹的父亲是老革命，东北人，离休干部。他长工出身，16岁就在家乡参加中国人民解放军，年轻时出生入死，新中国成立后转业到地方工作，是农场建场的第一批开荒牛。由于在部队多次负伤，身体不太好，40岁才与场部招待所的一名服务员结婚，婚后2年才有一个女儿。老来得女，夫妻俩将女儿视为千金宝贝、掌上明珠，故取名"陈莹"，即闪闪发光的意思。现在，陈莹的父亲已离休多年，母亲在招待所副所长的位子上退休也有几年了。两位老人对女儿寄予很大的希望，当知道女儿和郑世豪交朋友时，非常恼火。老革命曾多次提醒女儿，找对象一定要人品好，素质高，为人诚实，因此坚决反对女儿和郑世豪来往。陈莹很固执，没有理会父亲的态度，一直将父亲的意见隐瞒下来，继续与郑世豪交往，郑世豪根本不知情。

　　陈莹这样一说，郑世豪就认为她这是在玩弄他的感情，更加不高兴了。他板起脸孔说："既然这样，为什么不早说？"郑世豪觉得，你不应该欺骗我的感情，让我花了这么多冤枉钱，但这句话他也没说出来。

其实，一直以来，陈莹都不看好郑世豪。不仅是他年纪大，长相不好看，更重要的是为人很差，口碑不大好。特别是打压张尚文的做法，大家都很反感，陈莹也十分清楚。父母明确提出反对意见之后，她也曾经想过不能再继续下去了。但是，由于虚荣心作怪，她不能自拔，唯有继续逢场作戏。现在，郑世豪要她表明态度，她知道再也不能蒙混下去了，只好把话说清楚："以后你就不要找我了。"

陈莹这句话，让郑世豪的心凉到冰点。他觉得自己在自作多情，一厢情愿，根本没有希望。于是，他恼羞成怒地说："既然这样，以后就没必要再联系了，各走各路吧！"说完，头也不回地离开茶馆。

郑世豪一边走一边想，自己虽然年纪大，长得也不英俊，而且离过婚，但起码是领导干部，有权又有钱，不愁找不到老婆。只是很可惜，这几年为了追求你陈莹，花了几万元，太不值得了。他越想越气愤，不小心踢到路边的垃圾桶，他一个趔趄，差点摔了一跤。

望着郑世豪的背影，陈莹心中五味杂陈。起初，面对郑世豪的追求，她只是出于礼貌勉强应付。郑世豪见她比较配合，也认真了起来。但她一直在逢场作戏，完全没有勇气说真话，结果事情发展到今天这一步。现在，这层薄纸已经刺穿，虽然得罪了郑世豪，但今后自己也就清静了，自由了。

两人彻底决裂。之后一段时间，郑世豪无精打采，工作吊儿郎当。张尚文不清楚原因，问黎小英："小黎，最近郑主任老是无精打采的，你知道什么原因吗?"黎小英告诉他:"你不知道吗? 陈莹与他分手了。""原来如此。"张尚文知道原因后，对郑世豪很同情，毕竟年龄这么大，两人来往的时间也不短了，这种结局，确实令人难以接受。于是，张尚文除了做好自己分内的工作外，还主动帮助郑世豪处理一些分外的事情。但郑世豪不领情，反而认为张尚文是在表现自己，要抢班夺权，令张尚文左右不是人。

由于农场扩大了生产经营，管理上出现混乱，漏洞比较多，急需制定全面、规范、合理的管理制度。在场长办公会议上，杨刚场长提出来了，并指定张尚文完成这项工作。张尚文立下军令状，保证一个星期内完成。

张尚文带着行政办秘书小叶，背起行李，到基层搞调查，吃住在基层。小叶是去年大学毕业后分配到行政办的中文系本科生，主要是配合张尚文从事文秘工作。他们深入农业队、厂矿等有代表性的生产单位，还到学校和医院，召开座谈会，查阅财务报表，个别征求意见。他俩加班加点，整理记录，分析资料，参考政策，拟定管理方案。一个星期后，管理方案的征求意见稿提交场长办公会议讨论。有领导评价，效率之高，前所未有。

经过领导班子讨论，管理方案除个别地方需要修改补充完善外，整体上没有多大意见。方案中对各大队、厂矿下达年度产量、产值、税利等经济指标，超额部分提成奖励到单位，不能完成的，按比例扣发年终奖。同时还规定，凡失职造成损失的，依法追究责任，等等。管理方案已在职工代表大会上表决通过，将在下一年度实施。

春节将至，张尚文利用假期，带黎小英回老家探亲。张尚文的家乡是离大海不远的农村，他们在农历十二月二十九日下午5点回到老家，这时年味已经很浓。20世纪80年代初，岭南西部的民舍，普遍是红砖瓦房，有的是泥砖瓦房，还有的是泥砖茅草房。张尚文老家的房子，建于20世纪70年代初，是十八墙红砖瓦房，中间为大厅，两边各有一间主房。与主房相连的是厢房，主房、厢房和院门围成一座院子。主房门和院门分别贴上大红春联。院门前面种有一棵波罗蜜、一棵杨桃树，杨桃树挂满果实。

　　进了家门，张尚文见到父母都身体健康，精神状态很好，十分高兴。两位老人见到张尚文和黎小英，也嘻嘻地笑个不停。张尚文向父母介绍："爸、妈，这位就是黎小英。"黎小英忙礼貌地打招呼："伯父伯母好！"张妈笑着说："好！好！快进屋里坐。"

　　大年三十那天，一大早，张尚文的父母就忙碌起来，乐呵呵地制作很有当地特色的年糕，杀鸡宰鸭，忙得不亦乐乎。张尚文大学毕业参加工作两年了，第一次回老家探亲，还带回如此美丽大方的女朋友，老父母的那种喜悦心情确实难以形容。尽管家里条件不太好，但还是按当地农村的习俗，准备了一桌丰盛的年夜饭。

　　年夜饭开始了，在院子中央，一家人坐在一起，欢声笑语洋溢在院子里。这时，村子里贺年的爆竹声此起彼伏，过大年的气氛十分浓厚。因为太高兴，张父差点忘记了一个程序，他"哦"了一声，赶忙从房里拿出一捆鞭炮，挂在院子门口。这是张尚文家乡的风俗，吃年夜饭前，必须放鞭炮。张尚文的父亲挂好鞭炮，对张尚文说："阿文快来，这是你从小到大的任务。"大家又站了起来，黎小英用双手掩着耳朵。张尚文熟练地点燃一支香，再用燃着的香点鞭炮，顿时噼里啪啦一阵爆响。放完鞭炮，大家重新坐下，张父笑嘻嘻地说："开饭啦！"

　　张父是老实巴交的农民，少年时只读过一年多的私塾，没什么文化，不知说什么好，只是一个劲地让黎小英多吃菜。张妈虽然也只读过几个月扫盲班，但年轻时当过多年妇女主任，能说会道。她笑着说："阿英啊！我家阿文从小就听话，但见世面少，很多东西都不懂，现在又去那么远的地方工作，我和他爸又不在他身边，今后就麻烦你多关心、多帮助他哦！""我会的。尚文工作认真，责任心强，为人正直，朋友也多，领导很看重他，伯父伯母，放心吧！"黎小英说。"这样我们就放心了。"张妈说完，分别往黎小英和张尚文的碗里夹鸡肉："这是我们养的家鸡，吃米糠长大的，城里人很难吃得到。我留了几只，让阿英带回去给爸妈尝尝。""多谢伯母！"黎英说完，也分别给张尚文爸妈夹菜："伯父伯母，你们也吃吧！"这时，张尚文端起酒杯："祝爸妈新年快乐，身体健康，万事如意！"喝完这杯酒后，他继续说："爸，妈，我在回来之前，已见过小英的父母，他们都赞成我们在一起，还催我们尽快结婚，我们准备今年'五一'劳动节把婚事办了，你们同意吗？""同意！同意！怎么不同意呢？我和你爸早就盼着这一天啦！只是路途这么远，我和你爸年纪大了，家里农活也放不下，不能去参加你们的婚礼，你们就简单一点办，不要浪费。"张妈十分高兴，说完就进入房间，拿出一个花布包，一边打开一边说："这是我嫁入张家时，阿文的奶奶给我的，一个玉手镯，听他奶奶说，已

/ 路 / 53

经传了好几代了。虽然不值钱，但可以说是传家宝啦！年轻人戴上它有福气，现在我给阿英，爸妈祝福你们白头偕老。""多谢伯母。"黎小英双手接过手镯，激动得两眼渗出泪花。"不要叫伯父伯母啦！改口吧，叫爸妈。"张妈笑着说。

大家听张妈这么说，都笑了起来。张尚文的妹妹说："妈，人家还没登记，也没过门，怎么能这样叫呢？""哎呀，迟早都要这样叫嘛！"张妈坚持。"对对，迟早都要叫的，你们结婚时我们去不了，那就提前叫吧。"张父笑着附和。

黎小英有些不好意思，看了一下张尚文。张尚文笑笑："你就随我爸妈的心愿改口吧！"黎小英端着一杯茶，站了起来："爸，妈，祝你俩新年快乐，身体健康，万事如意！""这就对啦！"张妈拿出早已准备好的红包："这是改口红包，一定要收下，从今以后，我们就是一家人了。"黎小英接过红包："谢谢妈！"这时，张妈站了起来，端着茶杯："好啦！大家祝愿阿文和阿英今后生活幸福！"

晚饭后，一家人围着客厅上的一台18英寸的国产黑白电视机，观看中央电视台播放的春节联欢晚会节目。电视机是张尚文的妹妹花三百多元，前几天才买回来的，全村也就三五台。到晚上8点，张尚文家的客厅站满了左邻右舍的大人和小孩。今天是大年三十晚，因人太多，客厅站不下，张尚文的妹妹只好将电视机从客厅搬到院子里。电视天线是自制的鱼骨铝架，用一条竹竿高高地撑在房顶。接收讯号很差，电视屏幕时而很清楚，时而出现雪花。但联欢晚会的节目给极少有娱乐生活的村民，尤其是小孩，增添了不少乐趣。

张尚文家乡的习俗，大年初一不走亲戚，但张尚文没有假期，只能在初一去探望叔叔伯伯、外公外婆、舅父舅妈等。一大早，张尚文和黎小英就带着妈妈准备的礼物，骑着自行车出发。上午先去探望外公外婆、舅父姑妈，下午去探望叔叔伯伯。他们马不停蹄，一天就走完几家亲戚和本家长辈。

大年初二，张尚文带着黎小英，回到他的母校中学，拜访他高三的语文老师、班主任叶超华，还请叶老师夫妇在镇上的饭店吃午饭。吃饭的时候，张尚文对叶超华说："叶老师，非常感谢您当年对尚文的教育和指导，尚文永远不会忘记！"叶老师已退休多年，现在在家带孙子，他对这位优秀学生非常关心。他说："当年在班里，你是我最喜欢的学生之一，你学习认真，尊敬老师，团结同学，表现出色，要不是基础不够扎实，毕业后又回乡几年，你应该读更好的大学。""我已经满足了，高中时班里50多名同学，只有我考上大专，还有两个读中专，其他都在当农民哩！"张尚文不无感触地说。"也是，这都是当年教育制度造成的。"叶老师实事求是地说。

饭后，张尚文带着黎小英去看大海。黎小英出生在山区，从来没看过大海，张尚文觉得应该让她开开眼界。从镇上到海边，有四五公里。浩瀚的大海，一望无际，天海一色，波涛滚滚。成群结队的海鸥，在海面上自由自在地飞翔，"欧欧！"地叫个不停，令黎小英心花怒放，眼界大开。

直到下午4点，两人才依依不舍地返程。一路上，两人骑着自行车，有说有笑，浏览着乡村的美丽景色。黎小英对崇山峻岭并不陌生，但大海对她却有着无限的诱惑力，沿海平原也让她感到十分新鲜。

尽管是深冬，但无际的田野上，到处绿油油。大田里的冬种作物如青菜、辣椒、香蕉、番薯等，青翠欲滴。山坡上的荔枝树、龙眼树、杧果树，长势非常茂盛。一簇簇淡褐色的芒果花和荔枝花挂满枝头，飘散着阵阵清香。蜜蜂们蹿来蹿去，辛勤地忙个不停。

下午5点多钟，太阳西斜，晚霞映照，给大地披上一层金色的彩纱。此情此景，令黎小英赞叹不已，她贪婪地呼吸着这难得的新鲜空气，流连忘返。

大年初三，张尚文和黎小英一大早就动身返回单位。张尚文提着家里给他准备的几只土鸡和一些家乡特产，6点多钟就坐长途客车上省城，又坐火车去县城，再坐交通车回单位，直到凌晨2点才回到场部宿舍。

一路奔波，虽然很辛苦，但他们觉得很愉快。

08

这个春节，郑世豪很无聊。自从和陈莹分手后，他的心情极差。3天假期，都是独自一人在宿舍自斟自饮。

节后上班的第一天，韩天明就来找郑世豪，到综合楼建筑工地转了一圈，看到建筑工人陆续到位，两人的心里踏实些了。

设计5层的大楼，现在已建到第2层。按此进度下去，2个月即可完成主体工程。当看到几条主柱有明显的倾斜时，郑世豪吓了一大跳，赶忙问韩天明："这是怎么回事？大楼主柱好像有点倾斜，是哪里出问题了？"韩天明也看到了，心里正在犯嘀咕，但故作镇定："正常现象，稍有倾斜，问题不大的。"

听韩天明这么说，郑世豪更加担心了。他想，出现这种情况怎么可能没问题？分明就是随便应付我嘛！郑世豪认为，目前法制尚未健全，建筑市场管理不规范。承包工程之所以能够赚大钱，多数是靠偷工减料，运气好可以拖十年八年不出问题，运气不好就难说了。这幢大楼的建设，不报建，不报监，任由韩天明随心所欲，自己又不懂。前段时间，李副场长对他强调说，必须办好手续，加强管理，切实把好材料质量关。他把要求向韩天明提出来，韩天明置之不理，完全不当一回事。由于拿了韩天明的好处，自己又不懂业务，只能睁一只眼闭一只眼。现在看来，不出问题则好，一旦出问题，将是大问题，这个责任谁也承担不了，到时自毁前程不算，还要遭受牢狱之灾。郑世豪越想越害怕，但事到如今，唯有听天由命了。

韩天明习惯弄虚作假，以次充好，偷工减料，而且一路顺风顺水，此次也不当一回事。他们转了一圈后，韩天明就拉着郑世豪，要去茶楼喝茶。

他们来到茶楼坐下后，郑世豪忧心忡忡，担心地对韩天明说："老兄啊！这幢楼建5层，目前已经是高楼了，才建到第2层，主柱就明显倾斜，说明是上面压力太大，主柱基础太差，根本无法承受。我在这方面的业务又不熟，这种情况，还有什么办法补救吗？"

"有是有的，那就是拆掉重建，这样做成本太高，不划算，搏运气吧，兄弟。"韩天明此时彻底暴露了奸商的本性，意在不想补救，当然也难以补救。他继续说："我算了一下，这两幢楼如能顺利完工，至少可以赚到100万元，我们对半分，每人可拿到50万元，比你现在每月几十元工资不知高出多少，到时还愁没钱吗?""可是万一出事,麻烦就大了。"郑世豪认为,韩天明是包工头,为了自己的利益最大化,可以抱有侥幸心理,但自己作为行政办主任、共产党员,应当知道问题的严重性,所以始终不放心。"放心吧,兄弟!没有万一。"韩天明拍着胸脯说。郑世豪沉默了,他内心非常后悔,后悔当初财迷心窍,但现在已经后悔莫及了。

建两幢综合楼,这是第一幢,建成后计划第1层、第2层做商场,第3层做商业公司办公室,第4层、第5层出租做培训机构。场部的资金已到位,韩天明的自带资金按合同也退还了百分之五十,投入已超过100万元。

10天后,楼房主体已建到第3层。这时正是梅雨季节,整天阴雨连绵。晚上8点多钟,还下着雨,各家各户都在家里看电视。突然,轰隆一声巨响,吓得附近居民赶忙冒雨出来探究竟,原来在建的综合楼倒塌了。首先接到消息的是韩天明,其次是郑世豪,都是施工队长打电话报告的。韩天明接到电话,被吓得胆战心惊,马上关了"大哥大"。郑世豪去到现场,看到这种情景,也吓得脸如黄土。他急忙打韩天明的"大哥大",但电话关机。韩天明的"大哥大",是他花大钱托人从香港买来的,当时内地很少有人使用。无奈之下,郑世豪只好向李副场长报告,李副场长又向杨刚场长报告。

杨刚场长接到报告后,十分震惊,马上从家里赶到现场,只见整幢建筑全部倒塌,犹如一座垃圾山,脚手架横七竖八,看后令他倒吸一口冷气。杨刚马上通知公安分局派人保护现场,然后找施工队了解民工伤亡情况。所幸的是,事故前民工全部下班回工棚休息,没有人员伤亡。

杨刚场长让郑世豪马上找到包工头韩天明，并通知行政领导班子召开紧急会议。他布置完成后，马上向党委书记王敏通报，要求立即召开党政领导班子会议，并提出邀请公安、检察等有关部门领导列席参加。王书记也觉得很突然，同意杨刚的意见，并即刻通知党委办落实。

　　夜晚9点多钟，场部会议室灯火明亮。不到30分钟，场党政领导和相关部门负责人全部到齐。郑世豪坐在会议室的一角，只见他耷拉着脑袋，一支一支地抽着烟。他无法找到韩天明，不知如何交差。其实，韩天明接到施工队长的电话后，已被吓破了胆。他无所适从，为了回避，只好关掉"大哥大"，在县城躲起来。张尚文打开会议记录簿，全神贯注地准备做记录。

　　"人都到齐了，现在召开紧急会议。告诉大家一个坏消息，一个多小时前，我们在建的综合楼倒塌了。这是一起严重的责任事故，我很震惊。"杨刚停顿一下，喝了一口水继续说，"这件事一定要查到底，依法追究责任，也包括我。"

　　听到这个消息，在座的领导都觉得很突然，个个脸色铁青，互相对视一下，不敢出声。此时，郑世豪的内心正在翻江倒海，惭愧得无地自容。他想，自己是工程管理的直接责任人，追究责任自己排在首位，于是更加坐立不安。杨刚在讲话时，特别注意他的状态，只见他双手不停地发抖，连烟都拿不稳。杨刚继续说："刚才，我已通知公安分局派人保护现场，又向施工队了解情况，万幸的是，事故没造成人员伤亡。但是，到目前为止，还联系不上包工头韩天明。大家研究一下，对这个突发事件，我们应该怎么处理？"

　　此时，到会领导的心情稍微平静下来，思考着处理办法。

分管此项工作的李副场长知道责任重大，无法推卸，首先难过地做自我检讨："出现这样的重大事故，我难辞其责，我无条件地接受组织处理。其实，上次杨场长提醒我，要我抓紧完善大楼的建设手续，加强质量管理，我也找过郑世豪，要求尽快抓落实。但是由于我的工作太多，没有及时跟踪到位，想不到这么快就出问题了，这都是我的责任。""现在不是讨论领导责任的时候，关键是怎样做好善后工作。我建议先由公安分局将包工头拘留起来，进行彻底调查，再作定夺。"刘副场长说。"对，我同意刘副场长的意见，对施工队的队长，也要关起来，对负责此项工作的直接责任人，一定要隔离审查。"张副场长补充说。

经过一番讨论，杨刚集中大家的意见，最后定调："大家的意见都很好，我都赞成。现在，我宣布决定：一、建议公安分局立即依法拘留包工头韩天明、施工队的队长；二、负责工程管理的直接责任人郑世豪，由纪委隔离审查；三、建议场党委成立以纪委为主的专门调查组，从党委办、总工会、基建科等部门抽调人员组成，必要时抽一些工程技术人员参加，明天开始工作，王书记同意吗？""同意。我补充一点，必须一个月内拿出调查结果。"王敏书记最后拍板。在场的领导都表态，同意杨刚场长和王敏书记的意见。

当晚，纪委的同志就将郑世豪带到场部招待所隔离起来。公安分局侦查人员连夜开展工作，凌晨两点钟，在县城的一家宾馆找到韩天明，并带回公安分局拘留。

第二天，纪委法书记召集专案组人员开会，布置调查工作。法书记是南下干部，个头高大，头发全白，声音如雷。他是山东人，乡音很浓，说话一般人听不清楚。他今年已59岁，明年就离休了。专案组成员有党委办主任许洪、基建科长李辉、总工会副主席马茂林等。

法书记首先传达党政班子紧急会议精神，然后对工作组成员做了具体分工：许洪负责查清大楼的设计方案、图纸出处和质量监督情况；李辉负责调查建筑材料的进货渠道、验收方法、材料价格和质量以及使用情况；马茂林配合法书记查清包工头韩天明的行贿情况。最后，法书记说："大家一定要坚持原则，认真负责，细致工作，实事求是，争取在一个月内查清全部问题。"

会后，大家马上分头行动。许洪主任去找施工单位要设计图纸、施工记录，了解工程质量管理情况；李辉科长分别找建筑材料供应商了解红砖、沙石、水泥、钢材等建筑材料的进货渠道、生产厂家和数量、质量、价格及验收情况，还抽取标本到权威单位化验；法书记和马副主席分别找郑世豪、韩天明谈话，讲清政策、法律、责任和后果等，让他们主动交代问题。专案组的同志主动出击，加班加点，不到一个月，调查结果出来了。

专案组召开汇报会，法书记在会上说："经过将近一个月的紧张工作，大家认真负责，尽心尽力，现在有了结果，请分别汇报吧，小刘做好录。"小刘是场纪委办公室主任，负责材料整理、汇报工作。

党委办主任许洪首先汇报："经过我们的调查，综合楼的设计图纸是盗用别人的，没有设计单位盖章。施工过程没有任何记录，也没有办理报建和报监手续，按规定这是甲方的责任。"

基建科长李辉接着汇报："经调查，建综合楼的所有建筑材料都是从县城购进，购进的材料全部不符合要求。我们抽取钢筋、水泥、红砖、砂石等样本，到县技术监督局检验，结果是：达标水泥应是425标号，而实际使用的是325标号，这是修路用的水泥标号；达标钢筋应是2号，而实际使用的是4号，抗压强度仅是标准的百分之五十，碎石含砂量超过百分之十，红砖全部是次品。同时，所有进货材料的价格均比标准材料价格低百分之三十以上，严重违反工程承包合同规定。乙方进来的建筑材料质量如何，从来没人过问，也没有验收把关，放任自流，而施工队又不报告、不阻止。这些都是项目管理方的责任。"

总工会副主席马茂林汇报："我们首先请公安分局刑侦大队配合审讯，开始韩天明什么都不承认，经过反复政策攻心，最后全部坦白了。他送5万元给杨刚场长，又送8万元给李副场长，被李副场长退回，之后将这8万元送给郑世豪。我们找杨刚场长核实，杨场长说，韩天明是在郑世豪的引荐下，有一天晚上到他家，临走前韩天明将一包东西放在茶几上就出门了，追都来不及，他没看是什么东西，第二天就让郑世豪退回给韩天明了。我们向李副场长核对，情况属实。之后，我们又找郑世豪调查，他开始不承认，后来我们拿出证据，他不得不承认私吞了杨场长退回的5万元，又收受韩天明8万元，共受贿13万元。由于收了韩天明的好处，他对韩天明的所作所为，闻而不问，听之任之，任由韩天明随心所欲地干，完全丧失共产党员的立场，严重失职，负有不可推卸的责任。"

李辉补充汇报："据向财务科调查估算，整幢楼已投入120多万元，其中乙方带资的80万元已全部返还。这次事故造成国家直接经济损失达 130 万元，如果加上倒塌大楼的清场费，损失共计达 200 万元。"

汇报结束，专案组根据案情，研究出对涉案人员的处理建议。最后，法书记小结："问题都搞清楚了，请纪委办公室小刘将情况写成调查报告，在星期五前报场纪委研究处理意见建议，再由党委研究，做出处理决定。"

星期六上午，王敏书记主持召开党委扩大会议，专门研究综合楼事故处理问题。参加会议的有场党委委员、党员身份的副场长，邀请县公安局局长、检察院检察长、法院院长列席会议。王敏说："同志们，今天的党委扩大会议，专门听取事故调查组的调查报告，研究涉事责任人的处理问题，现在首先请纪委法书记做调查情况汇报。"

法书记戴起老花镜，拿着准备好的材料，认认真真地、一字一句地照读。读完后，他代表调查组向党委提出建议："根据上述调查结果，经工作组和纪委班子研究，对这次事故涉及的人员，建议做如下处理：一、郑世豪同志玩忽职守，工作不负责任，给国家财产造成巨大损失，收受包工头韩天明贿赂 13 万元，作开除党籍和公职、移送司法机关处理；二、包工头韩天明违反工程建设管理和工程承包合同规定，偷工减料，以次充好，弄虚作假，拉拢腐蚀干部，行贿数额较大，造成国家重大损失，影响极坏，是这次事故的罪魁祸首，应交由司法机关处理，同时依法追回国家损失；三、施工队队长对偷工减料，以次充好，违反工程管理和承包合同规定的行为，不制止，不报告，建议公安机关依法给予行政处罚；四、至于李副场长，由于过于相信人，工作不到位，造成重大事故，应负领导责任，由场党委报请省局处理。"

法书记汇报完后，王敏书记严肃地说："刚才大家都听了法书记的报告和处理建议，现在研究一下，工作组和纪委的建议是否合法合理，请发表意见。这是我场有史以来的一次重大事故，影响极坏，省局已在全省农垦系统作了通报，对我们进行了严厉的批评。我们必须认真对待，绝不能含糊，要举一反三，杜绝类似事件再次发生。"

这时，杨刚场长的心情十分沉重，后悔地说："首先，我向同志们检讨，我的错误很严重：一是操之过急，二是用人不当，三是管理不严。造成这种局面，我应承担主要责任，请党委研究报请省局给我处分。综合楼的建设，迫在眉睫，这件事情处理之后，应马上找有资质的单位进行重新设计，另找有资质的建筑公司承建，不再需要带资，完善工程建设的所有手续。至于对事故涉事责任人的处理，我同意工作组和纪委的建议。"杨刚场长的态度十分诚恳。

这段时间，杨刚的心情非常复杂。他想：自从当兵、提干、转业到地方工作以来，自己一路平坦，事事顺利。当场长至今也有3年多，从来没出过差错，没想到今天却马失前蹄，重重地摔了一跤，而且是被最亲近的部下拉下水，真是后悔莫及。但是，作为组织培养多年的领导干部，应当保持坚强刚毅的性格，绝不能被任何风浪击垮，必须振作起来，吸取教训，将功补过，在哪里摔倒，就在哪里站起来。他最后说："希望同志们大胆批评，虽然建楼、发包、带资都经过集体讨论，但我作为行政主要领导，必须承担责任，毫无怨言地接受组织处理，请同志们对我加强监督，大家同心协力，把今后的工作做好。"

杨刚说完，在座的领导七嘴八舌地议论开了。刘副场长说："出现这样的事故，大家都感到意外。但所有决策都是经过集体研究决定的，大家都有责任，杨场长不必过于自责。现在主要是怎么把事情处理好，使综合楼尽快复工建设。我完全赞成调查组和纪委提出的建议。""我认为刘副场长讲的话很在理，集体决策就应该集体负责，至于具体责任到人，那就另当别论了。包工头胆大妄为，就是因为内部有人包庇，起码说是完全不作为，造成这样重大的损失，不追究刑事责任，难以向全体职工交代。"总工会主席陈强越说越气愤。"包工头金钱至上，为了个人利益，不择手段，偷工减料，以次充好，视国家建设为儿戏，还拉拢腐蚀干部，败坏社会风气，影响极坏，除了依法追究刑事责任外，还要赔偿因此造成的损失，不然难以服众。"张副场长一针见血，说出了问题的关键。

　　总之，与会者个个义愤填膺。王敏书记认为，如果不能公平公正地处理这件事，很难平息干部职工的情绪，也难以向上级交代。于是，他宣布决定："我的心情同大家一样，很愤慨。刚才几位领导发表了很好、也很有代表性的意见，我很赞成。如果没有新的意见，下面我就做决定：一、开除郑世豪的党籍和公职，移送司法机关处理；二、建议公安分局将案件调查清楚后，将包工头韩天明移送检察院依法处理，同时，由我场向法院提出民事诉讼，要求承包方赔偿国家经济损失；三、建议施工队队长由公安机关行政拘留。以上决定，由场纪委配合县公、检、法三家抓落实。至于综合楼如何复工，就按杨场长的意见办，行政班子召开一次专门会议具体研究，做出复工安排。今后一定要按规定办事，绝对不能再次出现此类问题。另外，今后就由刘副场长负责综合楼的建设管理工作，基建科李辉科长协助。行政办的工作，由张尚文同志全面负责。大家还有什么意见吗？"在座的领导热烈鼓掌，一致通过。

郑世豪和韩天明当天下午就被检察院宣布逮捕，移送县公安局看守所，施工队队长也被公安分局行政拘留15天。

09

张尚文负责行政办的全面工作后，担子更重，压力更大了。现在，他面临的最大问题，就是如何扭转行政办的管理混乱状态，确保以新的面貌出现。为此，张尚文决定对行政办全体人员从思想上、纪律上进行一次教育和整顿：第一，召开全体行政办人员会议，要求大家团结一致，转变作风，互相配合，积极进取，遵守纪律；第二，重新建立规章制度，包括上下班制度、请示汇报制度、财务管理制度、车辆管理制度等；第三，对办公室人员的工作进行调整，将招待所所长与车队长对调，将负责内勤人员与负责对外联络人员对调。一段时间后，行政办全体工作人员的精神面貌有较大改变，工作作风逐步好转，工作效率有所提高。场领导和干部职工看在眼里，非常佩服张尚文的工作能力。

应该说，张尚文的进步，除了他的主观努力外，还得益于跟着的都是好领导。刚参加工作时，跟着科长陈汉华。陈科长为人厚道诚实，兢兢业业，勤勤恳恳，是张尚文走上社会的第一任老师。调到行政办当秘书后，跟着杨刚场长。杨场长雷厉风行、刚正不阿、艰苦奋斗的性格和作风，给张尚文树立了好榜样。平时，张尚文十分善于学习别人的优点，尤其是学习领导的长处，弥补自己的不足，因此进步很快。

张尚文除了工作主动积极外，对父母非常孝顺。尽管工作单位离家乡较远，工作也很忙，但他坚持每个月写一封信给妹妹，了解家庭情况，关心父母的身体健康。每月还从工资中寄去20元钱，补贴家用。因此，他的经济很紧张，很少买衣服，一件夏季衣服至少穿两年以上甚至更长时间；冬衣就不用说了，起码穿五六年，有的衣服褪色变形了，还继续穿。他穿的冬季衣服，有的还是在学校时穿过的。黎小英很心疼，经常给他买衣服、鞋袜。他现在所穿的衣服和鞋袜，都是黎小英买的。

为了节约，除了下基层和节假日，张尚文多数时间都在饭堂打饭，每餐都是最低标准。他不打牌、不抽烟、不赌博，没有其他不良嗜好，只喜欢喝点酒，因为冬天太冷，为了御寒，但没有酒瘾。他最喜欢看书学习，宿舍最多的就是各种各样的书。除了读函授的专业书和参考书外，还有世界文学名著、政治经济学论著、中国法律大全和公文写作参考书等，整个房间堆得满满的。空闲时间，他除认真学习法律知识、完成函授作业和试题外，就是看书、看杂志、看报纸，有时还练练书法、打打球、游游泳、跑跑步。所以，他的知识面很广，身体很健康。

五一国际劳动节快到了，张尚文想起对父母的承诺，决定在五一节举行婚礼，完成人生大事，给父母一个交代。星期天，黎小英带着张尚文去探望她的父母，商量结婚事宜。黎小英的父母自然十分高兴。黎小英在外地工作的哥哥，也带着嫂子和小孩回来。中午，黎妈做了一桌子的菜，一家人坐在一起，在融洽的气氛中共用午餐。

黎小英的父亲对子女要求比较严格，认为女儿的婚姻是一件大事，必须提出一些具体要求，便说："阿英啊，你们是自由恋爱的，两人互相了解，成家后要互相关心、互相支持，共同努力把家庭搞好，不要让我和你妈操心，知道吗？"

一直以来，黎小英很敬重父母，十分听话。特别是父亲提出的要求，她做起来从不走样。她说："爸，我们知道了。春节回尚文家，他爸妈也这样叮嘱我们，你们就放心好了。"黎小英的父亲继续说："你们现在还没有经济基础，爸妈也帮不了你们，婚礼就简单些办吧！成家后，尚文的工作任务重，阿英要多承担家庭责任。你们现在还年轻，要努力工作，勤俭持家，做到事业家庭两不误，明白吗？"

黎小英父亲的这番话，既是教育黎小英，也是提醒张尚文。"多谢爸妈！我们明白了。我现在确实经济条件不好，所以打算简单些办，请几个同事、朋友吃个便饭就行了，到时爸妈一定要到场哦！"张尚文理解黎小英父亲的意思，诚恳地表态，还正式改口称爸妈，要求黎小英父母参加婚礼。"女儿结婚的大事，我们一定到场。"黎小英的父亲也做出承诺。

回来后，张尚文和黎小英晚上到郝红梅家，征求他们办婚礼的意见。郝红梅是过来人，办婚事比他们有经验。她说："既然你们要在五一节办婚礼，现在离五一节还有一个星期，这两天你们应该去县民政局办理婚姻登记手续，然后准备婚房。婚房至少要用石灰水刷新一下。还要买一张新床、一个衣柜、一张梳妆台、一床新被褥和一些结婚后两人的生活用品。这些都要花钱，结婚酒就不要讲排场了，经济条件不允许。五一节那天，在饭店安排一桌饭菜，请几个知己朋友和亲人祝贺一下就行啦！节约办婚事嘛。我知道张主任现在很困难，如果钱不够用，我可以借一些给你们。"郝红梅比较内行，滔滔不绝地说。张尚文和黎小英一边听，一边不停地点头。

20世纪80年代的婚礼，一般都很简单。张尚文听了郝红梅的意见后，觉得很复杂，但再复杂也得办。张尚文考虑，虽然经济条件不好，不应大操大办，但也要对得起黎小英，于是他向郝红梅借了2000元钱。第二天，两人就去办理婚姻登记手续，接着请人刷房子，到商场买家具、被褥和生活用品。婚房就用张尚文的宿舍改造而成，两房一厅，有厨房卫生间。虽然破旧，但设施齐全，简单的婚房就这样布置就绪。

五一节那天，张尚文和黎小英举办简单的婚礼。张尚文在饭店预订了一桌饭菜，请来几个亲友和同事，其中有陈强、许洪、李辉，还有小叶、郝红梅和黎小英父母，一共10个人。

张尚文今天穿一件短袖白衬衣，一件灰色西裤，一双新皮鞋，这些都是黎小英买的。黎小英穿一件浅红色碎花连衣裙，一双半高跟凉鞋。两人的打扮既大方又得体。

中午12点，简单的婚礼正式开始，陈强主持。他说："首先请新郎新娘互赠结婚纪念礼物。"张尚文将一枚戒指戴在黎小英的右手无名指上。这枚戒指是黎小英出钱，和张尚文去商场挑选的。黎小英送给张尚文一支钢笔。然后，陈强致辞："各位亲友，今天是张尚文先生和黎小英小姐结婚的大喜日子，又是国际劳动节，双喜临门。劳动人民在欢庆自己节日之际，举行婚礼，喜上加喜。我代表在座的各位，祝贺新郎新娘新婚幸福，夫妻恩爱，事业进步，早生贵子，白头偕老！大家举杯，干！"

大家起立，都举起斟上红酒的杯子，表示热烈祝贺。大家还没坐下，陈强接着说："下面请新娘的父亲讲话。"黎小英的父亲举起酒杯，高兴地说："多谢各位领导、朋友！女儿结婚，我和阿英的妈妈十分高兴。子女长大成家，是当父母的最大幸福。希望阿英和阿文婚后互相体贴、恩恩爱爱、生活美满、事业有成！也希望各位领导、同事、朋友，对他们大力支持和帮助，使他们事业家庭两不误。谢谢大家！"

张尚文此时的心情很激动。大家坐下后，他拉着黎小英的手，两人站起来，举着酒杯满怀激情地说："首先感谢各位领导、同事、朋友的光临，特别是感谢爸妈的信任和支持，感谢小英的关心和体贴。我和小英的结合，是我高攀了小英。希望大家今后继续关心帮助，也希望爸妈今后继续教育和支持，我和小英决不辜负爸妈的希望，非常感谢爸妈，感谢大家，我们敬大家一杯！"

婚礼一直到下午2点才结束，张尚文的人生大事圆满完成。

第二天，张尚文夫妻俩利用婚假，到县城的旅游区"宝藏宫"玩了一天。那天的天气特别好，风和日丽，阳光普照。一大早他们就坐交通车到县城，再从县城坐专线车到旅游区。旅游区离县城约6公里，坐专线车很方便。旅游区是改革开放后，明德县为发展第三产业，改善投资环境而建起来的。

到了旅游区，只见青山绿水，游人如鲫。大山脚下，茂密的原始森林，遮天蔽日。进入园区，曲径优雅，水榭亭台，景色宜人。荷花池中鲜花竞放，锦鲤游弋，蝴蝶飞舞，好一处人间仙境，世外桃源。张尚文拉着黎小英的手，在这美丽如画的景色中欢笑着、跳跃着、追逐着、打闹着，犹如身处仙境，完全忘却人间苦恼。

"宝藏宫"在半山腰，是一个巨大的石灰岩溶洞。游人拾级而上，很快就进入神奇的世界。到了洞口，上面赫然出现"宝藏宫"3个大字。进入洞口往里望去，别有洞天。大自然的鬼斧神工，令石灰岩溶洞成为神仙的宫殿。溶洞有两层，第1层是地下河、蝙蝠洞；第2层以钟乳石为主，是主要景点。钟乳石造型千姿百态，活灵活现，有王母托寿桃、仙女散花、孙悟空大闹天宫、定海神针等等，不胜枚举。在人工灯光的衬托下，色彩斑斓，令人眼花缭乱，犹如进入天宫。张尚文拉着黎小英，随着游人漫步其中，被这神奇的世界吸引着，目不暇接。这似幻似真的景色，使他们如痴如醉，回味无穷。

这一天，是张尚文有生以来最开心的一天。他们流连忘返，直到下午5点才回到家。

⑩

婚后，张尚文夫妻俩过起了为柴米油盐酱醋茶操心的日子，他们首先遇到的是烧柴困难。

在家用电器尚未大量开发上市前，煤、电、天然气还很紧缺的年代，家庭做饭大都是用木柴。但封山育林后，木柴在市场上很紧缺，价格较贵，而且很难买到。每逢天阴下雨，家里没有柴火就要断炊。无奈之下，唯有上山捡些朽木枯枝，放在家里备用。

星期天，张尚文夫妻俩备了干粮和开水，穿上破旧衣服权当"防护衣",戴上草帽,一人骑一辆自行车,8点多钟就出发,去10多公里远的山上捡木柴。两人的打扮十足像山民,他们爬上半山腰,来到一片原始森林。这个地方平时杳无人烟,很多野兽出没,如山鼠、山猫、野兔、黄鼠狼等,也有各种毒蛇和毒蜂,还有山鸡和斑鸠等飞禽。他们冒着危险,在树林中寻找落地枯枝。

大约过了2个小时,已到上午11点钟,每人才捡了不到40斤木柴。这时,两人又渴又饿,正准备坐下来休息一会儿,喝口水,吃点干粮。突然不远处有一个动物蹿出来,那家伙跑得飞快,黎小英见到了,被吓得大声尖叫。张尚文反应过来时,那家伙已经不见踪影。张尚文问黎小英:"你怎么啦?"黎小英惊魂未定,声音有些颤抖:"一只小老虎,吓死我了。"黎小英虽然出生在山区,但从没见过这种动物,以为是小老虎。"你被吓糊涂了,这附近的大山,老虎早已绝迹,你看到的应该是山猫吧?不用怕,山猫不伤人,坐下来休息一会儿,喝口水,吃点东西再捡。"张尚文解释说。"家猫我认得,这家伙比家猫大得多,而且身上的花纹很鲜艳,像个小老虎。"黎小英用手比画着。"山猫专吃老鼠和蛇,营养好,所以体形比家猫大,而且身上的花纹很鲜艳,看起来有点像老虎,但它怕人。没事的,坐下来休息一会儿吧。"张尚文进一步解释。听了张尚文的解释,黎小英的心情才慢慢平静下来。

两人坐在树荫下的草地上,喝着水,吃着黎小英昨天晚上蒸的馒头。突然,不远处的树林里传来一种特别奇怪的声音,酷似婴儿的哭声,"哇哇哇"地叫个不停,而且叫声越来越大。那凄厉的声音,令人毛骨悚然,头皮发麻。黎小英被吓得赶忙丢掉馒头，用力抱紧张尚文，将头埋进他的怀抱，大哭起来。张尚文笑笑，安慰她："不用怕，这是山猫的叫声，可能是你刚才见到的那只'老虎'在叫吧！""太恐怖了，我们回去吧，不捡了。"黎小英心有余悸，怏怏地说。张尚文觉得辛辛苦苦来一趟，没有多大收获，就草草收兵，有些不甘心："你在这里休息一下，我再去捡一些。""不行，我要跟着你。"黎小英拉着张尚文的衣角说。

黎小英壮着胆子，寸步不离地跟着张尚文，两人又去捡了一会儿。到下午一点左右，他们正准备捆柴下山，突然前面的草丛里蹿出一条大蛇。那大蛇全身间黄间白，有2米多长，抬起饭铲似的蛇头，左右摆动，吐着信子，"咝咝"地喷着粗气。张尚文小时候见过这种蛇，当地人叫"银包金"，毒性非常大。一开始张尚文被吓了一大跳，但马上就冷静下来。他从小在农村长大，经常与各种各样的蛇打交道，有一定经验。他示意黎小英不要出声，以免惊动大蛇，并用一只手掩住黎小英的嘴巴。黎小英从来没见过蛇，这时已被吓得魂飞魄散，她紧紧抓住张尚文的衣服，脸色铁青，不敢哼声。一会儿，大蛇没听到动静，将头低下去，转身慢慢爬开。

大蛇离开后，黎小英"哇"的一声大哭起来，那哭声被对面的山崖回应过来，震天动地。张尚文赶紧抱住她："不要怕，没事了。蛇靠声音辨别方向，寻找攻击对象，我们不出声，它以为没有敌人，所以爬走了。你继续哭喊，大蛇听到声音，有可能还要爬回来啊！赶快捆好木柴，我们回去吧。"听张尚文这样说，黎小英停止大哭，但还在不停地抽泣。

张尚文将枯枝扎成了两捆，一大一小。自己托着大约60多斤，黎小英托着 30 多斤，艰难地下到山脚，用自行车载回家。

此后，他们再也不上山捡柴火了，改为烧煤饼。他们买回煤渣，自己动手打煤饼，与木柴混着用。为了早日偿还借郝红梅的 2000 元债务，夫妻两人省吃俭用。黎小英平时买菜专挑最便宜的，如豆腐、通心菜等，很少买鱼买肉。虽然日子过得很清苦，但他们觉得很幸福。

今天上午 11 点多，有一个中年男子在张尚文的家门口，等张尚文下班。此人一身农民打扮，样子十分憨厚，旁边放着一袋东西，见到张尚文回来，迎上去问："请问你是张主任吗？""我是张尚文，你是？"此人说："我是从江西省九江市来的，你有一个同学叫李勇，在九江市农业局工作对吧？我就是你同学的大哥介绍来找你的。我叫苏春达，当兵时和李勇的大哥在同一个连。李勇的大哥叫李进，是我的排长，我是班长，我于 1981 年退伍，回老家务农……"

苏春达还没说完，张尚文赶紧让他进屋："进去说吧，你找我有事吗？"张尚文开门，让苏春达进屋坐下。张尚文给他倒了一杯茶，他喝了一大口，说："我有一个弟弟，叫苏秋来，今年 18 岁。去年春天到岭南省城打工，不久因与同伙盗窃摩托车被判 7 年，去年就已经送到你们单位附近的红卫监狱劳动改造，被安排在第三大队二中队。"苏春达又喝一口茶，继续说，"我弟弟从盗窃、拘留到判刑，家里都不知道，也没见到人。最近家里收到他的信，才知道他已被判刑劳改，急得老父亲得了病，父亲让我无论如何都要想办法见上他一面。于是我想起我的战友李进，他当上营长后转业，被安排在九江市公安局工作。事情很凑巧，他的弟弟李勇和你是大学同学，这才知道你在这里工作，就是李勇让我来找你的。张主任，麻烦你了，请你帮帮忙，让我见弟弟一面，回去好向老父母交代。"

至此，张尚文完全明白了苏春达此行的目的。他的同班同学李勇，的确是毕业后被分配在九江市农业局工作，他们也经常书信来往，互通情况，互相鼓励。张尚文知道，直系亲属要探望劳改犯，按规定是允许的。于是，他对苏春达说："放心吧，先在我这里吃过午饭，饭后我抽时间带你去见你弟弟。"苏春达很感动："太感谢张主任啦！"张尚文与红卫监狱的办公室主任两人关系很好，他认为有把握。

这时，黎小英下班回来了，张尚文向她介绍："这是从江西来的，我同学的朋友苏春达，中午多做一人的饭。"然后将苏春达来找他的目的向黎小英说明。苏春达赶忙向黎小英打招呼："弟妹好！"黎小英也礼貌地回应一声，然后进入厨房做午饭。张尚文马上打电话给车队长，让他安排一辆车。

吃过午饭，张尚文带着苏春达到红卫监狱找办公室主任。办公室主任带他们前往第三大队第二中队，找到中队长说明情况。办完手续，不到 10 分钟，苏秋来在狱警的押送下来到探监处。苏春达看到面容消瘦、精神萎靡，穿着囚服的弟弟，心酸地抱着他大哭起来。苏秋来也泪流满面，不停地抽泣。过了一会儿，他们擦干眼泪，开始交流。苏春达教育弟弟要吸取教训，服从管教，积极改造，争取减刑，早日出来，重新做人，等等。探视时间大约 30 分钟。之后，张尚文带着苏春达往回赶，回到张尚文家，已是下午 5 点多。苏春达下车后用力握着张尚文的手："非常感谢张主任！我回去有交代了。我已出来几天，家里农活忙，家人也不放心，再说也不能影响你的工作，我现在就赶回去。""这么晚还有车回江西吗?""有的,我先去县城火车站,再坐火车回江西,请主任放心。""那好吧,回去代我向老同学李勇问好,祝你一路平安!"

这时,苏春达突然想起什么,叫起来:"哎呀!差点忘记了,我出来的时候匆匆忙忙,没有什么准备,只带一些自产的山货,准备送给你。"苏春达走到张尚文的门角,将纤维袋拉出来打开,只见纤维袋装满了上等干花菇,大约有50斤,然后说:"这是我自产的,小小意思,不成敬意,请收下。"

张尚文一看,哭笑不得,心想,这么一大袋蘑菇,从江西坐火车带到新生农场,中途七转八转的,路上的麻烦可想而知。收了吧,一来影响不好,二来太多也难以处理;不收吧,千里迢迢,让他再带回去,于心何忍?张尚文苦笑着说:"多谢啦!"苏春达举起右手,向张尚文行了一个标准的军礼:"再见,张主任!"说完就走了。

苏春达刚走,家里的电话就响了。张尚文赶忙回去接电话:"你好,哪位?"电话是行政办秘书小叶打来的:"我是小叶,刚才杨场长找你,说明天上午9点两间红砖厂同时点火,10点钟石米厂试产,场领导全部出席仪式,让我们通知各位领导并做好车辆安排,上午8点30分在办公大楼门口集中出发。""我知道了,你现在就通知下去,做好车辆安排。""好的。"小叶答应。

自从在建综合楼发生重大事故以后,杨刚背着沉重的思想包袱。但是这一挫折,并没有击垮这位军人出身、血气方刚的硬汉,他反而越挫越勇。几个月来,他毫不放松抓好红砖厂、石米厂、农药厂的建设和倒塌综合楼的复工,事事亲力亲为,整个人瘦了 10 多斤。张尚文天天跟着他，协调关系、洽谈合作、解决问题。看到杨刚场长废寝忘食地工作，张尚文特别担心他搞垮身体。现在，两间红砖厂和石米厂已经建成，农药厂正在安装设备，综合楼也开始重建，一切都十分顺利。杨刚场长这种拼命三郎的精神，令张尚文佩服得五体投地。

一个月前，因为负有综合楼重大事故的领导责任，农垦局党委下文给予杨刚党内警告处分，处分决定内部传达。杨刚私下对张尚文说：这是组织出于对他的关心，采取"惩前毖后，治病救人"的方针挽救他，他必须放下包袱，轻装上阵，做出成绩，报答组织。因此，从决策开始，到上述几个工厂的建成、综合楼的重建，时间未超过半年，效率之高，速度之快，甚是少见。张尚文认为，真正有才华、有胸怀、有智慧、有担当的领导，就应当像杨刚场长一样，有错必改，勇往直前。从此，张尚文把杨刚场长当偶像。

放下电话，张尚文正准备做晚饭，黎小英下班回来了。她说："不煮了，我们出去吃沙茶牛肉。"所谓沙茶牛肉，就是用牛肉切片，与沙茶酱放在火锅里一起煮熟。这种沙茶牛肉香味非常独特，口感很好，十分诱人，黎小英最喜欢吃当地的火锅沙茶牛肉。她近来身体有点不适，总是吃不香，睡不好。郝红梅说可能是妊娠反应，建议她到医院检查。张尚文也觉得她最近有些不太正常，整个人消瘦了很多，脸上出现很多斑点，便说："也好，反正你也吃得不多，免得生火。"

两人来到街上的火锅大排档，找个地方坐下，点了一份牛肉，一份青菜，一碗沙茶酱，一杯仙泉米酒。火锅捧出来了，张尚文先将沙茶酱倒进火锅煮滚，然后倒入牛肉，顿时香气四溢。沙茶酱的特殊香味虽然刺激着黎小英的味蕾，但她还是吃得不多，只吃了几片牛肉、几条青菜，就放下筷子，坐在一旁看着张尚文狼吞虎咽。张尚文劝黎小英："你多吃点吧，这是你最喜欢吃的啊！"黎小英说："你吃吧，我实在吃不下了，我想明天去医院检查一下。"这时，张尚文才反应过来："对对，是应该去检查一下，听听医生的意见，但是我明天要陪领导去参加红砖厂点火和石米厂试产仪式，不能陪你去，没问题吧？"黎小英笑了笑："你忙你的，我没那么娇气，我自己骑自行车去就行。""也好，不过你要注意安全哦。""放心吧。"黎小英说。待张尚文喝完杯中酒，黎小英结账，两人离开。

第二天，黎小英骑着自行车去医院。医院离场部约有3公里，骑车不用半个小时。黎小英到妇产科挂号、检查，不一会儿结果出来了。女医生拿着化验单，笑着对黎小英说："恭喜你啦！你要当妈妈了。"听医生这么说，黎小英激动得流下了眼泪，她握着医生的手说："多谢医生，我应该注意些什么呢？"女医生叮嘱她孕妇要注意的事项："要增加营养，注意休息，不能过于疲劳，保持好心态，生病尽量不要吃西药，特别是霉素类的药物，还要每月来医院检查一次，记住了吗？"黎小英连连点头："记住了。"

回到家，黎小英觉得有点累，躺在床上休息。这时，她的脑海里不停地出现一幕幕记忆：自从认识张尚文，她就主动追求他。本以为张尚文不会理她，因为他学历高，又是国家干部，而且一表人才。而自己却是工人身份，学历低，个子也不高，有些信心不足，但是张尚文根本不计较。为了接触他、了解他，她大胆地提出要他请喝咖啡，他不但不推辞，还主动约她去看电影。虽然几次单独接触都遇到意外事件，但在紧急关头，他毫不犹疑地挺身而出，令她刮目相看。她觉得，张尚文思想觉悟高，有正义感、事业心、责任心，工作能力强。特别是对父母十分孝顺，生活艰苦朴素，勤俭节约，值得托付终身。从谈恋爱到结婚近两年来，夫妻感情越来越深，家里的大事小事有商有量，从不脸红吵架。尽管他的工作很忙，但家庭观念强，对她关心体贴、细致周到。现在，自己有了身孕，几个月后将为人母，二人世界将变成三人世界，生活将更有乐趣。

想到这里，黎小英觉得很幸福，嘻嘻地偷笑，却忘记了做午饭。

⑪

在黎小英去医院的同时，张尚文陪着场领导，先到两间红砖厂参加完点火仪式，然后马不停蹄地赶往石米厂。

到了石米厂，但见彩旗飘扬，锣鼓喧天。厂大门两边贴上大红对联。上联是：发挥资源优势扩大生产创收入；下联是：深入改革开放狠抓规模增效益。横额是：石米厂试产仪式。对联虽不太工整，但很贴切，有意义。

10 点整，试产仪式开始，杨刚场长发表简短讲话："经过 5 个多月的筹建，在筹办组全体同志的共同努力下，今天，我们的石米厂试产了。包括我们刚才点火的两间红砖厂，我们又增加了 3 家工厂。虽然这些工厂规模不大，但能够为我场的发展添砖加瓦，而且都是资源型，符合当前的发展方向和产业政策。

在此，我代表党政领导班子表示热烈的祝贺！希望试产后，石米厂的领导班子加强经营管理，努力降低生产成本，大力开拓市场，提高经济效益，为我场的经济发展做出贡献！"

仪式结束后，领导们进入石米厂参观。石米厂傍山而建，就地取材。两条生产线，投资不足 100 万元，设计年产量 2 万多吨，年产值 1000 多万元，利润 100 多万元。20 世纪 80 年代，石米在建筑市场的销路很好。进入车间，机声隆隆，碎石机在不停地运转。一块块石头从这边进去，不到 10 分钟，那边就出石米。经过分筛、包装，一袋袋产品就出来了，由 10 多名工人搬运入库。杨刚看到这情景，感慨地说："石头变黄金，资源变效益，人的确是第一因素！"

将近中午 12 点，杨刚场长一行从石米厂回场部。当汽车驶到离机械厂大约 200 米的地方，有两辆汽车停在公路上，旁边围着四五个人。杨刚见状，马上叫司机开车过去看个究竟。走近一看，见到一辆货车与一辆面包车相撞，面包车的车头被撞烂了一块，货车的副驾驶室玻璃被震碎，有一个人蹲在路边，满脸是血。杨刚马上让张尚文去机械厂打电话报警，同时叫自己的司机开车送伤者到医院救治。有一位戴眼镜、年龄 60 岁左右、学者模样的人问杨刚："同志，请问你贵姓？""我姓杨，叫杨刚，是新生农场场长。你是？""我是省农业科学研究院研究员，姓曾。我们 4 人从明德县农科所过来，准备去茶叶科学研究所鉴定一批茶叶新品种，没想到在这里发生车祸。"曾研究员说。

杨刚听说是茶叶科学研究员，兴趣来了，正所谓"走遍天下无觅处，得来全不费功夫"。他热情地握着曾研究员的手说：

"是曾教授啊！您好，您好，您放心，我的场部就在附近，现在已经12点多了，等一会交警处理完事故后，先到我们招待所的饭堂吃午饭，下午我派车送你们到茶叶科学研究所，可以吗？"杨刚说完，马上指示张尚文去机械厂打电话让饭堂准备午饭。"非常感谢杨场长，给你添麻烦了。"曾教授很客气，觉得很不好意思。机械厂距离事故现场有六七百米，跑步来回需要10多分钟。看看已是12点多，曾教授担心茶叶科研所那边焦急，但是没有电话，无法联系，他自言自语："这个时候还没到，可能茶叶科研所的邓所长急坏了。"这时张尚文刚从机械厂回来。杨刚听到后，又让张尚文去机械厂打电话给邓所长说明情况，张尚文又跑步去机械厂打电话。这半天，张尚文来回跑了3趟机械厂。当张尚文第3次去机械厂的时候，曾教授很过意不去，问杨刚："这位年轻人很勤快，难为他今天为我们的事跑了3趟，他是干什么的？"杨刚场长说："他是我们行政办负责人，我的得力助手，这小子很不错，大有前途。"曾教授说："我也觉得，应该好好培养。"

　　说话间，交警事故组的车已到。交警下车后，立即疏导交通，然后询问、丈量、登记，让拯救车将事故车辆拖走。这时，杨刚的小车将面包车司机从医院送回现场。面包车司机是被驾驶室玻璃碎片刮伤了脸部表皮，医生给他消毒、包扎就可以了。事故原因是货车车速过快，刚好又是急转弯，司机不减速造成碰撞。幸好货车的副驾驶室没坐人，仅是司机的右手背有点轻微的皮外伤，无大碍。最后，交警将两名司机请回大队协助调查处理。

　　交警和司机走后，杨刚请曾教授等人上他的面包车，直接去场部饭堂，这时已将近下午 1 点。在车上，杨刚和曾教授坐在前排座位，其他 3 人坐在第二排，张尚文坐在副驾驶室。曾教授向杨刚介绍随行人员："除司机外，我们一行 4 人，他们分别是省农科院的助理研究员吴天耀同志、明德县农科所的农艺师、茶叶专家陈同志和何同志。我们这次来的主要任务，就是到茶科所鉴定茶叶新品种，收集有关资料，回农科院作进一步研究，争取尽快出成果。"

听了曾教授的介绍，杨刚十分高兴。车上全是茶叶专家，平时很难有机会与这些专家接触，现在就在面前。从办场开始，就从事茶叶种植，现在已有 30 多年。但是，到目前为止，茶树品种比较单一，老化严重，急需更新改良。现在，工业已有所发展，但农业停滞不前，必须加快老茶园改造，调整品种结构，提高产量和品质。于是，杨刚说："很好，科学技术是第一生产力。我们场的茶树老化严重、品种少、产量低、品质差，只能加工红茶，供贸易公司出口西欧各国，经济效益不好。希望曾教授及科研单位多研究新品种，让我们多一些选择。也希望你们有时间多来指导，帮助我们调整茶树品种结构，提高产量和效益。下午，我派生产科的同志陪同你们去茶叶科学研究所。""好的，非常感谢！"曾教授说。

他们回到场部饭堂，张尚文挂念着黎小英，对杨刚场长说："小英今天上午去了医院，不知情况如何，我就不陪教授他们吃饭了，现在就回去看看。""好的，快去。你等一会儿通知陈汉华科长，下午陪曾教授去茶科所。"杨刚说。"好。"张尚文说完，马上赶回去。

张尚文急急忙忙地回到家，这时黎小英还在做饭。张尚文急切地问："怎么样？医生怎么说？为何现在才做饭？"黎小英笑而不答，问："这么迟回来，吃过了吗？""还没呢，从石米厂回来的路上，陪杨场长处理一起交通事故，耽误了一些时间。快说呀！到底怎么样？"黎小英见他这么着急，明白地告诉他："你要当爸爸了。"听到要当爸爸了，张尚文高兴得跳了起来，抱着黎小英不停地打转，好像一个小孩子，然后大声说："好啊！我要当爸爸啦！"黎小英赶忙说："你轻些啊，快放我下来，不要惊动肚子里的小宝宝。饿了吧？快吃饭。"张尚文这才将黎小英放下来，狼吞虎咽地扒了两碗饭。吃完饭，他马上通知车队长派车，通知陈汉华科长陪曾教授去茶叶科学研究所。

此后，张尚文主动承担大部分家务活，让黎小英多休息。同时，他经常买些鱼、肉、蛋，给黎小英补充营养。

杨刚场长陪曾教授一行吃完午饭，已是下午2点多钟。这时，陈汉华科长已在饭堂门口等候。陈科长考虑，到科研单位考察，必须带上资料员，于是把陈莹也带去了。到了茶叶科学研究所，邓所长早已在大门口迎接，然后直接去育种基地考察。

育种基地不算大，面积大约1公顷，分别种植10多个茶树新品种，有的是自己选育的，有的是从外地引进的，都是无性繁殖。其中，有云南大叶改良2号、凤凰水仙改良3号、福建祁门改良5号等。在这些品种中，有的适合制红茶，有的适合制绿茶，有的适合制乌龙茶。培育时间短的有2年，长的有5年。经过施肥、除虫、修剪、采摘、计产、加工以及微量元素成分等试验、分析、比较、筛选，全部记录进档。在考察过程中，助理研究员吴天耀十分认真，逐一记录。陈莹追着他问这问那，他有问必答。

吴天耀在华南农学院毕业后，分配到省农业科学研究院工作，至今已有 8 年，今年刚好 30 岁。由于准备报考研究员，无暇顾及个人的婚姻大事，现在还是单身。陈莹看到他戴一副近视眼镜，风度翩翩，文质彬彬，十足一个知识分子，有意识地主动与他接触、交流，还要了他的联系电话。

　　在育种基地考察完后，曾研究员回到会议室，听汇报、看样品、收集资料，忙到晚上 7 点。邓所长请他们在饭堂吃完晚饭，才由生产科的车送回县城。

　　当天下午，杨刚因为有事，没时间陪曾教授去茶叶科研所，张尚文也不用去。张尚文下班后，就立即赶回家，要帮黎小英做家务。

　　回到家里，黎小英已经下班，正在做饭。"天气太热，让我来吧！你去休息一下。"张尚文对妻子说。黎小英一边炒菜一边说："不用，快煮好了。""这天气太热了，我想去游泳。"张尚文说。"去吧，早点回来吃饭，注意安全。"黎小英叮嘱。"没事，我从小就是游泳高手。"张尚文拍着胸膛说。

　　每年盛夏，天气炎热，住在场部附近的干部职工，下班后都喜欢到北江游泳解暑。张尚文的住处离北江不到 300 米，到北江游泳的人川流不息，都经过他的门前。张尚文在农村长大，从小就会游泳，对游泳历来都很有兴趣。这种闷热天气，到江中游游，是解闷热的最佳选择。

　　他来到江边，换上泳裤，光着膀子，跳进江中，时而仰泳，时而蝶泳，时而蛙泳，时而潜水，自由自在，好不惬意。那清澈见底、奔流不息的江水，清凉而干净，令张尚文十分舒服。游了大约 40 分钟，张尚文上岸，准备回家吃晚饭。

突然听到有人大喊："救命啊！我儿子被江水冲走啦！"张尚文向喊声望去，只见一名男子站在上游岸边，捶胸顿足，指着江中的一个漩涡大喊："快救人啊！"

　　情况危急，张尚文来不及多想，立即跳下水，奋力向江中游去，试图救起溺水者。由于水急江宽，一时找不到溺水者，张尚文只好潜水搜索。他顺着急流，在水中睁开双眼，借助斜阳射进江水中的微光，朦胧中终于看见溺水者在乱舞着手脚，试图抓到可以救命的东西，但已经精疲力竭，慢慢地就不动了。张尚文见状，快速游去，用力拉住溺水者的一只手，顺着水流游向江岸。到了岸边，张尚文用尽全力，将溺水者往岸上推，岸上的几个人走过来，合力将不省人事的溺水者拉上岸。其中有人懂得救生知识，马上开展急救。只见此人将溺水者的头朝下，用膝盖顶住小腹，让溺水者将吸入的江水吐出来。过了10多分钟，溺水者吐得差不多了，突然"啊"的一声，慢慢苏醒过来，在场的人绷紧的心也放松了。

　　当张尚文用力将溺水者推上岸时，自己已经无力上岸。他只好闭上眼睛，屏住呼吸，随着江水顺流而下。大约漂了几十米远，才靠近岸边。他死死地抓住岸边的一棵小树，不停地喘着粗气。这时，人们才想起下水救人者。上游的岸上马上跑过来几个人，将张尚文拉上岸。其中有人告诉他："那个被你救上来的小孩苏醒了。"听到溺水者得救了，张尚文的脸上露出了笑容。

　　溺水者是一名初中学生，他父亲是场部的一位副科长。这位副科长不熟水性，被儿子缠着要带他去学游泳，无奈只好满足儿子的要求。儿子刚下水，一不小心就滑下深处，被急流卷走。

见到儿子得救了，这位父亲激动的心情无法形容，他紧紧握着那个将他儿子抱着进行抢救者的手说："多谢了，是你给了我儿子第二次生命！""不要谢我，要多谢张尚文主任，是他冒着生命危险将你儿子救上岸的，不然你的儿子就被江水冲走了。""对！对！要多谢他，也要多谢你！"这名副科长说完，马上要去找张尚文。这时张尚文喘着粗气来到溺水者的身边，副科长赶忙握着他的手，激动地说："张主任，你是我们的大恩人，是我儿子的再生父母，太感谢了！"

在抢救溺水者的时候，有人跑到场部打电话给医院，急救车来了，马上将溺水者送去医院。由于抢救及时，溺水者没有大碍。医生检查后，给他开了一些药，就让他回家了。

"儿子，这位就是你的救命恩人，快说谢谢！"第二天晚上，被救小孩的父母，带着小孩，提着礼物，来到张尚文家里表示谢意。父亲将小孩拉到张尚文面前，让小孩亲自道谢。"多谢叔叔！"副科长的小孩大声地说。

张尚文笑着说："这些礼物你们拿回去，不必感谢。我从小就熟水性，救人是应该的。面对这危急情况，凡会游泳的人，都会挺身而出。小朋友今后不要玩水了，学游泳要有大人陪着，而且一定要戴上救生圈。不能去水流急的江河，最好去水不深的池塘或游泳池，确保安全。""是是，记住了。"副科长说。

（12）

郑世豪和韩天明，被押在明德县公安局看守所，已有 2 个月了。郑世豪的烟瘾很大，平时每天要抽两包烟，现在没烟抽，整天神不守舍，度日如年。

今天，张尚文带着小叶，到看守所探视郑世豪。看守所在离县城大约 5 公里的大山脚下，从县城到看守所要跨过一座小桥。看守所里建有七八幢平楼，作为在押疑犯之用。每幢平楼 10 间房，每间房可关 10 个疑犯，男女分开。除了提审，疑犯平时可以看书、看报纸、看电视。这些平楼围着一个操场，面积大约 1000 平方米，建有两个篮球场。疑犯每天放风一次，晚上 6 点到 8 点经批准还可以打篮球。一幢三层的办公楼，第一、二层是办公室，第三层是看守人员的宿舍。整个看守所被 3 米高的围墙围着，上面装有铁丝网。铁制的大门紧闭，两边的岗亭分别站着一名全副武装的警察。探视疑犯比较严格，必须经过所长批准。张尚文和小叶 9 点多钟就来到看守所，正在办手续。

郑世豪被押在第 6 监室。此时监室内的疑犯有的在看书，有的在看报纸，有的在看电视。郑世豪坐着发呆，胡思乱想。他不停地反思自己的人生之路。他努力回忆着自己少年时的经历：10 岁那年，父母因性格不合、感情不和而离婚，他随父生活。不久，父亲经人介绍，与继母结婚。继母带来一个男孩，比他小 3 岁。继母的心思全部放在这个弟弟身上，对他不闻不问。父亲为了讨好继母，对他也不理不睬。他长期吃不饱、穿不暖，在这种情况下，他根本没心情读书，小学毕业就辍学了，当时只有 13 岁。辍学后，在社会上混了几年，带着一帮人偷鸡摸狗、打架斗殴。父亲为了生计没时间管他，继母更是对他不闻不问。1969 年，父亲觉得长此下去不是办法，便送他下乡，来到农场机械厂当学徒。此后，父亲再也不让他回家，也从不过问他的情况。由于家庭出身和社会环境的影响，郑世豪形成了自私、傲慢、高调和冷漠的性格，以致落到如此不可收拾的地步。

郑世豪正在想着，突然听到看守喊他："郑世豪，有人来探望你了。"郑世豪觉得很奇怪，在看守所两个多月了，从来没有人来探望他。他与父亲几乎断了关系，父亲根本不知他犯罪在押，即使知道，也不可能来看他。在单位也没有什么好朋友，那么，究竟是谁来看他呢？他在看守的引领下，来到探视窗口抬头一看，是张尚文和小叶。郑世豪想，怎么是他们呢？来看我的笑话吧？

自从郑世豪被刑事拘留后，张尚文想，自己曾是郑世豪的部下，尽管过去两人有些不愉快，但毕竟没有血海深仇。郑世豪和家人从来没来往，也几乎没有朋友，当然也不会有人来探望他。如果没有人关心他、开导他，对他今后的改造很不利。现在自己是行政办负责人，前任领导犯了错，前来探视、安慰一下也在情理之中。

在探视窗口，张尚文见到郑世豪胡子拉碴，头发花白，表情木讷，瘦得变了形，便关心地问："郑主任，你还好吧？""还好，多谢你们来看我。"郑世豪面无表情地回答。"我们是代表行政办的全体同志来探望你的，希望你保重身体，相信法律，相信政府，不要悲观，面对现实，保重身体。"张尚文说，"大家知道你烟瘾大，凑钱给你买了几条烟和一些生活用品。不过，我还是劝你注意身体，趁早戒掉烟瘾。""多谢大家。"郑世豪说完，流下悲伤的眼泪。"多保重啊！工作太忙，我们回去了。下次有空再来看你，再见！"张尚文说完，和小叶分别从窗口伸手进去，与郑世豪握手告别，并将香烟和生活用品交看守转给郑世豪。

张尚文和小叶走后，郑世豪被看守押回监仓。回到监仓，郑世豪思绪万千，不停地流着忏悔的眼泪，十分感激他很看不起的农村小子张尚文。

其实，这次探视并非行政办全体人员的委托，买香烟和生活用品的钱也不是大家凑的，而是张尚文自己掏的腰包。昨天晚上，他对妻子说："我打算明天和小叶去看守所看看郑世豪，他进去已有2个多月了，不管怎样，我们曾经共事过。"黎小英很支持他的想法："好啊！你带些什么去？""他烟瘾很大，我想买几条香烟给他。"张尚文说。"你有钱吗？"黎小英问。"'财政部长'支持一下哩！"张尚文笑着将手伸了出来。黎小英进房间拿出20元钱，递给张尚文："够吗？"张尚文接过钱："够了，够了，多谢老婆大人！"

今天一大早，他到商店买了香烟和毛巾、牙膏等，就和小叶直接来了看守所。回到单位，张尚文将探视情况和行政办的同事说，大家唏嘘不已。

一个星期后，经明德县人民检察院起诉，县人民法院审判，郑世豪被依法判处有期徒刑5年；韩天明被依法判处有期徒刑15年。还被农场提起民事诉讼，追回因事故造成的经济损失，法院依法判决他赔偿国家损失 200 万元，赔偿款通过法院进行财产追缴，支付给农场。判后两人都不上诉。

判决生效后第 3 天，法院将郑世豪押送到新生农场附近的红卫监狱第三大队二中队劳动改造。韩天明被押到其他农场。

张尚文负责行政办工作已一年多。组织上考虑，他被提拔为行政办副主任还不到一年，就负责全面工作，按照干部任用原则，年限未达到规定要求，于是没有给他转正。现在，达到规定年限了，因此在一个星期前，张尚文被场党委正式任命为行政办主任。

自从张尚文负责行政办的全面工作以来，杨刚场长对他十分信任，场里的其他领导对他的工作也给予充分的肯定，各科室也积极配合和大力支持他的工作，干部职工对他的评价也很高。但他总认为，自己的工作还没做好，于是要找场长征求意见。

上午，张尚文上班后，知道杨刚场长没有开会，也不下基层，便主动上门。他来到杨刚场长的办公室，杨刚场长戴着眼镜正在看文件。见到张尚文进来，他放下文件，摘下眼镜，对张尚文说："是小张啊，快进来坐。"

张尚文傻笑着进入场长的办公室坐下来，但没哼声。作为行政办主任，与行政一把手的关系应该很密切，主要是经常请示汇报工作，跟随左右，接触机会多，比较随便，有啥说啥。张尚文今天却一反常态，表现得很不自然。他坐在沙发上，自顾喝着场长给他斟的茶，一直笑着不说话。杨刚见他笑而不语，奇怪地问："尚文，你今天怎么了？为什么不说话？"

杨刚场长这一问，张尚文反应过来了。他说："场长，我负责行政办工作有一年多了，这一年多来，您从没给我任何批评，但我总觉得我的工作有很多不足，存在很多问题。今天我来找您，不是汇报工作，而是征求意见，请场长多指教。"

　　杨刚听了张尚文这番话，觉得很奇怪。过去的行政办主任，都是自己手把手教育、指导和帮助，甚至经常批评。这个张尚文，负责行政办工作一年多来，不但没受过批评，还主动征求意见，很难得。于是，他笑了笑："原来是这样。尚文啊，这一年多来，你负责行政办的全面工作，我很满意。不仅是我，其他领导对你的工作都给予很高的评价，所以这次党委研究你转正当主任时，大家都很赞成。你是科班出身，有文化，有活力，善于学习，工作认真，为人诚实、低调，场里的许多决策和管理制度都是按照你的建议制定的，而且科学可行，效果很好，你这个参谋长很合格嘛！怎么有这种想法呢？""场长过奖了，我有自知之明，我的工作都是在您的指导下完成的，是您领导得力，指导有方。我的资历浅、经验不足，工作上还有很多做不到的地方，比如缺乏激情、主动性差、协调能力不强等，都会影响工作，希望场长今后多些教育和指导啊！"张尚文很谦虚地说。"你有这种认识我很高兴。年轻人嘛，一定要谦虚谨慎、戒骄戒躁，这样才能进步。但是，你已经做得很不错了。至于激情问题，对年轻人来说，都有很大的提升空间。工作积极性、主动性和协调能力，你已经做得很好了，很多方面我还要向你学习呢，比如稳重、正直、善良、好学等。希望你继续努力，争取做得更好。"杨刚语重心长地说，"不过，我要给你一点建议，一定要事业家庭两不误。小黎怀孕有几个月了吧？要照顾好她，保证不出问题，这一点如果你能做到，我就放心了，不然我会批评你的。"

杨刚场长这番话，张尚文听了十分暖心。作为上级领导，能够如朋友、如知己、如长辈、如亲人般对待下属，真是难能可贵，跟着这样的领导工作，真是十分幸运。于是，张尚文在场长面前诚恳地表态："请场长放心，我一定做到事业家庭两不误，但其他方面，请场长今后多指教。"杨刚笑了："好的，我相信你，今后我们就互相取长补短，互相支持，互相帮助，共同进步吧！"

这几个月来，黎小英由于妊娠反应，经常呕吐，脸色灰暗，腿脚浮肿。尽管每个月去医院检查一次，医生都说一切正常，但张尚文还是不放心。黎小英的状况，他看在眼里，急在心上，总是千方百计地让她吃好一些，睡得舒服些，心情舒畅些。张尚文承包了所有的家务劳动，晚上还坚持陪黎小英去散步。

按照医生的推算，黎小英的预产期应该是下个月初，现在已经是月底了，但黎小英坚持挺着大肚子去上班。张尚文劝她在家休息，郝红梅也反对她继续工作，她就是不听。为了减轻郝红梅的负担，张尚文调整一名招待员跟郝红梅当学徒，黎小英才勉强同意在家待产。

今天早上，黎小英的肚子突然痛得厉害，张尚文马上请来救护车送她去医院。到了妇产科，医生给她做了全身检查，没有什么问题。

医生要求黎小英住院待产，到了晚上8点，黎小英就自然分娩了，顺产一个女孩，重5斤8两。当护士告诉张尚文后，在产房外面守候的张尚文冲了进去，握着黎小英的手说："多谢夫人，你辛苦了！"然后他亲了一下妻子身边的婴儿，"亲亲我的小宝贝。"刚出生的婴儿，皮肤通红，眼睛紧闭，安静地躺在襁褓中。张尚文想，这是夫妻两人生命的延续，虽然现在还很小，但是只要用心养育，将来肯定能够成才。他对妻子说："这个小不点，是我们的宝贝，要下功夫培养她，让她健康成长。现在的政策不能多生，今后她就是我们唯一的希望了。"黎小英笑说："过几年再要一个男孩吧！""不可以的，政策不允许。生男生女都一样，不要多想，我没事，我爸妈也很开明，肯定想得通，放心吧！"张尚文安慰妻子。

黎小英住院3天，张尚文忙前忙后，又是送汤饭，又是照顾婴儿，夜里一直陪着黎小英，基本上不睡觉。黎小英住院第4天，郝红梅去医院探望她。郝红梅问："辛苦吗？小孩有多重？""还行，小孩才5斤8两。我不觉得辛苦，但这几天尚文辛苦了，我想明天出院。"黎小英心疼丈夫。"急什么？多住几天，恢复好了才出院。"郝红梅抱起襁褓中的婴儿："乖乖，好漂亮哦，起名字了吗？"张尚文站在一旁，对郝红梅说："我正在考虑女儿起什么名。小英休产假，你这些天辛苦了。""没什么，你不是给我增加了人手吗？"郝红梅说完，将婴儿交给张尚文："宝贝，让你爸爸抱抱，阿姨要回去了。小英好好休息，张主任就辛苦些，照顾好小英和女儿。""放心吧，再见！"张尚文将郝红梅送出产房门口。

黎小英住院第5天就出院了。黎妈知道女儿生产，提前3天来到女儿家里，做好准备。黎小英回家后，黎妈全力照顾她母女俩，让张尚文集中精力投入工作。

张尚文刚当上行政办主任，现在又为人父，身上的压力可想而知。杨刚场长对他事业家庭两不误的要求，时刻鞭策着他，给他增加了很大压力。目前，行政办在他的带领下，工作开展得十分顺利。但是，在意识上如何超前，管理上如何创新，资源上如何合理利用，是他首先需要认真考虑的问题。他想，最近党的十二大胜利召开，改革进一步深化，开放进一步扩大，我国正处于社会主义初级阶段，建设中国特色社会主义，发展社会主义有计划的市场经济，全国形势一派大好。农场也和全国各地一样，努力创造佳绩。作为农场的参谋部，行政办公室绝对不能安于现状，停滞不前。于是，张尚文采取了四步走的措施尝试改革，决心跟上社会发展的步伐。

第一步，转变思想观念。组织行政办全体干部、职工认真学习党的十二大和十二大一中、二中全会精神，统一思想认识，进一步解放思想，转变观念，从思想上、认识上、行动上跟上形势发展的要求。

第二步，修订管理方案。遵照中央精神，结合农场的实际，对行政办公室的内部管理规定进行修改、补充、完善，增加更加合理的内容，提出更加严格的要求。同时，对全场的管理方案，做了合理的调整，进一步下放权力，提高基层利益分配比例，使管理方案更开放、更合理、更能调动积极性。重新修订的管理方案已提交场长办公会议讨论，等待职代会通过后实施。

第三步，更新办公设备。淘汰原来的铅粒打字机、旧式复印机。在场领导的支持下，购买两台电脑打字机，一台高频率复印机，一台传真机，还更新其他办公设备。根据工作需要，给场部的党政领导每人购买一部移动电话，给行政办工作人员每人配一台BB机，工作效率大幅度提高。

第四步，调整工作人员。打破论资排辈，量才使用干部，将年轻有为、工作积极、责任心强的干部选拔到领导岗位。向场党委建议，提拔小叶为行政办副主任，负责文秘工作。将打字室改为打印服务中心，提拔郝红梅为打印服务中心主任，以工代干，新招聘两名打印服务中心工作人员。对平庸无能的干部，调整待岗或由人事部门安排培训。

此外，张尚文还请求，由杨刚场长主持召开一次行政系统的科室主要负责人座谈会，征求工作意见。座谈会上，杨刚场长首先肯定行政办公室的改革创新，要求各科室向行政办公室学习，同时要求各科室大力支持、配合行政办的工作。杨刚也要求行政办作为行政系统的龙头单位，要认真协调各部门，团结一致，携手共进，把农场的行政工作做得更好。最后，杨刚场长说："同志们，我国的改革开放正在不断推进，各行各业都在解放思想，转变观念，跟上形势。现在，行政办公室已为我们做出了榜样，希望你们结合自己的实际，回去后也要动大手术进行改革，不断推陈出新，提高工作效率。下面，请大家畅所欲言，对行政办的工作提出意见和要求。"

人事科作为干部管理部门，应该对全场的干部有统一的、明确的管理制度，但是近年来，由于流于形式，疏于管理，在干部调动、使用、考核等问题上漏洞较多。刘科长对照行政办的做法，既感到十分惭愧，也受到很大启发。他首先发言："行政办为我们带了好头，现在我场的人事管理确实跟不上形势发展要求，人浮于事，管理不到位，考核流于形式。我们科准备参照行政办的做法，重新制定全场统一的人事管理规定，希望行政办给我们提供第一手材料，介绍你们的做法和经验。"

生产科的工作任务重，下基层多，行政办车队长有时调度车辆不及时，影响工作，科里的干部有怨气。于是陈科长要求："行政办这一年多来的工作做得很好，协调、服务很到位，大家有目共睹。希望行政办今后在车辆调度方面尽量合理些、快捷些。"

教育中心需要打印的资料比较多，过去设备落后，经常赶不出来，拖了时间，教育中心意见较大。现在设备先进了，因此教育中心王主任提出："一直以来，我们教育中心需要打印和复印的资料都很多，过去设备落后，经常赶不出来，影响工作。现在设备先进了，希望今后能尽快地满足我们的需要。"

这些科室的意见和要求，都比较中肯，合情合理，张尚文也意识到了，但受客观条件的限制，张尚文也无能为力。他调整干部岗位，修订岗位责任制，成立打印服务中心，增加工作人员，更新办公设备，目的就是要解决这些问题。张尚文认真地做记录。还有部分科室的领导没发言，杨场长看时间差不多了，说："还有部分单位没提意见、建议，会后也可用书面形式反映，欢迎大家保持沟通，多提宝贵意见。"

座谈会后，张尚文又召开了一次办公室全体工作人员会议，对各科室提出的意见和建议进行重点整改，落实专人负责。自此，行政办公室的面貌焕然一新，工作效率大大提高。

当上主任后，张尚文搬进原来郑世豪的办公室。他将办公室重新布置一番，把自己写的书法作品装裱后挂在墙上。办公桌对面有一幅草书字，是岳飞的《满江红·感怀》上半部分："怒发冲冠，凭栏处，潇潇雨歇。抬望眼，仰天长啸，壮怀激烈。三十功名尘与土，八千里路云和月。莫等闲，白了少年头，空悲切。"办公桌背后是隶书大字"厚德载物"条幅。

下午，小叶去到张尚文的办公室，请示制度上墙的事宜。制度上墙，是张尚文这次改革的主要内容之一。他把任务交给小叶，要求他把修改完善后的规章制度和岗位责任打印出来，装裱成框，全部上墙。小叶请人做好后，请示张尚文何时上墙，张尚文说明天就挂上去。

小叶的名字叫叶茂，因为个子比较小，戴一副深度近视眼镜，文质彬彬，大家习惯叫他小叶。叶茂是中文本科毕业，三年前分配到农场，在行政办当秘书。他思维敏捷，领会能力强，文字功底好，办事十分勤快，是张尚文的得力助手。张尚文十分信任他，有心培养他，介绍他入党，还专门请示党委，建议提拔他当行政办副主任。张尚文这次改革的一项重要任务，就是修改完善规章制度并上墙，由叶茂独当一面去完成。张尚文吩咐他："制度上墙，宜早不宜迟。"叶茂说："我马上去落实。"说完就出去了。

叶茂刚走，就有一名妇女来找张尚文。这名妇女二十八九岁，长相俏丽，打扮时髦。她进入张尚文的办公室，礼貌地打招呼："张主任好！"张尚文不认识这个人，奇怪地问："你找我有事吗？你怎么认识我？你是哪个单位的？怎么称呼你？"张尚文好像查户口，一连串地问了几个问题。"呵呵！大名鼎鼎的张尚文主任，谁不认识？你不认识我不奇怪。我今天来找主任，是有些私事，希望你能帮我。"那个女人坐下来，继续说："我叫麦丽娜，是机械厂的会计，丈夫叫骆伟雄，也是机械厂的职工，搞销售的。我们结婚已8年，有一个3岁男孩，本来家庭比较幸福。但这几年，我丈夫经常出差，有时一出去就十天半月，很少回家，经常见不到人。我曾经找过我们厂领导，要求他们做做工作，或者调换我丈夫的工作岗位，但没有结果。我现在怀疑他在外面有人，但一直没找到证据，拿他没办法。所以我来找你，想请你帮帮我，做做他的工作，让他多回家。"

听完麦丽娜这番话，张尚文有点莫名其妙。他表情严肃地说："原来是这样啊！你说的情况我很同情，但是你只是怀疑，没有证据怎么乱猜疑呢？搞销售在外面跑，很正常啊！不过，清官难断家务事，类似你这样的情况，我场有不少这样的家庭，都是找总工会的女工委员会去调解，行政办是不宜插手的。建议你去找总工会，怎么样？"

"我不想找总工会，就是想你出面，你威信高，能力强，你出面肯定能解决问题。"麦丽娜有意给张尚文戴高帽，态度坚决地说。

张尚文苦笑，他明白麦丽娜是有意抬高自己，但他从来没做过这方面的工作，觉得很难为情。他心想，如此牵牛上树，算什么事啊？于是他坚持："不好办，你还是去找总工会吧！"麦丽娜不死心，近乎哀求地说："不嘛！我就是要你去。""好吧！我试试看。"张尚文无法推辞，又不想让她继续纠缠下去，勉强答应。

麦丽娜笑了。那笑声很刺耳，眼神有点异样，表情也很奇怪。她说："多谢张主任。他可能这几天回来，请张主任抽空去我家一趟，找他谈谈。这是我的住址和家庭电话，到时一定要去哦！"她一边说，一边从挂包中拿出早已准备好的家庭住址和电话号码，递给张尚文，然后说声"再见"，就离开张尚文的办公室。

张尚文下班回到家，见黎小英抱着小孩在客厅玩，赶忙伸手过去："乖乖，我的小宝贝，让爸爸抱抱。"张尚文抱着女儿亲个不停。小女孩白白胖胖，一双眼睛又大又圆，皮肤又白又嫩，头发又黑又密。张尚文给女儿取名"晶晶"，夫妻两人爱情结晶的意思。乳名叫"果果"，即两人的爱情已开花结果，黎小英叫她"开心果"。开心果出生还不到2个月，被爸爸抱着摇来晃去，咧开小嘴叽叽地笑。黎小英怕丈夫用力过猛，嘱咐着："轻点，别吓着她。"

黎小英休产假已有一个多月，身体恢复较快，现在肤色有些红润，也胖了不少。这些都归功于黎妈的照顾和张尚文的体贴，加上小孩很乖，晚上基本不哭不闹。尽管如此，黎妈怕影响黎小英和张尚文休息，晚上都是她抱着小孩在客房睡觉。张尚文想，现在看来，与黎小英在一起，是正确的选择，他感到很幸福。这时，黎妈已做好晚饭，她走过来抱起开心果，让女婿、女儿去吃饭。

张尚文吃完饭，已是晚上7点钟，他正准备做函授作业，座机电话就响了。张尚文接电话，是麦丽娜打来的："张主任，我先生在家，你现在来一下我家好吗？"张尚文想，既然答应了，就应尽快帮她办，于是说："好的，我现在就过去。"他放下电话，就推自行车出门了。

按照麦丽娜提供的地址，张尚文骑着自行车，不到20分钟就到机械厂职工宿舍区。张尚文敲开麦丽娜的房门，只见到她一个人。她穿着暴露的睡衣在看电视，小孩已经在房间睡觉了。张尚文没看到麦丽娜的丈夫，问："你先生呢？他不是回来了吗？""是回来了，刚刚又出去了。"麦丽娜诡秘地笑了笑。"既然这样，我先回去了，等他有空我再来。"张尚文很不高兴地说。"你坐一下嘛，等会他就回来。"麦丽娜刻意挽留张尚文。

其实，麦丽娜的丈夫根本没回来。他要张尚文来她家，是另有所图。原来，曾教授的车出事故那天，张尚文去机械厂打电话报警，刚好麦丽娜在办公室找主任办事，她见到英俊潇洒的张尚文，突然两眼发亮。张尚文打完电话就走了，她问办公室主任这个人是谁。主任告诉她，是场部行政办公室副主任张尚文。从此，麦丽娜便产生了想法，时刻打听张尚文的情况，想方设法找机会接触张尚文。当她了解到张尚文已经结婚，心中十分失落。最近又听到张尚文的妻子刚刚生小孩，心中又燃起一线希望，特别是自己丈夫这段时间越来越过分，常常有家不归。于是，她想找个借口，寻求心理安慰，目标为张尚文。张尚文完全蒙在鼓里，他说："不等了，我还有事，等他什么时候有时间再告诉我。"说完就准备出门。

麦丽娜看到张尚文要走，马上站起来，走到张尚文的身边，拉着他的手："不要走嘛，陪我坐一会好吗？"说完，一下子抱着张尚文。张尚文被麦丽娜这突如其来的举动吓坏了，他极力推开麦丽娜："请你自重些，不要这样！"说完夺门而出，头也不回地走了。

在张尚文离开家去机械厂不久，郝红梅就带着小孩来看望黎小英母女。郝红梅从黎小英的怀里抱过开心果："小家伙真像她爸爸，小锋过来，叫妹妹。"郝红梅的儿子叫陈小锋，今年4岁，读幼儿园中班。听到妈妈叫他，他走来要抱开心果："小妹妹，让哥哥抱抱。"郝红梅和黎小英被陈小锋的举动逗得笑了起来，黎小英说："小锋哥哥现在还抱不动小妹妹，等你长大了再抱吧。""张主任不在家?"郝红梅问。"吃完饭就出去了,不知道去干什么。"黎小英答。

两人正说着话,张尚文回来了。见到郝红梅母子俩,张尚文热情地打招呼:"红梅来啦!小锋不叫叔叔?"郝红梅说:"小锋快叫叔叔好。"小锋害羞,搂着妈妈小声说:"叔叔好。""好好!小锋乖。"张尚文摸摸陈小锋的头:"梅姐这段时间辛苦了。"郝红梅说:"是有点忙,不过没关系,新来的两个学徒上手很快,有时加加班就解决了,让小英安心休息吧。""非常感谢,工作上还有什么困难吗?"张尚文问。"暂时没有。"郝红梅答,她看时间差不多了,说:"小锋要回去睡觉,我们走了。小锋,和张叔叔、小英阿姨再见!"陈小锋奶声奶气地将妈妈的话重复一遍:"叔叔阿姨再见。""再见,以后多来和小妹妹玩。"黎小英抱着开心果,将郝红梅母子送出家门口。

郝红梅母子走后,黎小英问张尚文:"你刚才干什么去了?"张尚文不会说谎:"哦,刚才有点急,忘记告诉你。机械厂有个职工闹家庭矛盾,让我去调解一下,我去了她家,她丈夫不在,我就回来了。""闹家庭矛盾也关你的事?忙了一天,早点休息吧!"黎小英信任丈夫,没有多想。"没办法啊!她纠缠着我一定要我去,不去不好。我还不能休息,要做作业呢!"

张尚文的函授学习任务很重。每周三次作业,每月要完成一次公开试题,每季集中学校听两天辅导课,每学期进行一次综合开卷考试。由于学习任务重,工作又忙,他平时已很少练书法,也没时间打球和跑步,而且减少了许多应酬。今天晚上,麦丽娜骗他白走一趟,浪费了一个小时的时间,他觉得很可惜,也很气愤。张尚文坐下来复习、做作业,黎小英催了好几次,直到凌晨 1 点多钟，他才上床休息。

⑬

　　农场和以色列合作建设的农药厂，已经建成。因为这是岭南首家中外合作农资生产企业，所以今天举行隆重的投产仪式。

　　一大早，就听到锣鼓喧天。农药厂的大门口，彩旗招展，舞狮队早已就位，10 多名舞狮队员个个年轻力壮。农药厂门前的空地上，搭起大排楼，贴上红底黑字大对联。右边是：深化改革发展经济增效益；左边是：扩大开放引进技术拓市场；横额是：新生农场农药厂投产仪式。排楼后面是主席台，主席台两边摆满花篮，进入农药厂的路口两边插上彩旗。

　　上午 9 点，投产仪式开始。出席仪式的省农业厅、农垦局的领导，合作方以色列嘉宾，农场两套班子的领导成员，胸前佩戴鲜花，整齐地站在主席台上。主席台下面，站着一排排场部各科室的负责人和农药厂职工。省电视台记者架起了摄像机，岭南报社的记者做好了采访准备。

　　主持人手拿麦克风，首先介绍主席台上的领导和嘉宾，然后激动地说："各位领导、各位嘉宾、女士们、先生们：改革春风吹大地，阳光灿烂暖人间。今天是我们农场农药厂投产的大喜日子，相信大家的心情也和我一样，无比激动。我们的农药厂，经过将近一年的建设，现在终于投产了！这是我场的大喜事。在此，我谨代表在座的各位，表示热烈的祝贺！对前来参加仪式的领导、嘉宾们表示热烈的欢迎和衷心的感谢！下面，首先请农药厂厂长吴先生讲话，大家鼓掌欢迎。”

吴厂长是农药厂筹建组组长。农药厂的筹建，从头到尾都是他操办，对情况非常了解。他拿着已准备好的稿子照念："尊敬的各位领导、尊敬的阿曼先生、女士们、先生们、同志们：今天，是我们盼望已久的大喜日子，我们的中外合作企业农药厂终于建成投产了！在此，我首先代表农药厂筹建组和农药厂的全体职工，对大力支持农药厂建设的上级和部门领导表示衷心的感谢！同时也对以色列绿叶农业发展公司的真诚合作和鼎力支持表示衷心的感谢！农药厂从筹建到投产历时10个多月，这10个多月来，从合作谈判、立项报批、协议签订、厂房建设、设备引进和安装、原材料进口等一系列工作，都得到上级有关部门的支持，得到场领导特别是杨刚场长的关心、支持、指导和协调，建设进展十分顺利。在此，我代表筹建组表示衷心感谢！农药厂总投资350多万元，其中建厂房、购买设备200多万元，设备安装50多万元，购进原材料100多万元。预计年产农药1万吨，年产值3000万元，税利1000多万元。我厂的农药生产设备和主要原材料全部从以色列进口，属高科技产品，具有广谱性，高效低毒，目前已有不少订单。我们决心加强合作，切实抓好经营管理，努力降低生产成本，保持价格稳定，确保市场供应，为我省的农业发展做出较大贡献。谢谢大家！"

吴厂长念完后，台下报以一阵热烈的掌声。主持人接着说："下面，请场长杨刚先生讲话，大家欢迎。"掌声过后，杨刚脱稿讲话："尊敬的以色列公司代表阿曼先生、尊敬的各位领导，各位同志们：今天，我们在这里举行仪式，庆祝我们的农药厂顺利投产。在此，我代表党政两套班子，表示热烈的祝贺！并对以色列绿叶农业有限公司、农药厂的外资合作方代表阿曼先生、各位领导前来参加仪式表示热烈的欢迎和衷心的感谢！我们的农药厂，是中外合作项目，是我场深化改革、扩大开放的一个新尝试。从洽谈、立项、建设到投产，历时10个多月。在上级有关部门特别是省外经委的支持下，在有关领导的关心下，在筹建组全体同志的共同努力下，进展很顺利。在此，我代表场党政领导班子向你们表示衷心的感谢！农药厂的建成投产，是我场改革开放的又一成果。我们的合作，是由以方提供技术、设备和原料，我方提供资金、场地、厂房、劳力和管理，利益共享。农药厂的产品用途广泛，适用于旱地作物如甘蔗、番薯、花生、水果和茶叶等的除虫，效果好，残留少，成本低，使用方便，填补国内空白。现在，农药厂已正式投产，将为我省乃至全国的农业生产做出贡献，也将成为我场经济的主要支柱。希望农药厂的领导班子在吴厂长的带领下，团结合作，加强管理，尊重科学，安全生产，增加产量，控制成本，保证市场供应，提高经济效益，为我场引进技术、发展经济闯出一条新路，为今后的中外合作提供好经验。也希望农药厂的全体职工，积极生产，以厂为家，确保安全，为我场的经济发展做出贡献。谢谢！"

杨刚讲完后，全场报以热烈的掌声。主持人说："非常感谢杨场长简短全面、热情洋溢、语重心长的讲话。下面，请以色列绿叶农业公司代表阿曼先生讲话，大家欢迎。"

阿曼是典型的中东犹太人。他有乌黑的头发、浓密的胡须、高高的鼻梁、深深的眼窝、古铜的肤色。他听不懂中文，但带有翻译。中国女翻译就站在他身边，刚才吴厂长和杨刚场长的讲话，女翻译一句不漏地给他翻译过来，他完全听得明白。现在，他说一句，女翻译就用中文说一句，句子比较连贯。他说："多谢中方的各位领导，多谢杨刚场长，多谢各位女士们、先生们！刚才吴厂长和杨刚场长的讲话，我都听明白了。我们公司与中国的合作，大约有100多个项目，主要是农业，农药厂只是其中之一。这样的农药厂，在中国有好几家，都是尖端技术。中国是一个伟大的国家，能够和你们合作，我们很荣幸。希望双方诚实守信，合作共赢。谢谢！"阿曼先生的讲话虽然简短，但内涵很丰富。

阿曼先生讲完话后，本来应该请省有关部门领导讲话的，但是他们都认为没必要讲了。大约10点半，主持人宣布："今天仪式的议程已经完成，下面请欣赏醒狮表演。"顿时锣鼓声响起，鞭炮齐鸣，四头醒狮随着锣鼓节奏，舞出各种规范动作。

投产仪式结束后，本来出席仪式的上级领导、场两套班子和科室领导应进入厂房参观的，但是农药厂的防护措施十分严格，他们就不进厂参观了。

张尚文和各科室的领导站在主席台下面的第一排，他一边听，一边做记录。张尚文自从参加工作后，未曾经历过这样大型而且气氛热烈的场面，心情很激动。他不时地拿起笔记本聚精会神地记录，也不时地拿起照相机抢拍镜头。这些都是第一手材料，不但写总结要用上，而且要存档。他还拿着杨刚场长的移动电话，随时接听。仪式刚刚结束，杨刚的移动电话就响了，张尚文打开电话："你好！请问你是哪位？""我是曾教授，我们现在来到你场部，想找场长面谈，他有时间吗？""是曾教授啊！您好！请稍等。"张尚文马上去找杨场长，将电话递给他："曾教授找您，他已来到场部了。"

杨刚正在和省里来的厅局领导交流，接过电话，客气地说："是曾教授啊！您好，您好！我们有些时间没见面了。您今天能有空来，我太高兴啦！""我们今天来，是临时决定的，没有提前通知你，对不起了。我们主要是想考察一下你们的茶叶生产情况，看看有哪些新品种适合你们种植，见面再谈吧。""好啊！今天我们的农药厂正式投产，省厅局领导和外方代表都来参加仪式，活动刚刚结束，您老等我10分钟，我马上赶回去。"

杨刚场长立即找王敏书记商量，由吴厂长安排，王书记和其他领导陪同，接待好省厅局领导和外方代表，并分别与省厅局领导以及阿曼先生——打招呼，握手告别。然后他带着张尚文迅速往场部赶，同时让张尚文通知饭堂准备午饭。

回到场部，得知曾教授已被请到接待室，杨刚直接去见他。曾教授还带了两个人，一位是他的助手吴天耀，另一位是县农科所农艺师陈理。杨刚十分热情地和他们分别握手打招呼。坐下后，杨刚礼貌地说："非常感谢曾教授！我正在考虑老茶园改造问题，准备请你们前来考察，你们却不请自来了，真是及时雨啊！这样吧，现在已11点多了，先座谈一会，中午在我们饭堂吃饭，吃完饭在招待所休息一下，下午我和李副场长陪你们去茶园考察，曾教授您看怎么样？""好的，多谢啦！"曾教授说。

杨刚让张尚文马上通知李副场长和生产科的陈科长，与曾教授等一起座谈，下午陪同考察。

曾教授说："上次我们鉴定的几个茶叶新品种，结果出来了，现在开始全面推广。这些品种都适合你们种植，因为土壤、气候都差不多，所以我首先考虑让你们进行大田试验。下午我们到现场去，看看你们老茶园怎么改造，场长你看可以吗？"杨刚场长高兴地说："很好，很好，求之不得。"

这时，李副场长、陈科长来了，还带着陈莹进来。陈科长和陈莹与曾教授、吴助理、陈农艺师是老相识了，他们见面互相握手打招呼。只有李副场长与他们未曾见过面。李副场长原来分管基建，上次综合楼出事故后，农垦局委给他党内严重警告处分，之后调整分管生产。杨刚场长向曾教授等人介绍："这位是我场分管生产的李副场长。"然后他向李副场长分别介绍曾教授等人。李副场长上前和他们握手打招呼。

已经 12 点多钟，杨刚说："现在我们去饭堂吃饭，一边吃一边聊。""好吧！"曾教授说，"麻烦你们了。""曾教授太客气了，我们想请您还请不到呢！"杨刚谦逊地说。

吃完饭，杨场长让张尚文安排曾教授去招待所休息。下午 2 点多，杨刚场长、李副场长、生产科陈科长、李副科长和陈莹，还有张尚文，陪同曾教授一行到茶园考察。

他们驱车直接去第一大队三中队老茶园。三中队这片老茶园是农场的窗口，面积 300 多亩，种植"云南大叶"和"凤凰水仙"两个品种，虽然产量比较高，但树龄都超过 30 年，老化很严重，产量、质量都有所下降。他们来到茶园边，步行进去，进行考察。曾教授要求吴助理从土壤、品种、树龄、长势、叶色、芽片以及病虫害等都认真地观察，并逐一记录。吴助理研究员特别细致，不放过任何有用的第一手材料，全部记录下来。陈莹充当他的助手，跟随左右，形影不离。

自从上次他们认识后，陈莹和吴天耀经常互通电话，互相问候，谈工作、谈人生、谈理想，甚至谈爱情。上个月，陈莹专门去省城探望吴天耀，他还抽空陪她玩了一天。因此，两人已经拉近了距离，感情进一步加深，已发展到谈婚论嫁的程度。他们俩谈恋爱，完全是陈莹主动。一直以来，陈莹眼界都很高。当初郑世豪追求她，她只是勉强应付。知道黎小英和张尚文谈恋爱，她曾经后悔过，后悔自己没有主动追求张尚文，被工人身份的黎小英占了便宜。她与郑世豪分手不久，就遇上吴天耀，因此主动出击。这完全符合陈莹的个性，她认为，必须找一个在省城工作的男人结婚，让黎小英妒忌。但是，黎小英的想法与她恰恰相反，觉得自己的选择很正确。现在，他们已结婚，夫妻恩爱，而且有了一个天真活泼的女儿，家庭很幸福。她感觉良好，并没多想。

时值盛夏，下午3点钟是一天中气温最高的时候，加上太阳猛烈，尽管茶园种有遮阴树，但60多岁的曾教授已经汗流浃背。杨刚场长看到这情景，心疼地说："曾教授，您的敬业精神确实令人钦佩，坐下来休息一会儿吧！让吴助理考察就行了。"李副场长、陈科长也劝他坐下来歇一下，但是他说："不用休息，这么多年习惯了。看来，你们的茶园确实老化很严重，品种也单一，必须分期分批进行改造，调整品种结构，逐步发展适应市场的新品种，只有这样，茶叶生产才有出路。"杨刚很赞同曾教授的观点，急切地问："下一步我们应该怎么办？"陈科长也说："请曾教授指条明路吧。"曾教授不愧是专家，他早已经考虑成熟了："这样吧，你们先搞出一个改造计划，将全场的茶园分为三类，一类为高产茶园，一类为中产茶园，一类为低产茶园。先改造低产茶园，再改造中产茶园，最后改造高产茶园。改造方法是：将老茶树全部砍掉重新矮化种植，每畦种植6行，连片改造，每片至少超过100亩，每片种植1个新品种，分批改造，每批至少种植3个新品种。需要更新的品种有云南大叶改良2号、凤凰水仙改良3号、福建祁门改良5号等。低产茶园改造完成后，再依次改造，争取5到8年改造完毕。至于茶树新品种，我回去布置一下，由县农科所和茶叶科研所用无性繁殖方法大量育苗，再提供给你们，要多少有多少。"曾教授一口气说完他的想法，连气都不喘一下。杨刚赶忙表示："多谢了，不愧是专家，但是能否派人来指导我们呢?"曾教授指指吴助理："没问题，就让小吴来指导你们吧!"杨刚很高兴："很好，非常感谢曾教授，我们今冬马上开始改造。时间差不多了，我已让饭堂安排晚饭，我们回去吃饭。""好吧，回去。"曾教授说。

吃完晚饭，陈莹刻意要送曾教授他们回县城，大家都认为没必要，特别是曾教授坚决反对，他认为太晚了，女孩子来回不安全。吴助理不哼声，只有陈科长同意，因为他了解陈莹的心思："就让她送送吧!"既然陈科长表态了，曾教授只好同意："好，那就上车吧!"陈莹赶快上车，就坐在吴助理身边。

他们回到县城，曾教授和陈农艺师就回酒店休息了。陈莹硬是拉着吴天耀去逛街、看电影，直到凌晨两点，才回到酒店。吴天耀看时间已经深夜，不放心陈莹回农场，便在酒店给陈莹开了一间客房休息。第二天，吴天耀请她吃完早餐，她才坐交通车回单位上班。

昨晚送走曾教授，张尚文赶紧回家，再迟些回去女儿又睡了。回到家，黎小英在厨房忙，外婆在客厅和开心果玩。见到爸爸，开心果高兴地将小手伸过来："爸爸抱抱。"张尚文抱过女儿亲个不停，问："我的小宝贝，想爸爸了吗?""想爸爸了。"开心果奶声奶气地说，用小手不停地摸着爸爸的耳朵和鼻子。张尚文抱着开心果，举上头顶又放下来，这样举了好几次，弄得开心果叽叽地笑个不停。黎小英从厨房里走出来："注意安全啊!""没事，你看她多开心。"说完，张尚文也担心不小心摔到开心果，便将她放下来。开心果拉着父亲："爸爸，还要玩。""不玩了，吃饭啦!"张尚文说完拉着女儿去吃饭。开心果从1岁开始就自己吃饭，不需要别人喂。2岁之前，她学会使用汤匙，现在已经学会用筷子了。她规规矩矩地坐在特制的童椅上，自己夹菜，像模像样，斯斯文文。

开心果两岁多了，可爱得像一个小精灵。黎小英将她打扮得像个小公主，扎着两把向天的辫子，分别系着一个小小的蝴蝶结，穿一件合身的花布小裙子，一双塑料小凉鞋。整天跟着外婆，叽叽喳喳地说个不停，好像一只百灵鸟，逗得外婆乐呵呵地笑，十分开心。张尚文一有空就教她认字、背古诗。黎小英也教她唱儿歌，学跳舞。小家伙很聪明，一学就会，比如"锄禾日当午，汗滴禾下土。谁知盘中餐，粒粒皆辛苦。"开心果背诵得很流利。家里有了这样一个小宝贝，给他们增添了很多乐趣，幸福的气氛也浓厚了许多。难怪张尚文一下班，就往家里赶。

早上，张尚文上班刚到办公室，收发员就给他送来一个公文袋，是中南财经大学（后改为中南政法大学）寄来的。张尚文打开一看，是他函授学习3年的成绩单和一本毕业证书。毕业证书印着："张尚文同学，在本校函授学院法律本科班学习三年，成绩合格，准予毕业。"下面是学校的落款，盖有鲜红的公章和校长的签名。张尚文很高兴，觉得这3年来，自己的辛苦有了回报。现在，他多学了一门知识，今后工作起来，实力又增强了。于是，他又继续报读该校的在职函授法律研究生，同时考汽车驾驶执照。

为读好在职研究生，张尚文总结读函授本科的经验，合理安排时间，力求做到工作、学习、家庭三不误。他白天跟随领导下基层，全力办好领导交办的工作，组织安排行政工作会议，审批转发行政办收发的各类文件，审阅修改秘书组撰写的文书稿件，处理后勤工作的有关问题，接待客人和来访群众；下班后就去买菜，有时还帮助妻子做饭，搞卫生，带小孩；晚上复习功课，做作业和试题，还要每个季度到函授学校听一次专题讲座。现在，张尚文就好像一台机器，白天夜晚都在不停地运转，每天休息不足5小时。此外，他有时还带着小叶抽空到农场看望郑世豪，鼓励他积极改造。张尚文忙得不亦乐乎，黎小英非常心疼，经常劝他："你要劳逸结合，注意身体啊！""没事的，放心吧！"张尚文很轻松地说。

14

郑世豪在红卫监狱劳动改造已有一年多。这一年多来，他从不适应到慢慢适应，从不习惯到慢慢习惯。自从上次参加抢险被记三等功，监狱中队长认为，他是从事文秘工作出身的，有一定的文字功底，又不适应体力劳动，就安排他在监仓内搞宣传，专门出墙报、板报及撰写广播稿。郑世豪认为，监狱领导对他还是比较照顾的，于是干得很认真、很卖力。

这段时间，郑世豪设身处地地反思自己的人生之路。他想，组织上将自己从一名小学生，培养成一个共产党员、科级干部，但自己不懂得珍惜，不好好改造自己的"三观"，造成了严重的后果，重重地摔了一跤，由座上宾变成阶下囚，教训是十分深刻的。现在，亡羊补牢，为时未晚。监狱领导信任自己，照顾自己，他应该好好表现，努力改造，重新做人。因此，他放下包袱，轻装上阵，还刮净了胡子，戒了烟，精神面貌有较大的变化。上个星期天，张尚文和小叶专门来探望他，看到他这种状态，放心了很多。

监仓的宣传阵地，有墙报、板报和广播，主要是宣传党的路线、方针、政策和农场的规章制度以及劳改犯中的好人好事。今天，监仓广播了一篇稿，题目是《让灵魂回归吧！》，这篇广播稿是议论文，郑世豪编写的。内容大致是：我们现在失去自由，是因为我们失去灵魂，失去做人的原则，超越做人的底线，触犯国家的法律，成为人民的敌人。所以，我们大声呼唤，让灵魂回归吧！坚持为人的根本，做一个遵纪守法的人，以获得自由。

在这篇稿件广播的时候，犯人们正在劳动，大家都听得真切，有理解能力的一听就明白。文化低、听不明白的，会问身边的犯人是什么意思，这时就会有人帮助解释。这样，大家都明白一个道理：只有遵守法律，才能有自由。这篇广播稿，既是监狱的思想教育材料，也是郑世豪的切身体会。苏秋来文化不高，但能听明白。现在，苏秋来义务当助手，帮助郑世豪出墙报、板报。每次出墙报、板报，苏秋来都主动帮助准备纸、笔、墨，贴稿上墙。对苏秋来的帮助，郑世豪很感激。

苏秋来初中毕业，因无心读书，不参加中考，17岁就跟着老乡到岭南打工，在一间制衣厂当工人。因流水作业，三班倒，工作很辛苦，而且按件计酬，收入很低，所以经常缺勤，整天游手好闲。由于缺乏社会经验，交友不慎，受人欺骗，误入歧途，加入了盗窃团伙。17岁时，团伙的几个人带着他行窃，在盗窃第一辆摩托车时就被抓获，团伙的其他成员比泥鳅还滑，将责任推得一干二净，结果责任全归他。时值全国开展严厉打击刑事犯罪专项斗争，苏秋来被判7年有期徒刑。他从盗窃被抓到判刑，仅一个月时间，家人完全不知。苏秋来本是一个无知青年，思想单纯，本质不坏，只是受人蒙骗，做了坏事，触犯了法律，他非常后悔，但为时已晚。大哥苏春达去年来探望他，对他进行教育，要求他好好改造，争取早日出狱，重新做人，他牢牢地记在心上。入狱一年多来，管教看他年轻，对他重点帮教，视同亲小弟，令他很感动，因此表现很好。他手脚灵活，做事勤快，经常超额完成任务。

上午，郑世豪在新出一期板报。当郑世豪在手忙脚乱地张贴板报的时候，苏秋来收工回来了。他看到郑世豪在贴板报，赶紧过来帮忙。他对郑世豪说："老郑呀！有文化就是好，不用日晒雨淋，今后我帮你贴板报、出墙报，你教我学文化，好吗？""好啊！不过你要有恒心，不能半途而废。我以前比你读书还少，才小学毕业，是后来通过自学进步的。这样吧，我请人找几本书让你先看，然后教你写诗歌、写散文，今后出去有些文化知识，干哪行都没问题。"郑世豪以长辈的口气说。"好的，多谢老郑。"苏秋来很高兴。

这时，大部分犯人都收工回来了，见到郑世豪在贴板报，都围过来看。其中一个犯人一边看一边读，把特色念成"牛"色，引得犯人都笑起来。念错字的那个犯人面露愧色。郑世豪看到后，心中又有一个想法：劳改犯的文化水平参差不齐，有的仅读到高小，大多数连小学都没毕业，还有的是文盲。不如建议中队领导组织他们学文化，由自己来辅导大家学习，提高他们的文化水平。这样，宣传效果会更好。考虑成熟后，他将想法向管教报告，得到管教的肯定和支持。管教向中队领导反映郑世豪的想法，中队长很高兴，当即拍板同意。于是，每星期一、三、五晚上，三中队凡是小学六年级以下的劳改犯，都要集中操场学文化，由郑世豪当教员。

为了提高学习效果，根据监狱的作息时间安排，郑世豪还制定了教学计划：从识字开始，到遣词造句，再到语法逻辑，最后到文学创作，练习写诗歌和散文等。学习时间为每星期3天，每天1小时，每阶段3个月，并进行考核。郑世豪还请管教帮忙，让张尚文购买一些学习资料，供犯人学习。张尚文在新华书店购买许多励志的书籍，让小叶送给郑世豪。

郑世豪对辅导犯人学文化的工作，认真负责，花了不少精力。按照他的教学计划，经过半年的辅导，效果很好，犯人们的文化水平有所提高，不但可以看懂墙报、板报，还可以通篇读报纸。犯人们高兴，管教也满意。苏秋来本是初中毕业，但坚持参加学习。他通过阅读郑世豪给他买来的《钢铁是怎样炼成的》《青春之歌》等小说，进步很快。他不但政治思想觉悟有很大提高，文化水平也大有进步，现在正在练习写诗歌。苏秋来写了一首自由诗：我后悔/少年不努力/头脑简单/误入歧途/触犯法律/成为阶下囚。我发誓/痛改前非/认真学习/积极改造/重新做人/为社会做贡献。

说是诗，其实是一篇顺口溜，但也反映苏秋来此时的心态。他拿给郑世豪看："郑老师，我试着写了一首诗，请帮助修改修改。"郑世豪看完后觉得虽然没有诗意，但也说明苏秋来学习认真，进步心切。他已有初中基础，只要努力学习，将来肯定有出息，于是鼓励他："很好！有进步，希望继续努力学习。"郑世豪将苏秋来这首处女作加上按语，贴在板报上，希望其他犯人向他学习。

郑世豪在监狱的表现，得到中队、大队、场部管教科的肯定和表扬，农场给他记二等功。三中队组织犯人学文化的做法和经验也在全场推广。

监室的一个犯人叫魏彪，他是与邻居闹矛盾，动手打人致残而被判刑入狱的，此人表现很差。他参加了文化学习，提高了文化水平，又通过看墙报、板报、报纸和听广播，对国家法律有比较深刻的理解，对遵守法律、监规的重要性也有全新的认识，对如何为人处世更有切身的体会和感受。所以，他的变化很大。他劳动积极，经常超额完成任务；他学习认真，每天的文化辅导课，都主动参加；每期墙报、板报，他必定从头看到尾，每天的报纸他都争着阅读；他学会礼貌待人，还经常与苏秋来一起，帮助郑世豪出墙报、贴板报。

郑世豪、苏秋来、魏彪等犯人的变化，充分说明，国家的法律法规、管理罪犯的制度，是改造犯人的基础和手段。实行人性化管教，是促使犯人积极改造的必然结果。

中午，犯人们正在休息。三中队突然接到场部紧急通知：山上有火警！时值秋季，每年的秋冬季节，风干物燥，全场都会发生山火，不同程度地损害生态环境，给农场造成经济损失。接到通知后，中队长马上广播，要求60岁以下的犯人，全体出动上山灭火。

山就在三中队监仓的背后，山不算大，方圆大约有4平方公里，六七百米高，比较陡峭。山上裸露的岩石有棱有角，石隙之间长有不少灌木林，山腰的缓坡地段种有松树。在松树林中，杂草丛生，非常茂密，山脚全是茶园。如果灭火不及时，烧着山腰的松树林，势必波及山脚的茶园，那么后果不堪设想。还好，当天虽然风很大，但没有太阳。

听到广播后，全体60岁以下犯人都跑到操场集中。他们根据以往的灭火经验，分别拿着铁锹、扫把、拖把。在中队长的带领下，向山火现场进发。郑世豪、苏秋来、魏彪几个人跑在最前面。他们来到山脚下，看到半山腰一处浓烟滚滚，在风力的作用下，火苗乱窜，非常危险。

事不宜迟，中队长一声令下："全体人员跟我上！"大家争先恐后，跟着中队长艰难地往山上爬。到了山火现场，温度达六七十度，加上浓烟和火烤，情况十分危急。但大家毫不畏惧，摆开阵势，沿着火场一字排开，挥动手中的工具，与山火展开激烈的搏斗。郑世豪没有工具，折一根树枝就加入灭火队伍。他们有的头发眉毛被烧焦，有的衣服被烧破，有的皮肤被烧伤，却没有人退缩。苏秋来年纪轻，体力好，表现最积极。他的眉毛被烧光，衣服被烧开了几个窟窿，手臂上的皮肤也被烧起了不少水泡，但没叫一声苦。

经过犯人们的殊死扑救，火势基本得到控制，明火已被消灭。大家稍微松一口气，正想坐下来休息一会儿。突然，一阵大风吹过，已灭火的地方又死灰复燃，借着风力，火势越来越大，沿着山脚蔓延。眼看就要殃及山下的茶园，中队长大声命令："大家注意了，山火已死灰复燃，接下来可能更加危险，希望大家注意安全，同时，用锄头、铁铲清除杂草，形成一条3米以上的隔离带，阻断火势蔓延。"

犯人们又马上动手，锄的锄，铲的铲，没有工具的用手拔。他们正干得起劲，突然又是一阵大风，将火苗刮起，形成了熊熊烈火，随风乱窜，直冲人群。有几个犯人躲避不及，被大火包围，全身着火。中队长见状大声喊："赶快躺下，连续打滚！"被烧着的几个犯人赶忙躺下去打滚，将身上的火苗及时灭掉。魏彪也全身着火了，但他个子大，身体肥胖，虽然躺下去，但不会打滚，被火烧得疼痛难忍，嗷嗷大叫。几个没被烧着的犯人赶紧跑过来帮他灭火，虽然身上的火扑灭了，但他已昏迷过去。中队长立即安排几个体力好的犯人将魏彪抬下山，送医院抢救。

由于山上没有水，灭火工具又原始，加上疲劳作战，效果很不理想。然而，犯人们没有一个叫苦叫累，更没有人贪生怕死，自始至终继续坚持战斗。幸好，这时天公作美，风停了，还下起了大雨。现场的犯人都高兴得跳了起来。一场山火就这样被扑灭了。

事后统计，这次扑救山火，受轻伤的6人，都是被火烧伤的。重伤两人，被大火烧伤面积达百分之四十以上。其中，魏彪被烧伤面积超过百分之八十，经医生全力抢救，最终没能挽回他的生命。监狱领导派人将魏彪的遗体运回他老家安葬，并按规定给他的家人发放抚恤金。

经场部批准，这次扑救山火，被记一等功的有 3 人，其中包括魏彪；被记二等功的有 6 人，其中包括苏秋来；被记三等功的有 18 人，其中包括郑世豪。三中队被记集体二等功。

经公安部门侦查，这次山火是附近村民上山打猎吸烟造成的，肇事者已被刑事拘留，将依法追究其刑事责任。

⑮

时间已到 1991 年，张尚文从毕业参加工作刚好 10 年。

这 10 年来，张尚文经历和见证了农场的改革和发展：工矿业发展迅速，产品市场占有率较高，年产值超过 1 亿元，税利超过 2000 万元。农业生产结构调整效果显著，主业茶叶生产发展较快，老茶园改造和品种更新已达百分之七十，茶叶产品多样化，国内市场看好，出口产品合格率有所提高，其他种养业也不断发展，农业产值达 8000 多万元。商贸业经营比较顺利，商业公司、贸易公司开始盈利。全场年工农业总产值达 2 亿元，税利 8000 多万元。

为了巩固提高，继续发展，省农垦局对农场党政班子作了调整充实。杨刚场长因成绩突出，被提拔为省农垦局的局长，王敏书记被提拔为省农垦局的党委副书记。从省农垦局宣传部调来一位副处长担任农场党委书记，他名叫周华，现年 45 岁，部队正团级转业干部。副场长兼总工会主席陈强被提拔为场长，党委办主任许洪被提拔为党委副书记，行政办主任张尚文、基建科长李辉被提拔为副场长，省农垦局还下派一名叫王福的科长任副场长，马茂林被提拔为总工会主席。上届的李副场长、张副场长、刘副场长到龄退休。

现在，新任领导已经全部到位，行政班子也做了具体分工：陈志远分管教育、科技、文化、卫生；张尚文分管工矿、农业、经贸和行政办；李辉分管基建和后勤；省农垦局下派的王副场长，分管宣传；其他领导分工暂时不变。新班子的年龄、文化结构都有所改善，其中大专以上文化程度的占百分之五十，45岁以下的占百分之四十。张尚文最年轻，年仅37岁。

上任第二天，张尚文带着生产科长李廷到农业第一大队一中队、二中队了解老茶园改造情况。李廷原是生产科副科长，陈汉华科长一年前已退休，由他接任科长。他是仲凯农学院的毕业生，在农场工作已10多年，现在是高级农艺师，对全场的农业生产十分了解，特别是对近年来的老茶园改造、品种结构调整，更是了如指掌。

在一中队，看到改造后的茶园长势喜人，他们很开心。时值初春，新品种云南大叶1号正在发芽，刚好适宜采摘。张尚文采了一枝茶芽放在手心上反复观察，然后放在嘴里慢慢咀嚼，感觉到有一种特殊的茶香味，这种香味是老茶树的茶叶不能与之相比的。此茶叶经过杀青、炒制、烘干，制成绿茶，价格比红茶高5倍以上，而且工艺简单，成本低，精美包装后，市场供不应求。李廷说："目前，此类改造后的茶园，我们有将近8000亩，已经投产的有5000多亩，平均亩产茶叶600斤左右，可制高档绿茶 120 多斤，出厂价每斤 10 元，每亩产值 1000 多元。3 年后亩产可达 1000 多斤，仅这 5000 亩茶园，年产茶青就可达 500 多万斤，可制绿茶 100 多万斤，年产值可达 2000 多万元，效益十分可观。"

"还是杨刚场长的眼光独到。我们应当感谢省农科院的支持，还要感谢曾教授做出的贡献。去其他地方看看吧！"张尚文看到此结果，想起当年跟随杨刚场长和曾教授处理交通事故和考察老茶园的情况，深有感触地说。

他们来到二中队，直接到改造后的茶园，看到新品种凤凰水仙五号长势十分喜人，绿油油的一大片，面积大约 300 亩。李廷说："用此品种加工成乌龙茶，价格比绿茶还要高一倍，每斤出厂价 20 元，而且市场前景十分看好。"张尚文非常高兴："看来，科学技术是第一生产力，的确是真理。如果不是当年杨刚场长下决心改造老茶园，调整茶树品种结构，就不可能有今天这种结果。"他转而对李廷说："我们还有百分之三十的老茶园未改造，尽管这些都是高产茶园，但不要心痛，下决心在明年底前全部改造完毕，怎么样？"李廷认为，目前还有将近 4000 亩老茶园，分两年改造，每年改造 2000 亩，任务有些重。但改造效果如此之好，不应再拖，于是说："应该没问题。"

张尚文回到家，已是中午 12 点多，女儿张晶晶也放学回来了。张晶晶已读小学二年级，变成了美丽的小姑娘。黎小英见到丈夫和女儿回来了，正准备吃午饭。突然听到有人敲门，张晶晶赶忙去开门，见到来人，礼貌地打招呼："叔叔好！"

来人 40 来岁，一身商人打扮，进屋坐下后，自我介绍："我是从张场长家乡来的，叫叶永发，做点农资生意。现在白糖价格上升，今年我县大面积种植甘蔗，但由于天气暖和，虫害很严重。听说你这里生产一种农药，对杀灭甘蔗害虫特别有效，可是市场脱销，所以上门拜访，想通过关系，直接从厂家进点货回去救急，不知张场长能否帮忙?"

张尚文给叶永发斟一杯茶："喝口茶吧，你是从家乡直接来找我的?""是啊！我是通过我妹妹才知道你在这里工作的。我妹妹在镇卫生院当护士长，她好像了解你的情况，叫我来找你。路途太远，转了几趟车，昨天夜晚已经来到县城，现在才到这里。"叶永发说完，喝了一大口茶。"你妹妹叫什么名字?"张尚文问。"她叫叶嫒娴。"叶永发回答。张尚文初步了解叶永发的来历，继续问："你妹妹还好吗?"叶永发回答："还行吧，去年提为护士长。8 年前结婚，妹夫是医生，小孩读二年级了。"听叶永发这么说，张尚文放心了，说明他没有说假话。叶永发听到张尚文这样问，觉得有点奇怪："张场长认识我妹妹?"张尚文笑笑："不算认识，不过对她的情况多少有点了解。都过去了，别提啦！你吃午饭了吗?"叶永发笑着不回答。

这时已将近下午一点，黎小英担心饿着女儿，在一边催促："吃完饭再谈吧，晶晶还要上学呢。"张尚文这才想起来："啊！对对。"他便对叶永发说："你就在这里将就一餐吧。"叶永发一点也不客气，坐下来就吃。他吃得快，饭量又大，张尚文看看饭锅空了，只喝几口汤就放下碗筷。黎小英和女儿都吃得慢，也是只吃了半碗饭和几口汤。

吃完午饭，张尚文对叶永发说："我参加工作到现在刚好 10 年，这 10 年来我对家乡没有任何帮助，感到很惭愧。现在你来找我，我很高兴。如果有可能，我一定会帮忙的。但是我们的农药广谱性强，高效低毒，适合杀灭的害虫种类很多。加上价格适宜，市场供不应求，很多订单没货提呢！现在，厂里组织工人加班加点，甚至由场部动员科室干部利用休息时间，帮助准备填充料。你等一会儿，我现在和厂长联系一下，看看能否挤出一些，让你带回去。"说完，他拿起座机电话："吴厂长吗？我是张尚文，厂里还有存货吗？"电话那头："是张副场长啊！没货了。"张尚文解释："是这样的，我老家来人找我，说今年甘蔗虫害严重，但农药卖断货，农民很着急。请你想办法加班生产一些，让他们解决燃眉之急，行吗？"

吴厂长是个明白人，主管领导开声了，怎能不办？再困难也要想办法克服，于是说："好吧，我想办法加班生产几吨，叫他明天来找我。""多谢！"张尚文很高兴，老乡千里迢迢来找，多少也要帮忙，现在总算有交代了。他马上将吴厂长的联系电话写给叶永发，让他明天直接到厂里提货。叶永发拿过纸条说："多谢张场长。"他说完就走了。

叶永发走后，张尚文想，我这样做违反原则吗？听叶永发的自我介绍，他是叶嫒娴的哥哥，身份应该没问题。在力所能及的情况下，支持家乡的农业生产是应该的。但这是紧俏物资啊！叶永发是做生意的，自己对他又不了解。万一他将农药拉回去漫天涨价出售，岂不是坑了当地蔗农？张尚文越想越觉得这件事处理得太仓促，欠考虑。现在唯一的办法就是控制数量，至于家乡甘蔗的虫害问题，另外想办法解决。于是，张尚文又给吴厂长打电话："吴厂长，我们的农药出厂价是多少？"吴厂长回答："按原来的定价不变，每吨2800元。"张尚文说："据了解，目前市面上转手每吨炒到9000到10000元，这种唯利是图的坑农行为，我们不能充当帮凶。今后，我们的农药一定要卖给政府的农资经营部门。我介绍的这个人，不能给他太多，给两三吨就行了，给多了今后可能会出问题的。""好的，明白了。"吴厂长回答。

　　打完电话，已是下午2点，张尚文不再休息就去上班。他来到办公大楼门前，有十几个村民在喊着："还我土地！"有人大声喊："杨刚出来，还我土地！"张尚文一看就明白了，这是村民在争土地权属。杨刚场长刚刚调离，新场长已上任，村民还不清楚。张尚文想，他分管农业，土地权属纠纷处理是他的职责范围，应该主动与村民接触，了解情况。于是，他走近人群大声说："杨刚场长已经调走，不在这里工作了。我叫张尚文，是这里的副场长，分管土地纠纷的，有事找我吧！"

　　人群中有一位老者，60岁的样子。他走到张尚文身边，拉着张尚文的手，十分和蔼地说："你是张副场长啊？我们是大岭乡山塘村委会岭脚村的，我姓陈，是村主任，你就叫我老陈吧！我们今天来找场长，不是想闹事，而是想解决问题。"张尚文听了村主任的话，觉得问题应该不难解决，但必须搞清楚，便说："陈叔，杨刚场长调省农垦总局工作了，今后你们不要再找他，找我就行。这样吧，你们选出两名代表到接待室，我们详细谈谈，好不好？""好的。"村主任点了两个人的名字："你们两个跟我来，将具体情况向张场长反映，其他人就地等候，不要再大声喧哗。"看来，这位村主任的威信比较高，他刚说完，村民就静静地坐了下来。被点到名字的两个村民，跟着他到场部接待室。

　　到了接待室，张尚文让小叶通知山林土地纠纷调查处理办公室陈主任参加座谈。陈主任到来后，张尚文对代表说："这位是我场土地纠纷调查处理办公室陈主任，陈叔应该认识吧？现在请你们谈谈情况，有什么诉求，请直说。"村主任见到陈主任，情绪有点激动："我先说吧，我和陈主任是老相识了，就是他将问题拖下来的。我们村与你们场的第一大队一中队相邻，你们建场初期，我们村有40多亩丢荒地，你们的人多，1960年就将这块土地开荒种茶了，当时地界很清楚。由于我们人口少，土地耕种不过来，所以一直没人管。现在人口大幅度增加，人多地少的矛盾十分突出，特别是落实土地承包责任制后，农民的积极性很高。土地是农民的命根子，有人没地种，怎么生活？所以急需解决这个问题。10年前我们就提出来了，但一拖再拖，问题一直未解决，村民意见很大。"

陈主任与村主任打过多年交道，对他很熟悉。陈主任对这块土地权属历史进行过调查，也做过多次调解处理，但未能解决问题。他认为，这块土地的权属纠纷，一直是他经办，所以村民对他有看法是可以理解的。他解释说："这块土地的权属争议，历史很清楚，已进行多次调解，时间也拖了10年。杨刚场长很重视，但问题不能解决，主要原因是你们岭脚村拿不出有效的历史证据。""从土改到现在，已经有40多年，这期间换了多任村干部，最早当村干部的都已去世了，历史证据只有土改时分给他们耕种的几户人，持有当时县政府发给的土地证，但户主都不在了，土地证也找不到了，后人只能靠回忆、凭印象，所以我们确实无法提供有效证据，这个实际情况，我也同陈主任说过多次。我们希望农场的领导尊重历史，将这块土地还给我们。"村主任实事求是地说。

124

代表中的一位年轻人接着说："我大伯说的情况句句属实。听我爷爷说，土改时我家也分到这块地，有 3 亩多，耕了好几年，1958 年成立人民公社的时候，就交给生产队统一耕种，后来劳动力不足就丢荒了。听老人们说，不久你们农场就将这块地开荒种茶，一直到现在。"

"经我们调查，你们说的情况都属实。但我们处理历史遗留问题讲究的是证据，没有证据，我们不敢做主还给你们啊！"陈主任是老调处了，办事讲证据，原则性很强，他有他的难处。

一直在认真听的张尚文已经有了基本思路。他是农民的儿子，很清楚土地对农民的重要性，说土地是农民的命根子，一点也不为过。共产党领导人民打江山，不是为了耕者有其田吗？这么多年了，为了这点土地，政府和农民争利益，确实不应该。于是他说："陈叔，基本情况和你们的诉求都清楚了，等我们研究一个处理方案，向上级汇报后再给你们明确的答复，你们先回去吧！""好的，不过希望尽快解决问题。"村主任答应，又对村民代表说："听张场长的，我们先回去，大家回去后要做好村民的解释工作，等待处理结果。"

村民代表走后，张尚文让陈主任留下来，对他说："这样吧，你回去将这块土地的争议情况写一份报告，由我在场长办公会议上提出来，研究处理办法，再报农垦局批准，将土地连同茶园还给岭脚村。我们少了这些茶园影响不大，可以通过老茶园改造和品种调整，提高产量、产值弥补回来。你想想，新社会的农民没有土地耕种，和旧社会有什么区别？问题久拖不决，影响农场和当地群众的关系，不利安定团结，最终还是影响我们的发展。你认为呢？陈主任。"陈主任说："张副场长讲得很有道理，听你的，回去就写。"

将近下午6点，张尚文回到办公室刚坐下，麦丽娜已来到他的办公室门口。她今天打扮得十分妖艳，烫着波浪式卷发，穿一件半露胸的黑色连衣裙，脚上是一双白色高跟鞋。她见张尚文的办公室开着门，大声问："张副场长好！我可以进去吗？"张尚文见到她，虽然不太高兴，但人已到门口，只好说："有事进来说吧。"麦丽娜扭动着身体，胸脯一耸一耸地走进来。她说："多谢场长。"她说完就坐在沙发上，将连衣裙一撩，跷起二郎腿。张尚文给她斟上一杯茶，问："你找我有事？你先生回来了吗？"

听到张尚文这样问，麦丽娜突然觉得心里难受，眼圈开始发红："没事就不能来吗？我是来向你道歉的。那天你到我家，我对你没礼貌，现在说声对不起，请原谅！但是你还没帮我解决问题呢！骆伟雄又有10多天没回家了，他现在越来越过分，我拿他没办法，希望你尽量帮帮我，确实无法挽救，我打算和他离婚。"麦丽娜说完，眼里流出了伤心的泪水，还不停地抽泣。

张尚文平生最怕见到女人流眼泪。麦丽娜的表现，使他动了怜悯之心，他极力劝解麦丽娜："那天你确实太轻浮，我被你吓到了，今后不能再这样啊！有位哲人说过：'幸福家庭都是一样的，不幸的家庭各有各的不幸。'你现在的情况我很同情，但不能轻言离婚，婚姻大事一定要慎之又慎。你丈夫长期不在家，找不到他做工作，有点难办。这样吧，我与总工会的女工委员会打个招呼，让他们去调查一下，配合机械厂的领导去做工作，行不行？""让总工会去调解？骆伟雄会听工会的？张场长你不要开玩笑了。我就是要你出面，如果他不听，我就用我的行动告诉他，他不仁我就不义，大不了离婚。"麦丽娜似乎将这张牌压在张尚文的身上。"你不要这样，人生有很多路可走，不能在一棵树上吊死。如果你丈夫真的能够回心转意，你一定要忠于婚姻，忠于家庭，忠于你的丈夫。但是，如果他真的一条路走到黑，你再作打算也不迟。"张尚文开导她说。"我已经无法忍受，希望你理解。我很想你给我一点安慰，可以吗?"张尚文态度很明朗，宛转且十分坚决地说:"我现在已经在安慰你了! 至于其他方式，这是不可能的。我的家庭很幸福，我不可能以不道德的行为去破坏它。"麦丽娜差点哭出声来:"我不死心，我这辈子就被骆伟雄毁了。"张尚文有点心软了，他拿了一块纸巾，走到麦丽娜面前递给她:"不要这样，你在这里哭出声影响很不好，已经下班了，你回去吧!"

这时，后勤服务组有位阿姨到各领导办公室查房。因为有的领导大意或其他原因，下班后忘记关灯、关窗、锁门等，服务组阿姨必须查房，帮这些领导关灯、关窗、锁门，这是服务组阿姨的职责。这位阿姨来到张尚文办公室门口，见到张尚文和一位时髦女人在里面，赶忙退了出来。张尚文看到服务阿姨退出去，觉得不好意思，正想解释，已经来不及了。于是，他极力劝说麦丽娜:"赶快回去吧! 你小孩在家等你呢。"麦丽娜还在磨磨蹭蹭:"我就走，不过我要你今晚去我家，行吗?"张尚文有点不耐烦了:"不行。你不能这样! 你丈夫如果回来，请你及时通知我，我让他来这里谈，你赶快走吧!"

麦丽娜无奈，只好离开张尚文的办公室。当她走出大楼门口时，有许多刚刚下班的干部职工，都用异样的目光看着她。

16

郑世豪劳动改造 3 年多，由于表现突出，多次立功受奖，被减刑 1 年 6 个月，半个月前已刑满释放。

出狱后，郑世豪无家可归，生活没着落。回省城，老父亲和继母不接受他。回单位，他已被开除公职，不能安排住房。无奈之下，他只好求助张尚文。张尚文通过居委会，给他安排一间 20 多平方米的公租房，暂时解决住的问题，然后给他几百元钱做生活费，又通过商业公司招收他当临时工，每月工资 150 元。

郑世豪的生活和工作有了着落，对张尚文感激不尽，后悔当初做得太过分，对不起张尚文。但是张尚文根本不当一回事，认为过去了的事情，不必计较。前任领导有难处，自己又有条件，能帮则帮。为了感谢张尚文，郑世豪打算请张尚文吃饭。

下午下班前，郑世豪来到张尚文办公室。张尚文刚好开会回来，见到郑世豪，关心地问："怎么样？到商业公司上班了吧？""上班了，经理安排我暂时管仓库。"郑世豪说："今晚有空吗？我想请你吃个便饭。""算了吧，你目前的经济还很困难，以后再说。""没事，刚领到本月工资，我还有些事情想征求你的意见。"张尚文本来很忙，但郑世豪这样说了，不好再推辞，便答应了他。

晚上 6 点多钟，他们来到一间小饭店，要了一个小包间。郑世豪让服务员点了清蒸鲢鱼、白灼基围虾、一碟花生米、一份炒青菜，外加一个三鲜汤，还要了一瓶二锅头白酒。

开始吃饭的时候，郑世豪说："张副场长，当初对你的态度和做法，确实不应该，对不起了！请你原谅！"郑世豪说完，眼睛发红，眼眶湿润，但他强忍着不让眼泪掉下来。张尚文说："都过去啦！不提这个了。你今年还不到40岁，正是干事业的年龄，今后有什么打算呢？不可能当一辈子临时工吧？"郑世豪擦擦眼睛，笑着说："我今天就是想听听你的意见，你说得很对，我这几天也在考虑，但还未考虑成熟。想做点小生意，但没本钱。"

"本钱是个问题，但也有办法解决。现在，我场的茶叶产品种类多，除了过去的主产品红茶外，最近生产了绿茶、花茶、乌龙茶等，质量上乘，包装精美，价格便宜，市场看好。我建议你从这方面考虑，先办一间茶叶零售门市部，将来做大了，再办一间茶叶贸易公司，专搞茶叶批发。"张尚文这样考虑，一方面是想拓宽农场的茶叶销售渠道，另一方面是为郑世豪找出路。

"你的意见是对的，但资金难筹。你想想，一个刚刚刑满释放的劳改犯，有人相信你吗？借钱或贷款都困难啊！"郑世豪一点信心也没有。"这个你不要担心，世俗眼光不是人人都有的。小额贷款没问题，我可以帮你出面解决，如果不够，我还可以担保，让朋友借给你。办个门市部租个铺面的租金和装修等投资，估计有3万元就足够了。至于茶叶，我可以让茶厂给你代销，每月结算一次，你看怎么样？"张尚文已经为郑世豪规划好了。郑世豪真没想到，张尚文有如此胸怀，对他如此关心。他说："太感谢了！既然这样，我就试试吧，我们喝酒。"

两人自从坐下后，一直在说话，既不喝酒，也不动筷。现在思路清晰了，就放开喝酒，两人你一杯我一杯。酒喝得差不多了，张尚文叫服务员结账。张尚文很清楚，目前郑世豪的生活很困难，怕他争着结账，便提前让服务员结账付款，然后两人继续喝酒，一边喝一边聊，直至喝完这瓶二锅头才离开。

　　两天前，山林土地纠纷调查处理办公室的陈主任，将写好给场部的调查处理报告交给张尚文，张尚文看完后签批"同意报，请陈场长安排办公会议研究"，让陈主任送给陈强场长。

　　陈强场长拟将这一问题作为今天会议的一项议题，在行政班子会上研究解决。会议首先研究其他事项，最后陈强场长说："下面讨论一下与岭脚村的土地争议处理问题。请调处办陈主任汇报具体情况。"陈主任按照写给场部的报告内容，选择重点汇报，最后说："这块土地从提出争议到现在已 10 年，不能解决的主要原因，是岭脚村提供不出有效证据。"

　　张尚文作为分管领导，对处理这块地的权属争议已胸有成竹，但他认为必须集体研究，并报上级批准。于是，他首先发言："刚才大家听了陈主任的汇报，已经清楚这块土地权属争议的来龙去脉。我个人认为，土地是农民的命根子，特别是在人多地少的情况下，显得尤其重要，岭脚村目前正处在这种情况。尽管他们拿不出有效证据，但根据调处办公室的调查，这块土地确是他们的，这是历史事实。我们应该尊重历史，实事求是地处理好这个问题。否则，影响我场和地方的关系，不利于安定团结。我的意见是，将这块 40 多亩土地连同茶园一并还给岭脚村，就当作是我场支持当地农民发展生产。可能有人担心这样会使我场的农业遭受损失，我认为不必担心。近年来，我们通过改造老茶园，调整品种结构，产量、质量和效益都有大幅度提高，我们还有百分之三十的老茶园还没改造，通过加快改造，不但不会减产，还会增产增收，更重要的是扩大政治影响，收获更大，何乐而不为？当然，这样做一定要上级批准。"

在张尚文发言的时候，领导们大部分在点头称赞，表示认同他的观点。只有副场长王福提出反对意见："我不同意这样做。这是国家财产，怎么能轻易地说还就还呢？这是损害国家利益，是挖社会主义墙脚，是犯罪行为。"

王福是场领导班子调整时从省农垦局派下来的，顶替张副场长分管宣传工作。他认为自己学历高，专业对口，又是上级机关派下来的，目中无人，对一些问题的看法比较偏激，动不动就上纲上线。今天，他也不忘戴帽子、打棍子。

听到王福这番言论，李辉副场长毫不客气地与他针锋相对：调查报告说得很清楚，这块土地是人家的，现在人家要求归还，难道非要把茶树砍掉才归还不成？这样做未免太不近人情了吧！我十分赞成张副场长的意见，这件事只能这样处理。"李辉副场长这样说，大家都在附和："是的，是的。"王福再也不出声了。

陈强场长认为，研究处理问题，有不同意见是正常的，但少数服从多数，这是组织原则。对于这件事的处理，应该顾全大局，考虑长远利益。于是他最后拍板："如果大家没有新的意见，就按张副场长的意见办。请行政办将会议决定拟一份请示，报农垦局批准。"

下班后，张尚文回到家里，看到黎小英坐在客厅生闷气，脸色十分难看，不想和他说话，午饭也不煮。张尚文觉得有点奇怪，问："怎么回事？是谁得罪我们黎小姐了？"黎小英怒气冲冲地反问："你说呢？我问你，前几天有一个打扮妖艳的女人在你办公室，你们干什么了？"张尚文满脸堆笑："就因为这个啊！谁告诉你的？"黎小英已渗出眼泪："你不管谁告诉我，若要人不知，除非己莫为！今天你必须把事情说清楚。"

黎小英上演这出悲情戏，主要原因是今天上午，服务组阿姨到打印服务中心搞卫生，在与黎小英闲聊时，无意中说起那天见到一位时尚女子在张尚文办公室。服务组阿姨问是不是张副场长有什么亲戚或朋友？说者无心，听者有意。黎小英听后，怎么也想不起丈夫有什么女性亲戚或朋友，她更不相信丈夫有外遇。不过，既然知道了，就一定要搞清楚是怎么回事。

看到黎小英在流眼泪，张尚文心慌了，他意识到肯定是那个阿姨和她说了些什么，必须如实说清楚，不然这一关是难以过去的。于是，他一五一十、原原本本地将事情的经过告诉黎小英，最后说："事情经过就是这样，请你相信我。"张尚文拉着黎小英的右手，拍拍她的手背："夫人放心，我拒绝这些诱惑的意志是坚定的，对你的忠诚是天地可鉴的。"黎小英破涕为笑："谁知道啊？"她一手推开张尚文："如果够胆在外面偷腥，看我怎么收拾你！"张尚文也笑了："不敢！不敢！这样吧，下次她再来找我，我一定让你会会她。"黎小英认为，夫妻之间应该坦诚相处，信任比什么都重要，做妻子的应该信任自己丈夫："不必了，相信你。"

张晶晶放学回来了，她一边放书包一边说："妈妈，我饿了。"两人赶紧停止对话。黎小英对女儿说："乖乖，妈妈马上去做饭。"

下午上班，张尚文刚到办公室，叶永发就跟着进来了。他向张尚文打招呼："张场长好。"看到叶永发，张尚文觉得有些突然，上次找他要农药，还不到半个月呢，现在又上门了，真是无利不起早啊！他便问："你怎么又来了？"叶永发说："我这次来，一是表示感谢，上次的3吨农药，帮我们解决燃眉之急。二是希望再次大力帮忙，多批一些给我们，解决更大面积的虫害问题。"叶永发说完，从口袋里拿出一个小纸包放在办公桌上："小小意思，请收下。"张尚文没看纸包是什么东西，他心里十分明白。他说："帮不了你啦！目前我们农药厂还有200多吨订货合同不能按时交货，有的已超期1个多月了。你知道的，农药使用的季节性很强，过时就不起作用了，将造成农业生产损失。这些客户不能按时提货，按合同规定要追究我们的责任。现在已有几个客户准备起诉我们农药厂了，再这样下去，我们将要赔偿一大笔钱的。不好意思，你回去吧。"叶永发还不死心："一点办法都没有了吗？"张尚文很明确地回答："真的没办法了，请你理解。"张尚文为了堵死叶永发搞走后门这条路，本来不会说谎的他，只能添枝加叶，将问题说得很严重，目的是不想让他继续纠缠。

前几天，张尚文打电话给妹妹，询问父母是否身体健康，顺便了解叶永发购回农药的销售情况。根据妹妹反馈，叶永发运回去的3吨农药，包运费每吨成本不足3000元，即每公斤成本价仅3元左右。而他零售每公斤卖到30元，每吨卖到3万元，价格提高10倍，扣除成本，每吨利润27000元，三吨获利80000多元，这样获取暴利，将大幅度增加甘蔗生产成本，是严重的坑农害农行为，是违法犯罪。因此，张尚文决心堵死走后门这条路。同时，张尚文通过妹妹，与家乡的县供销社联系，动员农药厂加班加点，增加生产，以出厂价调剂 20 吨农药给新溪县供销社，按合理价格卖给蔗农。这件事，张尚文正在办。

叶永发看到张尚文的态度很坚决，觉得再纠缠下去也没有希望，便说："既然没办法，我就不勉强你了。"叶永发说完站起来准备走，张尚文赶忙拿起小纸包还给他："这个请你拿走。"叶永发拿过小纸包，头也不回地走出张尚文的办公室。

叶永发刚走，叶茂就进来了。叶茂说："张副场长，明天上午陈强场长去机械厂调研，要你陪同。另外，人事科来电话，给行政办安排一名女大学生，明天下午报到，我们在接待室开个座谈会，请你参加。"张尚文当上副场长后，分管行政办工作。叶茂被提拔为行政办主任，接张尚文的班，对前任领导十分尊重。张尚文说："好的，明天下午如果没时间冲突，我争取参加。"

第二天上午，张尚文陪同陈强场长去机械厂调研。机械厂建于 1960 年，现已有 30 多年历史，主要产品是红茶制造机械及零配件。目前红茶的国际市场饱和，茶叶机械的市场前景也非常黯淡。陈强到机械厂调研的目的，就是考虑如何转产的问题。

他们到了机械厂，在朱厂长的陪同下，首先到车间考察。在车间里，看到机械设备十分残旧，而且基本上是手工操作，产品合格率仅达百分之六十，基本没有市场。

考察完后，他们回到厂部会议室，听取朱厂长汇报："各位领导刚才都看到机械厂的状况，目前我们厂的产品订单基本上是本场的各家制茶厂，而且大部分是零配件，外单位的订货很少，开工率不到百分之五十。现在，工人处于半休假状态，大部分工人只能领半个月的工资。工人们生活困难，思想不稳定，意见较大。希望场领导帮我们想想办法，解决这个问题。"

张尚文过去没到过机械厂的生产车间，今天看后很震惊，觉得生产设备确实太陈旧，技术太落后，产品太过时。为了适应形势发展要求，必须马上更新设备，引进技术，生产适应市场的新产品。他作为分管工业的副场长，面对这种状况，首先应该提出自己的意见："目前，国际上已经掀起了新一轮的技术革命，东南亚一些国家和地区的高速发展，对我们应该有所启发，值得我们学习。根据机械厂目前的处境，应当转产其他产品，提高科技含量，以此寻求出路。"

此前，陈强就机械厂的问题，与张尚文多次交换过意见。陈强场长对如何解决机械厂的出路问题，早已深思熟虑。他说："张副场长讲的确实如此，所以省里要求我们，向科学技术进军。对照我们目前的状况，已经到非转产不可的地步了。因此，我们今天来这里调研，目的是探究机械厂的转产问题。我的设想是：机械厂逐步停止红茶机械设备的大宗生产，转为生产零配件和绿茶、乌龙茶等新的加工设备和包装机。大宗生产转为家用电器，如电冰箱、空调机等，制造出技术含量高、市场需求量大的产品，提高经济效益。我已经在资金上有所准备，计划投资8000万元以上，引进两条空调机生产线，一条电冰箱生产线。投资2000万元，新建一间大厂房，将机械厂来个彻底改头换面，同时还要引进一批工程技术人员。这些设想，我回去后将尽快召开班子会议研究，再报党委决策后马上实施。"陈强新官上任三把火，而且比较年轻，干劲十足。

机械厂的几位正副厂长，听完陈强的讲话，都情不自禁地鼓起掌来。

下午，在场部接待室，行政办全体干部集中召开座谈会，欢迎新来的大学生。张尚文当副场长后，叶茂被提拔为行政办主任，办公室秘书人员少，党委便给行政办配备一名中文专业的本科毕业生。张尚文作为分管行政办的领导，也抽空参加这次座谈会。

一会儿，人事科刘科长带着一名女同志进来，向在座的全体人员介绍说："这位是刚刚分配来我场工作的大学生李虹同志。为充实行政办的秘书力量，经党委研究，决定安排来你办工作。"刘科长还向李虹一一介绍行政办在座干部，最后说："希望李虹同志安心工作，虚心学习，服从领导，努力实践，争取进步。"

行政办主任叶茂发言："我代表行政办全体同志欢迎李虹同志来我办工作，特别感谢党委对我们的支持。行政办有干部13人，后勤工作人员15人，是一个大部门。行政办主要是负责秘书工作、后勤管理和接待服务。'三服务三协调'，是我办的主要工作，即服务领导、服务机关、服务基层；协调领导与领导之间的关系、协调部门与部门之间的关系、协调场部与基层之间的关系。希望李虹同志尽快进入角色，积极工作。你是中文系的毕业生，就做专职秘书工作吧。"叶茂继续说，"今天下午，我们的老主任张副场长，在百忙中抽出宝贵时间参加我们的座谈会，张副场长的办公室工作经验非常丰富，下面请张副场长讲话。"

大家鼓掌过后，张尚文举起右手摆了一下，示意表示感谢。他说："小李同志是到行政办工作的第二位中文专业的本科生，文化水平高，年轻有为。在行政办工作，除了要有坚实的文化基础外，还要有较高的政治素质和思想觉悟，更加要谦虚谨慎、低调为人。要向你们的主任叶茂同志学习，他思维敏捷，工作努力，大家对他的评价较高。在座的同志们在他的带领下，工作任务完成得很出色，场领导和全体干部都很满意。在行政办工作虽然辛苦，但很能锻炼人，希望小李同志多向老一辈学习，积极实践，为我场的发展做出自己的贡献。"

张尚文讲完后，叶茂请李虹发言。李虹初来乍到，没有大场面讲话经验。她额头冒汗，脸色泛红："多谢组织的关怀，多谢各位领导的教导。我一定不辜负组织和领导的期望，虚心向领导、前辈、同事们学习，努力工作，请领导放心。也希望各位领导和同事们今后多关心、多帮助、多支持。谢谢大家！"

叶茂对李虹到行政办工作感到满意。李虹身高一米六五，皮肤白里透红。今天，她的打扮虽然很朴素，但很入时，很有气质。叶茂很高兴，一方面，行政办干部男多女少，需要增加女干部，正所谓男女搭配，干活不累；另一方面，对外交际也需要一个文化高、长相好、素质优的女孩子，李虹正符合条件。

⑰

郑世豪在商业公司当了几个月的临时工，虽然清闲，整天按部就班，进货出货，开门锁门，但他觉得很无聊，而且工资太低。最近，他认真考虑，觉得这样下去，哪有前途可言？于是，他想起张尚文的建议，决定辞去商业公司的临时工工作，向信用社申请贷款，办一间茶叶零售门市部。

他把想法告诉张尚文，张尚文十分支持。在张尚文的协调下，信用社给他小额信用贷款3万元。郑世豪在小镇主街一个合适的地方，租了一间档口，一次性交足一年租金12000元，加上装修和置办货架的费用，共用去28000元。张尚文出面与茶厂联系，由茶厂按出厂价给他提供红茶、绿茶、乌龙茶等近1万元的茶叶，让他的门市部代销。

经过10多年的改革开放，农场所在地的小镇变化很大，商品交易比较活跃，市场比较繁荣。小镇进行了重新规划，地产商拆旧建新，面积不断扩大，街道变宽、变长、变靓了。主街道建成四车道的大马路，街道两边高楼林立，整齐划一，功能完善，配套齐全。原来的旧棚区、旧厂房、旧仓库和荒芜地，通过规划，开发了不少楼盘，新建了很多小区，居民人口大幅度增加。街道两边种上了四季常青的风景树，还建了不少花坛。春夏季节，各种鲜花陆续开放，竞相争艳。街上的太阳能路灯，整整齐齐，十分美观，一到夜晚，灯火通明。平时，街上车水马龙，人来人往，好一派热闹繁华景象。道路交通变化更大，场部通往县城修起了四车道的一级水泥公路，并打通隧道将道路拉直，从场部到县城开车不用20分钟。场部通往各大队、厂矿全部修起了二车道的沥青路。农场的干部职工及附近村民的生活、出行很方便，与外界的联系很便捷，物资流通也很顺畅。特别是经济条件大有改善，当地居民的购买力越来越强，消费水平越来越高，对各种商品的质量和使用性能越来越讲究。

郑世豪的茶叶门市部，就在主街最繁华的地段。开业那天，张尚文一早就让人送去花篮，并亲自到门市部祝贺。看到各种茶叶琳琅满目，品种齐全，张尚文十分高兴，半开玩笑地说：

"恭喜郑老板，祝你生意兴隆、财源广进！"已经脱胎换骨的郑世豪，当起了老板，自然十分高兴。今天他心情特别好，笑嘻嘻地说："承领导贵言，多谢领导啦！""忙你的生意吧，我要回去开会。"张尚文说完就走了。

陈强前几天到机械厂调研后，觉得机械厂已到非转产不可的地步了，不然很难面对机械厂的100多号职工，也很难向上级交代。今天上午，他专门召开会议，研究解决这一问题。他说："今天的办公会议，只研究一项内容，就是机械厂的转产问题。前几天，我和张副场长去机械厂调研，目睹机械厂的现状，了解到该厂职工目前的处境，心里很难受。下面，请分管的张副场长向大家通报一下机械厂的情况。"

张尚文过去很少接触工业生产，当上副场长后，他对文件、报纸、杂志上的工业生产、经营管理、体制改革等方面的内容比较关注，也有所研究。机械厂目前的困境，他与陈强也多次交换过意见，对陈强的思路，他很理解，也十分赞成并大力支持。他说："下面我向大家通报机械厂当前的生产情况和面临的困境。机械厂建于1960年，至今已有30多年的历史，当时建厂的目的，是服务我场兴建的四家红茶制茶厂，机械产品以内销为主。近年来，红茶出口量逐年减少，效益很差，以致制茶厂的生产不景气，设备更新、维修都遇到资金困难，因而影响机械厂的生产，导致近年来开工率低，达产率仅百分之五十左右，部分工人处于半休假状态，工资收入大幅减少，要依赖场部的亏损补贴才能勉强维持。由于生活困难，工人们怨声载道。现在，工厂的设备残旧，锈迹斑斑，车床、刨床、铣床等设备基本上是手工操作，效率十分低。"张尚文喝了一口茶，继续说，

"据有关报道，目前全世界都非常重视科技发展，东南亚有些国家和地区的轻工业发展较快，主要是依靠高科技引领，如日本的汽车和家用电器，韩国的电子通信，新加坡的办公设备，我国台湾的日用化工等。由于他们发展迅速，被称为'亚洲四小龙'，这些例子，我们应当受到启发。所以我认为，机械厂转产势在必行，这样也许会遇到很多困难和阻力，但再多的困难也要克服。至于转产什么产品，我认为一定要有较高的科技含量，而且要适应市场需要。按照目前市场的发展态势，生产家用电器如电冰箱、空调机、电饭煲等，绝对有前途。"

张尚文汇报完后，大家七嘴八舌地议论开了。有人说："机械厂为我场的发展是做过较大贡献的，随着社会进步和科技发展，现在的困难完全可以理解，但这种局面必须改变。"有人说："看来，机械厂转产已迫在眉睫。不考虑出路问题，我们的经济难以发展，工人的生活也无法解决。"也有人说："转产是唯一出路，但转产什么？资金如何解决？这些都是现实问题，我们必须认真考虑。"还有人说："我们要学习特区和珠江三角洲人民敢为人先的精神，他们原来的'三来一补'为经济发展打下了基础，后来根据形势发展和当地政府的决策，进行产业转移，上马高科技项目，取得了巨大成功。我们应当向他们学习，转产家用电器，生产电冰箱、空调机、电饭煲等。随着人们生活水平的不断提高，这些产品肯定有市场，错不了。"大家都在围绕机械厂的转产问题，出谋献策，讨论得很热烈。

这时，王福发言了："你们这是异想天开，怎么能拿山区和经济发达地区相比？我们不要瞎折腾，浪费国家财产。我反对转产，应当将资金放在农场的基础设施建设上。"王福的发言，语气十分坚决，理由似乎很充分。

　　会上的领导听他这样说，都停止说话，用怀疑的眼光望着他。张尚文觉得王福的这番话，并非是关心国家财产，而是另有用意。于是，他高声反驳王福："现在全国都在抓经济、促发展，国内的经济特区和珠江三角洲，为我们树立了榜样，亚洲'四小龙'，也给我们很大的启发，中央和省一再强调，要向他们学习，这怎能说是瞎折腾呢？全场有这么多干部职工，有这么好的资源和基础，不好好利用就会造成浪费，我们的经济不能发展，干部职工就无出路，生活就无保障，对上级也无法交代。再说，没有经济实力，怎么去搞好基础设施建设？作为一个大型的、综合性的农场，长期依靠国家补贴，不觉得惭愧吗？山区怎么了？山区就不能发展工业？山区就不能科技进步？山区就不需要改变落后面貌？"张尚文越说越激动，驳得王福哑口无言，在场的领导都在心中暗自叫好。但是，由于这番话极大地刺伤了王福的自尊心，给张尚文日后留下了祸根。

　　陈强听完后十分满意。他没想到张尚文这10多年来，进步这么快。他认为张尚文这番话，说到自己的心坎上，将他想说的话全说出来了。最后，他进行小结："刚才，尚文副场长的汇报大家都听到了，他说的例子启发了我们，如果我们再不清醒过来，将犯历史性错误。大家的讨论发言，有的很客观，也很有见解，但有些意见我不敢苟同。我完全赞成尚文同志的意见。我认为，机械厂的转产势在必行，不转产就没有出路。所以，我的想法是，淘汰部分生产红茶的机械设备，增加生产新产品如绿茶、花茶、乌龙茶等小型机械设备。主产品转产空调机、电冰箱。我计划将机械厂的厂房面积扩大一倍，新建一间厂房。

投资 8000 万元，引进两条空调机生产线和一条电冰箱生产线，并向社会招聘一批技术人才。资金方面，我们自有资金已有 9000 多万元，再向银行贷款 5000 万元就基本可以了。大家讨论一下吧，看看是否可行？"

参加会议的领导听了陈强的小结，开始交头接耳，然后点头称是，最后基本赞成，只有王福不表态。陈强最后宣布："这项工作就这样定下来，由尚文同志抓落实，时间尽量往前赶。"张尚文当即表态："一定不会让领导失望！"

会议结束后，张尚文回到办公室刚坐下，调处办陈主任就进来了。他说："张副场长，我们的请示农垦局批下来了，同意我们的处理方案，接下来怎么办？"说完将批文递给张尚文，"要看文件吗？"张尚文说："不用了。你马上通知岭脚村，说上级同意将土地连同茶园都还给他们，并签订调解协议书，确保今后互不干扰，安定团结。"张尚文很高兴，认为上级对这件事的态度通情达理，很有人性化。"好的。"陈主任说完，走出张尚文办公室。

张尚文正准备下班，场纪委刘书记带着两个人进来了。刘书记名叫刘理明，现年 48 岁。他原是纪委副书记，法书记退休后，他便顶上这个位子。刘书记为人正直，处事认真，原则性强。他向张尚文介绍说："张副场长，这两位是省农垦局纪委的同志，这位是陈科长，那位是刘副科长，他们想向你了解一些情况。"张尚文很不解，心想，难道自己在哪方面违反了纪律？他冷静地说："好啊！请坐吧！"几个人坐下后，张尚文分别给他们斟一杯茶："有什么问题尽管说吧。"

"我们今天来找你，是想核实一些问题。"陈科长说，"我们接到检举信，说你利用职权，与你老家的县供销社勾结，将你场的紧俏农药大量批给他们高价出售，从中获取非法利益。请你将具体情况说明一下。"

听了陈科长的话，张尚文已经明白了一切。他笑了笑，说："原来你们是为了这件事而来，举报人应该叫叶永发吧？"两位科长相互对视一下，都微笑着不回答。张尚文认为他的猜测没有错，20吨农药拉回老家，只有叶永发了解情况，而且堵死了他的财路。按照叶永发的思维，张尚文肯定是利用职权，与家乡供销社合伙，将紧俏农药拉回家乡赚大钱。

张尚文想了一下，然后，将叶永发找他批农药的经过，叶永发购回农药的销售情况，第二次又找他要药被他拒绝，之后他主动联系家乡的县供销社，按出厂价提供20吨农药给他们，以合理价格卖给蔗农的做法和盘托出。最后他说："我是考虑家乡的甘蔗受虫害太严重，蔗农心急，不能继续由奸商转手买卖，漫天加价，坑农害农才这样做的。如果这样做违法违纪，我承担责任，接受处分。"

农垦局纪委的两位科长一边听一边做记录，觉得情况不是很复杂，认为张尚文的做法合情合理合法。陈科长问："还有什么情况要补充吗？"张尚文说："没有了，请你们到农药厂找吴贤厂长和我家乡的县供销社去调查，如果我说的情况有虚假，我愿意承担一切责任。"陈科长说："好吧，我们会调查清楚的，请张副场长放心，我们绝对不会冤枉一个好人。今天就谈到这里，我们走了，再见！"

他们走后，张尚文想，"知人知面不知心"，"害人之心不可有，防人之心不可无"。奸商的本性，就是在任何情况下，都不择手段地寻求自己的利益最大化，哪怕是违反法律和道德，叶永发就是典型的例子。万幸的是，当年没和他的妹妹结婚，否则后果将不可收拾。

张尚文下班回到家，妻子见他脸色很难看，关心地问他哪里不舒服，他说没事。在黎小英的追问下，他只好说了实情："人心难测，本想为家乡做一件好事，没想到引来麻烦。不过，就算他告到省纪委、中纪委我也不怕，正所谓身正不怕影子斜，最终会真相大白的。"黎小英被张尚文的话弄糊涂了，不解地问："你在说谁啊？"

张尚文认为，这是光明正大的事情，不应对妻子隐瞒，于是他坦白地说："还有谁？就是上次来家里要我帮他批农药的叶永发呗！他将我批给他的3吨农药运回老家，提高10倍价钱卖给当地蔗农，获取暴利，这是妹妹电话告诉我的。第二次又来办公室找我，被我拒绝了，断了他的财路，怀恨在心，恩将仇报，于是就捕风捉影，将实名举报信寄到省农垦局，说我勾结县供销社卖农药赚取不当利益。上午省农垦局纪委有人找我问话了。我如实地说：是我让吴厂长批给县供销社20吨农药，由他们按合理价格卖给蔗农，这样做是支持家乡的农业生产，并没有其他目的。你说，这种人还是人吗？我已将情况向局纪委的同志说清楚了，如果有问题，我愿意接受处分。"张尚文越说越气愤。至此，黎小英才明白事情的原委。她问张尚文："这个叶永发是不是原来别人介绍给你的那个护士的哥哥？"张尚文说："怎么不是？幸好当年没和他妹妹结婚，我的情况就是他妹妹告诉他的。"黎小英感叹："原来如此。你没做亏心事，不违法乱纪，没什么可怕的。放心，事情迟早会真相大白的，吃饭吧!"

张晶晶早就放学回来了,在房间做作业,等爸爸回来吃饭。她听到父母在说话,而且爸爸的声音有点大,不敢出来打扰。张尚文叫她:"晶晶出来吃饭了。"张晶晶应了一声:"哦!"

张晶晶已读五年级,多少懂得一些大人的事。刚才她听到父母在说话,隐约知道父亲在发火。她长这么大,从没见过父亲发脾气,于是问了一句:"爸爸,是谁欺负你了?"张尚文说:"大人的事,小孩不要管。快吃饭,要上学了。"晶晶又"哦"了一声。

下午上班,张尚文刚到办公室,电话就响了。电话是陈强场长打来的,问他是否有空,要和他去看看江边那块地,张尚文说可以。

陪同陈强的还有李辉副场长,他们来到现场,认真考察这块地的情况。这块地靠近江边,大约有10亩,地势平坦,杂草丛生。东面是北江,南面是街道,西面是第一小学和居民区,北面是场部办公楼和干部职工宿舍。

陈强问:"尚文,你认为这块地适合做什么?"张尚文笑笑说:"我明白你的意图。按我的想法,只能用来建文化娱乐设施,既填补我场空白,又可丰富职工的文化生活。""你尚文这家伙什么时候钻进我的肚子里头了?我确实早有打算,建一间以影剧院为主体的综合文化娱乐场所,就叫作综合文化大楼吧,以此丰富职工的文化生活。中央一再强调,要物质文明建设和精神文明建设两手抓,两手都要硬。过去我们的经济困难,现在条件好了,要补回这个短板。"陈强场长早有谋划,胸有成竹地说。"这个计划很好,干部职工肯定双手赞成,如果资金没问题，建议尽快动手。"李辉副场长对这个项目特别感兴趣，高兴地说。"好吧，就这样定。等我们办公会议决策后，立即上马。"陈强说。

第二天上午，陈强就召开场长办公会议。他首先说："建设一个综合文化场所，我已考虑了一段时间，现在条件成熟了。我们有现成的土地，资金比较充足，干部职工又迫切需要。昨天我和尚文、李辉两位副场长到现场看了一下，觉得这块地建综合文化设施，位置好、成本低。我打算在综合设施的主体内，建一间可容纳 1000 人的影剧院，附属设施计划建一间可容纳500 到 600 人的歌舞厅，一间可容纳 800 人的大型会议室，一间图书馆和其他一些必要的文化设施。计划总投资 3000 万元。资金方面，除保证机械厂转产的投入外，应该没问题。大家讨论一下，看看有什么意见。"陈强当了 8 年的总工会领导，出于职业习惯，历来重视文化设施建设。过去没有条件，现在条件好了，自己又主政，不可能放过这个好机会。

张尚文看到陈强的决心很大，首先表示支持。他说："建设综合文化设施，是我场当务之急。我们的物质文明建设上去了，但精神文明建设还有一定差距。陈场长的这个设想，既符合中央精神，也是现实需要，更符合我场当前实际，我表示支持。"

李辉副场长对建设综合文化设施是十分赞成的，但他作为分管基建的领导，想起 10 年前他当基建科长时，综合楼建设出现的重大事故，现在还心有余悸，历史教训不能忘。他说："建综合文化设施我非常赞成，但一定要规范管理，确保安全。从规划、设计、审批、发包、建设管理到工程验收，一定要严格依法依规办事，绝不能有半点马虎和麻痹，确保不出问题。"

"说得好！这方面李副场长很有经验，我决定成立综合文化大楼建设指挥部，指挥长由我担任，副指挥长就由李辉副场长担任，负责具体工作。一定要依法依规办事，绝对不能出问题。大家如果没有意见，这事就这样定下来吧！"

领导们大多数表示赞成。"我有意见！"王福说，"我认为，一个农场，没必要搞这么大型的文化设施，浪费资金，这是面子工程，好大喜功，劳民伤财，要建就将原来的旧礼堂改造加固就可以了。"陈强听了王福的意见，觉得他并非观念保守，而是思想极端，过于偏激，并且另有用意。他便说："在改革开放大好形势下，在中央两个文明建设一起抓的号召下，我们既要适应形势发展要求，也必须响应中央号召，有条件要尽快上，没有条件也要创造条件上。现在我们有条件了，却止步不前，或小打小闹，这样首先是对不起组织对我们的信任和重托，也对不起自己的党性原则和良心。认为这样干是好大喜功、劳民伤财，是错误认识，是偏激思想。我们要有辩证的观点，不能孤立地看问题。总之，建设综合性文化场所，功在当下，利在千秋。旧礼堂已经很残旧，而且地方太小，总共不到1000平方米，没有改造价值，这样做不适应形势发展需要。大家如果没有新的意见，我看就这样定下来吧，有责任我承担。"陈强的态度很坚决。

张尚文认为，当领导就是要这样，前怕虎后怕狼不行，唯唯诺诺也不行，做小脚女人扭扭捏捏更不行，看准了就大胆干。大家看到陈强的态度，都打心里佩服，张尚文又一次受到教育。

会议结束前，张尚文趁机将农场与岭脚村的土地权属争议处理结果向大家通报："告诉大家一个消息，我们与岭脚村土地权属争议处理的请示，农垦局一个星期前已批下来了，同意我们的意见，我让调处办陈主任和他们核地界，签协议，现已完成，请大家周知。"

场长办公会议刚结束，就听到办公大楼门口有锣鼓声，岭脚村村民送锦旗来了。岭脚村的村民得知农场领导尊重历史、实事求是，同意将争议土地连同茶园归还给他们的消息后，整个村子都沸腾了。他们十分配合核地界、签协议，还制作一面锦旗，敲锣打鼓送来场部。锦旗上写着"赠给新生农场：改革开放好，场地情谊深。大岭乡山塘村委会岭脚村民小组全体村民 1992 年 5 月 10 日"。

⑱

这段时间，郑世豪非常用心经营他的茶叶门市部。他花 300 元一个月请来一个小工，自己兼会计出纳。几个月下来，由于茶叶品种多、质量好、价格适宜，小批发商和零售顾客络绎不绝。他每个月和代销的厂家结算一次，从不拖欠货款。厂家信任他，供货源源不断，数量越来越大，生意越做越旺，向信用社的贷款也还清了。

上午 10 点，郑世豪在门市部打电话联系一位客户，准备给客户发货，苏秋来背着行李来到他的面前："郑老板，恭喜发财!"苏秋来双手一拱，笑着说。

看到监友站在面前，郑世豪明白，苏秋来刑满释放了。他十分高兴："祝贺你! 老伙计，终于出来了。"苏秋来自豪地说：

"哈哈！觉得突然吧？减刑1年零8个月，今天早上出来的。"郑世豪说："好啊！在我这里休息几天，是去是留，你再作决定。对了，你是怎么找到我的？""我已经去拜访张副场长了，是他告诉我的。"苏秋来说。

苏秋来在监狱里几年，成熟了很多。当管教告诉他过几天就可以出狱时，他请求管教打电话告诉他大哥，说他很快就刑满释放了。大哥苏春达通过管教告诉他，出狱时来接他回家，并且要求他出狱后，一定要当面感谢张尚文。苏秋来觉得，这样回去没脸见人，就让管教转告大哥不要来接了，等以后出人头地了才回去见父母和大哥。

苏秋来出狱后，第一时间去新生农场看望张尚文。他没见过张尚文，向大楼的门卫打听。门卫听他说要找张副场长，将他直接带到张尚文的办公室，张尚文刚好在办公室处理文件。见到张尚文，苏秋来自我介绍："我叫苏秋来，是苏春达的弟弟，今天刑满释放了，大哥叫我第一时间来感谢张场长！"

张尚文想起来了。大概是5年前，张尚文带着江西九江市来的苏春达到监仓探视他的弟弟，在探视处远远地见过这个人一面。当时，他只是一个面黄肌瘦、呆头呆脑的毛头小伙子。现在站在他面前的这个人高大英俊，十分精神，便问："你就是苏秋来？变化真大，你被释放了？""是啊！我被监狱减刑1年零8个月。"苏秋来说。"好啊！出来就好。你大哥知道了吗？"张尚文问。"知道了，就是他让我来感谢您的，他还说要来接我回去，被我拒绝了。"苏秋来答。"你有什么打算？"张尚文又问。"还不知道。我先找份工作，有路费了才回去。"苏秋来认真地回答。

张尚文听到苏秋来要打工赚钱，马上想起郑世豪的茶叶门市部，于是问："你认识郑世豪吗？他也是在劳改场第三大队二中队劳动改造的，出来后开了一个茶叶门市部，估计他可以帮助你。"苏秋来一听到郑世豪的名字，十分高兴："认识认识，他是我的好大哥、好老师。""这就好，我将他茶叶门市部的地址写给你，你现在就去找他。"张尚文马上将郑世豪的门市部地址写给苏秋来。拿过地址，苏秋来说了声"多谢张场长"，就来找郑世豪。

　　郑世豪正在发愁门市部的人手少，缺乏一个好帮手，苏秋来就来到他的面前，心中自然十分高兴。他很想留下苏秋来，但考虑他家里还有老父母，不便开口。中午吃饭的时候，郑世豪说："小苏，你已有好几年没回老家了，应该回去看看父母，以后如果想来我这里，随时都可以。""我家里还有哥哥、嫂嫂、姐姐，我回去不但帮不了他们，还会增加他们的负担，你现在正缺人手，我想留下来，以后有机会再回去，好吗？"苏秋来现在不想回去，一是路途遥远，没有路费；二是就这样回去，生怕被人笑话。"当然好，但如果你要回去，路费我全包。既然这样说了，你就留下来帮帮我吧，今后有机会再说，但要写信说清楚，明白吗？"郑世豪说。"好的，多谢老郑，哦，多谢郑老板！你就把我当小弟吧，随便差遣，我保证你叫我坐我绝对不走，你叫我向东我绝对不向西。"苏秋来好像在表忠心，老老实实地说。郑世豪笑了："有这么严重吗？我早就把你当小弟了。今后，你不要叫老板，就叫大哥，我们共同努力，把生意做大。"郑世豪很满意，工作时没交什么朋友，没想到在监狱里结识一个好兄弟。只见苏秋来站了起来，说声"好咧，大哥"，便向郑世豪认真地鞠了一躬，然后端起茶杯："小弟敬大哥一杯茶。"

苏秋来留下来后，郑世豪如鱼得水，如虎添翼，生意越做越大。但由于来往账目多，郑世豪又不熟财会业务，经常手忙脚乱，错漏百出。他向张尚文诉苦，张尚文笑着说："这叫作赶鸭上架，牵牛上树。"郑世豪问张尚文："你认识的人多，能否帮我介绍一个熟悉会计业务的财务人员呢?"张尚文答复："可以，我帮你留意一下吧。"

麦丽娜自从被张尚文拒绝后，对丈夫的怨气越来越大。而骆伟雄对她更是越来越冷淡，两人终于爆发离婚大战。

张尚文知道后，曾经找骆伟雄谈过一次话，苦口婆心地劝说他们重归于好，但是骆伟雄不买账，而且反咬一口，说张尚文居心不良，与他妻子关系暧昧。张尚文十分无奈，只好放手。

现在，他们的离婚大战已到了白热化程度，各种各样的议论、谣言满天飞。不明真相的人说麦丽娜的作风有问题，别有用心的人说麦丽娜瞒着丈夫在外面乱搞。语言十分刻薄，非常难听。麦丽娜忍受不了风言风语的打击，下定决心辞去工作，并且坚决要离婚。

张尚文知道麦丽娜已经辞职，考虑到郑世豪的门市部缺财务人员，为了解决她的生活出路，他找郑世豪商量，建议聘请她搞财务。根据张尚文的建议，郑世豪聘请麦丽娜在门市部当会计。

麦丽娜离开机械厂后，与骆伟雄离婚的决心越来越大，三天两头吵闹不断。骆伟雄无法应付，只好协议离婚。骆伟雄净身出户，小孩由麦丽娜负责抚养，骆伟雄每月支付抚养费

150 元。

现在，苏秋来负责收货发货业务，麦丽娜负责财务会计，茶叶门市部的生意风生水起。于是，郑世豪决定扩大经营。他去找张尚文："张副场长，真想不到茶叶生意这么好做，现在，有小苏和麦丽娜帮忙，门市部的门面太小，已经不适应发展需要，我想根据你当时的建议，准备办一家茶叶贸易公司，以批发为主，大批量将我场生产的茶叶销往全国各地，你能帮忙吗？"

张尚文听了非常高兴："好啊！这是我原来的设想。你先向工商管理部门申请，将营业执照改过来，以零售为主改为批发为主，扩大经营范围。公司地址暂时放在门市部，先试试经营情况，情况好转后再搬到场部建的综合楼。至于茶叶，我与各茶厂商量一下，以更优惠价格向你敞开供应，但你必须及时结算，让茶厂尽快回笼资金。""必须的，必须的，多谢了。"郑世豪说，"明天就办公司营业执照。"

在张尚文的帮助下，郑世豪办起了茶叶贸易公司。为了方便联系业务，郑世豪花了 1 万多元，买了一辆摩托车。有了现代化的交通工具，郑世豪出入便捷多了。他经常开着摩托车，带着苏秋来，到各茶厂洽谈业务，到火车站联系货运，忙得不可开交。

自从公司成立后，郑世豪改变经营方式，将零售为主变为以批发为主，力求薄利多销，帮助茶厂大力推销产品，当起了真正的老板。现在，他整天西装革履，移动电话不离手，与在监狱时判若两人，那句口头禅也忘记了。晚上，郑世豪又要请张尚文吃饭，张尚文说黎小英的身体不好，没时间，便推辞了。

最近，黎小英的脸色很差，身体也消瘦了很多，小腹经常隐隐作痛，上班不能集中精神。张尚文看在眼里，急在心上，劝她去医院检查一下，但她总是推托工作忙。今天，张尚文态度很坚决，无论如何都要带她去县人民医院就诊。

到了医院，医生建议留院观察，并在当天就做了血常规、透视、B超等一系列检查。第二天，检查结果出来了。在主治医生办公室，张医生拿着检查结果对张尚文说："你夫人身体没发现其他问题，但小肠有一个直径约1厘米的肿瘤，我们怀疑是恶性的。但不管良性还是恶性，都要做手术把它切除，而且越快越好，你们考虑吧。"听了医生的话，张尚文十分担心，主要是怕黎小英的身体受不了手术。他问："张医生，能不能保守治疗，不做手术？""这种病保守治疗效果很差，而且很慢，做手术快捷，又无后患。建议你还是考虑尽快做手术。"张医生的态度很坚决。

张尚文心情很复杂，左右为难。他想，黎小英年纪轻轻的，怎么会得这种病呢？她一直是娇生惯养，从没受过这种苦，万一躺在手术台上下不来，这可怎么办？但是，如果是恶性肿瘤，错失治疗机会，将会后悔莫及，到时怎么向岳父岳母交代？不管怎样，为稳妥起见，必须做好工作，让妻子及早手术。他回到病房，黎小英心急地问："怎么样？我的病很严重吗？"张尚文强装笑脸："问题不大。医生说你的小肠有一个很小的良性肿瘤，建议做手术。"一听到要做手术，黎小英当即流下眼泪，很不情愿地说："我不做手术，干脆让我死了算啦！""这叫什么话？小病不治成大病，听医生的。"张尚文安慰着黎小英，还帮她擦眼泪。"我怕做手术……"黎小英像个小孩子，怏怏地说。

两人的话还没说完，郑世豪和苏秋来进来了。他俩在病房门口，听到张尚文夫妻的对话，站了一会才进来。郑世豪还事先准备钱，让苏秋来缴黎小英的手术押金。

　　张尚文问："你们怎么来了？谁告诉你们的？"郑世豪忙解释："我们是听叶茂主任说的。昨天见到叶茂主任，他对我说小黎住院了，晚上是他让李虹去帮晶晶复习功课。刚才我们在病房门口听到你们的对话了，小黎不要怕，现在医学技术先进了，小手术问题不大的，一定要尽早处理，小苏现在就去办手续交押金。"张尚文赶忙制止："不用，我自己处理就行。"张尚文还没说完，苏秋来已经走出病房。郑世豪对黎小英说："小黎放心，晶晶有外婆照顾，生活没有问题，有小李帮她复习功课，学习也不会受影响。我回去马上请叶主任派一名招待员来照顾你，放心做手术吧，这种病不能拖。"

　　郑世豪完全变成了另外一个人，想得很周到，令张尚文夫妻俩很感动。黎小英想了想，说："既然这样，那就做手术吧，越快越好。"张尚文笑了："这就对了。你放心吧，有我呢。"

　　这时，苏秋来回来了："手续已办好，交了押金，我要求医生尽快安排手术，估计不会拖很长时间的。"张尚文拍拍苏秋来的肩头："多谢小苏，我回去尽快将钱还给你。"郑世豪听到这句话，不高兴了："见外了吧！你对我们的帮助太多了，这份情我们这辈子都还不完的。"说完，他又从手提袋里拿出一沓钱递给张尚文："这里用钱的地方很多，你拿着，不够用我再送来。"张尚文不肯接："不用了，我有。"郑世豪硬要张尚文接着："我知道你有多少工资，还要寄回去照顾父母，这是救命钱，就当我借给你的。我们先回去了，公司业务多忙不过来，有时间我们再来。"张尚文苦笑着,勉强接过钱:"好吧,我会尽快还……"话还没说完,郑世豪和苏秋来已走出病房。

前两天,场纪委收到一封署名骆伟雄的检举信,举报副场长张尚文勾搭他的妻子麦丽娜,拆散他的家庭,要求纪委查处。举报信中列举的内容有证有据,问题看似十分严重。按照张尚文的级别,这个案应该由省农垦局纪委查处的。纪委书记不敢怠慢,马上向党委书记汇报。周华书记找陈强场长商量怎么处理这件事,陈强坚决不相信,建议纪委暂时不要上报,先由本级调查清楚,慎重处理,他要亲口问问张尚文,到底是怎么回事。

黎小英手术后第 3 天,陈强场长带着叶茂主任到医院探望她。黎小英术后刚刚清醒过来,还不能吃东西,张尚文正在给她喂米汤,陈强和叶茂进来了。张尚文见到他俩,脸上露出难得的笑容。这几天,是张尚文一生中最辛苦的日子,妻子手术前,他忙前忙后,有时连饭都顾不上吃。妻子进入手术室,他守在门口,寸步不离,生怕发生什么意外。妻子手术后,因为昏迷不醒,他时刻守在身边。

陈强关心地问:"怎么样,手术顺利吧?""还好,在手术台上大约 3 个小时,术后昏迷 2 天,刚刚苏醒过来。你们坐吧!"张尚文说完,将米汤交给招待员小赵,让出病房仅有的一张椅子给陈强:"请坐吧!""不用坐。做手术都是这样的,麻醉过去之前,病人是不会清醒的。你辛苦了,工作上的事情暂时不要管,等小黎出院后,我们去深圳特区和珠江三角洲考察一下人家的转产情况,学习先进经验。你现在什么都不要多想,照顾好小黎。家里小孩请放心,你外母和小李照顾得很好。小黎要安心养病，祝你早日康复。"陈强继续说，"尚文，你出来一下，我有一件事想问问你。"陈强说完，拉着张尚文走到病房外的走廊，低声地问："机械厂有一个叫骆伟雄的职工，写信给场纪委，揭发你和他的妻子有不正当的关系，造成妻子与他离婚，有这事吗？"

听到陈强这样问，张尚文的脑袋"嗡"了一下，觉得太突然了。他怎么也想不明白，骆伟雄竟然是这种恩将仇报的小人。他怒火中烧，高声说："这完全是颠倒黑白，乱弹琴！我太不应该当这个好人了。这事你相信吗？"陈强说："你放冷静些，我当然不相信，但我要弄清楚，还你清白。""多谢你对我的信任。"张尚文的心情慢慢地平静下来，然后从头到尾将事情经过如实说了出来，最后感叹地说："做个好人太难了。"陈强听得很认真，边听边点头。他劝导张尚文："原来是这样。不过，你没做任何出格的事情，组织上会客观看待的。你不要声张，也不要恼怒，我回去让纪委认真调查清楚，还你清白，并追究诬告者的责任。"张尚文想起事情的起因是麦丽娜，必须由她向纪委说清楚，便补充一句："对了，麦丽娜辞职后，在郑世豪的茶叶公司当财务，你可以让纪委的同志去找她调查。"

张尚文送走陈强和叶茂后，站在病房门口发呆，久久不能回过神来。他心潮起伏，回想这两次被人诬告的事情经过，觉得没有哪方面出差错，怎么老是有人和自己过不去呢？回到病房，他苦笑着自言自语："真倒霉！"黎小英听到了，以为是她生病让丈夫有怨言，说："你怎么了？生这病不是我想的啊！"声音微弱得几乎听不到。"与你无关，不要乱猜，安心养病。"张尚文不能将此事告诉她，至少现在不能，怕影响她的心情。

黎小英听了丈夫这样说，不再出声了。

张晶晶已有一个星期没见过妈妈了，她知道妈妈在县城住院，闹着要外婆和李虹阿姨带她去看妈妈，李虹告诉叶茂主任。星期天，叶茂派了一辆车，带上张晶晶、黎妈、郝红梅和李虹，一起到医院看望黎小英。

他们到了医院，进入病房，黎小英见到女儿，眼泪突然喷涌而出。自从女儿出生到她住院，母女俩从没分开过一天。黎小英住院到现在，已有六七天了。住院期间，她虽然想念女儿，但病魔缠身，疼痛难忍，不敢多想。张晶晶见到躺在病床上的妈妈，马上就扑了过去，抱着妈妈大哭起来："妈妈，晶晶好想你！"张尚文赶忙提醒女儿："晶晶，这是病房，不能大声说话，要保持安静，知道吗？"张晶晶会意地点点头，但还在不停地抽泣。黎小英抱着女儿轻声问："晶晶在家乖吗？有没有让外婆生气？"晶晶双眼闪着泪花回答："我不会让外婆生气的，我有时还帮外婆做饭，自己洗衣服，扫地搞卫生。李虹阿姨晚上辅导我做作业，复习功课。我期中考试语文95分，数学98分，英语100分。"张晶晶今年11岁，读小学五年级，学习成绩在班里名列前茅，还当了班长。"是吗？晶晶真行！"黎小英夸奖女儿。这时，黎妈在一旁插话："她很乖，你安心养病吧！家里有我呢。"在场的其他人也不约而同地说："是啊！你要安心养病，家里有我们。""多谢妈，多谢各位，妈也要注意身体，过几天刀口拆线，我就可以出院了，你们都很忙，回去吧！"黎小英的声音很微弱。"是啊！你们都回去吧，多谢了。"张尚文在一旁说。"爸爸妈妈再见！"晶晶依依不舍地被李虹拉着走出病房。

他们刚走，主治医生进来了。张医生拿着一张化验单，对张尚文说："经过化验，你夫人的肿瘤属良性，不用化疗和放疗。过两天刀口拆线就可以出院了，一周后再来复查。"医生说完将化验单递给张尚文，张尚文接过化验单，很认真地看了一下。他想，医生就是医生，关心的始终是病人。如果不做手术进行病灶切片，怎么知道是良性还是恶性呢？他赞赏医生的坚持，也庆幸自己做出的决定，更感谢郑世豪的支持，妻子的配合，觉得很开心。于是，他高兴地说："这样我就放心了，多谢张医生，相信你。"

黎小英手术后第6天，伤口拆线，当天就出院回家了。

第二天上班，张尚文刚到办公大楼门口，就看到几十个人在吵吵闹闹，说要找陈强场长。门卫说："场长还未到办公室。"这帮人就在大楼门口守候。张尚文走近人群，问："你们要干什么？"其中有一个留着八字胡子，脸色蜡黄，中等身材，说话粗声粗气的人对张尚文说："我们是机械厂的职工，听说要转产，我们要下岗了，今天我们要找场长理论。为什么要转产？为什么要我们失业？我们是国家职工，难道说不要就可以不要吗？"此人说话时，满嘴酒气。张尚文听他这样说，觉得很奇怪，便问："你听谁说的？你叫什么名字？你是他们的领头吗？"那人回答："我叫高大胜，是机械的模具工，今天的行动是我组织的。转产、失业都是你们场领导说的，你是领导吗？姓什么？"张尚文表明自己的身份："我叫张尚文，是分管工业的副场长，我怎么没听说要你们下岗呢？""听说是一个叫王福的副场长向我们厂骆伟雄透露的。"高大胜毫不隐瞒地说。张尚文已经完全明白了，只见他走进人群中间大声说："大家静一静，听我说几句，我是副场长张尚文，分管工业的，你们听到的所谓消息是谣言。场部是有计划对机械厂实行转产，目的是为你们寻找出路，并没有让你们失业。请大家放心，我们会对你们负责到底的，你们先回去吧!"人群中有人大声问："你说话算数吗?"张尚文肯定地说："算数!""那好，我们先回去。"

工人撤走后，张尚文马上要去找陈强场长。陈强刚到办公楼门口，见到张尚文，问："小黎出院了吗? 什么时候回来的?"张尚文答："昨天下午出院回来的。你如果早来几步，就可以看到一出闹剧啦!""我刚才去检查一下综合楼用地的'三通一平'情况，进展还比较顺利。你看到什么闹剧了?"张尚文拉着陈强说："进办公室说吧。"进入办公室，两人还没坐下，张尚文就将刚才机械厂工人找他的事向陈强作了简单汇报，然后说："看来，树欲静而风不止啊!"陈强听后，沉默片刻，然后说："看他一贯以来的表现，不奇怪的。但这样做目的何在呢?"张尚文很气愤："还不是搅浑池水去摸鱼吗? 争权呗!"陈强恍然大悟："对啊! 好阴险的家伙。不过，小鱼翻不了大浪，让他去闹腾吧。我们按计划进行，过两天组织考察组去外地学习，回来再说。"

原来，在麦丽娜与骆伟雄离婚后，骆伟雄将怒火全部撒在张尚文身上。他思来想去，决定去找纪委书记，要告倒张尚文以泄愤。那天，骆伟雄去找纪委书记，刚好碰上王福，便向王福打听纪委书记的办公室。王福一听要找纪委书记，就将骆伟雄拉进他的办公室，又斟茶又敬烟，关心地问："你找纪委书记有事吗?"骆伟雄直截了当地说："有事，我要告发副场长张尚文。"王福一听要告发张尚文，认为机会来了，但装出很吃惊的样子："他是副场长，你要告发他什么?"骆伟雄气愤地说："他和我老婆搞在一起，老婆和我离婚了。"王福听后暗自高兴，又问："你是哪个单位的？叫什么名字？""我是机械厂搞供销的，叫骆伟雄，我前妻是机械厂会计。我怎么称呼你？"王福答："我叫王福，是副场长。"王福又假惺惺地说："你要慎重啊，他是副场长，没证据不能随便告发，要承担法律责任的。这样吧，你现在不用急着找纪委书记，你先来一个投石问路，回去马上写一封检举信，署上你的大名，送来纪委，看看有什么反应，再作下步打算。"

骆伟雄虽然在社会上混了多年，但只懂得推销制茶机械产品，对法律、政策知之甚少。他认为王福是领导，有水平，懂法律，懂政策，这是关心他、帮助他，十分感激："多谢王副场长，听你的。"王福觉得这个人头脑简单，可以利用，又说："你知道吗？场里计划对机械厂实行转产，不再生产制茶机械了，今后也不用你推销产品了，到时你们这些职工有可能都要失业啊！"王福说这话的目的很明确，意在挑起机械厂工人与场部的对立情绪，阻止机械厂转产，让大家看笑话。在骆伟雄看来，这是领导对他们的关心，便说："这样啊？我回去就发动他们来上访，反对转产。"王福的目的达到了，他阴险地笑了笑："你们看着办吧！"骆伟雄回去后，马上胡编乱造写检举信，然后找到酒鬼高大胜，鼓动他组织工人到场部找陈强理论。

于是，就有张尚文勾引骆伟雄老婆的检举信和工人集体找陈强的事。

（19）

　　新生农场成立一个考察组，由陈强场长带队，到深圳特区和珠江三角洲等地的企业参观学习。考察组成员有分管农业和工贸的张尚文副场长、分管基建的李辉副场长、分管科教文卫的陈志远副场长、机械厂朱玉均厂长和行政办叶茂主任等人。他们这次考察的主要任务，就是学习特区和珠江三角洲企业的思想意识、发展理念、改革措施、技术引进成果和先进管理经验。

　　他们同坐一辆10人座的小客车，早上8点就出发。离开场部，很快就驶上宽广的高速公路。一路上，只见车水马龙，你追我赶。一辆辆货柜车、大卡车、公务车、大客车，似乎要与时间赛跑。

　　他们来到珠江三角洲地区，只见道路两旁工厂遍地开花，高矗的烟囱徐徐地冒着青烟。一条接着一条村庄的新建楼房，高低有序，鳞次栉比，分不清哪里是农村，哪里是城市。硬底化道路四通八达，纵横交错，伸延到每个角落。

　　他们准备进入深圳特区，在检查关卡等待查验通行证。检查站两边分别竖着十分醒目的大幅标语，左边是"深化改革，扩大开放"，右边是"时间就是金钱，效率就是生命"。进入市区，只见高楼林立，摩天大厦直插云霄。街道两边的商店、酒家、茶楼、宾馆比比皆是，各式各样的广告牌，令人眼花缭乱。街道上的行人来往匆匆，逛街的、购物的、旅游观光的，都来自全国各地和世界各国，充分体现出特区的开放程度。市区大马路上车辆川流不息，令考察组成员大开眼界，赞叹不已。这种繁荣昌盛的景象，对照本地区、本单位，两者的差距实在太大了，必须努力追赶。

他们第一站考察深圳蛇口工业区、南山区等地的企业。第二站到东莞、中山等地，考察外资、合资企业。第三站到南海、番禺、顺德等地考察民营企业。他们日夜兼程，马不停蹄，吃的是大排档，住的是招待所。不管到哪里，都拒绝当地政府和企业的招待。每到一家企业，都认真地看，详细地问，虚心地学，用心地记。特别是一些空调机、电冰箱生产厂家，从厂房设计、技术引进、设备安装、生产流程、工艺管理、产品检验、市场开拓等，都了解得一清二楚，哪怕是一些细微的事例和片言只字，都没放过。

考察组考察了一个星期，回来后马上集中考察组成员开会。在会上，他们互相交流，谈认识，谈体会，谈收获。最后，大家统一了认识，陈强归纳了如下几点："一、特区和珠江三角洲人民的思想解放，创新意识强，发展观念新。二、科技发展快，产品更新周期短，市场经济活跃。三、企业管理科学，制度严格、全面、细致，奖罚分明。四、企业文化突出，企业精神影响力大，职工主人翁意识强，工作积极性高。"陈强要求行政办将这次外出考察情况写成考察报告，印发给党政领导班子成员。

张尚文考察回来后，看到黎小英的精神状态很好，身体恢复得很快，心里很高兴。黎小英出院后，黎妈十分用心照顾她，餐餐不是鸡汤就是鱼汤，有时还煲些阿胶、红参汤给她滋补一下。现在，黎小英的脸色有些红润，睡眠也基本正常了。张尚文回来的第二天，就带她到医院复查，医生检查后说："各项指标正常，身体完全康复。"黎小英复查回来第二天就上班了。

今天上班，张尚文刚到办公室，纪委刘书记就来找他。刘书记对他说："张副场长，局纪委上次来人调查有人检举你勾结家乡供销社卖农药获暴利的案件，经过调查有结果了。昨天我们收到局纪委的来函，说完全是诬告。局纪委让我转告你，他们已经销案，希望你放下思想包袱，做好工作。"

张尚文听后，认为公道自在人心。自私自利、贪得无厌、造谣抹黑别人的人，终究没有好下场。于是他笑了笑："多谢局纪委！他们坚持实事求是的工作态度，还我清白，我很高兴。请转告他们，我没事。"

"另外，那个骆伟雄实名举报你与他妻子关系暧昧，造成他们离婚的问题，我们调查组找他了解情况，要他拿出真凭实据，他拿不出来，只好承认是对妻子提出离婚很不满，故意污蔑你的。调查组又找他前妻了解，说法完全一致。我们对骆伟雄进行严厉批评，还建议机械厂对他给予行政处分，这个案也消了。"刘书记说。"多行不义必自毙！有些人，有些事，历史会做出公正评价的。我相信组织，感谢你们。"张尚文平静地说。

纪委书记走后，陈强进来了。陈强有意卖关子："尚文啊，你这小子搞什么名堂？"张尚文一头雾水地说："我没搞名堂啊！"陈强一本正经地说："你搞地方主义了，还说没有。"张尚文领悟过来了："场长大人不要扣帽子嘛！我不是搞地方主义，是支持家乡农业生产。在你进来之前，纪委刘书记刚走。他告诉我，上次有人实名举报到局纪委，说我与家乡的县供销社勾结，将我场的农药运回去卖高价赚暴利，局纪委来函说已经调查清楚了，纯属诬告，已经销案，你说的搞名堂就是这个吗？"张尚文实话实说。

陈强表情严肃地说："不是，问题很严重。"张尚文绝不相信自己有什么严重问题，他微笑着说："哎呀，老兄，有话直说吧，不要吓人了，我从小就是被吓大的。"陈强这才哈哈地笑起来："你家乡的新溪县委县政府给场党委发来一封感谢信，感谢你张尚文同志有家乡观念，支持家乡农业生产，帮助解决20吨市场紧缺的农药，救活了全县3万多亩新植甘蔗苗，2000多户蔗农节约成本200多万元。伟大啊！喏，感谢信就在这里，要看吗？"陈强说完，将手上的传真信件递给张尚文。

张尚文接过来看了一遍，然后认真地说："真金不怕火炼，我张尚文做事对得起天地良心，你对这个部下还信得过吧？"陈强用力拍拍张尚文的肩头："知道你啦！等会省农科院研究员吴天耀来我场考察老茶园改造情况，你去陪他，我要做下午开班子会的准备，去不了，我中午陪他吃饭。"张尚文答："好的。"

陈强离开后，张尚文在想：这段时间，命运好像和他开玩笑。他先是被家乡一个奸商恩将仇报，诬蔑陷害。之后又被本场一个小人造谣诽谤。自己的妻子又身患重病住院做手术，搞得差点招架不住。幸好自己意志坚强、立场坚定，经得住诱惑，坚守住底线，并且得到组织的信任，还自己的清白，同时能够克服困难，及时治好妻子的病，使她恢复健康。

张尚文正在想着，生产科长李廷进来了："张副场长，吴研究员他们到了。他这次来的目的，是了解一下老茶园改造后的生产情况。我想带他到第一大队一、二中队的茶园走走，你看怎么样？""可以。"张尚文说完，两人下楼，来到大楼门口，这时吴研究员刚刚到，正在下车。吴天耀见到张尚文，赶快走过来打招呼："张副场长好！"张尚文用力握着吴天耀的手："吴教授好，欢迎、欢迎！"

这时，车上又下来一个人，是陈莹。5年前，吴天耀被评上研究员，随即被聘为教授，之后陈莹和他结婚。结婚时，吴天耀已经36岁，陈莹30岁。婚后不到一年，陈莹就调到省农科院当化验员。现在他们已经有了一个3岁的男孩。这次，吴天耀说要来农场考察，她说有些时间没回去了，父亲身体又不好，便请假随夫一起回来，顺便探望父母。

看起来，陈莹比起在生产科的时候富态多了，打扮非常时髦，烫一头波浪式卷发，脖子上戴一串珍珠项链，两边耳朵是宝石坠的金耳环，穿一件鲜艳的间花连衣裙，珠光宝气，既时髦又妖艳。她见到张尚文和李廷，小跑过来，亲热地和两人握手打招呼。张尚文和她开玩笑："吴夫人看起来有些富态啊！应该是吴教授宠爱出来的吧？""哪里？比以前胖了10多斤。"陈莹哈哈地笑着说："张副场长瘦了，李科长一点也没变。"

李廷科长过去与陈莹同在生产科工作，对她比较了解。张尚文开玩笑的意思，他也很明白。他笑着说："张副场长最近的事情多，他是忧虑瘦的，我是从油缸里捞出来都胖不了，李小姐现在应该是心宽体胖，很正常嘛！时间不早了，我们现在直接去茶园吧！"吴天耀说："好的，玩笑等一会儿再开，去茶园。"

他们驱车先去第一大队一中队，再去二中队。两个中队的老茶园都已改造完成，面积约有3000亩。最早改造的已有7年，进入丰产期。迟的也有两三年，正是试产期。这时正值夏季，看到绿油油、一望无际的茶园，吴天耀十分开心："风景这边独好！当年，曾老师带我们来考察，看到老茶园的情况，我有些信心不足，担心气候和土质不适宜，是曾老师极力鼓励我、指导我，回去后我认真分析比较，觉得曾老师说的话很有道理。包括这次，我来你们场4次了，第1次是8年前，第2次是7年前，第3次是5年前，每次来的感受都不同。现在，事实证明，曾老师的理论是正确的。没有曾老师就没有你们的新茶园，也没有我吴天耀的今天。""吴教授说得非常对。没有曾教授和杨刚场长，没有吴教授，恐怕我们现在还在老茶园里摸爬滚打，看不到曙光，看不到希望呢！"张尚文感慨地说。"你们还有百分之三十左右的老茶园还没改造吧？就按照这种方法，赶快改造完毕。今后，这1万多亩茶园就变成你们的银行了，对不对？"吴天耀觉得农场老茶园成功改造，很有成就感，高兴地说。张尚文马上表态："对！对！但愿如此！但愿如此，一定要按照吴教授的意见办。""时间差不多了，我们回食堂，一边吃饭一边聊。陈强场长知道你们回来，中午也过来陪你们吃饭。"李廷说。"多谢！有劳陈场长大驾了，回去。"吴天耀说。

他们回到场部食堂，已是中午12点多。场办公室的人已在包厢里备好了饭菜，还按陈强场长的要求，配了白酒。今天的接待规格之所以提高，是因为吴天耀是农场老茶园改造的大功臣，还有他的夫人回娘家。

陈强场长到了，大家准备入席。见到场长，吴天耀赶忙过来握手招呼："陈场长，您好！您在百忙中抽时间来陪我这个'臭老九'吃饭，真是不胜感激！"吴教授幽默地说。"吴教授客气了，你是我们的大功臣，小陈又回娘家，应该的。今天中午开戒，喝点小酒，吴教授如果不能喝，由小陈代。"陈莹解释："我爱人不喝酒，我今天舍命陪君子了，场长喝多少，我就喝多少。""豪爽！"陈强吩咐招待员，"拿酒来。"

　　大家坐下后，招待员拿来白酒，每人斟满一杯，菜也上齐了。陈强举起酒杯站起来："首先对吴教授为我场的老茶园改造做出的贡献表示衷心感谢！大家一起，敬吴教授一杯。"除了吴教授和司机，其他人都一饮而尽。陈强又举起第二杯："这杯是欢迎陈莹同志回娘家，大家干了！"陈强、张尚文、李廷端起酒杯，全部喝了。陈强又举起第三杯，继续说："这杯是为我场老茶园改造取得成功，干了！"几个人毫不犹豫，一杯见底。

　　酒过三巡，陈莹已变成"女关公"，但似乎还没有多大负担，开始有些兴奋了。陈强见她这种状态，说："大家多吃菜，先填填肚子。"这时，一直不哼声的张尚文展开攻势了："刚才听陈小姐说，今天场长喝多少你就喝多少，不知我这个副场长算不算？"陈莹硬着头皮："算！怎么不算？""那好，我也敬你三杯。"张尚文高兴地说："这第一杯是敬吴教授的，请吴夫人代喝。"张尚文举起酒杯，一口喝完。陈莹也不甘示弱，一口见底。"这第二杯呢！是敬原来生产科的同事陈莹小姐，干！"张尚文又一口干完，陈莹也一口见底。"这第三杯吧！是敬我们山沟里飞出去的金凤凰。干！"张尚文举杯一口下去。陈莹感到有压力了，但为了面子，最后还是把这杯酒喝完。

　　吴天耀从来没见过陈莹这样喝酒，担心她喝醉，劝了一句："不喝了，吃点菜吧！"陈强也说："对，不喝了，下次有机会再喝。"以陈强、张尚文的酒量，今天才喝到3成，但陈莹已喝到8成了。只见她满脸通红，说话喘着粗气："今天我高兴，再来半斤没问题。我代我先生回敬各位领导一杯，多谢盛情款待。"她摇晃着站起来："干！"举起酒杯，一饮而尽，真够豪爽。陈强、张尚文、李廷出于礼貌，不好推辞，也一口干了。

"不喝了，你们饭后在招待所休息一下，等会和小陈去看看她的爸妈吧，陈老最近身体不太好，前几天去住院了，现已出院在家。"陈强建议。"是这样打算的。"吴天耀说。"好吧，请吴教授今后多来指导，陈莹也多回娘家看看。回去后请代我们向曾教授他老人家问好，请他有空也来这里看看。你们去休息吧！"陈强说，"我们下午还要开班子会，今天的午餐到此结束。"

下午2点半，场部召开党政领导班子联席会议，专门研究机械厂的转产问题。自从考察组到深圳特区和珠江三角洲考察学习回来，特别是《深圳特区和珠三角企业考察报告》印发给党政班子领导后，两套班子成员基本形成了共识，认为机械厂必须转产。

在会上，机械厂朱厂长首先汇报转产筹备工作情况。他将新厂的选址、规划、设计、订购设备，旧厂的布局调整、生产安排、工人安置等一系列工作方案作了汇报。与会领导听完汇报后，进行了热烈的讨论，提出了很多意见和建议。其中，有领导提出，考虑一次性投资太大，新厂基建时间过长，为了减少投资，尽快建成投产，建议新厂房建设将钢筋水泥结构改为简易的钢结构；有领导建议，全部淘汰旧的机器设备，停止生产老产品；还有领导建议，将旧厂工人进行分流，部分留用，部分转岗，部分下岗等等。

陈强听了大家的讨论，认为机械厂转产确是一项复杂工程，并不简单，必须全面考虑，合理安排，科学决策。他首先问张尚文："张副场长，你是分管领导，你有什么看法?"张尚文对大家提出的意见和建议，也很认真地进行分析，觉得都负责任地动了脑筋，围绕一个共同目标想办法，出点子，但考虑的问题不全面，不具体，有的甚至不科学，急功近利，不考虑后果。他于是说："刚才大家提出的意见和建议，有一定的参考价值，说明都动了脑筋。我们考察学习回来后，印发的考察报告大家也看了，考察的目的就是学习榜样。我认为机械厂的转产问题，一定要对照人家的好经验、好做法，全面考虑，科学决策。"

陈强对张尚文的意见表示认同。他说："我完全赞成尚文副场长的看法。刚才大家听了朱厂长汇报的初步方案，应该说，做出这个方案花了不少精力，有一定的科学性、合理性和可行性，但还有不够完善的地方。有的领导提出的意见和建议，有一定的参考价值。我认为，这是一项复杂的工作，难度较大，必须慎重考虑，科学决策，尽量少走弯路，少出问题。我的想法是，由朱厂长根据大家的意见，参考特区和珠江三角洲的经验，对方案进行认真修改。尚文副场长组织一次听证会，再提交党政班子联席会议决策，争取一周内完成，尚文你看行吗?""行。我们的工作方案，一定要将上次参观学习的经验贯穿其中。深圳特区和珠江三角洲的经验，是我们机械厂转产的榜样和力量源泉，虽不能照搬，但其精神实质和基本方法必须学到手，将其化为我们的成果。朱厂长，你回去后组织力量，三天内将方案修改好，方案出来后马上召开听证会，确保一周内拿出方案供场部决策。"张尚文说。"没问题。"朱厂长表态。

陈强在宣布散会之前，强调一个问题："最近机械厂有部分职工听信谣言，说场部要对机械厂进行转产，是让他们失业，他们的思想很不稳定。前几天，有几十人到场部要找我理论，要我讲清楚为什么机械厂要转产？为什么要他们失业？是尚文副场长向他们解释清楚，并代表场部向他们作保证，才劝退了他们。他们说这一消息是我们内部领导层有人散布的。我劝告有的同志，要以大局为重，少搞一些小动作，这样始终会碰钉子的！散会。"

听了陈强敲警钟，王福的心头一颤，知道他的造谣行为露了马脚，但马上又冷静了下来，装作若无其事的样子走出会议室。

⑳

为了扩大业务，提高知名度，郑世豪将茶叶贸易公司搬到场部的第 2 幢综合楼 3 楼，面积大约 180 平方米，设总经理室、接待室、业务洽谈室、财务室、厨房和洗手间，每年租金 24 万元。办公室装修比较豪华，设施也比较齐全，装修和购买办公设备等，共投入 30 多万元。公司仓库暂时使用原来的门市部，同时经营茶叶零售。在豪华宽敞的总经理办公室里，坐在新买的办公桌前，郑世豪特别有成就感。他自言自语："要成功，就必须奋斗。"

由于坚持守法经营，重合同、守信用，公司业务已开展到福建、浙江、云南和台湾等地，而且大部分都是厂家直接供货代销，没有中间环节，由公司直接批发。公司开业一年多，赚了不少钱。一个月前，郑世豪花了近40万元，在县城买了一套三居室的商品房，面积120多平方米。他还花了30多万元，买了一辆小轿车和一辆中型货车，聘请了两名司机和一名接待兼炊事员。

今天上午，福建武夷山市的一位客商，来公司联系业务。大约9点钟，客商从明德县城赶到公司，郑世豪热情地将客商请到洽谈室。这位客商是武夷山茶厂的代表，这家茶厂专门生产"大红袍"红茶。客商第一次来公司，看到公司装修豪华，设施齐全，并非他想象中的"皮包公司"，于是把心放了下来："郑总，我是第一次来岭南省。我姓王，是我厂销售科的业务经理，我们听说你公司坚持守法经营，重合同、守信用，打算和你合作，由你公司作为我厂在岭南的总代理，郑总有心合作吗？""当然可以，但不知你们的产品质量如何？"郑世豪担心茶叶质量问题。"产品质量绝对没问题，我带来了样品，有小袋泡茶、罐装茶、大包散装茶3种，你可以先试试。"王经理从行李袋中将茶叶样品拿出来。

郑世豪吩咐接待员分别将3种茶泡出来，每样都品尝一下，觉得很不错："你们的茶叶品质很好，但在岭南的市场份额不大，有潜力可挖，初步定下来吧，我有意向和你们合作。意向书就不签订了，我安排时间到你们厂考察一下，再签订合作协议。时间不早了，我们去吃饭吧！""好的，多谢郑总！请郑总尽快安排时间到我厂考察。"王经理完成洽谈任务，很高兴："中午我请客。"郑世豪说："来到我这儿，你是客，我是主，当然是我做东，下次到你那里你请客，这是规矩。"说完，让苏秋来通知麦丽娜陪客人吃饭。

他们到了饭店，郑世豪让麦丽娜去点菜。王经理见到麦丽娜打扮入时，举止端庄，说："郑总，你夫人很有气质啊！"苏秋来听了掩住嘴巴偷笑，郑世豪也笑了："王经理误会了，她不是我夫人，是我公司会计，我现在还是单身汉。"王经理有些尴尬："不好意思，对不起！""没事，不知者无罪！"郑世豪说，"王经理应该会喝酒吧？今天高兴，你又第一次来我公司，喝点酒表示欢迎。"王经理客气地说："多谢啦！盛情难却，客随主便，今天就陪郑总喝几杯吧！""好！"郑世豪随即叫服务员拿来一瓶"五粮液"白酒。

麦丽娜已点好菜，郑世豪叫服务员给每人斟满一杯酒。上菜了，大家坐上饭桌，郑世豪端起酒杯："首先多谢王经理千里迢迢从福建来和我们谈合作，其次祝贺我们达成了初步意向，最后预祝我们的合作成功。干杯！"在座的其他 3 个人都站起来，不会喝酒的苏秋来，只是做个样子，王经理、麦丽娜一口干完。

郑世豪与麦丽娜第一次在饭店吃饭，不知她的酒量，看到她如此豪气，便让她陪王经理多喝几杯："麦会计今天要多敬王经理几杯哦，他是我们的财神，明白吗？""明白。"麦丽娜在机械厂做财务多年，经常跟随厂领导出去应酬，练出了酒量。这几年与前夫闹矛盾，也常常借酒消愁，酒量大增。她明白老板的意思，也想麻醉一下自己。她端着酒杯站起来说："王经理，多谢你不远万里，为我们搭桥牵线，让我们公司有机会挣钱，我敬你 3 杯！"这麦丽娜也太高看自己了，胆敢向行走江湖的业务员挑战，而且一开口就是 3 杯！王经理也不是等闲之辈，搞产品推销的业务员，没有一定实力，怎敢出来混？他毫无惧色，积极回应，站了起来："好，多谢麦小姐！"于是，麦丽娜一杯，他也一杯，连喝3杯。

3杯过后，王经理首先要回敬郑世豪："郑总，多谢你对我的信任和支持，我敬你一杯。"两人干完，王经理又对麦丽娜说："麦会计，刚才你敬我3杯，有来无往非礼也！我也回敬你3杯，祝你永远青春美丽！"俗话说得好，没能耐就别出来混，麦丽娜不敢失礼，硬着头皮，壮着胆子，与王经理又连喝3杯。有人说，女人一般不喝酒，一旦喝起来，男人寻路走，但这话今天不灵了。看来，王经理的酒量确实很大，到现在还面不改色。麦丽娜却满脸通红，有些飘飘然了。

麦丽娜还要和郑世豪喝。她端着酒杯，左右摇摆，断断续续地说："郑总，多谢你收留，小女子敬你一杯。"话音刚落，酒已下肚。郑世豪看麦丽娜喝得差不多了，怕她醉酒误事："不喝了，下午还要工作，王经理也要赶路回福建。""我没事，喝完这瓶酒，下午照样工作。"说完，又自斟自饮一杯。

麦丽娜自从离婚后，心情很苦闷，也很压抑，一直没机会发泄。今天，她既是顺水推舟，给老板面子，也想借机发泄一下苦闷心情。郑世豪认为，麦丽娜应该是喝多了，赶紧结束饭局。他让苏秋来结账，自己扶着麦丽娜，坐他的小车回公司，再让司机送王经理到县城坐火车回福建。

回到公司，郑世豪赶紧冲一杯浓茶给麦丽娜解酒。这时，麦丽娜突然号啕大哭起来，那悲伤的哭声惊动四邻。这是女人醉酒的特殊表现，看到这种情况，郑世豪很后悔，心想不应该让她喝那么多酒。他耐心地一边安慰，一边给她擦眼泪。但是，郑世豪越是安慰，麦丽娜的哭声越大，似乎要将所有的不幸和委屈全部倾泻出来。

麦丽娜是省城下乡的知青，1975年初中毕业后下乡来到机械厂，当时只有17岁。她当了一年学徒，转正后调到财务科当会计。看到麦丽娜年轻貌美，一起从省城下乡，同在机械厂工作的骆伟雄对她穷追不舍，山盟海誓、海枯石烂的甜言蜜语听到她耳朵起茧。当时心智还没十分成熟的麦丽娜，只好屈就于骆伟雄，19岁就与他同居，两年后才登记结婚，婚后曾经有过一段时间的幸福生活。自从骆伟雄搞供销后，她的好日子就到尽头了。结婚5年有一个儿子，取名小宝。这10多年来，两人吵骂过、冷战过甚至暴力过，但没有任何好转。由于儿子太小，夫妻勉强凑合着过，一直不离婚。近年来，骆伟雄变本加厉，长期有家不归，令麦丽娜无法容忍。她本想找回自尊，寻求心理安慰，没想到却找错对象，碰了钉子。她要求张尚文劝说骆伟雄回心转意，破镜重圆，骆伟雄却反咬一口，恶人先告状，诬陷好人。单位里谣言四起，说什么"漂亮的女人养不熟啦！""麦丽娜红杏出墙了！""找当官的当后台啊！"等等，矛头指向麦丽娜和张尚文。这些谣言全部是骆伟雄散播出来的，目的是掩人耳目。谣言满天飞，让麦丽娜透不过气来。由于压力太大，她只好辞职。幸好张尚文帮她介绍这份工作，郑世豪收留她，才不至于饿肚子。麦丽娜很感激张尚文，也很感激郑世豪。

　　过了一会儿，麦丽娜停止大哭，但还在不停地抽泣。她回想自己的不幸，觉得十分悲哀。面对自己的老板，她无法自我控制。突然，她抱住郑世豪，一边抽泣一边说："郑总，你嫌弃我吗？"郑世豪认为她喝多了说胡话，便说："我怎么会嫌弃你呢？""不嫌弃就娶我吧！我受不了啦！"麦丽娜将郑世豪抱得紧紧的。郑世豪觉得她的行为有些轻浮，用力推开她："你喝多了，等你清醒后再说吧。"麦丽娜极力辩解："我没醉，我清醒得很，我只是心里难受。"她将郑世豪抱得更紧。

这时，苏秋来有事要找麦丽娜，刚到办公室门口，就见到两人搂在一起，马上退了出来。见到苏秋来，郑世豪觉得不好意思，赶忙说："小苏有事吗？进来说吧！"苏秋来站在门口说："是这样的，红华茶厂来电话催款了，说是娜姐和他们定好今天下午2点转账的，现在已3点多了，还没到账，打电话来催了。"麦丽娜听到后，一下子酒醒了很多。她想起来了，是上午和红华茶厂财会人员说好的，让酒耽误了。她赶忙放开郑世豪，擦干眼泪："我现在就去银行办理。"

郑世豪听到麦丽娜要去办正事，说明她还有几分清醒，松了一口气，心想，以后再也不能让她这样喝酒了。

这几天，郑世豪在认真思考，在张尚文的帮助下，通过自己的努力，加上苏秋来和麦丽娜的积极配合，公司的生意越来越好，应该进一步扩大经营。同时，出来也有几年了，人生道路已走上正轨，但年龄越来越大，那天麦丽娜酒后说的话提醒了他，但麦丽娜是醉酒说胡话，还是酒后吐真言？应该认真观察观察。无论如何，公司业务必须进一步扩大，人生大事也要尽快考虑。于是，他决定找张尚文商量一下。现在，张尚文在郑世豪的心目中，既是恩人，又是老师，是他最信任的人。

下午，郑世豪电话联系张尚文，要请他吃饭。张尚文这几天很忙，正在筹备机械厂转产工作方案听证会，打算明天召开，通知已发出去了。接到郑世豪的电话，他问："有事吗？急不急？急就电话里说吧！""有事，比较急，电话里说不清楚。""既然这样，你定吧，不要太多人。""人不多，就我们两个。"

"好吧，你定地方。"

最近，张尚文不但工作忙，而且为了照顾黎小英的身体，很少外出应酬。黎小英复查回来后，黎妈就回去了。为了让妻子多休息，张尚文中午下班就去买菜，回家做饭。但郑世豪说有急事，他不好推辞，用电话告诉妻子，晚上不回家吃饭。下班后，他准时赴约，来到饭店一间小包厢，郑世豪早已到了，并点好了菜，备好了酒。张尚文坐下后，郑世豪说："本来不想打扰你，但有两件事情必须与你商量，听听你的意见，请谅解。先喝一杯再说吧！"两人各喝了一杯。张尚文说："你有话尽管说。"

郑世豪沉思一下："好的。先说第一件吧，在你的帮助和指导下，我的茶叶公司从开办以来，生意越来越好。但据我了解，你场贸易公司的业务不断萎缩，现在只是做红茶出口生意，而且出口配额逐年减少，公司目前已处于亏损状态。我想能不能让我承包下来？"郑世豪开门见山，直截了当。

"这是一件大事。场贸易公司的经营状况确实不理想，其中有客观原因，也有主观原因。客观原因主要是红茶出口市场疲软，出口配额减少，而且价格下调，质量要求提高，效益大幅降低。主观原因是现任经理肖林生的能力有限，思路窄，办法少。过去一直是实行经理聘用制，承包经营还没尝试过。你的想法提醒了我，下一步打算将几家公司试行对外承包经营，这也符合当前的改革方向。这件事让我考虑一下，最后要由场长办公会议决定。按规则办事吧，你写一份申请，直接送行政办，交给小叶。另一件呢？"张尚文认真地回应。

"第二件事嘛，有些不好说，但不说不行。你是知道的，我离婚已10多年了，这些年我一个人都是孤孤单单地过，连坐牢这几年也没有一个亲人来探监，好悲哀。我比你大3岁，今年42岁了，已进入中年。现在条件好了，想找一个人结婚，你支持吗？"郑世豪苦笑着，有些不好意思。张尚文认真地说："这是你当务之急的大事，怎么不支持呢！我看应该马上考虑，有目标吗？"郑世豪想起麦丽娜那天酒后说的话，应该是发自内心的，于是说："你介绍来我公司当会计的那个麦丽娜不是离了婚吗？我想和她处处看，你看怎么样？"

张尚文听到麦丽娜的名字，马上醒悟过来："对啊！我怎么没想起呢？我认识她，也知道她的一些情况。她夫妻闹矛盾的时候，曾经找我帮助调解，我认为不适合做这个工作，开始不答应。但她一再要求，我就硬着头皮去找了她丈夫，结果不但没效果，而且被她丈夫反咬一口，说我图谋不轨。她辞职后又找我帮她介绍工作，想到你这里刚好缺财务人员，便推荐给你，没想到最后还是离婚了。离婚后，她前夫迁怒于我，还写检举信到纪委，说我与他妻子关系暧昧，造成他们离婚。纪委派人调查，弄清楚这纯属诬告，最后还我清白。麦丽娜这个人其他方面我不是十分了解，但熟悉财会业务，如果你们能够结合，对你公司的发展肯定有好处。如果她不复婚，你们就相处一段时间，互相了解一下，然后再作决定吧！"张尚文对郑世豪的第二件事情态度也十分明朗，并且大力支持。

"她的前夫骆伟雄我认识，都是从省城下乡的知青，比我晚六七年来到机械厂。他追求麦丽娜的时候，我已调离机械厂了，但对他的情况还是比较了解的。当时，制茶机械设备还有一定的市场，他当购销员时拿了不少好处。由于手头有几个钱，就丢家弃子,在外面鬼混。他们感情破裂,家庭解体,完全是他的责任。据我观察,以麦丽娜的态度,复婚的可能性不大。"郑世豪如是说。

"原来你也认识她前夫。这个骆伟雄真不知好歹,麦丽娜应该和他离婚。这么好的女人,竟然还在外面乱来,真是身在福中不知福。如果麦丽娜有意,你们培养一下感情,了解一下她的为人,然后再作决定。毕竟是二婚了,要慎重考虑啊!"张尚文提醒郑世豪。

"听你的,我们喝酒。"郑世豪十分满意。他说的两件事,一件考虑事业,一件考虑家庭,张尚文都作了回应,提出自己的意见,基本达到郑世豪的目的。接下来,两个人你一杯我一杯地喝酒、闲聊。张尚文提出:"我要偿还小英住院时你垫付的钱。"郑世豪说:"不用急,你现在还很困难,以后再说吧!"一直到两人喝完一瓶酒,饭桌的菜基本没动。到晚上8点多,郑世豪才结账,送张尚文回家。

第二天,在机械厂会议室召开转产工作方案听证会,机械厂领导班子全体成员、总工程师、场部生产科长、基建科长、财务科长、劳资科长、安全生产办公室主任、总工会主席等参加会议。

张尚文首先讲话:"今天请大家来,主要是听听大家对机械厂转产的意见。机械厂转产涉及厂房选址、设计、建设、旧厂房的布局调整、职工安置等问题,必须集思广益,尽量做到科学、合理、细致、全面。下面先由朱厂长报告初步方案。"

朱厂长拿着方案挑重点读,读完后解释:"这个方案是按照上次场长办公会议的意见修改的,请大家论证,提出补充完善意见。"

到会人员接着展开论证，都觉得方案考虑全面、具体、科学，既符合机械厂的实际，又照顾到职工的切身利益，最后达成了共识：第一，新厂房不宜采用钢结构，从安全、长久使用和科学安装设备的角度来考虑，必须采用钢筋水泥的框架结构，请有资质的单位设计和建设；第二，旧厂房应该保留，部分过时、残旧的设备要淘汰，有用的设备要保留，作为红茶制造机械维修零配件和绿茶、乌龙茶等的生产设备；第三，空调机、电冰箱的生产设备，要采购有实力的名牌机械制造企业的产品，要货比三家，挑选价格合理、有质量保证的产品；第四，职工安置办法是，男职工50岁（含50岁）以上、女职工45岁（含45岁）以上的，按正常退休待遇办理退休手续。男职工50岁以下、女职工45岁以下的，除一部分熟练工人留在旧厂工作外，其余全部集中培训，参加培训的工人工资、福利由场部补贴；第五，新厂设计要科学、合理、安全，按照现代化工厂的要求进行设备布局和安装，参照珠三角的同类工厂的工艺流程，力求做到布局合理、工艺先进；第六，建厂时间不能过长，从建厂到投产控制在10个月左右，最长不能超过一年。

听证会结束后，张尚文带领与会人员，到新厂址考察。新厂选址就在旧厂的不远处，面积大约有7亩。地势高低不平，长满了各种杂树，投资成本较大。但是为使机械厂成为一个整体，这是扩建新厂的唯一选择。

上午11点多，麦丽娜正在公司忙着记账，突然听到儿子"妈妈！妈妈！"的叫声，她抬头一看，是骆伟雄带着儿子来到公司财会室门口。"小宝,你怎么来这里? 放学了吗?"麦丽娜奇怪地问。"还没放学,是爸爸去接我的,他说找妈妈吃饭。"骆小宝稚声稚气地回答,径直走到妈妈身边。

上午将近 11 点,幼儿园还没放学,骆伟雄就骑着自行车去接儿子,说要和妈妈吃饭,骆小宝不明白爸爸的意图,高高兴兴地跟着爸爸来了。"谁和他去吃饭? 外婆在家煮好了,等妈妈下班,和小宝回家吃。"麦丽娜对儿子说话时,望也不望骆伟雄一眼。骆小宝不高兴了:"不,我就要妈妈和我们吃饭。""小宝听话,妈妈很忙。"麦丽娜低下头来继续忙她的工作。骆伟雄站在门口:"小宝,我们等妈妈下班。"

这几天,骆伟雄很反常。他每天晚上都去敲麦丽娜的房门,麦丽娜知道是他,就是不开门,任由他在门外大呼小叫。骆小宝想去开门,被麦丽娜制止。骆小宝问:"妈妈为什么不给爸爸开门?"麦丽娜对骆小宝说:"你爸爸有他自己的家。"

现在,骆伟雄就在她面前。麦丽娜已经发誓,今后永远不想见到他。现在见到他了,麦丽娜非常恼火,气不打一处出。但麦丽娜见他带着小孩,心想不能过于冲动,多少也要给他一点面子,便强忍怒火,停下工作,问:"你带小孩来这里干什么?"骆伟雄满脸堆笑:"请你吃饭啊!"麦丽娜心平气和地说:"有必要吗? 快走,我要工作!"骆伟雄仍然死皮赖脸:"不要这样嘛,你我夫妻一场,一日夫妻百日恩,何必这样绝情呢?"麦丽娜还是控制着情绪:"都过去了! 今后你我井水不犯河水,各走各路,互不干扰,小宝留下来,你走!"骆伟雄以为麦丽娜的态度有所转变,乞求着说:"丽娜,我们复婚吧!"他终于壮着胆子把话说出来了。

这段时间，骆伟雄有点茫然。他自从和麦丽娜离婚后，连住的地方也没有，只能住集体宿舍，每日三餐都要去饭堂打饭。过去出差或下班回家，麦丽娜都做好饭，他坐下来吃就是了。家务活全由麦丽娜包揽，他过着衣来伸手、饭来张口的大老爷生活。现在一个人，就像个流浪汉，无依无靠，连个说话的人也没有。特别是诬告张尚文，被厂里严重警告处分，搞购销的工作也丢了，回到车间当工人，整天与沙盘打交道，想想真是后悔。因此，他打算复婚，和麦丽娜重归于好。毕竟夫妻10多年，还有小孩。但是，他连续几天去敲门，麦丽娜完全不给面子，无奈才演这出戏。

　　麦丽娜不买账，她被骆伟雄伤透了心。听到"复婚"两字，麦丽娜非常反感，不顾小孩就在面前，失态地大声怒吼："复婚？你做梦吧！早几年你哪里去了？"

　　看到麦丽娜完全没有回心转意的可能，骆伟雄恼羞成怒，冲过去对着麦丽娜的脸就是一巴掌："你这不要脸的骚货！"麦丽娜被打倒在沙发上。骆伟雄揪住麦丽娜的头发，还想继续打，麦丽娜用手捂着被打的脸，大呼救命。吵闹声惊动了隔壁的郑世豪和苏秋来，他俩跑过来，见到骆伟雄正要对麦丽娜大打出手，苏秋来很吃惊，郑世豪更恼火。郑世豪认为，任何人要在公司欺负自己的员工，都是绝对不可以的。特别是知道他诬告张尚文后，郑世豪也想借机帮张尚文出出这口气。只见他冲了过去，对着骆伟雄就是一拳，正中他的右肩，骆伟雄无力抵挡，跌倒在地。郑世豪厉声说："你是什么人？胆敢在我公司撒野？"郑世豪明知他是骆伟雄，但装作不认识。

　　骆伟雄一边试图爬起来，一边大骂郑世豪："你打我？你算什么东西？你这个劳改犯敢打我？"听到"劳改犯"几个字，郑世豪更加愤怒，未等骆伟雄站起来，又飞起一脚，将骆伟雄重新踢翻在地，大声怒吼："劳改犯也比你这个人渣强，打你怎么了？有本事不要欺负女人！更不要冤枉好人！"

骆小宝从没见过这种场面，吓得哇哇大哭，苏秋来赶忙抱走他。麦丽娜怕把事情闹大，对郑世豪说："郑总，不要打了。"然后对着骆伟雄大吼："还不快滚！"骆伟雄见势不妙，心想再闹下去，吃亏的肯定是自己，于是赶快从地上爬起来，指着郑世豪："姓郑的，你有种，我们走着瞧。"郑世豪回应一句："你有种就来，我等着！"

骆伟雄走后，苏秋来将小宝抱回来，麦丽娜抱过小宝放声大哭起来。郑世豪担心影响不好，耐心地安慰她："好啦，好啦，他走了，赶快带小孩回去吧，他如果再欺负你，看我怎样收拾他。"

事后，郑世豪想了很多很多。他想，当年他和前妻也同是下乡的知青，由于年轻不懂事，草率结婚，完全没有感情基础，结果妻子回城不到半年就提出离婚，而且已有相好。在妻子的吵闹逼迫下，无奈只好同意离婚。现在，麦丽娜的遭遇，与自己当年的情况大同小异，共同点都是缺乏感情基础。后来追求陈莹，只是自己一厢情愿，最终没有结果，否则下场也是一样。没有感情的婚姻，是短命的婚姻，危险的婚姻，不道德的婚姻，这些教训很深刻，不能不吸取。前几天，麦丽娜酒后说的话，可信程度有多少？他必须慢慢观察，看清楚了再说。

综合文化大楼建设的前期准备工作已经就绪。今天是星期六，场部举行大楼动工仪式。

上午，天高云淡，阳光灿烂。只见10多台勾机、铲车、推土机整齐地停放在已经平整的空地上，新搭建的简易主席台两边，贴着红底黑字的大幅对联，右边是：发展物质文明巩固经济基础增效益。左边是：建设精神文明弘扬传统文化凝活力。横额是：综合文化大楼动工仪式。主席台四周彩旗迎风招展，场两套班子领导在主席台上站成一排，施工队工人和各科室干部整齐地站在主席台下面。

9点整，动工仪式开始。陈强场长作简短的讲话："经过两个多月的紧张筹备，我们的综合文化楼今天动工建设了！这是我场两个文明建设的一件大好事，是全体干部职工的一件大喜事。我代表场两套班子表示祝贺！向几个月以来紧张做好筹备工作的同志们表示感谢！文化大楼建设，工程量大，施工复杂，希望工程队依法依规进行施工，确保质量，安全生产。也希望质监部门加强质量监督，确保综合楼建设任务按质、按量、按时完成。谢谢各位！"陈强讲完后，建筑公司方的施工队领导表决心。紧接着，鞭炮齐鸣，锣鼓喧天，雄狮舞动，机声隆隆，简单的动工仪式结束。

在星期一上午的党政领导班子会上，机械厂朱厂长汇报听证会后修改的转产方案，由领导们展开讨论。经过讨论，大家认为方案具体、科学、合理、可行，都没有意见。张尚文作补充说明："这个方案是在广泛征求意见、集思广益的基础上制定出来的，主要体现科学、合理、节约、全面的原则，既做到求真务实，又反映创新精神，更是对特区和珠江三角洲地区企业发展经验的吸收和消化，我认为是可行的。"

陈强作最后小结："经过大家努力，机械厂的转产工作方案终于敲定了。如果没有新的意见，就按照这个方案实施。由尚文同志全面负责，机械厂抓好落实，时间尽量往前赶，争取10个月内建成并投产。周书记同意吗？""没意见。机械厂转产是一件大事，党委一定大力支持，大家同心协力，把这件事情办好。"党委书记周华最后表态。

当天下午，张尚文针对红茶市场疲软、出口额减少的情况，组织召开四家茶厂厂长座谈会，商讨对策，以走出困境。张尚文说："目前，红茶市场疲软、产品滞销，价格下滑，效益低微，我们不能坐以待毙，必须寻找出路。现在我们1万多亩老茶园已改造8成多，通过品种结构调整，增加了近10个茶树新品种，这些品种有的适合制绿茶，有的适合制乌龙茶，有的适合制花茶，这些茶叶都很有市场。所以，制茶厂也要抓住商机，调整产品结构，不能一条道走到黑。各位都谈谈，对此有什么好办法？"

红英茶厂厂长说："我早已经有这个打算，但担心我们的出口任务不能完成。其实我们已经试产绿茶和乌龙茶了，只是设备简陋，质量还可以，但是产量上不去。"

红华茶厂厂长接着说："由于没有设备，我们用手工制作，已加工了一段时间的绿茶、乌龙茶和茉莉花茶，质量很好，销路也不错，张副场长介绍的那个茶叶门市部的绿茶和乌龙茶，就是我厂提供的。只是产量太低，不划算。"

其余两家茶厂的意见大同小异。四家茶厂的共同点都是缺少设备。张尚文听完几个厂长的意见后，提出自己的看法："大宗产品红茶生产不能放松，因为上面有任务要完成，但出口任务逐年减少，必须考虑生产其他产品，才能提高效益。我们的机械厂已计划转产，但仍保留部分机器，生产红茶机械的零配件和绿茶、乌龙茶等的机械设备。我可以让他们赶制一批设备提供给你们，但你们要调整好布局，腾出空间安装这些设备，抓紧批量生产绿茶、乌龙茶和茉莉花茶。同时要不断改进工艺，提高质量，改进包装，力求做到价廉物美，占领市场。"

"这样我们就有希望了。"四家茶厂的厂长都很高兴，表示积极配合，回去就立即行动。

座谈会结束后，张尚文回到家，见到黎小英陪着母亲和妹妹在客厅说话。他觉得很突然，走过去拉着母亲的手，高兴地说："妈，您和妹妹来这里，怎么不通知我去接呢？""你是大忙人，不用你去接。我和妈妈昨天已到省城，下午在车站附近逛了一下，昨晚在火车站附近的旅店住一夜，今天一早就坐火车，中午到县城，下午坐班车来到这里，刚到门口大嫂就下班回来了。"妹妹说。

张尚文的妹妹叫张尚玲，比张尚文小 3 岁。张尚玲 7 年前已经结婚，丈夫是邻村的一个初中同学。现有一个男孩 6 岁，一个女孩 4 岁。夫妻俩承包村里 100 多亩土地种甘蔗，是当地的种蔗大户。这几年，白糖价格不断上涨，甘蔗收购价也随之上升，经济收入也一年比一年好，日子过得很滋润。每年甘蔗收成前，是他们的农闲季节。一个月前，听大哥在电话里说大嫂生病住院，爸妈知道后很着急，嚷着要来看儿媳。但张尚玲农忙，无法陪爸妈来。前几天张尚玲打电话给张尚文，询问大嫂的健康情况，说过两天和妈妈去看大嫂，但没说具体时间。张尚文劝妹妹，说路途太远，妈妈可能受不了，不要来了，大嫂已完全恢复健康。张尚文工作一忙起来，就把这事给忘了。张尚玲继续说："老爸老妈整天唠叨着要来看大嫂，但年纪大又出不了远门，我因农忙又没时间陪他们来，现在才来，来迟了。""傻妹妹，我从来没有想过让你们来。你大嫂又不是大病，只是做了一个小手术，没大碍的。路途太远，转车又频繁，爸妈年纪又大，你们的农事又忙，要不是我上次电话说漏了嘴，我根本就不想让你们知道你大嫂住院的事。"张尚文指着坐在旁边的黎小英："你看，你大嫂不是很好吗？"黎小英也笑着说："我现在可以打死老虎呢！"

这时，张晶晶放学回来了。张尚文对她说："晶晶，快叫奶奶、姑姑！"晶晶甜甜地叫了一声："奶奶、姑姑好。"张晶晶5岁那年，姑姑结婚，一家人回过一次老家，到现在已有七八年了，她对奶奶、姑姑的印象不是很深。奶奶和姑姑这么多年没见过她，觉得她长高了，也长漂亮了。奶奶将她拉进怀里，姑姑称赞说："我们的晶晶变成漂亮的大姑娘了。"

亲人久不见面，见了面格外高兴，有说不完的话。黎小英看看时间不早了，赶忙进入厨房做饭。张尚文问妹妹："爸爸怎么不和你们一起来？他身体怎么样？""爸的身体没问题，我们都来了，谁看家呢？"张尚玲说："哥，上次找你批农药那个叶永发坐牢了。"张尚文问："怎么回事？因何坐牢？"张尚玲气愤

186

地说："他呀，人心不足蛇吞象，活该！他在你这里拉几吨农药回去，高卖10倍价钱不算，还在农药里掺砂子，结果药效很差，根本毒不死害虫。部分买了他农药的蔗农告到县政府，政府派人下来调查，情况属实。还好，县供销社在你的支持下，把20吨农药拉回去，平价卖给蔗农，才保住3万多亩甘蔗苗。不然，我这100多亩甘蔗损失就大了。""原来是这样。其实，我早已看出叶永发这个人心术不正，见钱眼开，昧着良心做事，不择手段害人。幸好我当初让厂长只给他3吨农药，要不然还不知害了多少蔗农呢！他第二次又来找我要农药，被我拒绝了，他于是怀恨在心，实名举报到省农垦局，说我与我们县供销社勾结，从这里批平价农药回家乡赚取暴利。幸好农垦局纪委的同志实事求是，查明真相，还我清白。"张尚文感慨地说。"真不是人。"张尚玲十分气愤地骂了一句，"幸好你当年没和他妹妹结婚。""是啊！我也是这样想的，不然会被他害得更惨。"张尚文同意妹妹的说法。

张尚文和妹妹在说话，张妈搂着张晶晶，也在一旁嘀嘀咕咕地说个不停，十分亲热。奶奶问张晶晶："乖孙女，今年读几年级了？读书成绩好吗？"张晶晶答："我今年读五年级了，成绩在班里一直是第一名，还当班长。"奶奶很高兴："好啊！我的孙女真了不起。"

这时，黎小英已做好晚饭，让晶晶叫奶奶、姑姑吃饭。"奶奶、姑姑吃饭了。"张晶晶拉着奶奶到饭桌上坐好，帮奶奶夹菜。奶奶笑呵呵地说："我孙女真乖。"

张尚文现在住的房子，是原来的领导调动搬走腾出来的。一层平楼，单家独院，四房两厅，有一间厨房、两个卫生间，还有前后小花园，前面可种花草，后面可种蔬菜。这些房子是专门建给场部党政两套班子领导居住的福利房。张尚文住的就是杨刚场长原来的房子。

晚饭后，一家人坐在客厅里看电视、聊天。张尚文不忘向妹妹了解外公、外婆、舅父、姑妈和本家叔伯的情况，妹妹都一一告诉他。妹妹说："哥，外公前年过世，外婆去年也走了。"听到这个消息，张尚文突然两眼发红，泪水汩汩地往下掉。他埋怨妹妹："怎么不告诉我们啊？"张尚玲说："妈不让通知你们，说路途太远，你的工作又忙。""是我不让阿玲告诉你的，他们走的时候，你外公94岁，你外婆也90岁了，都很长寿，而且是没病而去。不告诉你们，是怕影响你们的工作。"张妈平静地说。"妈呀！小时候家里穷，外公外婆很疼我们兄妹，家里有好吃的，都留给我和妹妹吃。特别是每年端午节外婆包的粽子，这种味道我这辈子都不会忘记。我对外公外婆的感情很深，两位老人走的时候不通知我，太不应该啊！"张尚文感慨地说。妹妹劝说张尚文："哥，妈知道你孝顺，事情都过去啦，不要再提了。"张尚文擦擦眼泪："妈，您和爸一定要照顾好身体啊！对了，妈的风湿病好些了吗？上次寄回去的药吃完了没有？"张妈说："好多了，你买的药很有效，还没吃完呢！""如果效果好，吃完了我再买，您要坚持吃哦。""不要买了，我没事了，别浪费钱。"张妈说。

他们说话时，黎小英则忙着给婆婆和小姑整理床铺。到晚上10点多，张尚文担心母亲太劳累，让她早点休息："妈，今天您辛苦了，和妹妹去洗洗早点睡吧，有话明天再说。"张尚玲也说："是啊！妈从没出过远门，这两天妈确实辛苦了。"说完扶着母亲进入客房。

第二天，张尚文叫郑世豪安排他的小车，让黎小英请一天假，陪母亲和妹妹去县城风景区玩了一天，一直到下午5点钟才回来。吃完晚饭，黎小英说："妈，您和妹妹多住一段时间吧！妈想家了，我们再送您回去，好吗？""怎么行呢？你爸一个人在家我不放心，再说阿玲的孩子还在读小学，家里农活又忙。看到你们平安健康，妈就放心了，我明天就回去。"张妈第一次离开丈夫这么长时间，很不习惯。本来她很会说话的，但这几天说话很少，主要是心里装着丈夫和两个外孙。

"妈，阿英说得对。我们现在的条件比以前好多了，吃住都不成问题，多住几天再回去吧。"张尚文觉得，自己在离家这么远的地方工作，平时工作太忙又很少回去探望父母，不能尽到做儿子的责任。现在母亲来到身边，应该留下来让他尽尽孝，因此极力挽留。

"奶奶就留下来吧！"张晶晶走到奶奶面前，搂着奶奶说。张妈拨弄着孙女的头发，但一句话也没说。"大哥大嫂，你们就听妈的吧，爸妈从来都没分开过，妈是挂念着爸才急着回去的。下次有机会，我将爸妈送来你们这里享清福，好吗？"张尚玲说。张尚文沉默了一会，说："也好，你们先回去，等我有时间再接爸妈来长住，明天我和阿英送你们去火车站。"

第二天一早，张尚文让叶茂派一辆车，他和黎小英将母亲和妹妹送到火车站，帮他们买好车票后，直接送进候车室，还千叮万嘱，一定要注意安全，到家马上电话报平安。

㉒

　　郑世豪和麦丽娜，几天前已去了福建省。他们此行的主要目的，就是去武夷山市考察"大红袍"茶厂，签订代销合同，顺便到风景区旅游。武夷山市是"大红袍"茶叶的故乡，也是著名的旅游胜地。郑世豪带麦丽娜出去，一是让她开眼界，调节心情；二是想深入了解她的为人。

　　他们坐火车到省城，再坐飞机去福州，在福州住一晚，第二天坐飞机到武夷山市。在武夷山市住下来后，第二天在王经理的陪同下，他们来到"大红袍"茶厂，销售科长早已在厂门口迎接。王经理将他们互相介绍后，就由科长带着郑世豪和麦丽娜，到茶厂车间转了一圈，再到成品仓库看看库存情况，然后回到洽谈室。

　　在洽谈室，他们寒暄几句，就进入正题。郑世豪说："你们的产品在全国都有一定的名气，在岭南也有一定的市场。刚才看到你们的车间和仓库，原材料质量很好，生产工艺很先进、很科学，产品质量也不错，而且干净卫生，包装很精美，价格也很合理。与你们合作，应该是双赢的。我决定为你们代销，每月先代销 10 吨试试，市场打开后再增加，怎么样？""我们王经理上次去你们公司，知道你们有实力。我们厂领导同意长期和你们合作，代销数量不限，每月结算一次，产品由火车托运到你们县城，没问题吧？"科长说。"没问题，我公司现在的仓库太小，装不下 10 吨茶叶，我们回去后准备在火车站附近租一

190

间大仓库。另外，我还计划承包农场的贸易公司，扩大销售队伍，到时我们的合作将进一步扩大。如果没什么问题，就把合同签了吧!"郑世豪认为，不干则矣，要干就干大的。

签完合同，武夷山茶厂领导请郑世豪吃午饭。因为完成了一单大生意的合同签订，郑世豪的心情特别好，在饭局上，他频频向武夷山茶厂领导敬酒，放开肚量大喝。麦丽娜怕他喝醉，劝他少喝点，还帮他解围。郑世豪不让麦丽娜代酒，继续与茶厂领导推杯换盏，结果醉得一塌糊涂，回到酒店，在房间里吐得满地都是。麦丽娜给他喝糖水，敷毛巾，换衣服，搞清洁，忙了一个下午。直到晚上 8 点，郑世豪才清醒过来。两人到街上随便吃了一点东西，就回酒店休息了。

第二天，王经理在厂里派了一辆小车，自己驾车陪同郑世豪和麦丽娜，到风景区游玩。武夷山市原是一个山区县，改革开放后撤县建市，这主要是得益于当地的旅游资源。此市的行政级别还是县级，人口 20 万左右。武夷山市的旅游景点，在国内乃至世界都很有名。全国各地和世界各国的游客，一年四季都往这里涌。当地老百姓自豪地说："一座山养活 20 万人。"王经理是本地人，武夷山的景点已来过多次，他将两人送到每一个景点，就坐在车上等候，让两人跟着旅游团去参观游玩。

他们第一站，先去"一线天"景点。所谓"一线天"，就是两座大山之间，有一条仅能走过一个人的间隙，而且间隙能望到天空，恰似一条线，十分神奇，故称"一线天"。"一线天"大约有 500 米长，游人拾级而上，落差大约 30 米。导游说："走过'一线天'的游客，今后都有一线希望，都能时来运转。"游览此景点，游客只能人随人，个子大的只能侧身而过。

但游人如鲫，络绎不绝，令郑世豪和麦丽娜大开眼界。

第二站是"大红袍"原生树景点。游客在导游的带领下，沿着曲径小道，来到山坳一处，看到一座山的半山腰有几棵不大的古老茶树，枯枝残叶，没有一点生机。导游指着这几棵茶树说："这就是'大红袍'原生树。传说古时候，福建有一名贡生上京考殿试，他和书童长途跋涉，来到武夷山，在一间寺里过夜，突然得了重病。寺里有一个好心的和尚，用尽了办法，都无法将贡生的病治好。眼看殿试时间快到了，情急之下，好心的和尚上山采下此树的芽叶，煮水给贡生喝，几天后贡生大病痊愈，然后继续上京考试，并中了状元。为了感恩，状元披着皇帝赐予的大红袍，骑着高头大马，一路锣鼓笙歌，来到该寺，万分感谢好心和尚的救命之恩。此后，和尚就用这几棵树的芽叶制成茶，取名'大红袍'。"至此，郑世豪才了解"大红袍"的出处。他想，这个传说对他今后推销"大红袍"茶叶很有帮助。

之后，他们又去"天游峰"景点。所谓"天游峰"，就是一座光秃秃的大山峰，十分陡峭。当地政府为了吸引游客，将上山的小道修成阶梯，让人们沿着阶梯走，比较安全。翻过山峰，那边绿树成荫，风景秀丽。导游说："这是步步登高，直到人生顶峰。"在上天游峰时，由于山高路陡，人多拥挤，刚走几个阶梯，郑世豪不小心就扭伤了左脚，走路十分困难。麦丽娜扶着郑世豪，慢慢地一步一步往上蹬，好不容易才上到山顶，累得两人满头大汗。麦丽娜扶着郑世豪进入休息室，找位置坐下来。麦丽娜用自带的跌打药油，比较专业地帮助郑世豪擦受伤部位，按摩十多分钟，然后扶着他慢慢下山。

下山后，他们又坐竹筏游九曲河。九曲河河面大约有30多米宽，水流不是很急，但河道九曲十八弯。九曲河两岸青山绿水，鸟语花香。河面上一排排竹筏坐满游客，顺流而下，竹筏上的艄公们，唱着当地山歌，互相吆喝着。这迷人的自然风光和当地人对生活的态度，令郑世豪心旷神怡，浮想联翩，也忘记了伤痛。麦丽娜坐在郑世豪身边，关心地问："郑总怎么样了？还疼吗？"郑世豪感激地说："好多了，多谢你的照顾！"

他们游玩到晚上8点才回到市区，王经理陪他们吃完晚饭，将两人送到酒店才回家。这一天，尽管郑世豪扭伤了脚，但他们玩得很开心。这次出来，两人近距离接触，增进了解，也拉近了感情。郑世豪认为，麦丽娜贤惠，会关心体贴人，特别是昨天醉酒和今天受伤，她的表现说明了一切。于是，他对麦丽娜说："丽娜，多谢了，今天如果没有你，我真不知如何是好，辛苦你了。""不辛苦，应该的。"麦丽娜说，"我应该多谢你才对，带我来这么美丽的地方旅游，我很开心。"

其实，到武夷山景区旅游，在当时的条件下，一般人可望而不可即。当然，郑世豪的意图，麦丽娜是不可能领会的。他问："最近骆伟雄还敢欺负你吗？""不敢了，连人影都没看到。"麦丽娜答。"我估计他不敢了。你打算今后怎么办？和他复婚吗？"郑世豪接着问。"不可能的。郑总，我们结婚吧，我们结婚他就死心了！"这是麦丽娜发自内心的声音。

麦丽娜自从被聘到郑世豪公司工作后，对郑世豪有比较深入的了解。她想，郑世豪虽然坐过牢，年龄有点大，但十分成熟老练，是做生意的一把好手，并且知人冷暖，对她母子很关心体贴。如果嫁给他，至少生活不用愁，而且特别有安全感。

两人结婚后，公司将成夫妻档，今后共同努力，经营好公司，下半辈子将衣食无忧，对小宝的成长也大有保障。于是，她决定嫁给郑世豪。

"嫁给我，你会后悔吗？我是劳改释放犯哦！"郑世豪还是心中没底，担心她一时感情冲动。"不后悔，而且越快越好。"麦丽娜肯定地说，"劳改释放犯怎么了？比一些不争气、没良心的人好上一百倍。放心吧！我已考虑清楚了。"郑世豪听她这么说，正式表态："好吧！回去就办手续。"然后，他拿出已经准备好的一枚钻戒，戴在麦丽娜的右手无名指上。

麦丽娜感动得热泪盈眶。她抱紧郑世豪，嘴对嘴地用力猛亲，尽情地释放两人的情感。当晚，他们就睡在一张床上。干柴烈火，两人自然而然地风雨一番。多年的压抑，此刻全部释放出来。

两天后，郑世豪和麦丽娜从武夷山回到明德县城，住在郑世豪新买的房子里。买此房后，郑世豪花了10多万元装修，还花了好几万元购置了电器、家具和生活用品，但郑世豪平时很少在此居住。第二天，郑世豪带着麦丽娜，到县民政局办理婚姻登记手续。

晚上回到公司，郑世豪在小镇的一间饭店订了一桌饭菜，还摆上红酒。请来张尚文一家三口、郝红梅、叶茂、苏秋来、麦丽娜的妈妈和儿子骆小宝，表示庆祝。在饭局开始时，郑世豪说："今晚请大家吃个便饭，是想告诉大家一件事。"苏秋来嘴快："是好事还是坏事？"郑世豪笑笑说："当然是好事，我和丽娜结婚了！"

这确实是一件大好事。大家听了，感到有些突然，但更多的是欣慰，都情不自禁地鼓起掌来。张尚文不觉得突然，这在他的意料之中，但没想到这么快。张尚文站了起来，举着酒杯："好啊！大家举杯，对他们表示热烈祝贺！祝贺郑总和麦小姐新婚快乐，夫妻恩爱，白头偕老！干杯！"

郑世豪夫妇回敬大家。麦丽娜激动地说："我和郑总能够走到一起，首先要感谢张副场长的帮助，其次要感谢郑总的收留，再就是感谢在座各位的关心和支持。我们两个虽然都是二婚，但我们珍惜这次结合，希望大家今后多关照。多谢大家，喝了这杯吧！"

"丽娜说得对，她的话代表我了。我还告诉大家一个好消息，这次我们的武夷山之行，收获很大，我公司和武夷山茶厂签订了每月 10 吨的代销合同，今后就是'大红袍'茶叶的岭南总代理了。"郑世豪高兴地说。

这时，张尚文也站了起来："郑总，这是双喜临门啊！我也告诉你们一个好消息，你们要求承包场贸易公司的报告，经场长办公会议研究同意了，决定由你们公司承包经营，接管贸易公司的全部人财物。场部行政办会很快下文通知你们的，要求从下周一盘点清算，下个月实施。这是三喜临门，可喜可贺！今后你们家大业大，要好好考虑如何经营管理，不要令我失望哦。"

"谢谢场领导对我公司的信任和支持，谢谢尚文副场长！放心吧，我不会让你们失望的。明天我就去火车站租一间可容纳 100 吨货物的大仓库，然后通知武夷山茶厂发货。下一步公司以经营茶叶销售为主，将我们的茶叶销往全国各地。同时增加项目，实行多种经营，做到物尽其用，人尽其才。"郑世豪满怀信心地说。"说得好！我需要的就是这个思路和决心。我代表大家祝你们公司兴旺发达，为我场经济发展多做贡献。"张尚文给予大力鼓励。

晚饭后，张尚文一家三口回到家里，张尚文对黎小英说："真没想到，郑世豪是做生意的奇才。劳动改造几年，整个人都变了。看来，劳动改造罪犯确实很有必要，也很有成效。路有千万条，走对了就前途无量，走错了就会遗憾终身，事实证明确实如此。现在，郑世豪不但事业有成，还建立了新的家庭，你我都应该放心了。""我有什么不放心的？你让我放心就足够了。"黎小英明白张尚文的意思，也赞成他的观点，但话中有话。张尚文"嘻嘻"两声，以示会意。

郑世豪结婚后，将新家安在县城。他们平时住机械厂麦丽娜的房子里，目的是便于小宝上幼儿园，也为了便于打理公司的生意。郑世豪原来的公租房让给苏秋来居住。

麦丽娜对婚后的生活很满足，但骆小宝不肯接受郑世豪。麦丽娜几次要骆小宝叫郑世豪"叔叔"，骆小宝就是不吭声。因为上次在郑世豪的公司，骆小宝亲眼见到这个叔叔对他爸爸拳打脚踢，心中到现在还有阴影，对郑世豪存在很强的戒备心理，甚至记仇。郑世豪也意识到这个问题，试图在骆小宝面前改变形象，消除他的顾虑。

晚上，麦丽娜让骆小宝叫郑世豪吃饭："宝宝，叫叔叔吃饭。"骆小宝撇着小嘴，对着郑世豪怒目而视，就是不哼声。麦丽娜生气地瞪起双眼，举手要打骆小宝，吓得骆小宝哇哇地大哭起来。郑世豪赶忙制止她："不要急，慢慢来。"然后走过来要抱骆小宝，骆小宝一转身就跑开了，郑世豪无奈地摇摇头。

为了让骆小宝接受他，郑世豪给骆小宝买了很多玩具，什么无敌超人、百变金刚、遥控小汽车等等，在客厅里摆了一大堆，令骆小宝玩得很开心。一有空，郑世豪就让司机开车，带着一家3口去游玩，到游乐园骑木马，坐碰碰车，坐过山车，学游泳等。骆小宝与郑世豪接触多了，慢慢消除了对郑世豪的戒备心理，也忘记仇恨，开始接受郑世豪，而且直接叫"爸爸"。郑世豪很高兴，将骆小宝视同己出，无微不至地关心他的成长。

重新组合的家庭，同样过得很幸福。

23

苏秋来已经27岁了，看到郑世豪重新建立家庭，生活过得很幸福，春心也在萌动，开始考虑自己的婚姻问题。他找郑世豪商量："大哥，现在你们成双成对，生活很幸福，小弟我孤身一人，冷暖无人知。我也想找个老婆成个家，大哥能帮帮我吗？"苏秋来性子直，开门见山。

听苏秋来这样说，郑世豪呵呵地笑，觉得这家伙直来直去，很可爱，但回头想想，郑世豪有些过意不去。一直以来，他都把苏秋来当小弟，业务上非常信任他，大事小事都放手让他去干，给他的薪酬比麦丽娜还要高，但是对他的人生大事，确实关心过问比较少。而苏秋来也一直对这位大哥忠心耿耿，事事言听计从，而且任劳任怨，完成任务又快又好，是难得的好兄弟、好帮手。现在，他既然提出了，不能不重视。郑世豪想了想，笑着说："想找老婆好啊！你的年纪也不小了，应该找啦！都怪大哥粗心，没及早帮你考虑，有什么要求吗？"苏秋来认真地说："以我这个条件，还能有什么要求？身体健康，勤俭持家，能关心体贴我的女人就行了。"郑世豪说："这个要求确实不高，你看阿花怎么样？"

郑世豪说的阿花，全名叫沈兰花，是公司的接待兼炊事员。沈兰花是小镇居民，家住江边的小码头附近。沈兰花今年28岁，初中毕业就到珠三角等地打工将近10年，回来后刚好郑世豪公司招聘员工，便应聘到公司上班。沈兰花长相一般，也不喜欢打扮，但做事勤快，为人实在。郑世豪对她的工作比较满意，但是有没有男朋友却不了解，苏秋来更是不得而知。他说："阿花看得起我吗？她应该结婚或有男朋友了吧？"苏秋来没有多大信心。郑世豪说："让我先了解一下再说。"

今天，公司没有接待任务，沈兰花上班后就去买菜，刚回到公司，准备做公司员工的午饭。郑世豪来到公司，看还没到做饭时间，就叫沈兰花到他的办公室，问："阿花，在公司工作习惯吗？"沈兰花以为自己的工作有哪方面令老板不满意，或有什么任务要交办，听老板这样问，放下心来："习惯，习惯。"郑世豪又问："你年纪也不小了，应该有27岁了吧？有男朋友了吗？"沈兰花毫不隐瞒，实话实说："是的，我今年28岁了，原来在外面打工交了一个男朋友，来往将近5年，但由于性格不合，而且他烂赌，我回来后就和他分手了。"郑世豪听沈兰花这样说，觉得应该有希望，于是试探地问："你还想找吗？要找怎么样的？"沈兰花有些不好意思："想是想的，年纪这么大了，爸妈老是催。如果有合适的，也可以考虑，只要他有事业心，为人正直老实，对我好就行了。"沈兰花的要求也不高。郑世豪随即说："你看小苏怎么样？他高大英俊，为人诚实，工作积极，年龄和你差不多。"沈兰花笑嘻嘻地说："小苏呀，他人很好，比我小1岁，我一直把他当弟弟。"郑世豪开导她："这样好啊，姐弟恋。俗话说得好'女大一抱金砖'，和他处处看，有问题和我说，好吗？"阿花有意推搡："天天见面，怪不好意思的。"郑世豪似乎在下命令："有什么不好意思？从现在开始，你俩培养培养感情，条件成熟了，我给你们办婚礼，就这样定了。时间不早啦，你去做饭吧!"沈兰花说声"好的"，就去做饭了。

第二天，郑世豪找到苏秋来，将自己和沈兰花的谈话内容告诉他，劝他主动一些，苏秋来很高兴。苏秋来和沈兰花平时很谈得来，但他从来不敢往这方面去想，主要是不知对方的情况，也考虑自己的身份和目前的条件。沈兰花觉得自己的年龄比苏秋来大，也不敢多想。现在，有老板做主，两人对谈对象都增加了不少信心。

这段时间，苏秋来一有空，不是请沈兰花喝茶吃夜宵，就是看电影，周末还去县城逛公园。沈兰花也从不推辞，随叫随到。现在，沈兰花已经注意穿衣打扮，出门时还涂了口红，看起来比原来漂亮多了。

沈兰花的父母已60多岁，爷爷奶奶也有80多岁了，他们祖祖辈辈都是在江上打鱼为生。沈兰花上面有一个哥哥和一个姐姐，都已成家。哥哥和嫂嫂在外地工作，姐姐结婚在县城，都很少回来。改革开放后，父亲年纪大不能下江打鱼，在自己家开了一间小卖部，经营烟酒和日杂品，收入能勉强维持生活。

星期天，沈兰花带着苏秋来，回家见父母、爷爷、奶奶。沈兰花父母见到苏秋来，觉得小伙子高大英俊，有形有款，都很满意。苏秋来也很懂礼貌，不断地给沈兰花的爷爷、奶奶和父母斟茶敬烟，令他们很高兴，嘻嘻地笑个不停。

　　中午吃饭的时候，沈兰花父亲问："小苏，听口音你不是本地人吧?"苏秋来直率地说："我是江西九江市的农村人。"沈父又问："你怎么来这里工作呢?"苏秋来毫无隐瞒，实话实说："我原在岭南省城打工，因盗窃摩托车被判刑，在附近的农场劳动改造，刑满释放后就在监友开的公司打工。"

　　苏秋来只顾说话，完全不理会别人的神情和感受。沈兰花觉得他不该这样坦白，在台下猛踢他的脚，但苏秋来没反应过来，继续说："我当时被判 7 年徒刑，进监狱时才 18 岁。但我在监狱里表现好，多次立功受奖，被减刑 1 年零 8 个月，劳改 5 年多就出来了。"苏秋来津津乐道，好像在讲述自己的光荣历史。

　　沈兰花的父母和爷爷奶奶，都是传统老实的渔民，一贯以来遵纪守法，观念传统，疾恶如仇。当听到苏秋来是劳改释放人员时，开始大吃一惊，之后十分反感。苏秋来后面说什么，他们根本听不进去，而且脸色都很难看。沈兰花看到这种情况，心里很紧张，多次给苏秋来使眼色，示意他不要往下说了。苏秋来完全没理会，继续说："在监仓里，我认识一个大哥叫郑世豪，他对我很好，教我学文化，还教我做人。他比我早几年出来，他出来后办了一家茶叶公司，赚了不少钱，我和阿花就是在他的公司打工。"苏秋来意犹未尽，还想往下说，沈兰花赶忙制止他："不要说了，吃饭吧。"

沈兰花的家人兴趣全无，都摇着头不说话，放下碗筷离开饭桌。苏秋来第一次见女友父母，就搞得这样狼狈，令沈兰花左右为难。之后，沈兰花的父母极力反对她与苏秋来谈恋爱。沈兰花无奈，只好去找老板郑世豪："郑总，我父母不同意我和小苏交往。"郑世豪觉得有些难以理解，这小伙子英俊潇洒，为何看不上呢，于是问："为什么？"

沈兰花有些不好意思，但这是老板的主意，不得不把事情讲清楚："是这样的，前几天我带他去见我的父母和爷爷、奶奶，他将他的过去全都抖了出来，还把你也扯进去了。我制止他，但他不听。事后我父母知道他是劳改出来的，都反对我们在一起。郑总，真不好意思，让你失望了。""原来是这样。劳改出来怎么啦？谁的人生没有一点过错？改造后就是新人，新人也是人嘛！是人都要谈恋爱、结婚、生小孩，成家立业啊！我也是劳改出来的，我不是成了家，立了业吗？你放心吧，我会找你父母谈的。"郑世豪极力开导、安慰沈兰花。

沈兰花是个比较传统的女孩子，从小就听话。父母反对她与苏秋来交朋友，她不能不听。所以，这几天她不理苏秋来，见到他有意避开，不和他说话。苏秋来不明就里，很是纳闷。他思来想去，怎么也想不明白，究竟问题出在哪里？

云南省思茅市（后改普洱市）的普洱茶叶公司，与郑世豪的公司早有业务来往。郑世豪现在批发的"普洱茶"，就是从这家公司进货的。今天上午，思茅市的普洱茶叶公司，派一位业务经理来结账取货款，并且一定要现金。此时的现金管理不是很严格，为了稳定合作关系，郑世豪只好迁就。他让麦丽娜去银行办理，麦丽娜忙了一个上午，在银行的通融下，才提了23万元现金。吃完午饭，郑世豪考虑安全问题，派公司的小车，安排苏秋来护送这位经理到火车站。

　　司机将苏秋来和云南客人送到车站门口，他俩下车后，司机开车去停车场。车站门口人来人往，有几个染着金色头发，穿着花俏衣服，流里流气的年轻人，在车站门口转悠。苏秋来准备去买票，见到这情景，马上警惕起来，提醒云南客人注意安全。云南客人提着装有那笔现金的密码箱，听到提醒后，警惕地双手紧紧抱着箱子。那几人贼眉贼眼，四面环顾，正在寻找猎物。苏秋来买好车票后，两人准备进入候车室。当那几人见到云南客人提着密码箱，身边站着一个高大的苏秋来时，马上聚在一起，一边望着他俩，一边交头接耳，低声嘀咕着什么。然后，几个人鬼鬼祟祟，立即分头行动。

　　这时苏秋来带着云南客人，已来到入站口，两人正在排队验票。突然，他们中有两个人横插到苏秋来面前，打了起来，还互相对骂。苏秋来爱管闲事，不知是圈套，赶忙去劝架。另外两人马上走到云南客人身边，其中一人夺过手提箱，两人拔腿就跑。云南客人吓了一大跳，马上大声呼叫："有人抢劫啦！"云南客人被吓得魂飞魄散，脸色铁青，不知所措，叫了两声就叫不出来了，呆呆地站着一动不动。

　　车站门口人来人往，听到"有人抢劫"的呼叫声，都停下脚步，驻足观望。苏秋来马上醒悟过来，知道自己中计了，迅速转身，迈开大步向劫匪追去。两劫匪跑得很快，苏秋来只身一人，紧跟着劫匪疾步猛追。两劫匪在光天化日之下行劫，自然十分心虚，加上体力不支，逃跑了五六百米，速度慢了下来。

　　苏秋来在劳改场改造几年，身体锻炼得很壮实，越跑越快。

两劫匪横跨铁路，企图向附近村庄窜去。苏秋来离劫匪人约三四百步，眼看两劫匪很快就进入村庄。苏秋来想，如果让劫匪跑进村庄，环境复杂，将十分麻烦。于是他加快速度包抄过去，拦在劫匪面前："看你们还想往哪跑？"

两劫匪虽然年轻，看起来十八九岁，但都骨瘦如柴，弱不禁风，显然是长期吸毒造成的。两劫匪见到一米七五个头、体壮如牛的苏秋来，吓得脸如黄土，双腿发软，跪倒在地。这时，两名警察也赶到了现场，二话不说，拿出手铐，马上将两劫匪扣起来，押回车站派出所处理。

苏秋来提着密码箱，回车站找到云南客人。云南客人还没回过神来，被吓得不会说话，双手掩着脸，蹲在原地大声痛哭。苏秋来将手提箱交给他，叮嘱一定要注意安全，然后送他进站，直到上了火车。在车上，苏秋来找到列车员，小声叮嘱说："这位乘客带有大量现金，希望列车乘警给他提供帮助，确保安全到达目的地。"列车员点头说："请放心，这是我们的职责。"

在火车上，云南客人回过神来，感激涕零，与苏秋来握手道别，但始终一句话也说不出来。苏秋来下了火车，马上打电话通知普洱茶叶公司的领导，要他们派车到火车站接人。

苏秋来在火车站的遭遇，郑世豪全然不知。这几天郑世豪有些纠结，因为麦丽娜很反常，上班时经常跑到洗手间呕吐，回到家里就不想动，母亲做好饭她也不想吃。郑世豪毕竟是个大男人，比较粗心，以为她得了病，硬拉她去医院检查。医生对郑世豪说："你妻子已经怀孕3个月了，做丈夫的要多关心妻子啊！"郑世豪高兴得不得了。

回来后，郑世豪要麦丽娜多休息，不要过于劳累。麦丽娜今年已经34岁了，属高龄产妇，但她认为自己怀的是第二胎，有经验，所以不当一回事，该干什么还是干什么。郑世豪关心地说："这是我们的孩子，你一定要注意安全，确保不出问题啊！"

麦丽娜也很高兴。她想，自己与前夫有了一个儿子，郑世豪与前妻也有一个男孩，现在最好就是生一个女孩，于是有意逗郑世豪开心："放心吧！我有经验，保证给你生一个漂亮的千金小姐。"郑世豪哈哈大笑："这样最好，这样最好！"郑世豪自从坐牢到现在，从来没有这么开心过。

上午，郑世豪一早就到公司，刚进入办公室，座机电话就响了。他拿起电话："喂，哪位？"电话那头："郑总吗？我是普洱茶叶公司老吴，多谢你啦！你公司的小苏是个英雄啊！你要好好表扬他，我们也准备给他奖励。"

听了吴总这番话，郑世豪满头雾水，问："是吴总啊？你好！我们的小苏怎么成英雄了？"吴总说："你还不知道吗？是这样的，前几天我公司的业务经理去你们那里取货款，因为用途特殊，所以要提现金，主要是考虑手续简单快捷，方便做账。非常感谢你们的支持和配合，很快就提到20多万现金，还派小苏护送我们经理到火车站。没想到，在车站门口被几个匪徒打劫了，幸好你们的小苏勇敢，只身去追劫匪，并将钱追了回来。这事吓得我们经理不轻，回来后就病倒了，现在还在住院呢！郑总你真有福气，有这样一位好帮手。"吴总在电话里一口气把事情经过重复一遍，还大力赞扬苏秋来。

郑世豪听了吴总的电话，觉得很奇怪，这么大的事，苏秋来怎么一直不汇报？连司机也不说？于是他对吴总说："哦，是这件事呀，小事一桩，不值得一提，请吴总有时间来我公司做客，见面详谈。"吴总在电话里哈哈大笑："好你个郑总，这么大的事还说小事一桩？我们的业务经理回来向我汇报时，连我都被吓得一大跳，如果不是你们的小苏，我的损失就大了。即使能够追回来，也不知是猴年马月的事。总之，这个小苏我是一定要奖励的，我也建议你给他奖励。我会尽快抽时间拜访你的，还要当面感谢你们的小苏。"

放下电话，郑世豪马上去找苏秋来，生气地问："小苏，前两天你去送云南客人，在火车站遭人抢劫，回来怎么不向我汇报？"苏秋来好像从没发生过什么事情一样："大哥，对不起，我忘记了。当天回来，觉得没造成损失，又怕你担心，所以没向大哥汇报，事后忘记了。"郑世豪有些恼火："没造成损失就不用汇报了吗？司机怎么也不说？""司机送我们到车站门口，我们下车，他就开车到停车场等我，我不说，他怎么知道？"郑世豪听了苏秋来的解释，觉得也说得过去，气也消了一大半。他指着苏秋来："你呀你，刚才云南那边的吴总打电话来表扬你了，还说要奖励你，搞得我一头雾水，今后有什么特殊情况，一定要及时和我说一声，知道吗？"苏秋来好像小孩子，挠挠头说："记住了。"

郑世豪想起沈兰花和他说的情况，问："你和阿花是什么情况？听阿花说，她的父母反对你们谈朋友，怎么回事？"苏秋来又摸着头说："我不知道哦，怪不得这几天不理我呢！""你这傻子，第一次见人家父母，就将自己的过去全部抖出来，你以为坐牢很光荣啊？将自己坐牢当光荣历史去显摆，真有你的！"郑世豪恨铁不成钢。"本来就是坐牢了嘛，有什么不好说的呢？"

苏秋来想不明白。郑世豪见他脑袋不开窍，直说："你呀，就是头脑简单，直肠子。你以为人人都和你一样吗？阿花父母思想保守、观念传统，他们不放心女儿嫁给一个劳改释放犯，明白吗？"苏秋来明白了："是这样啊！算了，大哥，劳改犯的历史永远无法改变，我不结婚了。""屁话！出身和历史不能改变，但思想、行为是可以改变的。你这次只身追劫匪的表现，已经给你加了分。放心吧，大哥会帮你的。"

郑世豪认为，苏秋来这次勇追劫匪的表现，不但改变人们对他的看法，而且提高公司的声誉和诚信度，应该大力宣传，树立榜样。同时，他要亲自去找沈兰花的父母谈谈，介绍他历来的表现和这次勇追劫匪的事迹，问题应该能解决。

第二天，郑世豪召集公司全体员工开会，宣布三件事：第一，苏秋来为保护合作公司的钱财，只身勇追劫匪，挽回合作公司20多万元的损失，决定奖励他1万元，希望大家向他学习，并大力宣传；第二，从今天开始，苏秋来任茶叶贸易公司副经理；第三，今后公司如有特殊情况，希望第一时间向我报告。

会议结束后，郑世豪让麦丽娜买了许多礼物，带着苏秋来，上门探访沈兰花的家人。郑世豪在沈兰花家里，客气地向她的家人作自我介绍，然后详细地说明苏秋来劳改的原因、在监狱的表现和他的家庭情况，特别着重介绍这次勇追劫匪的事迹、云南普洱茶叶公司领导的表示和自己的决定。他最后说："小苏是个好青年，诚实正直，工作积极，责任心强，很有前途。他过去犯错，是由于涉世不深，受人欺骗造成的，希望大哥大嫂改变对他的态度和看法，支持他和阿花谈朋友，好吗？"

沈兰花的父母听了郑世豪的介绍，态度完全改变，已经明白苏秋来是一个值得信任的小伙子。于是，沈兰花父亲表态："好吧，听郑总的。"

　　两天后，云南思茅市普洱茶叶公司的吴总带着女秘书来了，要感谢郑世豪和苏秋来。郑世豪和吴总见面后，两人既客气又热情。吴总首先当面向郑世豪致谢，还让他将小苏找来，要见见这位英雄。

　　苏秋来到了，吴总见到他，赶快走过去，握着他的手说："我们的英雄，太感谢了！你为我们公司挽回重大损失，公司决定奖励你1万元，还决定将原来合同给你们的茶叶代销量增加1倍，结算时间推迟2个月。"苏秋来很谦虚地说："吴总太客气了，这是我的责任，奖金我不能要，郑总已给我奖励了。"郑世豪也表示："多谢了！吴总，我公司已奖励小苏1万元，还提拔他当副经理。"吴总说："郑总真开明，应该重用小苏。小苏你不必推辞，奖励你是我们公司董事会的决定。"郑世豪说："既然这样，那我们只能接受了。小苏，打电话给饭店订房，中午请吴总喝酒，不醉不归！"苏秋来当即表示："好咧！"

　　两位老总，加上麦丽娜、苏秋来、吴总的女秘书，在一家比较高档的饭店，推杯换盏，从中午12点开始，直到下午3点才结束。吴总醉得天昏地暗，郑世豪也喝得差不多了。麦丽娜因怀有身孕不敢喝酒，苏秋来一直不会喝酒，吴总的女秘书也只是做个样子。

　　饭局结束后，麦丽娜扶郑世豪回公司办公室休息，苏秋来叫司机开车送吴总和女秘书去县城，在酒店开房让他们休息，劝他们第二天再回云南。

下午四点多，郑世豪的酒刚清醒过来，就有一个人来找他。来人又黑又瘦，胡子拉碴，精神恍惚。他问郑世豪："还认得我吗？"郑世豪有点不敢认，问了一句："你是韩天明吧？"来人赶忙回答："是啊！在里面整整15年，两年前出来，在省城混了两年，当过搬运工，做过建筑工人，在街边卖过早餐，结果一事无成，现在投奔你来了。""你怎么知道我的情况？"郑世豪问。"你是这个地方的知名人士了，回城的知青大多数人都清楚，一打听就知道。怎么样？能收留我吗？"韩天明有点信心不足，郑世豪毕竟曾经受他的牵连而坐牢。郑世豪说："这是什么话？曾经的好兄弟，怎么可能不帮呢？我正缺人手，你来得正是时候啊！"

这时，苏秋来送吴总去县城刚刚回来，他走到郑世豪的办公室，打算向老板汇报。郑世豪见到他进来，指着他向韩天明介绍说："这是我们的副经理，叫苏秋来。"然后对苏秋来说："小苏，他叫韩天明，我曾经的兄弟。你现在就带老韩去理个发，帮他买几件衣服，然后去租一间房子。今后他就是你的助理了。""好的！老韩跟我走吧。"苏秋来带着韩天明离开。苏秋来到财会室预支1万元，就和韩天明去租房子。

他们直接步行到小镇居民区。在路上，韩天明问苏秋来："苏副经理，你不是本地人吧？你是怎么认识老郑的？""我是江西人，我们是在监狱里认识的。他是我的好大哥，在监仓里教我学文化，还教我如何做人。他比我早两年多出来，在张副场长的帮助下，从临时工做起，之后办茶叶门市部，再办茶叶贸易公司。他走到今天很不容易啊！"苏秋来感叹地说。"这么多年，他应该赚了不少钱吧？"韩天明试探着继续问。"这个我不太清楚，我是打工的，不知道具体的财务状况，也不好多问。不过，我知道他这几年打拼很辛苦。"苏秋来似乎听出韩天明的用意，本来公司的财务状况，他当副经理应该略知一二，但他不了解韩天明，不能说得太具体："打拼这么多年，赚多赚少会有的。"

说话间，两人到了居民区。他们在居民区一家一户地打听是否有房出租。有一家户主说："我三楼有一套，两房一厅，面积 70 多平方米，有厨房、卫生间，还有床、柜、沙发等家具。原租客前两天刚搬走。""我们可以看看吗?"苏秋来问。"可以。"房主说完，便带两人上楼看房。看到房间比较干净卫生，只是家具比较陈旧，苏秋来认为还可以，就是面积大些，一个人没必要住这么大面积，浪费钱，便问房主："有一房一厅的吗?"房主说："没有了。"苏秋来又问韩天明："老韩，可以吗?""太窄，家具太陈旧，最好是三房两厅的。"房主说："这个也没有。"苏秋来觉得，一个打工的，老板出钱给你租房住，已经够意思了，还不知足，真是难以理解。自己刚出来时和老板住 20 多平方米的公租房，破旧不堪，老板睡房，自己睡厅，这样过了几年。现在老板已结婚，公租房让给自己住，已经很满足了。于是，苏秋来问房主："这套房子月租多少?"房主说："600 元。""贵了，500 元吧!"苏秋来嫌贵，自己现在住 20 多平方米的房，月租才 20 元，差别太大了，于是讨价还价。"不行，最少 600 元。"房主不让步："我这是新建的楼房，通风、采光好，楼层不高，设施齐全，我不愁租的。""好吧，租你的，现在就定协议。"苏秋来拍板。房主拿出早已准备好的租房协议书，苏秋来看完后当即签字，然后交给房主租房押金 3000 元、一个季度的租金1800元，共4800元。苏秋来按老板的吩咐，还给了韩天明1000元，让他去理发、买衣服和生活用品。房主给苏秋来房子钥匙："你们今晚就可以入住了。"在苏秋来签协议、交押金和房租时，韩天明一直板着面孔不出声。苏秋来给他生活费和房间钥匙，他也没有任何表示。

为了完成老板交办的任务，苏秋来忙了大半天，但始终得不到韩天明的一声"多谢"。苏秋来也毫不计较，赶忙回去向老板交差。

<h1 style="text-align:center">㉔</h1>

一个星期后，大约上午10点钟，郑世豪正在办公室忙着处理业务，有一个年轻人敲门。年轻人在门口站着，一直不哼声。郑世豪打开门一看，很吃惊。他不敢相信自己的眼睛，试探地问："你是升仔吗?""爸，我是升仔啊!"年轻人说。

这个叫"升仔"的年轻人，是郑世豪与前妻的儿子，名叫郑升。他今年22岁，个子较高，面黄肌瘦，穿一件黄色T恤衫，发白的"牛仔裤"，头发很长，也很蓬松。

"快进来。"郑世豪赶忙走过去，拉着儿子的手打量良久，摸着他的头："都长这么高了。"然后他给儿子倒一杯茶，继续说，"你的轮廓基本没变，很像你妈。你是怎么来的? 谁告诉你我在这里?"郑世豪不解地问。郑升答："是我妈。"

自从郑世豪与前妻离婚，郑升就跟母亲生活，之后郑世豪就一直没见过儿子，因为前妻不让见。郑世豪坐牢，前妻是知道的，但不告诉儿子。郑世豪出狱后办公司，前妻也清楚，但没有告诉儿子，儿子也不知道。

郑世豪问儿子："这么多年，你是怎么过来的？"郑世豪这一问，郑升顿时哽咽起来，他擦擦眼泪说："我妈与那个男人结婚后，我刚刚懂事，那个男人对我一直漠不关心。我妈再婚不久，又生了一个儿子，我就成了多余的人。那个男人对我不是打就是骂，我经常饱一顿饿一顿，但只有忍气吞声，逆来顺受。我妈没办法，只能让他对我随心所欲地折磨。我无奈，唯有发奋读书。但这种家庭环境，我哪能安心学习？高中毕业后，我考了一所职业技术学院读土木工程。那个男人反对我继续读书，一定要我去打工。为此我妈和他吵了一架，他还动手打了我妈，我妈和他斗气，两个多月不和他说话。在我妈的支持下，我才勉强读完 3 年大专。毕业后我想过要来找你，可我妈不让。我只好到处打工，在建筑工程队打了几年杂，不但赚不到钱，还天天受那个男人的气。我十分无奈，天天缠着我妈，要了你的地址，就偷偷跑来了。"

听了儿子的叙述，郑世豪感慨万千。当初两人结婚没有感情基础，妻子回城不久，就与她的初中同学勾搭上了。她这位同学初中毕业不久，就顶他父亲的职，在省城一家百货公司当售货员，不用下乡。前妻回城后，这位同学对她大献殷勤，生活上照顾得很周到，前妻很感动，于是不久就提出要和他离婚。由于两地分居，他很无奈，只能让步，答应前妻的离婚要求，儿子由她抚养，结果害了儿子。这么多年来，前妻不让儿子与他联系，主要是看不起他，认为他没有社会关系，回不了城。后来他犯罪坐牢，又因为是劳改犯，名声不好，怕影响儿子的前途，更不让儿子见他，这些都可以理解。但是前妻再婚后，两夫妻没尽到对儿子的抚养和教育责任，又不允许儿子与他联系，这是前妻的不对，让儿子受了不少苦。郑世豪认为，重新组合的家庭，如果对双方原有的子女不能一视同仁，没有父爱或母爱，或教育缺失，对养子女的伤害可想而知。所以说，婚姻大事，结婚也好，离婚也罢，万万不能草率，必须三思而行。

儿子的经历，使郑世豪想起他的童年，想起他的父亲。他想，当初如果不是父亲与母亲离婚，自己的童年也不会过得这么苦，长大后也许不会走上邪道。现在，虽然儿子的经历和自己的童年差不多，但儿子能够走正道，还多读了几年书，这一点值得他安慰，也应该感谢前妻。这么多年没见过父亲，也不知道他现在怎样了，于是他问儿子："升儿，这么多年你去看过爷爷吗？""没有，我妈不让我见。听我妈说，爷爷前几年去世了。"郑升淡淡地说。

听到这个消息，郑世豪非常难过。他想，自从下乡后，父亲从不过问自己的死活，也不让自己回家，使自己成为实际上的孤儿，完全没尽到做父亲的责任。从这点上说，父亲过于绝情。但是，他毕竟抚养自己10多年，而自己却没尽到当儿子的任何责任，心中也特别后悔。现在，父亲已不在人世了，儿子又来到自己身边，决不能重蹈父亲覆辙，必须把儿子管教好、培养好，让儿子有前途。于是他对儿子说："升儿，你留下来，爸教你做生意，帮爸把公司做大，好吗？""听爸的。"郑升听父亲这样说，高兴得热泪盈眶，心中非常后悔，为什么不早点来找父亲呢？

郑升留下来后，郑世豪让苏秋来在小镇租一间房子，购买了家具和生活用品，让他独立居住。还给他一些钱，让他去理发，买几件新衣服。平时，郑升跟郑世豪一起回家吃饭。郑世豪安排儿子跟着苏秋来，由苏秋来带着他学做生意。苏秋来在郑世豪的茶叶公司干了5年多，懂得不少生意经，也学会如何做人，进步很快。特别是当上副经理后，郑世豪信任他，公司运作全部经过他的手，他整天与形形色色的生意人打交道，增长了不少见识。将儿子交给他带，郑世豪放心。

麦丽娜在与郑世豪结婚之前，知道他与前妻有一个儿子，现在他的儿子找上门了，她也坦然面对，没有任何怨言。麦丽娜对郑升很热情，生活上照顾得很周到。郑升也很尊重这位继母，亲切地叫她"阿姨"。但对骆小宝，郑升却难以面对，因为既不同父，又是异母。郑升想起自己的身世，在心理上对骆小宝很有抵触，每天吃完饭，就回自己的住处，对骆小宝不理不睬。

郑世豪看出问题了，对儿子说："升儿，小宝是你的弟弟，比亲兄弟还要亲，你当哥哥的一定要关心他、亲近他、爱护他，知道吗？""知道了，爸。"郑升虽然对父亲表了态，但对骆小宝怎么也亲近不起来，心中始终有一种说不清的感觉。骆小宝也认生，不敢与郑升说话。

按照父亲的要求，郑升还是主动地亲近骆小宝，一有空就和他玩。尽管年龄相差10多岁，又是异父异母，但一段时间后，由于接触多了，现在已经很亲密。骆小宝已读二年级了，一放学，就要找大哥哥玩，两人形影不离，令郑世豪和麦丽娜很高兴。

在郑世豪的安排下，苏秋来带着韩天明、郑升两个徒弟，为公司联系客户、订购茶叶、申请车皮，办理货运、结算货款，工作有条不紊，经营顺顺利利。韩天明表面上也循规蹈矩，老老实实听从苏秋来的指挥，不敢越雷池半步，但在背后却嘀嘀咕咕，看不起苏秋来。郑升却没有自恃"公子"身份，将自己视作普通员工，虚心学习，积极工作，进步很快。

郑升的表现，郑世豪很满意，苏秋来也很高兴。苏秋来私下对郑世豪说："大哥，升儿很听话，也很聪明，真不愧是你儿子，今后大有前途啊！而老韩，虽然规规矩矩，但我总觉得他有些看不起人，行为怪怪的。"郑世豪说："升儿的本质很好，但缺乏社会经验，不懂业务，你要用心带他、指导他。带好了，今后肯定不会令我们失望的。韩天明就不同了，他是老世故，今年快50岁，当年他犯罪被判刑坐牢15年，主要是把利益看得过重，我也是受到他的牵连，被他拉下水而坐牢的，但是这些都过去了，不提也罢。他这个人见多识广，有一定社会经验，也有一些经济头脑，曾经当过包工头、大老板，所以有点傲慢，看不起人，这不奇怪。如果不是大的原则问题，你不要管他，我们毕竟是老交情了，我想迟些安排他独当一面，试试他的能力。"

苏秋来比较单纯，对郑世豪忠心耿耿。郑世豪的这番话，他听明白了，但是他还是提醒老板："大哥的想法我理解，但你和老韩毕竟有20年没联系了，对他的情况又不了解，还是小心一点好。""放心吧！应该没事。"郑世豪自信地说。

（25）

省农垦局总工会主席已到龄退休，主席位置空缺。新生农场场长陈强曾当过八年场工会主席，成绩突出，经验丰富，担任新生农场场长四年来，积极进取，勇于创新，成绩显著。根据农垦局杨刚局长的提议，经省委组织部考察，陈强被提拔为农垦局总工会主席，场长位子由张尚文顶上。

张尚文今年43岁，当副场长刚好4年。在副场长的位子上，他积极配合陈强，抓好改造老茶园，调整茶叶产品结构，改革商贸管理体制，推进机械厂转产等，做出了实实在在的成绩。在农垦局组织处对他的德、能、勤、绩、廉等方面进行考察时，全场干部对他的评价很高，加上年纪较轻，经验丰富，于是他被委以重任，肩挑重担。

上任后，张尚文首先抓好厂长聘任制的工作。这是深化改革的要求。具体措施是：对全场各厂、矿的正副职领导，均由人事部门采用竞争上岗的办法，通过竞岗演说，择优录用。由场部聘用一把手，一把手提议聘用副职，报场部批准。由分管副职聘用部门负责人，部门负责人聘用工作人员，这项工作两个月完成。通过落实聘任制，做到一级抓一级，下级对上级负责，职责分明，责、权、利统一，大大地增强了各级管理人员的责任心，有效地调动工作积极性，全场厂矿面貌焕然一新，生产形势越来越好。

今天，机械厂新厂房举行简单的动工仪式。张尚文上任后宣布，今后所有动工仪式、竣工典礼一律从简。今天的动工仪式，落实"五不"：不搭主席台，不摆花篮，不插彩旗，不舞狮子，不放鞭炮。在新厂址的空地上，建筑工人围在一起，旁边停着勾机、吊机、铲车、推土机。

9时整，张尚文站在建筑工人中间，简单地说几句话："经过两个多月的紧张筹建，我们机械厂的新厂房，今天动工了，希望施工队的师傅们、工友们，遵守规定，积极工作，注意安全，确保按时按质完成任务，拜托了！"工人们一通鼓掌之后，马上各就各位，顿时机声隆隆，机械厂新厂房的建设从此开始。

动工仪式从简，并非作秀，而是当前上级的要求，也符合张尚文一贯的作风。仪式结束后，他带着叶茂和李虹，来到文化大楼建设工地检查工程进度。大楼基础建设已有3个多月，建筑工人有的在焊钢筋，有的在灌砂浆，有的在平整地台，工程量已完成百分之五左右。看到这热火朝天的场面，张尚文比较满意。他想，如果按施工合同规定，施工方自带的资金能够及时到位，按计划时间完成主体工程应该没问题。

张尚文回到家，客厅里坐着一个陌生人。见到张尚文，此人站起来："张场长好！我是承建综合文化大楼的建筑公司总经理，叫潘学军。今天来拜访你，一是认识一下张场长，我们的施工队进场建设有一定时间了，但一直没机会认识张场长。二是请张场长照顾一下，拨给我们部分预付款，支持我们加快进度。我们现在资金周转出现了困难，请场长体谅。"潘学军的态度非常诚恳。

张尚文不认识潘学军，觉得来人是个不速之客。自从叶永发到他家里找他批农药出问题之后，张尚文吸取教训，几乎没有在家里接待过商人。但是，既然人已进门了，来的都是客。他客气地说："你就是潘总啊！听说过，但没见过面。我们的合同不是规定施工进度要达百分之三十以上，才能预付工程款吗？你们的施工进度还没达到百分之十呢！""合同是这样规定的，但现在遇到困难了，希望张场长特殊情况特殊处理。"潘学军说着，从手袋里拿出一个大纸包，放在茶几上："这是我的一点心意，请张场长收下！"潘学军在说这句话的时候，声音特别大。张尚文看到潘学军在拿纸包时，右手在袋里停留 10 多秒钟，警惕地说："这是原则问题，一定要按合同规定办事，这个忙我帮不了。请你将纸包拿回去，这个在我这里行不通。"

这时，黎小英从厨房里走出来，说："午饭做好了，请潘总吃完午饭再走吧。"黎小英说这句话，实际上是逐客令。她看到茶几上放着一个纸包，已经明白是怎么回事了。她二话不说，拿过潘学军揣在怀里的手袋，强行将纸包塞回手袋里。当她打开手袋时，见到里面的一个微型摄像机，正对着手袋里一个小洞。黎小英被吓得出了冷汗，但她还是微妙地笑了笑："好了，吃饭吧！"潘学军无奈，拿起手袋，尴尬地说："不打扰了，你们吃饭吧，我走了，张场长再见。"他说完就出门离开。

潘学军走后，黎小英对张尚文说："你要警惕，谨防小人陷害啊！"张尚文也意识到了，但他认为，"君子坦荡荡，小人长戚戚"，即使有人要搞小动作，只要自己站得正，是没有什么可怕的。然而，张尚文只是以君子之心去看待别人，不知道场长这个位子，还有人在朝思暮想，梦寐以求，时刻要置他于死地，企图取而代之。

在这次农场领导班子调整之前，王福已收到小道消息。他让临近退休的岳父在农垦局运作，但杨刚早已了解王福的为人和表现，提前和党委林书记交换了意见，结果王福的岳父吃了闭门羹。农场这边的推荐、考察，王福因为群众基础差，也只能靠边站。

张尚文被任命为场长后，王福始终不死心。他已经按捺不住了，于是他想到采取诬陷手段。总之，千方百计要张尚文倒台。

不久，农垦局一连接到3封举报信。其中，第1封信是举报张尚文和郑世豪合伙做生意，承包场部的贸易公司；第2封信是举报张尚文出卖国家财产，将农场40多亩茶园无偿送给岭脚村，从中捞取不少好处；第3封信是举报张尚文收受综合文化楼建筑商贿赂10万元，而且有图有真相。3封举报信分别署上3个人的实名。

农垦局党委接到纪委报来的情况后，认为问题严重，立即指示纪委立案并下达通知：停止张尚文职务，接受组织调查。"山雨欲来风满楼，我自泰然自若"。张尚文自觉服从组织决定，回家帮黎小英买菜煮饭。

黎小英十分了解自己的丈夫，笑着对张尚文说："你辛辛苦苦十几年，难得有时间休息，现在好了，在家里享受一下生活吧！"女儿张晶晶也说："我今年快18岁了，很少见到爸爸整天在家，还帮妈妈买菜做饭，真难得啊！"

张晶晶高中将近毕业，正准备高考，她不了解父亲的遭遇，只知道父亲整天在家买菜、煮饭、看书、写字，一家人团团圆圆，十分开心。于是，她抓住机会，让父亲帮她复习功课。

张尚文义不容辞，全力以赴帮女儿复习功课。他到新华书店买回很多高考练习题、分析题等复习资料，晚上就坐在女儿身边，指导、督促她复习、做练习题。张晶晶虽然学习成绩一直名列前茅，但学校的整体教育水平不高，基础不是很扎实，离高考的要求还有一定的差距，她信心不足。在张尚文的督促和辅导下，她刻苦复习，提高很快。张尚文对女儿提出要求："必须考上本科，报读国际贸易学院。"张晶晶也对父亲许下诺言："决不辜负爸妈的期望。"

张尚文停职审查差不多有半个月了。这段时间，张尚文在认真反思。他想，究竟自己错在哪里？自从参加工作后，一心扑在事业上，不但严格要求自己，还帮助了不少人。组织信任自己，干部职工支持自己，使自己不断进步，应该感谢组织、感谢全体干部职工，但是总有人千方百计搞小动作，让他防不胜防。前两次都是小意思，这一次是要置自己于死地。人啊！一定要谨慎行事，坚持自己的底线。同时要相信组织，相信事实胜于雄辩，相信一定会还自己的清白，相信别有用心、搞阴谋诡计的人必定没有好下场。想到这里，张尚文的心情突然开朗起来，他铺开宣纸，拿起毛笔，饱蘸浓墨，奋笔疾书："人间正道是沧桑！"

张尚文办公室的大门整天关闭着，来办事的干部职工找不到他，问办公室工作人员，工作人员不便解释，只好说："张场长出差了。"是的，张尚文在干部职工的心目中，根本不存在"停职审查"这一概念。

省农垦局成立专案组，调查关于检举张尚文的问题。局党委还责令专案组，必须在一个月内把问题查清楚。专案组的同志下到农场，吃住在招待所。他们找张尚文到招待所谈话："尚文同志，请你谈谈举报你的几个问题的情况吧！但反映的情况一定要真实。"

"我没什么好说的，现在社会上用 8 分钱就搅浑一池清水的现象多的是，希望你们实事求是地调查清楚，不要助长歪风邪气。具体情况我已全部写在这里面了，需要调查核实的单位和个人名单全在上面，你们拿去看吧，找这些单位和个人去调查核实。如果我违纪违法，我愿意承担一切责任。"张尚文胸中坦坦荡荡，毫无掩饰地说，说完将已经写好的情况说明交给专案组的同志。

专案组组长是局纪委副书记，他在带领专案组下来农场之前，局党委林书记和杨刚局长已分别与他打了招呼。杨刚局长说："三封举报信举报的问题，根据我们掌握的情况和了解张尚文的为人，可以说完全是无中生有。在这次新生农场主要领导调整时，局里有个别领导提出要求，要提拔王福当场长，但这个人的本质有问题，局党委不予考虑，是否在这方面有什么阴谋？举报的几个问题，除了受贿 10 万元外，其他两个问题都经过集体讨论，其中将 40 亩土地和茶园归还给岭脚村，还是经过局里批准的。但是，按规定有实名举报就要查处。你们下去以后，一定要坚持原则，实事求是，既不能放过任何违法乱纪之人，也不要冤枉打击好干部。你们要抓紧时间，必须在一个月内将问题搞清楚，时间拖长了会影响新生农场的工作。"专案组组长说："明白，请领导放心，我们知道怎么做了。"现在，专案组组长面对张尚文的态度，已经心中有数，他接过张尚文的说明材料，笑着说："张场长请放心，我们绝对不会冤枉好人的。"

这段时间，王福的工作很积极主动。他以为阴谋得逞了，对行政班子的领导指手画脚，发号施令，不按分工原则，不结合实际，胡乱地给其他领导安排工作。一些领导以为是上级的意图，也盲目地服从他的瞎指挥，结果造成个别领导之间产生矛盾，周华书记对他进行严厉批评。

王福还对专案组同志的生活特别关心，不时地指示饭堂给他们加菜，提高伙食标准。他还三天两头往招待所跑，打听专案组办案的进展情况。但是，因为有了局领导的交底，专案组对他的行为有所怀疑，也有所警惕，在他面前闭口不谈案情，令他灰溜溜的，自讨没趣。

晚上，明德县城一家饭店，王福和几个心腹，在一间包厢里，庆祝他们的阴谋取得初步成功。其中，有贸易公司原聘用经理肖华寿、场部综合文化楼承建公司总经理潘学军、调处办公室副主任翁伯龄。

王福在张尚文被任命为场长后，非常失望，整天在考虑如何搞倒张尚文，以便取代他的位子。于是，他首先拉拢肖华寿，对肖华寿说："本来你这个经理当得好好的，是张尚文与郑世豪合伙承包贸易公司，才找借口说你的公司已亏损，要改革，实行承包经营，让你丢了饭碗。你一定要向农垦局纪委举报他，让他下台。我当上场长后，中止承包，让你回来继续当经理。"肖华寿的头脑很简单，信以为真，高兴地说："好，听王副场长的。"第二是拉拢翁伯龄。他对翁伯龄说："伯龄兄，听说你当副科长有10多年了，也应该提半级啦！但是你们的陈科长很听张尚文的话，他们蛇鼠一窝，将几十亩茶园无偿送给岭脚村，听说他们两人都拿了不少好处。如果你检举到局纪委，扳倒他们两个人，到时我当上场长，调处办主任这个位置就是你的了。"翁伯龄早有怨气，被王福这一挑拨，心动了："王副场长讲的情况，当时我也有怀疑。这块纠纷的土地将近10年都处理不下，为什么张尚文一上任就解决了呢？这里面肯定有问题。不过，我这个当副职的根本没有说话的份，只有睁只眼闭只眼。既然王副场长这样说了，我尽力吧！"第三是拉拢潘学军。王福的岳父在农垦局分管基建10多年，对潘学军在承包农垦系统的大小工程方面很关照，两人成为好朋友，潘学军承建综合文化楼就是王福岳父出面的。这次王福为了上位，又要求岳父帮忙。其岳父找到潘学军，面授机宜，如此这般，设下陷阱，企图将张尚文拉下水。

这几个人一边喝酒，一边策划，如何使阴谋做得天衣无缝，让张尚文无法脱身。王福眯着双眼，皮笑肉不笑，喝了一口酒，然后说："这次他姓张的不死也会脱层皮，农垦局专案组来场里已10多天了，举报的几个问题，凭他姓张的有几张嘴也说不清楚。"

肖华寿是几封检举信的主笔，他写好之后分别由翁伯龄、潘学军签名。他很自豪地说："是啊！我写的检举信事实清楚，证据充分，花了几天时间才编造出来，还配上受贿照片，纪委没理由不相信。"

潘学军在送钱的时候，虽然录有大纸包放在茶几上的影像，但被黎小英强行塞回他的手袋里，有些信心不足："但是，受贿证据不是很有力，当时我拿出纸包放在茶几上，打开录像机只是录到纸包，没录到收钱的镜头。他老婆走过来，拿起我的手提袋就将纸包塞进去了，我没办法只好走人。"

222

王福觉得，潘学军还不够老练，抱怨说："你就是缺乏经验，应该打开录像机后，直接将纸包放到姓张的手上，拍下录像就走人。"潘学军很后悔："是是是，当时有点紧张，不知所措，更没想到他老婆有这种动作。"王福气愤地骂了一句："这姓张的真难对付，两夫妻都是无缝的蛋。"

这次被陷害诬告，张尚文完全蒙在鼓里。他根本没想到这是一个大阴谋，他只是相信组织，认为当主官的，有人对一些事情不明真相，有怀疑，向上级组织反映，甚至检举揭发都很正常。但他相信真相始终会大白于天下。于是，停职期间，他两耳不闻窗外事，除了买菜，基本不出门，在家里做饭、看书、写字、帮女儿复习功课。

一个星期后，张晶晶到县城参加高考。那天一大早，张尚文就带着女儿赶到考场，送她进入考室，在学校门口守着女儿考完第一科。然后在考场附近的旅店开了两间房住下来，两父女一直到高考结束才回家。这段时间，张尚文全部精力都放在女儿的高考上。考完后，张尚文问女儿："晶晶，压力大吗？感觉如何？"张晶晶自信地回答："感觉良好，压力不大，所有试题基本都复习过的，全都做完。爸，你真行，如果没有你辅导，结果就难说了。"

专案组调查一个月后，举报案有了结论。今天上午，场部召开副科以上干部大会，宣布对张尚文的调查结果。农垦局局长杨刚出席，局纪委书记作调查情况通报："一个月前，我们连续收到三封对张尚文同志的举报信，分别举报张尚文同志 3 个问题：一是将贸易公司承包给个人，与人合伙做生意赚钱；二是将国有资产 40 多亩茶园无偿送给农民，从中捞取好处；三是收受综合文化楼承建公司老板 10 万元。我们纪委十分重视，请示局党委后立即立案，成立专案组查处，同时对张尚文同志作停职处理。经过专案组同志的努力，调查结果出来了，现在向同志们宣布：一、关于将场贸易公司承包给个人，合伙做生意问题。据调查，贸易公司原经理是聘用的，公司近年来经营不善，长期处于亏损状态，仅去年就亏损 20 多万元，靠场部的补贴过日子。为了扭转亏损局面，经场部行政班子集体研究，决定承包给个人经营。承包两年多来，不但每年减少补贴 20 多万元，还上缴承包金 30 万元，每年增加收益 50 多万元。公司承包后，张尚文同志完全没参与。二、关于出卖国有资产收受好处费问题。据调查，农场建场初期，曾将大岭乡山塘村委会岭脚村小组的 40 多亩丢荒地开荒种茶，当时地界很清楚，但年久证据遗失。落实土地承包责任制后，岭脚村因人多地少，要求收回土地。由于拿不出有效证据，这个问题拖了将近 10 年都无法解决。为了搞好团结，经场长办公会议研究决定，并报农垦局批准，无偿将 40 多亩土地连同茶园退还给岭脚村。张尚文与调查处理办公室陈主任在处理此件事的过程中，没有收受任何好处。三、关于收受 10 万元贿赂的问题。据调查，综合文化楼承建公司总经理潘学军，以提前支付工程预付款为由，到张尚文同志家里找他，张尚文同志认为提前支付工程预付款违反合同规定，不同意这样做。潘学军拿出一大纸包放在茶几上，说要送给张尚文同志，希望给予照顾。张尚文坚决不同意，后来被张尚文同志的夫人黎小英强行塞回潘学军的手袋里。根据上述调查结果，专案组向局纪委汇报，局纪委请示局党委，经局党委研究决定，对张尚文同志终止审查，恢复职务。"会场顿时响起雷鸣般的掌声。

局纪委书记接着说："我们专案组在调查中，发现有人互相勾结，搞陷害、诬蔑张尚文同志的黑材料。他们是贸易公司原聘用经理肖华寿、调查处理办公室副主任翁伯龄、承建综合文化楼的建筑公司总经理潘学军。这几个人中，肖华寿对农场将贸易公司承包给个人很不满，迁怒于张尚文同志；翁伯龄对场部退还土地和茶园给农民想不通、不理解，怀疑张尚文同志从中拿了不少好处；潘学军对张尚文同志不同意提前支付预付款有意见，要诬陷张尚文同志。3人都说是有人在幕后指使，要求他们捕风捉影，无中生有，伪造证据，打击、诬蔑张尚文同志，甚至设陷阱，企图置他于死地，但都不说幕后指使人是谁。对于幕后指使者，我们将继续深入调查。对上述几个人的违法违纪行为，我们将交由有关部门，依纪依法处理。"

坐在会场第一排的王福，听了纪委书记通报的调查结论，开始脸色铁青，后来暗自高兴，庆幸这几个心腹只是承认有人指使，没将他供出来。

会议主持人周华书记最后请农垦局杨刚局长讲话。杨刚在讲话中充分肯定了张尚文的政治素质、思想觉悟、道德品质和工作能力，他说："张尚文同志是我看着成长起来的。我在这里工作时，他当了一年多生产干事，一年多的行政办秘书，两年行政办副主任，三年行政办主任，我调走后，他当了四年的副场长。他当场长一年还不到，就在全省农场系统中创出先例：实行厂长、矿长以及所有管理人员聘任制。张尚文同志虚心好学，工作积极，为人诚实，创新意识强，长期保持艰苦奋斗作风。可以说，他的成长过程，代表了千千万万青年知识分子的成长过程。这样的同志，做出举报信中所说的事情，你们相信吗？在这里，我希望在座的同志们向张尚文同志学习，学习他坚持原则，以国家和人民利益为重的政治立场；学习他顾全大局，绝不以权谋私的优良品德；学习他艰苦奋斗，勇于创新的工作作风。同时，我也要提醒个别同志，为人要善，心术要正，要靠自己的努力争取上进，不能搞歪门邪道，这样将会害人害己，必定要摔大跤的。我的话讲完了，谢谢大家！"会场上又响起了热烈的掌声。杨刚这番话，令王福脸红耳热，无地自容。

因为张尚文还在停职审查，不能参加干部大会。散会后，杨刚要找张尚文谈话。小叶很高兴，马上打电话给张尚文，说杨刚局长找他，让他马上到招待所302房。接到电话，张尚文马上放下练书法的毛笔，从家里赶去招待所。他敲开302房门，见到老上级，眼睛发红，渗出泪水。他责怪地说："老领导来了怎么也不通知一声？是不是怕与一个犯错误的人接触，影响不好啊？"杨刚笑笑："这是什么话？昨天很晚才到，今天上午开干部大会，哪有时间见你呢？小张啊！这一个月让你受委屈了。"

张尚文擦擦双眼，也笑了："幸福着呢！天天买菜、煮饭、看书、写字、帮晶晶复习功课，享受生活，不委屈啊，老领导。""这样的生活，过几年我有资格享受了，你还不够资格。这一个月是给你放大假，假期今天结束，明天上班。"杨刚一本正经地说："局纪委专案组已经查清楚了，所有举报全是不实之词。局党委研究决定，对你取消审查，恢复工作，今天上午的干部大会已经宣布了。我现在找你谈话，就是正式通知你。"张尚文觉得突然，开玩笑说："这么快吗？我还没休息够呢！""你休想。局里知道你是没问题的，但有实名举报就必须立案调查，举报问题严重的，被举报人必须停职，这是规定，也是对干部负责，这个你懂的。但是局里担心停你的职务时间太长，会影响整个单位的工作，所以要求专案组在一个月内把问题搞清，不能让你舒舒服服地休假。"杨刚解释说。"那么，诬告者就不需承担法律责任了吗？"张尚文很愤然。"当然要承担责任。专案组已经查明，举报你合伙承包贸易公司做生意的是贸易公司原聘用经理肖华寿，举报你受贿的是承建文化楼建筑公司的老板潘学军，这两个人都是社会人员，只能报公安机关给予治安处罚，严重的要追究刑责，通过检察院起诉，由法院判决。还有举报你出卖国有资产拿好处的，是调查处理办公室的翁伯龄，最多也是党内处分。至于幕后指使问题，肖华寿、翁伯龄和潘学军只承认是受人指使，但没承认是谁，现在还没有证据，专案组还在继续调查落实。如果查实有人在幕后搞阴谋，将由局党委研究，毫不留情地追究其责任。从明天起，你要放下包袱，轻装上阵，努力工作，弥补这一个月的工作损失。中午陪我吃饭，吃完饭我就回去了。"

老领导的一席话，让张尚文的心情好了很多。他想，工作上坚持原则，维护大局，肯定会得罪一些人。这些人不理解，甚至产生仇恨，采取报复行动，都不奇怪。关键的是，组织上要信任自己，要支持自己。为了国家和人民的根本利益受些委屈，比起革命先烈为了信仰抛头颅、洒热血，又算得了什么呢？他于是说："老领导放心吧！我不会让你失望的。差不多一年没陪老领导吃饭了，中午聚下餐。"

这时，叶茂来请杨局长吃午饭。他对张尚文说："张场长，拨开乌云见日出，曙光再现。我已准备了午餐，您中午一定要陪老领导多聊聊！"张尚文听明白叶茂的意思："一定一定。"

张尚文和周华陪杨局长吃饭，因为杨刚要赶回去，不敢多耽误。吃完饭，他就和周华送老领导上车回去了。

张尚文上午被宣布恢复职务，下午就去上班了，他要将耽误的时间补回来。当前，要做的工作太多了，如机械厂转产、综合文化楼建设、茶厂的产品结构调整，还有一系列的改革措施要落实。这些工作都有时间要求，必须争分夺秒地干好。

他回到离开一个余月的办公室，看到室内十分洁净，文件、资料、报纸、杂志摆放得整整齐齐，心里感到特别安慰。这说明，行政办的同志和服务组的阿姨只是当他出差、开会或学习去了。他看到台面上有一个尚未拆开、写着"张尚文同志亲收"、印着中南政法大学的公文袋，急忙拆开一看，是函授研究生的成绩单和毕业证书。

张尚文为了攻读在职函授研究生，两年多来，在繁忙的工作中，挤出时间听辅导课、看参考资料、每半年撰写一篇论文，这种学习压力可想而知。难度最大的就是英文考试，读大学时所学的英语基础已经忘得差不多了，现在年龄大、记忆力差，单词依靠死记硬背，还要学习语法逻辑和口头表达，非常辛苦。但他努力克服困难，早上五点起床背单词，晚上睡觉前又默写一遍，最终通过英语考试。他的毕业论文题目是《如何让罪犯重获新生》，在论文答辩会上，张尚文以扎实的法律基础，广博的社会知识，丰富的实践经验，善辩的表达能力，形象生动的事例，赢得评委的一致好评，并顺利通过论文答辩。现在，张尚文在工作中碰到任何法律问题，都能够轻而易举地解决。

(26)

今天，是张尚文复职后第一次召开行政班子会议，主要是研究机械厂转产和综合文化楼主体工程验收问题。张尚文首先说："这一个月来，我被停职审查在家休息，大家辛苦了。现在我重返岗位，希望大家一如既往，继续支持我的工作。今天研究两个问题：一是机械厂转产涉及的设备购买问题；二是综合文化楼的主体工程验收问题。下面分别由刘光副场长和李辉副场长汇报情况。"

刘光副场长，原是机械厂的总工程师，张尚文职务变动后，他被提拔为副场长，分管工业兼机械厂的总工程师。他是岭南工学院（现为华南理工大学）的毕业生，现年50岁，当总工程师已有10年。他工业技术基础扎实，知识面广，敢于和善于技术革新，是农场最具权威的工业技术人才。他汇报说："现在，机械厂新厂房主体工程基本完成，已转入装修，下一步就是购进设备和安装，但向哪家工厂购买设备？工作方案没有具体说明。据我们了解，有两家厂可供选择：一家是上海的东方机械厂，这家厂的空调机、电冰箱生产设备质量可靠，价格比较贵。如果陆路运输则快些，但运费较高，水路运输费用低些，但时间较长。另一家是岭南省内的南方机械厂，这家厂生产的设备质量比东方机械厂差些，但价格便宜，而且路程近，运输方便，运费较低。请大家研究决定。"

领导们开展讨论，部分领导认为，从投资成本角度考虑，应该购买南方机械厂的设备，这样可以减少投资，节约成本，快速投产，及早回笼资金。也有部分人认为，应该购买东方机械厂的设备，虽然价格高些，但质量保证，使用寿命长。如果由水路运输，受损率低，时间长些无所谓，将来生产的产品质量有保证，市场占有率高，卖价好，还是比较划算的。

张尚文认为，产品质量是工厂的生命、是灵魂、是效益。如果设备先进，产品质量就有保证，就有竞争力。虽然投资大些，但从长远角度看，应该购买东方机械厂的设备。于是他表态："依我看，还是购买东方机械厂的设备比较好。我们可以通过水路运输，尽量降低成本，时间可能长些，但我们可以通过协调，争取快些运回来，大家同意吗？"

王福有意见："我不同意购买东方机械厂的设备。本来我就反对转产什么空调机、电冰箱的，现在又要舍近求远，增加投资，拖长时间，这不是劳民伤财是什么？"王福的口气很硬，似乎在为民请命。在座的领导都不出声了。刘光副场长认为，王福的观点过于片面，过于偏激，他说："企业的生命在于产品质量，产品质量的关键在于机械设备。如果设备质量不好，将来产品质量就不能保证，产品质量差就没市场，没市场就没效益，这样我们就徒劳无功，白费心机，这才是真正的劳民伤财。我认为张场长的决定眼光长远，应该购买东方机械厂的设备。"王福无话可说。张尚文最后拍板："这件事就这样定了，请刘副场长和机械厂抓好落实。下面请李辉副场长汇报综合文化楼验收方案。"在座领导最后都表示同意张尚文的意见。

李辉作为综合文化大楼建设的副总指挥，具体负责人，这段时间，他将主要精力投入在大楼的建设管理上，情况掌握得很全面。他说："我们的文化大楼土建工程已基本完成，下一步就要装修了。现在主要是如何验收的问题。因为这幢大楼的工程量大，隐蔽工程多，结构太复杂，仅靠我们的技术力量去验收是不行的。我的想法是：除了质监部门外，还要邀请县技术监督局、建设委员会的专家、安全生产管理局和消防大队的技术人员，组成几个验收小组。分基础工程部分、隐蔽工程部分、框架工程部分和墙体工程部分四个小组，首先独立进行验收，然后综合评估，最后做出总体结论。请大家讨论，提出宝贵意见。"李辉在部队时是分管基建的后勤科长，转业到地方后一直负责基建工作，经验很丰富，他的方案经过深思熟虑。

与会领导都觉得他的想法很具体、很全面、很科学，一致赞成。张尚文也没有意见："就按李副场长的意见办。这两项工作就由两位分管领导抓落实。"他最后说："在我停职审查期间，各位领导坚守岗位，忙而不乱，工作正常推进，非常感谢！接下来，我们各就各位，团结一致，把工作继续做好，今天的会议就开到这里吧！"

散会后，张尚文看看时间还早，便让分管科技文教卫生工作的陈志远副场长留下来。张尚文问陈志远："陈副场长，今年我场的中考和高考的成绩都很不理想，是什么原因呢？"张尚文在高考和中考结束后，曾找过教育中心王主任了解情况，知道今年的考试成绩不理想，于是查原因，找对策。

陈志远作为分管领导，对农场目前的教育现状十分清楚，本想找时间向张尚文汇报的，但张尚文一直很忙，前段时间又被停职审查。现在，听他这样问，陈志远很认真地说："原因很简单，主要是小社会办学造成的。你想想，教育是政府办的，也就是说是大社会办的。而我们是企业单位，就好比一个小社会。我们的师资全靠自己培养、调配，而一个县的师资配备全部是国家即大社会培养、调配，这就涉及资源配置问题，这个体制不改革，这种现状就很难改变。现在，已有很多老师要求调进城市，而我们需要的老师又调不进来，因此，只能堵死往外调这条路。长此下去，就会人心涣散，教学质量怎能上去呢？""有道理，难怪升学率那么低。"张尚文感叹。陈志远接着说："从教育中心报告的数字看，我们仅有一所高中学校，今年高中只有两个毕业班，100人左右参加高考，考上本科的只有2人，其中一个是你女儿；考上专科的仅有5人，升学率不到百分之十，比例之低令人震惊。另外，中考升学率不到百分之六十，也就是说，超过百分之四十的初中毕业生和百分之九十的高中毕业生都要走上社会，这给我们的就业造成了极大的压力，家长们也有很多怨气。"张尚文感叹："是啊！这种现状必须改变，你有什么好办法吗？"张尚文的心里很难受，他担心长此下去，将会产生很多社会问题。陈志远说："要改变现状，有两条路可走：一是进行内部改革，实行中小学校长竞争上岗和老师聘任制，二是要求将教育由大社会来办。校长竞争上岗和教师聘任制可争取下学期实行，现在学校刚放暑假，可以马上做方案，开会动员，进行运作，争取在8月底开学前完成。至于教育由大社会办，我们现在就逐级向上申请，争取尽快改革。"陈志远对改变现状早有考虑，胸有成竹地说，他要争取张尚文的支持。

"我看可以。你马上与教育中心商量，让他们做出方案，争取下次办公会议研究。同时，写一份请示报农垦局，要求及早进行教育体制改革，可以吗？"张尚文认同陈志远的设想，要求立即行动。"绝对可以，我回去就马上办。"陈志远说。

张尚文回到家，张晶晶告诉他："爸，我收到录取通知书了，是省城国际贸易学院录取的。""是吗？祝贺我女儿考上大学啦！"张尚文很平静地说。

上午，张晶晶接到邮递员送来的录取通知书时，高兴得热泪盈眶。黎小英下班回来后，知道女儿已被录取，也高兴得跳了起来。张晶晶心想，这个好消息爸爸知道后，一定很高兴。母女俩正在兴高采烈的时候，张尚文回来了。张晶晶将录取通知书递给张尚文："爸，通知书。"张尚文接过通知书认真地看了一下，然后淡淡地笑了笑："好啊！恭喜我女儿！"那样子好像高兴不起来。

其实，教育中心王主任和陈志远副场长，都将张晶晶考上大学的消息告诉张尚文了，张尚文内心十分高兴，但全场的中考和高考结果，让他觉得很内疚。

吃午饭的时候，张晶晶看到父亲愁眉苦脸的样子，不解地问："爸，当初你帮我复习考试，鼓励我一定要考上本科，而且帮我选学校填志愿，现在我考上了，还被您选的学校录取，你为什么不高兴呢？"张尚文苦笑一下："傻女，你考上大学爸爸怎么不高兴呢？只是想到有超过九成的高中毕业生考不上大学，还有四成以上的初中毕业生上不了高中，爸爸高兴不起来啊！"张晶晶埋怨说："原来是这样。爸爸一直以来都是首先考虑别人，难道女儿在您的心目中就没有一点位置吗？"张尚文批评女儿："晶晶，你的观点不正确，忘记我以前怎么教你的了？一定要记住范仲淹老先生在《岳阳楼记》中的名句：'先天下之忧而忧，后天下之乐而乐。'你爸是一场之长，高中学校 100 名学生才考上 2 个本科、5 个专科，初中有超过四成学生上不了高中，能高兴得起来吗？""哦，我明白了。"张晶晶恍然大悟。"这就对了。记住，年轻人一定要胸怀大志，放眼长远，不能只顾自己。"张尚文又叮嘱一句。"爸，我记住了。"张晶晶说。

这时，有几个男女同学来到张晶晶家里，祝贺她考上大学，邀她出去玩。她放下碗筷："爸妈，我吃饱了，我和同学出去玩。"黎小英不忘叮嘱一句："注意安全啊！""知道了。"张晶晶说完，就和同学们出门了。

下午上班，一批又一批干部来到张尚文的办公室，有的是汇报请示工作，有的是专门探望张尚文。他们有事没事，都很热情也很真诚地向张尚文问好，毕竟有一个月没见过场长了。他们中有人说场长瘦了，有人说场长胖了，也有人说场长老了，不一而足。张尚文微笑着点头，回应他们的问候，给他们斟茶倒水，对他们的关心表示感谢。

他们走后，李虹进来了。李虹自从到行政办工作后，对张尚文很崇拜，认为张尚文很有儒将风度，把他当偶像。特别是张尚文冬天习惯穿西装，打斜纹领带，那种伟岸形象，令在感情朦胧阶段的李虹神魂颠倒，不能自控。场部有很多小青年都有意接近她、追求她，但她不屑一顾，心目中总是张尚文的形象。当她得知张尚文被停职审查时，有几个晚上睡不好觉，老是做噩梦。昨天知道场长恢复职务后，那种喜悦心情无法形容。今天下午，她知道场长在办公室，打算前来看望一下，倾诉一下苦闷的心情。无奈人来人往，只好等这些人走后才进来。见到张尚文，李虹害羞地打招呼："场长，您好！"张尚文客气地说："是小李啊！请坐。""多谢场长，不坐了，只是想看看您。"李虹站在张尚文的对面，两眼发红，还渗出了泪水。张尚文关心地问："你怎么啦？哪里不舒服吗？""没事，是见到您高兴。""工作上手了吧！有什么困难吗？""上手了，比较顺利，没什么困难。"李虹心不在焉，机械地回答。"这就好，找男朋友了吧？""还没有呢！您帮我介绍一个啊，长相和才能像您一样的。"李虹开玩笑地说。"你看叶主任怎么样？他好像还没有女朋友呢！"张尚文的智商很高，情商却不怎么样，脑瓜子不开窍。人家说了，嫁人就嫁你这样的人，怎么还乱点鸳鸯谱？"叶主任是个好人，但他不适合我。找不到像您这样的人，我这辈子就不嫁人了。"李虹听出张尚文没领会她的意思，有点丧气。

这时，党委副书记许洪进来了。李虹见许洪进来，热情地打招呼："许副书记好！"然后说，"我有事先走了，场长再见。"她便离开张尚文办公室。

许洪来找张尚文，是想约他晚上小聚一下，祝贺他逢凶化吉，渡过一劫："今晚请你喝两杯，冲下晦气。"张尚文说："没必要吧？""怎么没必要？两个多月没聚过了，非常有必要。"许洪坚持说。"好吧，约老李和小叶一起。"张尚文同意。

晚上，张尚文、许洪、李辉，还有小叶等几个知己朋友，在一家饭店的包厢里，喝酒聊天。许洪说："那几个家伙胆敢诬告，我想必定有幕后指使，而且肯定是有阴谋的。我看姓王的一直以来都是心术不正，野心很大，不是省油的灯，虽然局纪委还给他留点面子，但我相信终有一日，自然有一个明白的交代。"李辉接着说："可不是吗？尚文在停职期间，他以为得逞了，上蹿下跳，发号施令，十足一个跳梁小丑。"

张尚文只是微笑着不出声。许洪明白，张尚文此时不便发表意见，便说："我们喝酒，祝贺我们场长官复原职。干一杯！"三杯酒下肚以后，张尚文说话了："多谢两位！其实，停职期间就想约你们出来解下苦闷，诉诉衷肠，但又觉得不妥，只能天天在家买菜做饭，帮晶晶复习备战高考。现在好了，晶晶已经考上大学，对我的审查也有了结论。至于幕后指使，相信总有一天真相大白。不过，为人不做亏心事，半夜不怕鬼敲门。今晚就和你们放开肚量，不醉不归。""这就对了。大丈夫能屈能伸，没有什么大不了的。你放心，我们相信你，始终站在你这边！来吧，我们干一怀。"许洪的年纪比张尚文大些，他以大哥的口吻说。张尚文认为，他交往的几个知己朋友，绝对值得信赖，因为道不同不相为谋。不管是陈强，还是许洪和李辉，这么多年来，都是以诚相待，心灵相通，对问题的看法基本一致，而且互相信任，互相支持。张尚文觉得，人生得几个知己足矣！于是，几个人你一杯我一杯，一边喝一边聊，话题无非是怎样把农场的建设搞好，直到夜晚 10 点才散场。

张尚文被停职审查，郑世豪十分担心，听到已恢复职务，他非常高兴。他来到张尚文办公室："听到你恢复职务的消息，我的心放下来了。"张尚文笑着说："放心吧！我不会有事的。小时候去玩水，差点被淹死在水塘里，被人救起来后，我妈说我的命硬。后来爬树掏鸟窝，从树上摔下来，竟然一点事都没有，我妈又说我是猫，有九条命。哈哈！不说这个了，你公司现在经营得怎么样？"张尚文此时的心态平常得令郑世豪有些惊奇。

"公司的经营很顺利。承包贸易公司后，我把两家公司合并，将人、财、物进行整合，扩大经营范围，增加了建材、煤气、家具等经营项目，生意已进入正轨，合作不断扩大，销路逐步打开。现在，我计划成立集团公司，下设茶叶、建材、煤气、家具四家公司，相信今后会大幅度提高经济效益。这些设想，本来应及早与你商量，征求你的意见，但你在停职期间，为了避嫌，不好与你接触，现在正式征求你的意见，你认为如何？"郑世豪稍停一下，喝口茶，继续说，"丽娜半个月前生了一个女孩，小苏和我公司的接待兼炊事员沈兰花上个星期天已结婚。他俩的年纪都不小了，不能再拖，我就简单地给他们操办了一下。考虑你不方便，没请你参加。婚后第二天，他们就回江西探亲，昨天回来上班了。小苏现在住的，是你原来让居委会租给我的房子。他们两人很恩爱，生活过得很幸福。"

"好啊！恭喜你又当爸爸啦！你家庭幸福、事业有成，这样我也放心了。小苏的本质很好，是你的好帮手，你要充分发挥他的作用。他现在也成家了，好啊！看到你们的变化，我很高兴。至于你公司的经营计划，还是你自己做主吧！"听到郑世豪和苏秋来的情况，张尚文心里十分安慰。"小苏现在是公司的副总经理，我很信任他，公司能够发展，他帮了大忙。"郑世豪说。"就是嘛！人各有不同，本质好的就大胆使用，不靠谱的一定要注意，要具体问题具体分析，不同的人要区别对待。"张尚文想起郑世豪当年被韩天明拉下水，变成阶下囚的过去，有心提醒他。

当天晚上，苏秋来带着沈兰花来探望张尚文。两人提着大包小包，有结婚喜糖，也有家乡特产。他们来到张尚文家，敲门进去，见到黎小英开门，苏秋来礼貌地打招呼："阿姨好！"

见到张尚文在看电视新闻，苏秋来说："场长好，我和阿花探望您来了！"张尚文觉得有些突然，因为无论是郑世豪，还是苏秋来，从没进过他家门，于是说："是小苏啊！快进来坐。"

苏秋来向张尚文介绍："她叫沈兰花，我老婆，也是在郑大哥公司工作的，我们上星期举行了简单的结婚仪式，婚后回老家探望父母和大哥大嫂，昨天才回来。"苏秋来又向沈兰花介绍张尚文："阿花，这位就是我对你经常提起的大恩人张场长，我苏秋来有今天，多亏张场长帮助，场长的恩情，今生今世不能忘。这位是张场长的夫人黎阿姨。"

张尚文高兴地说："好啊！小苏有出息了，恭喜你们啦！快坐吧。"坐下来后，黎小英给他们倒茶，说："祝贺小苏，结婚了，以后就是大男人啦！"苏秋来喝一口茶："多谢阿姨！前段时间，听说场长被人诬告，停职审查，我们很难过，所以我们办婚礼也不便通知场长和阿姨。一个星期前郑大哥帮我们简单地办了。婚后第二天我们回老家一趟，看到父母、哥嫂、姐姐一家人都平平安安，放心了很多。我大哥还千叮万嘱，一定要代他向你们问好，还让我带一些冬菇、笋干给你们。因为公司业务忙，在老家住两天我们就回来了。""多谢了！你们现在已经成家，今后一定要经营好家庭，还要帮助郑老板经营好公司，将生意做大，明白吗?"张尚文不忘提醒苏秋来。"明白，请场长放心，我会的。时间不早了，不影响场长休息，我们回去了。场长再见！"苏秋来说完，拉着沈兰花，走出张尚文的家。

㉗

今天，张尚文带着李廷、叶茂、李虹，到红英和红华茶厂搞调研。他们来到红英茶厂，在厂长的陪同下，分别考察了绿茶和乌龙茶的生产情况。进入车间，看到绿茶从杀青、干炒，到筛选、包装，全部机械化。乌龙茶制作多了两道工序，即揉软和发酵。张尚文看后很满意："不错，不错。"厂长汇报说："机械化生产绿茶和乌龙茶，效率比手工制作高 10 倍以上，而且产品质量上乘。""科学技术是第一生产力嘛！"张尚文说。

回到厂部办公室，张尚文让厂长将新产品绿茶和乌龙茶分别泡一杯试试，厂长马上让工作人员将绿茶泡出来。厂长介绍说："这个茶的特点是，没有臭青味，汤色清澈，口感甘醇，喝后喉咙很舒服。"张尚文喝了一口，回味一下："确实如此，销量如何？""有多少销多少。"厂长说完，又让工作人员泡乌龙茶。工作人员的动作很快，马上泡好捧到张尚文面前。厂长又介绍："这个乌龙茶的制作技术还不是很成熟，主要是发酵的时间还没掌握好，汤色还可以，就是香味不够浓。技术人员正在攻关，掌握发酵时间。"张尚文喝了一口："这个茶喝起来比一些名茶确实有些差别。应该不是原料问题，而是技术问题。还要认真研究，争取有所突破。"

张尚文一行又来到红华茶厂，分别考察红茶和花茶生产车间。红茶生产全是老设备，工艺基本不变，产品质量也没有多大提高，主要提供出口。同时，也精制少量高档红茶供应内销。

花茶的生产工艺，就是在绿茶制作的基础上，增加茉莉花或菊花与绿茶混合这道工序，用手工操作。厂长介绍："花茶制作，关键技术是绿茶和茉莉花、菊花的混合比例，茉莉花多了茶味不够清，少了茶味不够香；菊花多了茶汤浑浊，有苦味，少了不起作用。"张尚文端起已经泡好的茉莉花茶喝一口："确实很香。"其他人喝了以后，齐声称赞："好香!"张尚文问厂长："你们的茉莉花和菊花是怎么来的?""茉莉花是我们种植的。前几年我们种了100多亩，去年已开花，采下来晒干备用，茉莉花和绿茶的比例是一比九，成本不高，市场看好，供不应求。菊花是从杭州进的上等货，菊花和绿茶的比例是二比八，成本高些，但卖价高，还是合算的。"厂长汇报。张尚文鼓励说："很好，搞企业就是要瞄准市场，不断创新，研制新产品。你们的经验值得其他厂认真学习。""谢谢场长，我们会继续努力的。"厂长表态说。

张晶晶明天就要去学校报到了。张晶晶报读的学校是国际贸易学院，学的是国际贸易专业，这是张尚文的主张。随着经济全球化，今后的国际贸易活动必定很频繁，这方面的人才将会很缺乏，因此张尚文让女儿报考这所学校。这几天，因为女儿很快就要离家去上学，黎小英的心里很纠结。当初听到女儿考上大学，她心里十分高兴，觉得女儿很争气。女儿从小到大，一直没离开过身边，现在马上就要远走高飞了，她心中极其不舍。17年来，晶晶的生活起居，都是她照顾，独立生活能力不强，一下子离开自己，今后怎么办? 想到这里，黎小英怎么也高兴不起来。张尚文看她愁眉苦脸的样子，心里很明白，安慰她说："不要这样嘛！女儿读大学是值得高兴的事情。她长大了，离开父母，独立生活，对她的成长很有好处，再说大学是教书育人的好地方，学生不但要学习专业知识，还要学会怎么生活，学会怎么为人处世。不然，将来走上社会，怎能成为国家栋梁？放心吧！没事的。明天我和你一起送她去学校报到，顺便去看看老领导。"黎小英的心始终放不下来："我就是不放心她。你想想，她从小到大，离开过我半步吗？我住院做手术那年，被迫离开10天，我差点崩溃了。明天我一定要送她去，看看学校的环境。"黎小英住院时，郝红梅考虑她的身体问题，不再适合电脑打字，便安排她负责打印服务中心的财务，时间比较宽裕，所以提出要送女儿上学。

张晶晶是张尚文和黎小英的独生女，妈妈的心头肉，爸爸的"小情人"，一下子要分开，这种不舍的心情，只有做父母的才能理解。但张晶晶有她的想法：抱窝的小鸟永远见不到广阔的天空，她打算不再依靠父母，自己出去闯世界。

张晶晶回到家里，见到父母在说话，便问了一句："爸、妈，你们在说什么呢？"黎小英说："没说什么，商量明天送你去学校报到。"张晶晶说："不用你们送，我自己坐车去。"张尚文听女儿这样说，十分高兴："好啊！我女儿真的长大了。那你明天就自己坐车去吧，我和你妈妈要上班。""好的，我和小锋哥哥说好了，他明天和我一起去。"

张晶晶说的小锋，是郝红梅的儿子，名叫陈小锋。张晶晶入幼儿园时，陈小锋正读一年级，张晶晶上一年级时，陈小锋已读三年级了，两人从小学到高中，都是同一所学校，相差三个年级，陈小锋笑称张晶晶是"跟屁虫"。3年前，陈小锋考上省城国际贸易学院，今年九月开始读大四，是张晶晶的学长。

陈小锋暑假回家，郝红梅告诉他，张晶晶今年也考上了这所学校。于是他就主动与张晶晶联系，要和张晶晶一起返校，当她的向导，陪她去报到。张晶晶在报读志愿时，曾经想起陈小锋在省城国际贸易学院读书，也打算报考这所学校。后来张尚文提议她报读这所学校，她连想都不想就同意了，并且填报的是第一志愿。

"可是，妈不放心。我打算送你去学校，去省城给你买几件衣服和一些生活用品。"黎小英坚持。"有什么不放心的？我都这么大了。没事的，你们放心好啦！再说我还有衣服穿。"张晶晶也毫不让步。张尚文认为，这是女儿长大的表现，她有自己的主张，做父母的对孩子不能永远溺爱下去，这样做可能适得其反，她不但不接受，而且更加反感。于是，他反过来做妻子的工作："妈妈不放心你自己去学校报到，晶晶你应该理解，因为你从小到现在，都没自己出过远门。但是，如果小锋哥哥和你一起去，我们就放心了。晶晶妈，你说呢？"黎小英明白张尚文的意思，男人嘛！毕竟没有女人的爱心表现得直白。她说："我还是不放心，但你爸这样说了，我还能说什么呢？不过，你一定要听小锋哥哥的话，不能耍小姐脾气，知道吗？""知道了。"张晶晶说。

第二天，张晶晶在陈小锋的陪同下，坐班车到县城，再坐火车到省城，然后到学校报到。一路上，陈小锋是个称职的大哥哥，将她照顾得很周到，又是提行李，又是打水买饭。张晶晶也很乖，绝对听话，不敢任性。到学校后，陈小锋陪她注册，领学习资料，一直送她到女生宿舍。

今天上午，有几个人在张尚文的办公室门口，等他上班。他们见到张尚文，都围了过来："你是张场长吧?"张尚文说："是的，你们找我吗?"当中有一个50岁开外，戴着近视眼镜，样子比较斯文的人说："我们是想找场长反映问题的。""好好。"张尚文打开办公室门说，"都进来坐吧!"

几个人进入张尚文办公室坐定后，张尚文给每人倒了一杯茶，然后说："有什么问题尽管说吧!"戴眼镜的人说："我姓杨，我们几个都是小学校长，今年都超过50岁了。这学期教育中心的改革方案规定，小学校长进行竞争上岗，我们都被淘汰了，这学期就要'下课'了。我们今天来找场长，就是想问问，这是为什么?"张尚文认为，一项改革措施，有人不明白、不理解，甚至有阻力，都是正常的。这3个小学校长，应该是还不理解这项改革的目的和意义，很有必要对他们讲讲道理："你们反映的情况我清楚，教育中心的改革方案，是经过场党政领导班子研究通过的。改革嘛，肯定会涉及一些人的切身利益。但是多年来，我们的教学质量一直上不去，主要原因是学生的小学基础不扎实。升上初中、高中后，差距越来越大。今年高考，我们的高中100多个毕业生，高考升学率不到百分之十，中考升学率仅为百分之六十左右，还有百分之四十左右的学生上不了高中。这样的教育，浪费资源，浪费国家钱财，你们不觉得心痛吗? 改革方案规定：校长实行竞争上岗，竞不上的不再任用，让位给有水平、有能力、有闯劲的优秀教师，这是大势所趋。不当校长了，可以当教师嘛! 校长如果不聘你当老师，也可以提前退休。这样，就能够营造人人积极向上的教学氛围，培养一支有活力、善教学的教师队伍，有利于学习风气的转变，有利于教学质量的提高，有利于教育事业的发展。你们说呢?"张尚文一口气说了那么多，既是政策宣传，也是思想开导，更是组织安抚。

几位校长听了张尚文的这番话，似乎明白了道理，也理解了场长的苦衷。几个人你看看我，我看看你，都不出声。最后，还是姓杨的校长说:"张场长今天说得很明白了。我们理解场部的难处，应该支持改革，自觉地退下来，让有水平、有能力的年轻人上去。如果教育中心的领导做好深入宣传，把道理讲清楚，我们也不会来找你。好吧，我们回去，争取当一名称职的教师，如果不被聘任，就提前退休，安享晚年。""这就对了。你们回去，还要多帮助我们做好宣传和解释工作，使这次改革平稳过渡。"张尚文说完，送他们出门。

这几个人刚走，又进来一个人。来人是郝红梅的丈夫，名叫陈大新，今年50岁。他在第二初中学校当校长10多年，虽然教学水平较高，但管理能力不够强。当年，张尚文和黎小英到郝红梅家里，征求郝红梅办婚礼的意见时，与陈大新见过一面，10多年过去了，陈大新依然没多大变化。他脸色红润，精神饱满，戴一副近视眼镜，斯斯文文。进来后，他首先向张尚文打招呼:"张场长，您好!"张尚文客气地说:"你是陈大新校长吧?请坐。"陈大新坐下后，对张尚文说:"是的，我是陈大新，红梅的丈夫。我找你有些私事。今年场里实行校长竞争上岗，我非常支持。我在初中学校当校长10多年了，还评上了高级教师职称。由于竞争上岗而落选，不能继续当校长，心里很不是滋味。我来找你，是想请你与教育中心王主任通融一下，让我继续当校长，可以吗?"张尚文倒了一杯茶，递给陈大新:"我很早以前就认得你了，先喝口茶吧。"张尚文停了一下，笑着对陈大新说，"这事不好办啊！你想想，一项朝令夕改的政策，还有执行的必要吗？定下来的制度执行起来不能一视同仁，还叫制度吗？这次改革，就是革除弊端，推陈出新。定下来的制度，就要坚定不移地执行，不能走样。你有思想抵触我能理解，你身体好，教学水平较高，还培养出陈小锋这么优秀的儿子。但你要支持我的工作哦！我会让你的新校长根据你的专长，聘你当副校长或教师的。下步职称评定，还可以享受相应的待遇，你觉得呢？""场长说得很有道理。既然这样，只好服从了，回去当一名称职的教师。"陈大新说，"场长再见！"他说完就与张尚文握手，离开办公室。

陈大新走后，张尚文想，改革必然涉及某些人的利益，虽然有一定的阻力，但不改革不行。既然决策已定，就要化解矛盾，排除阻力，坚定不移地落实。陈大新觉悟高，素质好，相信他和妻子郝红梅都会理解的。

这时，座机电话铃响了，张尚文拿起电话："你好，我是张尚文。"电话那头："我是杨刚，你小子又犯事了！"张尚文不解："是老领导啊！您好，我又犯什么事了？""是啊！今天上午，你们场有几个中小学校长到局里上访，告你的状了。他们一定要见我，我就抽时间去见他们。他们口口声声说你乱来，破坏教育秩序，让他们年纪轻轻就从校长的位子上退下来，很不服气，要求我们调查处理。"杨刚笑着说。"老领导，这件事我有预感。刚才我也接待了两批人，都是中小学校长。他们刚走，您的电话就来了，真及时啊！"张尚文也笑了。杨刚继续说："他们走后，我让教育处打电话给你们教育中心，现在情况基本了解，请你们马上将具体情况书面传真上来，我要答复他们。你放心，我支持你们的改革。"杨刚是明智的领导，他没认准的事情，是不会轻易表态的。"多谢老领导。我让教育中心马上办。"

张尚文信任老领导，相信他一定会支持自己的。这是改革，不可能十全十美，要在实践中不断完善。于是他拿起座机电话，打给教育中心王主任："王主任吗？我是张尚文。刚才农垦局杨刚局长来电话，说我们有几个中小学校长到局里反映他们落聘的情况，他们说我们的改革措施是乱来。教育处打电话来了吗？杨局长要求我们马上将情况上报给他们，要答复上访者，请你们抓紧办。""刚接到教育处的电话，我们正在准备。放心吧，场长，不会有事的。"王主任回答。

第二天，张尚文主动到茶叶贸易公司找郑世豪。张尚文想，郑世豪现在是当地有名的大老板，他的致富离不开党的好政策，离不开这块土地的哺育，也离不开全社会的支持，应该回报社会。于是，他想让郑世豪出资成立教育基金会。

实行综合经营后，郑世豪将公司改名为"新生贸易总公司"，下设茶叶、煤气、建材、家具四家公司。郑世豪自任公司总经理，还聘了一名公关女秘书，当他的助手。现在，郑世豪任命苏秋来当副总经理，麦丽娜当财务总监，沈兰花当总公司后勤部经理，韩天明当建材公司经理。还聘用三名有文化、熟业务的年轻人分别当茶叶、煤气、家具公司经理，招聘一批财务管理和业务人员。公司的管理和业务人员的队伍不断壮大，已经发展到80多人，还增加10多辆工作和运输用的大小汽车。

在公司总经理办公室，张尚文捧着接待员给他冲的上等龙井茶，一边品尝，一边两眼横扫郑世豪办公室的环境。办公室还是原来的场地，但已经鸟枪换炮。新换的老板办公桌，足有3米长、2米宽，油光滑亮。台面上摆放着新买的电脑、传真机、电话机和文件架。8件头的真皮大沙发，款色新颖，坐上去十分舒适。玻璃大茶几上的镀金茶具，摆放有序，整洁美观。墙上挂着大幅书法"上善若水"。3匹马力的柜式空调机，徐徐地送出冷风。地板铺上毛毯，室明几净，豪华大气。

看到这场景，张尚文笑说："今非昔比，郑总啊！名副其实了。"郑世豪双手一拱："大恩不言谢！说吧，找我有何指示？"张尚文开门见山："指示没有，要你放血。"郑世豪不明白："放血？怎么放？""放心吧，不是要你出血，是要你出钱。"张尚文认真地说。"你要钱干什么用？"郑世豪不解地问。他认为，这几年农场的经济发展很快，每年的经济收入超亿元，应该不缺钱，便问："是晶晶上大学要钱用吗？"张尚文摇摇头："不是，我要你出钱成立'教育基金会'。这几年，我场中小学的教育质量下降严重，你现在是大老板，希望大力支持教育，把教育质量搞上去，怎么样？"

郑世豪想，自己能够有今天，除了政府的教育和改造，重要的是农场的照顾和支持，特别是张尚文的关心和帮助，现在报恩的机会来了。他说："这是大好事啊！你说吧，要我怎么做？""看你的，量力而行吧！"张尚文不知他究竟有多大能力，不敢狮子开大口，让他决定。郑世豪想了一下："我先拿100万，以后再追加，行不行？"张尚文有点吃惊："你行吗？不要勉强哦，你公司还要流动资金呢！"郑世豪笑笑："放心吧，我不会杀鸡取卵的。""好，由你先拿100万，名字就叫'世豪教育基金会'吧。"张尚文说。郑世豪要推辞："不用，就叫教育基金会好了。"张尚文态度坚决："不行，因为你全部出资，只能这样定。""那就随你！"郑世豪无法推辞，勉强同意。

两人接着商量基金会的章程和奖励方案。根据郑世豪的意见，基金会的服务对象，是农场的干部职工在校读书子弟。凡是考上大专的应届高中生，由基金会一次性奖励5000元；考上本科的奖励1万元；考上重点大学的奖励1.5万元。家庭生活特别困难的在校学生，根据困难程度给予补助。评上本场优秀教师的奖励2000元；评上农垦系统优秀教师的奖励3000元；评上省优秀教师的奖励5000元。所有奖励和困难补助，在每年的"教师节"当天兑现。

星期六上午，教育基金会在中学广场举行隆重的启动仪式，由场部教育中心组织和主持。各中小学校长、部分家长代表、高中全体师生参加，场领导张尚文、陈志远出席仪式。

仪式开始，首先，由郑世豪捐资。副场长陈志远站在主席台上，双手接过郑世豪递给他的一张人工制作、上面印上100万元的巨幅支票。顿时，台下响起热烈的掌声。接着，陈副场长宣布基金会的章程和奖励方案，最后他说："成立教育基金会，是在新形势下，促进我场教育发展的重大举措，是张尚文场长关心教育的具体行动，是郑世豪老板支持教育事业奉献精神的具体表现。希望我们的老师们积极教学，争当优秀教师；同学们努力用功，争取考上大学。大家一起共同推动我们的教育事业向前发展。"

接着，胸前戴着大红花的郑世豪慷慨陈词："我出生在省城，小时候我的家庭很困难，读完小学六年级就辍学了，当时只有 13 岁。停学后，在社会上混了 3 年。我带着一批流氓烂仔，打架斗殴，偷鸡摸狗，成为问题少年。16 岁时，我上山下乡来到知青场，在机械厂当了一年学徒工，转正后当了 3 年钳工。后来通过刻苦自学，文化水平有所提高，被调到厂部当了几年文书。由于当时缺少文秘干部，又被调到农场的行政办当秘书，组织上培养我入党、提干，还当上行政办主任。但是，我不好好珍惜这一切，走了歪路，触犯了法律，被判入狱 5 年。通过劳动改造，我深受教育，认识自己的违法行为，非常后悔，决心服从改造，重新做人。由于表现好，被减刑一年半后提前释放。出狱后，在场领导的关心支持下，特别是在张尚文场长的帮助下，我安分守己，努力奋斗，从临时工干起，之后学做生意，一步一步地走到今天，现已成为集团公司的老总，是一名实实在在的生意人，还重新建立了家庭。现在，我家庭幸福，事业蒸蒸日上。我非常感谢党，感谢政府，感谢这个好社会，感谢教育我、改造我、帮助我、支持我的领导和朋友，我说的这些话，完全是发自内心。所以，我愿出资成立教育基金会，支持、鼓励学习成绩优秀的高中毕业生升学深造，帮助家庭经济有困难的学生完成学业，勉励老师们认真教学，提高教学质量。希望同学们认真学习，以优异的成绩考上大学，特别是考上重点大学、名牌大学，读硕士研究生，读博士研究生，将来当老师，当医生，当将军，当专家，成为国家栋梁，为国家建设做贡献！"郑世豪好像背书一样，声情并茂，动情处眼眶湿润，激动时精神抖擞。他讲完后，台下的师生和家长给予雷鸣般的掌声。

张尚文最后讲话："郑世豪老板曾经是我的领导，他虽然走过弯路，但他没有自暴自弃，现在走上了正道，完全变成了另外一个人。今天，他慷慨解囊，出资成立教育基金会，是他个人的意愿。在此，我代表场部党政领导班子，代表全体师生和家长，向郑总表示衷心的感谢！同时，对世豪教育基金会的成立，表示热烈的祝贺！刚才，郑总发自内心的、语重心长的发言，大家都听到了。郑总少年时没条件多读书，还未成年就响应党的号召上山下乡，但他求知欲很强，通过自学成才，曾经当上我场行政办主任，我当时就在他的手下工作。他虽然走过弯路，但他现在所走的道路前途光明。他通过努力，不但事业有成，还为我场的经济发展做出贡献，现在又为我们的教育事业出钱出力，非常难得。同学们，我们现在的学习条件这么优越，有什么理由不好好读书呢？希望同学们好好学习，天天向上，健康成长；也希望老师们用心教学，为祖国培养出更多的优秀人才；还希望广大学生家长认真配合学校和老师，教育好自己的子女，使他们今后有出息，成为国家有用之才，不辜负党和人民的期望，不辜负郑老板的良苦用心！"张尚文讲完话后，台下掌声如雷。

仪式结束后，张尚文回到家，黎小英对他说："刚才晶晶打电话回来，说她报到很顺利，安排的宿舍很干净，有空调、热水器，每间宿舍 6 个女同学。还说过几天就参加军训，这几天已熟悉了校园的环境，请我们放心，她会照顾好自己的。"张尚文说："这样就放心了。"

(28)

张尚文告诉黎小英，他过两天要去省农垦局开会。黎小英说："机会难得，我要跟你的顺风车去看晶晶，她去学校已有5天了，我心里闷得慌。"张尚文也觉得妻子这几天心情很差，主要是思念女儿，便同意了："也好，你请假几天，我们顺便去看看她学校的环境，我开完会和你去看看老领导。"

张尚文拿到会议材料后，提前一天去省城，直接到国际贸易学院找女儿。张晶晶见到父母，十分高兴。她搂着黎小英说："爸、妈，你们怎么来了？我不是电话告诉你们，我很好吗？"张尚文告诉女儿："我明天要到省局开会，你妈不放心你，就请假跟车来了。"黎小英接着说："是啊！谁叫你是我的女儿呢？现在，我们去吃午饭，吃完饭去看看你们的校园和你的宿舍。今晚我们就住你们学校招待所。明天你爸去开会，我带你去买几件衣服和一些生活用品，你来学校时走得急，什么也没买。"张晶晶说："不用买了，我有衣服穿，再说学校发校服，军训还发军服呢！"黎小英不高兴了，板起脸孔说："和爸妈客气是吗？军训穿军服，上课穿校服，平时穿什么？你那几件衣服都破旧了，也不合身了，换几件新的，女孩子就要穿得像样些，不必为爸妈省钱。走吧，吃饭去。"说完就拉张晶晶上车。

吃完饭，张晶晶带着父母，高高兴兴地进校园参观。国际贸易学院是改革开放后，国家为了适应经济全球化而新建的一所大学，建校至今未超过10年。学校培养的学生，主要是对外贸易方面的人才，设有外国语系、国际贸易系、对外经济政策和发展战略系等。学校建有行政楼、教学楼、实验培训楼、图书馆、体育馆、学生宿舍、教工宿舍、饭堂、招待所，还有运动场和校内公园，设施齐全。整个校园整洁美观，环境优雅，确实是教书育人的好地方。

张尚文一边看一边想，这样的校园，比起当年他读大学时的校园，绝对是天渊之别。改革开放后，社会经济发展突飞猛进，教育事业的发展一日千里，高等教育更是日新月异。现在的年轻人，真是无比幸福。国家重视教育，大力培养各类人才。在这样的环境下，如不努力学习，怎能对得起国家？对得起人民？对得起老师？对得起父母？于是，张尚文对女儿说："晶晶呀，在这样的环境下读书，一定要努力用功，不能浪费光阴，浪费青春啊！知道吗？""知道了，爸、妈，你们放心，我一定不辜负你们的期望。"张晶晶明白父亲的意思。黎小英相信自己的女儿，也说："我家晶晶肯定不会令我们失望的，对吗？时间差不多了，你去叫小锋哥哥出来一起吃晚饭，我们在学校大门口等你们。""好的。"张晶晶应一声，马上去找陈小锋。

不到10分钟，张晶晶带着陈小锋，来到父母的面前。见到张尚文和黎小英，陈小锋礼貌地打招呼："叔叔阿姨好！""小锋变成英俊小伙子啦！上车吧，和我们一起去吃晚饭。"张尚文说完，拉陈小锋上车。在车上，黎小英对陈小锋说："小锋呀，多谢你那天带晶晶来学校报到，让我们少走一趟。今晚吃完饭，麻烦你带我们去学校招待所住宿。明天你尚文叔叔要去开会，请你当向导，带我和晶晶去逛省城，好吗？""好的，明天刚好没什么事，阿姨想去哪里，我就带你去哪里。"陈小锋马上答应。"好！多谢小锋。"黎小英很高兴："明天逛省城有向导了。"张晶晶说："我来学校报到，办完手续后，小锋哥已带我逛了一天。省城太大了，走得我晕头转向，分不清东西南北。""多走几次就熟悉了，我刚来时也一样，当时没人带路，结果在街上迷失方向，最后还是打的才能回到学校，花了60多元车费，哈哈！"陈小锋说完，自己先笑了，大家都笑起来。张尚文说："这就叫作乡下人进城。当初我大学毕业去农场报到时，来到省城火车站坐车，结果误了时间，只好在火车站附近的小旅店过夜，花了30元，心疼死了。那晚连门都不敢出，也不敢睡，在床上坐了一夜，担心又误了时间。你们说，这是不是乡下人进城？"黎小英笑着说："你比乡下人还乡下人呢！""那当然。我是乡下人，那是20世纪80年代初，刚刚改革开放，小锋却是20世纪90年代末的大学生啊！"张尚文继续说："对了，小锋你是晶晶的哥哥，现在又是她的学长，你们从小一起长大，都在同一所学校读书，你妈妈和晶晶妈妈是多年的好同事、好姐妹、好朋友。所以，你和晶晶的关系很特殊。你很快就要毕业了，将走上社会，成为国家栋梁。今后，对晶晶的生活要多关心，学习要多帮助，明白吗？""明白。请叔叔阿姨放心。"陈小锋说。

晚饭后，陈小锋和张晶晶领着张尚文夫妇去招待所休息。陈小锋先回去，张晶晶陪着父母，直到十点才回宿舍。

第二天早上六点钟，张尚文和司机草草地吃了早点，就去开会了。八点多，陈小锋和张晶晶来到招待所，陪着黎小英吃完早餐，就去逛省城。

会议结束后，张尚文找到杨刚局长，要请他吃晚饭："老领导，我难得来一次省城，今晚请你吃个便饭吧，有很多工作要和老领导汇报啊！"杨刚客气地说："你小子发达了？省城的饭你请不起的，还是算了吧！"

"是这样的，晶晶考上国际贸易学院，已经入学了。小英这次也跟车来省城，她们在学校。小英也想见见老领导，今晚是我们一家人请您的，给点面子吧！再说您不能用老眼光看新问题啊！今晚就请您去高级酒店，风光一下，怎么样？"张尚文说。他知道杨刚的性格，一般情况下是不会接受别人请客的，他只好把话说清楚。

"晶晶考上大学了？恭喜你小子啦！好吧，给小黎面子，如果是你这小子，我才不会去呢！"杨刚开玩笑说，"坐你的车，我让司机开车回去。"

"好的。"张尚文打开自己的车门，请杨刚上车，并对司机说，"师傅，我们先去国际贸易学院。"司机应声"好的"，就往国际贸易学院开去。这时已是晚上6点，从农垦局到国际贸易学院，正常情况下开车都要40分钟左右。这时的省城，马路上的车辆已经很拥挤，上下班时间有时堵车很严重。但司机熟识行车路线，开车技术老练，他左拐右拐，频频超车，不到半个小时就到了学院大门口，这时黎小英几个人刚刚回到学校。黎小英见到杨刚，走过去握手热情打招呼："老领导好！很久不见，身体还好吗？"杨刚笑着说："很好，还可以打死几只老虎呢！但你比以前瘦多了。"他一边说一边伸出手臂比画着。黎小英说："是瘦了，也老了。杨局长还是老样子，很有活力。晶晶，快叫杨伯伯。""杨伯伯好！"张晶晶礼貌地叫一声。"哎，小屁虫变成美丽的大姑娘啦，还是个大学生呢！祝贺祝贺！"杨刚笑着说。"那个后生是郝红梅的儿子，叫陈小锋，他三年前考上这所学校，明年毕业。这两天我让他带我们去逛省城了。小锋，快叫杨伯伯！"黎小英说。"杨伯伯好！"陈小锋大方地叫一声。"好啊！青梅竹马，郎才女貌。好好读书，将来大有前途。"杨刚语重心长，话中有话。

"都快上车，我们去吃饭，边吃边聊。"张尚文说。张尚文这次来开会，特别交代办公室派一辆六人座的公务车，刚好够位。几个人上车后，张尚文对杨刚说："老领导，您情况熟悉，去哪您定。"杨刚说："好的，我带你们去一个地方，包你们满意，师傅开车，我带路。"

他们在路上大约走了二十分钟，到了一间上规模的大排档。这个地方距离贸易学院大约四公里，位置比较偏僻，但很热闹。杨刚说："这是省城最有名的地方，风味独特，菜式多样，价格实惠。"张尚文不高兴了："老领导真会选地方，老部下请老上级吃个饭，竟然来这里，开什么玩笑？"他本来想尊重老领导，让老领导选择合味的饭店，结果变成自己小气了："还是换个地方吧？""尚文不要误会，我确实喜欢来这个地方。什么高级宾馆、高档饭店，我真不感兴趣。找地方坐下来吧，我来点菜。"杨刚说的是大实话，他当农垦局局长以来，要请他吃饭的人不少，但他很少出来。偶尔出来，就是这种地方。张尚文无奈，只好听老领导的，他让服务员找了一个包厢。坐下来后，杨刚亲自点菜。他点了一份剁椒蒸鱼头、一份白灼罗氏虾、一条红烧福寿鱼、半只白切鸡、一份虾酱炒豆角和一个三鲜汤。张尚文拿过菜单看了一下，问服务员："你这里还有什么特色菜吗？"服务员说："有。天上飞的，水上游的，什么都有，你想加点什么?""那好,给我加一份荷叶蒸甲鱼。""够了够了,不要加啦!吃不完浪费。"杨刚赶忙制止。"好吧,不加了,让老领导帮我省钱,就加这个算啦!"张尚文说完,让服务生拿来一瓶白酒:"今晚高兴,和老领导喝两杯。"

还没上菜,杨刚对黎小英说:"小英呀,你要注意身体啊!尚文工作任务重,你要保持身体健康才能支持他、照顾他。尚文也要多关心小英的身体,还是那句老话,要事业家庭两兼顾。"黎小英听了老领导的话,有些感触:"前段时间,我是因尚文停职审查,担忧太多瘦的,现在他已恢复职务,女儿又考上大学,相信今后会好的。多谢组织对尚文的信任,多谢老领导对尚文的培养和支持。请老领导放心,我会尽到做妻子的责任。""尚文被小人诬告,组织已查清楚了,并且还他清白,晶晶如今又上了大学,我很高兴。这次会议,省委领导在会上大力表扬新生农场,我更加高兴。尚文是难得的好同志、好丈夫、好父亲,你和女儿应该为他骄傲,为他自豪。尚文还年轻,今后还大有前途,一定要努力啊!"杨刚既是夸奖,也是鼓励。杨刚还问农场一些同志的工作和身体情况,张尚文都作了回答。杨刚感慨地说:"我离开新生农场也将近5年了,回想在那里工作的经历,现在还记忆犹新。组织上对我的信任,同志们对我的帮助和支持,我非常感谢。特别是尚文你这个参谋长,让我永生难忘。我明年就要退下来了,希望尚文你要继续努力,更上一层楼。现在,小英已恢复健康,晶晶又考上大学,我祝福你们今后生活美满,幸福快乐,尚文工作进步!"杨刚举起茶杯:"以茶代酒,先敬你们全家一杯。"

"多谢!您永远是我尊敬的好领导。我能有今天,离不开您的关心、爱护、培养、帮助和支持，尚文没齿难忘。不管您退休与否，您永远是我的好老师、好领导、好长辈。希望老领导身体健康！我也敬您一杯茶。"张尚文也站起来，十分感激地举起茶杯说。

上菜了，张尚文打开白酒，斟满两杯，一杯给杨刚，一杯留给自己。他让黎小英和张晶晶端着茶站起来："来，我们全家敬老领导一杯酒，祝老领导工作顺利，健康长寿！"

杨刚平时很少喝酒，今天晚上，他毫无顾忌地端着酒杯站起来，一饮而尽。然后他又斟满酒杯："我也敬你们全家一杯，祝晶晶姑娘学业进步，小英身体健康，尚文事业更上一层楼。"

酒逢知己千杯少。只见两人你一杯我一杯，有说不完的话。黎小英老是往杨刚碗里夹菜，但他很少动筷。黎小英怕杨刚喝醉，劝说："老领导您多吃点菜吧！"杨刚总是说："好好。"

晚饭一直到9点多钟才结束。张尚文送杨刚回家，到了他家楼下，张尚文扶他下车，将他送到16楼的家门口。张尚文说："老领导早点休息，我们明天回去了，再见！""好，祝你们一路平安！"杨刚招手说。

张尚文他们回到招待所，已将近11点。因为学校10点钟关门熄灯，陈小锋和张晶晶赶紧回宿舍，两人肩并肩地走着。学校的路灯很明亮，照着他俩的背影，像兄妹、像同学、更像情侣。黎小英目送两人慢慢走去，心中若有所思。

回到房间，张尚文问妻子："这两天你们都去哪里逛了？""小锋带着我们，去了南方娱乐城、动物园、省城最大的购物商场等地方，帮晶晶买了几套衣服和一些日用品，还帮你买了两件冬衣，我自己一分钱也没花。"张尚文批评妻子："你真是毫不利己专门利人啊！来一次省城不容易，多少也要给自己买点东西吧，比如衣服、化妆品什么的。"黎小英说："这里的女人衣服太贵，舍不得，再说我已人老珠黄，还化什么妆？能省则省。"张尚文责怪妻子："真老土！"黎小英笑着说："哼，你现在嫌弃我老土啦！当初怎么不说？快睡吧，明天要早起。"

第二天，张晶晶开始军训，张尚文和黎小英回单位。

㉙

张尚文回来后第二天，场部召开党政班子联席会议，传达省农垦局的会议精神，研究贯彻落实措施。

在张尚文讲话的时候，坐在会场一角的王福在闭目养神，似乎在打瞌睡。他开始一直对张尚文的讲话不屑一顾，但当听到张尚文的讲话重点突出，条理清楚，简明扼要时，觉得自己的水平和能力确实无法与之相比，心中产生了强烈的妒忌。他心想，这样下去，自己将永无出头之日。

张尚文刚回到办公室，刘光副场长就跟着进来了。刘光说："场长，这段时间，机械厂新厂房的设备在紧锣密鼓地安装，现在已经全部安装完毕。通过几次调试，运转正常。电冰箱、空调机的原材料也全部到位。还请来珠三角兄弟厂的工程师对我们的技术工人进行了培训，并且全部考试合格，现在主要是试产的时间安排问题。"

"好啊！你们辛苦了。既然条件成熟了，我看越快越好，就定明天上午吧。你下午去安排一下，做好充分准备，确保万无一失，特别是安全生产问题。必要时下午或今晚加班，让他们来个沙场练兵，明天上午，请两套班子和有关科室领导到现场观摩，到时一定要确保顺顺利利，不能出任何问题。能做到吗？"张尚文认为，机械新厂设备新、技术新、产品新、工人新，而试产能否成功又是冲破阻力的第一关，绝对不能出问题，所以提出了严格要求。

刘光是搞工业出身的专业人才，理论基础扎实，实践经验丰富，对成功试产心中有数。他表态："请放心，保证做到，我现在就去安排。"说完，他便离开张尚文办公室。

刘光走后，张尚文打电话叫叶茂主任来他办公室。他吩咐叶茂："你下午与党委办联系，通知两套班子领导和党委办及党委各部门、行政办、生产科、人事科、安全生产办公室等部门领导，明天上午9点集中到机械厂观摩新产品试产，让李虹也参加，掌握情况写汇报。""好的。"叶茂领命，正想出去，被张尚文叫住："这么急着走干什么？我的话还没说完呢！我想问你，李虹的表现怎么样？"叶茂答："很不错啊。她工作主动，责任心强，为人正直热情，文笔功底好，大家对她评价很高。"

张尚文觉得，叶茂虽然能力很强，但工作很辛苦。他一直想给行政办配上一名分管文秘的副主任，但没有合适人选。于是他说："这几年你辛苦了，组织上一直没给你配备分管文秘的副主任，主要是没有合适人选，李虹参加工作时间短，但她实际上已充当副主任角色。你现在可以写请示给党委了，提拔她为副主任，减轻你的负担。"张尚文一贯关心部下的成长，尤其是能力强、素质好的年轻人。"好啊！马上就办。"叶茂很高兴。张尚文又问："另外，你个人的大事怎么样了？已经30多了吧？

怎么一直没有动静?"说起人生大事,叶茂有些不好意思:"这几年,也有人帮我介绍了几个,不是人家看不上我,就是我看不上人家,可能是缘分没到吧!"叶茂把责任推给缘分。

张尚文认为,叶茂的"缘分"说,只是一个托词。他说:"不要把责任推给缘分,你的年龄一年比一年大,不能再拖了。当年,老领导杨刚场长告诫我,要事业家庭两不误,我做到了,但你还没做到。他这句话现在我拿来送给你,希望你认真考虑。俗话说得好,追女孩,追女孩,看上了就要追嘛!李虹怎么样?要不要我帮你搭桥牵线?"张尚文恨铁不成钢,认真地开导叶茂。"场长您开什么玩笑?李虹能看得上我吗?看来,我今生就当定王老五啦!听说生产科新来的小刘对她追得很紧呢!"

最近,生产科新来的大学生小刘,确实对李虹追得很紧,但是李虹不理会他,叶茂只知其一,不知其二。他很认真地说:"小刘是两年前分配来生产科的华工毕业生,斯斯文文,我估计李虹将会成为他的女朋友。""公平竞争嘛。只要还没登记结婚,你都有机会的。你没去追怎么知道呢?女孩子矜持,男人要主动,你试试看嘛!感情是培养出来的,只要你三观正,品行好,有事业心,有责任心,无论外表,不计年龄,机会自然来。这方面,现在的郑世豪应该是最好的例子。你放心,你的人生大事我会帮助你的。"张尚文极力鼓励叶茂。

第二天上午9点,机械厂新厂房机声隆隆,3个车间3条生产线正在不停地作业。其中,1条生产线生产空调主机,1条生产线生产分体机,1条生产线生产电冰箱。每条生产线都经过外饰配件的压模成型,重要部分焊接加工,整体合成,成品上漆,产品检验,包装入库,一条龙作业,自动化生产。工人们聚精会神，忙而不乱，上下对接，令人目不暇接。在成品仓库，一台台已包装好的空调机、电冰箱摆放得整整齐齐。"春风牌"空调、"雪花牌"冰箱映入人们的眼帘，令观摩的领导们心花怒放。

刘光副场长为了保证万无一失，按照张尚文的要求，让机械厂从昨天下午就进行试产，昨晚8点的时候，空调主机生产线出现机械故障，刘光带领技术人员连夜奋战，直到今天凌晨1点才将故障排除。今天早上7点就开机，全部机器运转正常。

领导们观摩后十分满意，都认为决策正确，投资很值得，唯有王福不置可否。他想，你们这些人不要高兴得太早了，到时生产出来的产品，躺在仓库里睡大觉，造成劳民伤财，弄出天大笑话，被我言中，这才是我要的结果呢！

张尚文一直在考虑产品的质量和市场问题，担心有产量无质量，有质量无市场。于是，他对刘光说："刘副场长，这段时间你们辛苦了。我们的试产取得成功，这只是转产工作的第一步。接下来的任务将会更繁重，必须抓好这三点：第一点是抓好产品质量，质量是企业的生命。第二点是抓好安全生产，绝对麻痹不得，确保不出问题。第三点，也是最重要一点，就是抓好市场开拓，过去我们的机械产品很少对外，市场开拓经验不足。今后的产品主是要对外销售，没有市场，就没有效益，这一点请你和机械厂的领导认真研究，做出具体方案，落实有效措施，尽快打开市场。"

刘光副场长一直以来都是搞设计、搞技术研究，没有产品市场开拓经验。他说："张场长说得非常对，这段时间，我也一直在考虑这个问题。我们现有的人马，没有大宗产品销售方面的人才。能否对外招聘一名副厂长，专门负责销售工作？"

张尚文认为刘光的建议很及时，也很合理，立即答复："可以，而且越快越好。可到省内的珠三角地区高薪聘请，也可以在全国公开招聘。聘用后，让他组织一支队伍，制定工作方案，落实奖励措施，搞好售后服务，形成销售网络，将产品尽快推向市场。"

机械厂朱厂长说："我担心今后的电力保障问题。这种流水作业，一旦中途停电，损失很大。""这确实是一个问题。这样吧，其他同志先回去，刘副场长、朱厂长现在就和我去供电所。"张尚文说完，就带着这几个人驱车前往供电所。

来到供电所，找到周所长，张尚文说："周所长，我们的机械厂新厂区今天试产已经成功，主要产品是空调机、电冰箱。3个车间3条生产线全部流水作业，如果在生产过程中停电，将会造成很大的损失。我们今天来找你，就是商量机械厂新厂区的电力保障问题。""我们供电所的服务范围主要是农场，包括附近的小镇，供电分生产用电和生活用电两部分。为了确保正常生产，我们对全场每个工矿都拉一条专线。如果要保证机械厂新厂区的正常用电，必须安装一台大容量的、功率为70kw的变压器，拉一条专线，这样问题就解决了。"周所长说。"好，就按周所长的意见办。由朱厂长负责跟踪落实，所需资金列入机械厂转产项目的投资，一定要尽快解决。"张尚文马上做出决定。

在回场部之前，张尚文顺路到综合文化楼建设工地，了解一下装修进度。到了现场，装修工人们正在忙碌地劳作。影剧院大舞台已基本完工；观众席的座椅也安装完成；会议厅正在摆桌椅；图书馆正在安装书架；歌舞厅正在安装音响。

工人们干得热火朝天，个个汗流浃背。李辉副场长在现场指挥督战，也忙得不亦乐乎。张尚文看后十分满意，对李辉说："老李辛苦了。看来大楼的装修进度在我们的计划之中，让他们加把劲，争取在9月下旬全面完工并通过验收，10月1日结合庆祝国庆52周年和建场50周年，举行隆重的文化大楼落成典礼，举办一场大型的庆祝晚会。你看行吗？""没问题。现在是9月中旬，还有一星期就全部完成了，加上3天验收，完全可以。"李辉胸有成竹。"这就好。下午我就找总工会商量大楼落成和庆祝活动方案。"张尚文说。

③⓪

在张尚文的办公室，他和总工会主席马茂林正在商量综合文化楼落成和庆祝新中国成立52周年、农场建场50周年庆典活动方案。马茂林是陈强任场长后当上总工会主席的，至今已有4年。他对农场这么多年没有一个像样的文化娱乐场所感到很苦恼，对建设综合文化楼也寄予很大的希望，打算好好利用这一基地，为活跃职工的文化生活做一些有意义的事情。

张尚文说："我们的综合文化大楼装修很快就完工，我计划在新中国成立52周年、农场建场50周年之际，举行隆重的落成典礼和庆祝活动，扩大影响，提高知名度，活跃职工文化生活，你们总工会有什么想法呢？"

"这个想法非常好。新中国成立已有52周年，我们建场也有50周年了，由于没有条件，从来都没搞过集中、大型的庆祝活动，这次应该利用这个好机会，举办一次大型的系列活动，既可丰富职工的文化生活，又可提升我场的文化品位，进一步推动我场的两个文明建设。"马茂林表示十分赞成。

"你说得很对，这就是我们的目的。我初步打算，这次活动分三步进行。第一步是举行大楼落成仪式，第二步是庆祝新中国成立52周年，第三步是庆祝建场50周年。届时请省内著名的歌舞团到场表演节目，请省农垦局的领导前来指导，请省电视台著名主持人主持晚会。由于座位有限，可给各单位和科室分配名额，干部职工凭票入场，对号入座。按照这个设想，由你们做出具体方案，3天内将方案提交场党政班子联席会议研究。行不行？"张尚文已有成熟的思考，只是向马茂林交代，由总工会以他们的名义提出来，作为责任主体去抓落实。"行！我现在就回去找他们研究。"马茂林明确表态。"很好！"张尚文高兴地说。

马茂林刚走，叶茂就进来。他说："场长，刚接到农垦局办公室的电话，说明天下午省委李副书记要来我场视察，农垦局杨局长陪同。他们中午到，要求我们做好准备。"

"这么急，搞突然袭击啊？你马上去请周华书记到小会议室，将党办主任也请来，我们一起商量接待工作。"张尚文说完，叶茂应一声"好的"，就出去了。

在小会议室，张尚文对周华说："'人怕出名猪怕壮'，这下子可好啦！我看领导们来得这么急，目的是怕我们提前做准备，视察到的情况不真实，那就顺其自然吧！我们选择几个点：机械厂新厂区、综合文化楼装修现场，还有中学，如果还有时间，到红英茶厂去看一看，让他们帮我们的茶叶产品做做宣传。现在马上通知下去，让他们做好准备，将环境卫生搞好，有关单位的主要领导要在家，做好情况汇报，还要做好欢迎条幅，并放在适当位置。同时，场部的招待所要腾出足够的房间，饭堂要把卫生搞好，准备一些新鲜蔬菜和其他必要的食材，各科室干部下班前对场部环境进行一次大扫除，这些工作行政办要督促落实。明天你我陪同，我想到的就这么多了，周书记看看还有什么需要准备？"张尚文不愧是办公室主任出身，想得很周到。

"你已经考虑得很全面了。估计明天中午到，安排休息一下，下午才能视察，时间不是很充裕。我们的路线安排应该是：明天下午先到机械厂，然后回到文化楼施工现场。看完这两个地方就回来吃晚饭、休息。后天上午先去看看改造后的新茶园，然后去中学，有时间再去红英茶厂。后天下午在我们的四楼大会议室集中汇报。党委办做好会场布置，还要通知党政两套班子领导和各科室负责人以及各厂矿、公司、学校、医院主要领导参加。"周华书记是搞政工出身的，对处理这方面的事情比较内行，他补充说。

"好的，就这样安排。如果有时间去红英茶厂就更好了，顺便给他们一些茶叶样品，帮我们做宣传，这个比其他宣传效果还好。小叶现在就通知下去，让有关单位做好准备，特别要强调机械厂新厂必须正常生产。汇报材料、考察路线图、各点的情况简介，这些都要在明天上午弄出来，人手一份。还有，欢迎条幅要写好，放在适当位置。"张尚文强调，"叶主任，你通知李虹来一下，有任务要她完成。""好的。"叶茂说完，跟着周华书记离开小会议室。

　　不一会儿，李虹来到小会议室。张尚文对她说："明天下午省委、农垦局的领导来我场视察，刚才已和周书记商量如何做好接待工作，具体任务已交给叶主任去办了，你要配合好他。你还有一项任务，就是今晚加班赶写一份汇报材料，将我们近期的改革、两个文明建设等工作归纳汇报，要简明扼要，两千字左右就行了，明天上午 10 点钟前交给我，行吗？""行。"李虹领命，正要离开，张尚文把她叫住："不要急，还有话说。"李虹只好退了回来："领导还有什么指示？说吧，我尽力去办。"张尚文笑笑："是吗？我说的你要尽力去办啊！""一定，您说吧！"李虹不知道张尚文的葫芦里卖什么药，态度很坚决。"上次我和你说的，你的个人问题考虑得怎么样了？"张尚文直奔主题。"还没考虑呢！您有合适的人介绍吗？"李虹终于明白张尚文的意思了。"你看叶主任怎么样？他工作认真、头脑灵活、为人低调、对人和善，很难得啊！"张尚文大夸叶茂。"场长不要乱点鸳鸯谱了，我说过，嫁人就嫁像您这样的人。叶主任这个人很不错，但是他不适合我。"张尚文这回听明白了李虹的意思，但他装糊涂，开半玩笑半认真地说："我已有家庭哦！""那我这辈子就不嫁人了。"李虹很认真地说。"你这个小女孩真是令人不省心。男大当婚女大当嫁，事业家庭两不误，这是社会属性，也是社会责任。行政办不能都是王老五、老姑娘吧？这样让我这个场长的老脸往哪放？"张尚文也认真起来，"这样吧，你看看你身边的女朋友当中是否有合适的，给叶主任介绍一个，他年纪大了，你还比较年轻，你的个人问题，我再慢慢帮你考虑，行不行？""行，我会尽力的。我也将自己交给您了，您就看着办吧！"李虹毫不掩饰地说。她说完，头也不回地离开小会议室。

张尚文望着李虹的背影，心中五味杂陈。他想，现在有的女孩子对待婚姻家庭就像儿戏，不是脱离实际，要求过高，就是感情用事，完全不顾及社会伦理。自己当年和黎小英谈恋爱就比较实际，只要双方情投意合，两相情愿，就走在一起，没那么多花前月下，也没那么多浪漫。李虹的条件确实很好，长相亮丽，身材标准，很有气质。而叶茂个子矮小，身体偏瘦，缺少男子汉风度，两人确实不般配。但是，总不能将偶像当情人吧？张尚文越想心越乱。和小英离婚娶她？这是绝对不现实的，也是不可能的事。自从与黎小英结婚以来，夫妻两人相互忠诚，相互信任，感情一直很好，几乎没有吵过架。女儿既懂事又争气，家庭和睦幸福。再说，自己一把年纪了，不能异想天开。而且这个位子早已有人虎视眈眈，即使安分守己，也有人无中生有，要置自己于死地，企图取而代之。如果行差踏错半步，将有可能万劫不复，一失足成千古恨。要是这样，如何对得起生你养你的父母？如何对得起爱你支持你的妻女？如何对得起信任你培养你的组织和领导？如何有颜面去见乡亲父老？一定要想想办法，必须让李虹死了这条心。张尚文左思右想，终于想出一个他认为很好的办法。

第二天上午，李虹拿着写好的汇报材料去找张尚文。她来到张尚文的办公室，将材料递给他："场长，汇报材料我昨晚加班赶写出来了，请领导过目，提出修改补充意见。"张尚文接过材料，关心地说："你辛苦了，昨晚写到很晚吧？眼睛已经发红了。""不辛苦，应该的，大概凌晨三点多才赶出来。"李虹揉揉眼睛："我一熬夜就眼红，小时候经常玩沙子，患了沙眼病。不过没事的，休息一天就好了。"张尚文有点过意不去："你回去休息一下吧，材料放在这里，我看完后，明天上午打印出来就行。""不用休息，等你看完我拿去打印，下午要跟您陪同省领导去考察呢，没时间了。"李虹说。"也好，你就坐在这里休息一下吧！"张尚文同意，"你在沙发上眯一会儿，我马上就看完。"

　　张尚文拿起材料，从头到尾认真地看，有些地方概念模糊，他用红笔画了杠杠；有些词句表达不合适，他删去重新加上新句子；有错别字他直接勾掉再改正过来。看完后，张尚文认为，李虹不愧是中文专业的大学生，文字基础好，语言流畅，逻辑性强，结构合理。通篇不用大改动，个别需要改动的地方，主要是她对情况不太了解。他对李虹说："写得很好，很精练，也很全面。我画杠杠的地方你再斟酌一下，修改好打印出来，交给叶主任统一装袋。""好的。"李虹拿着材料就走了。

　　上午11点半，省领导的中巴车已到场部办公楼门口，张尚文和周华马上出去迎接。领导们逐个下车，张尚文和周华上前分别与他们握手打招呼。第一个下车的是省委李副书记，接着是杨局长、清新市委副书记、明德县委书记以及领导秘书、新闻记者，共有10多人。李副书记一行前两天在清新市的几个县，视察两个文明建设工作，昨天晚上在明德县过夜，今天一早顺路去了两个镇，然后一路来到新生农场。

　　将近12点，周华对李副书记说："各位领导一路辛苦了，先到招待所安顿下来，吃完午饭休息一会儿，下午再作安排，怎么样？"李副书记说："我看可以。我们计划在你们这里逗留一天半时间，今天下午和明天上午先到你们几个点看看，明天下午集中听听你们的工作汇报，你们准备一下。""已经准备好了。"张尚文赶紧回答。"那好，先去吃饭。"李副书记说。

下午2点，领导们在周华和张尚文的陪同下，先到机械厂新厂房。进入新厂房，看到各种机器在不停地运转，工人们在各自的岗位上忙而不乱，井然有序，进行着流水作业。这头不断地进原材料，那边不断地出产品。自动化程度和生产效率之高，令领导们叹服。李副书记幽默地对杨局长说："老杨啊，想不到你们农场能够发展高科技工业，生产高科技产品，你们真伟大！""李书记说得对。科学技术是第一生产力，生产力之中，人是第一因素。我们农场有很多精英。"杨局长说。他在表扬张尚文。"当初他们汇报说要转产空调机和电冰箱，我曾经有过怀疑。现在看来，一切都变成现实。尚文这小子就是胆子够大，能力超强！"杨刚又不失时机地赞扬老部下。"这些都是得益于改革开放，是上级领导有方和大力支持的结果，也是陈强场长打下的基础，我个人能力微不足道，人民群众才是真正的英雄。"张尚文谦逊地说，"开始我们很担心市场问题，通过组织销售队伍，形成销售网络，搞好售后服务，结果产品供不应求，主要市场就在山区。"李副书记听后很高兴："有市场就有效益。办企业重点就是抓产品质量，抓开拓产品市场，你们抓对了。我们有些农场盲目上马新项目，没有进行市场调查，结果生产出来的产品躺在仓库里睡大觉，这种做法要不得。希望你们加强产品开发研究，不断创新。""一定遵照李书记的指示办。"张尚文表态。

他们离开机械厂，来到综合文化楼装修工地。工人们正在挥汗如雨，繁忙地劳作。领导们首先视察影剧院、歌舞厅，然后视察图书馆、会议室。整体装修已完成百分之九十以上，剩下的是扫尾工程。各个功能单元看起来都十分完整、新潮、美观、大气，令领导们赞不绝口。李副书记笑着说："大都市的经营性娱乐场所也不过如此。一个农场，能够建起如此辉煌大气的综合性文化设施，我看除了省城和特区，在全省的市、县都是独一无二的，更不用说农场了，你们说对不对？""对对！这个场多年来没有一个像样的文化基地，是最大的短板。这块地是预留下来的，但一直没资金建设。近年来经济发展了，资金比较充裕，于是补短板，不干则已，要干就一鸣惊人，这也是张尚文这小子才有胆量干的事。"杨刚又在称赞老部下。"这都是前几任场长打下的基础。没有杨局长留下这块地，我们只能建空中楼阁；没有杨局长在这里大抓发展经济，陈强场长开这个好头，也没有今天这幢文化楼。"张尚文总是将功劳推给别人。

这时已是下午6点钟。周华书记看时间差不多了，对杨局长说："杨局长，下午就到这里吧！明天再去其他地方，怎么样？"杨局长问李副书记："李书记，我们回去吧？明天上午再去其他地方，好吗？"李副书记说："好！今天这两个点都很好，很新鲜，也很典型，我意犹未尽呢！明天吧，明天再去看。"

第二天，他们按计划到一大队三中队考察改造后的新茶园。在路上，公路两边是一片片改造后的新茶园，恰似绿色的海洋。李副书记特别感兴趣，他让司机停车并下来，大家也跟着下车。新闻记者抓住时机，找准角度，不停地摄像。

改造后的新茶园全部是矮化密植，与传统植法不同，这是省农科院研究的新技术，投产快、产量高。李副书记曾经上山下乡在茶场锻炼几年，没见过这种植法，感到很新鲜。他问杨刚局长："这种植法是谁发明的？"杨刚笑笑："领导官僚主义了吧？您以为还是您当知青那个年代的种植方法吗？改革开放多年啦！科技不断进步啊！这是省农科院的曾教授、我的老朋友研究出来的。新生农场有茶园一万多亩，树龄都超过40年，老化很严重，产量低、品质差，不改造不行啊！我调走之前，用这种技术改造了百分之七十，剩下的百分之三十，前两年已全部改造完毕。还结合老茶园改造，进行茶树品种更新，不但产量大幅提高，茶叶质量也有很大的改善。张尚文当副场长时，就结合老茶园改造，调整茶叶产品结构，生产出上等优质的绿茶、花茶和乌龙茶。我喝过了，味道不比其他老牌子的差。"杨刚在介绍老茶园改造情况时，不忘帮助老部下推介茶叶新产品。"过去我们生产的全部是红茶，专供出口，价格低，效益差。现在我们调整产品结构，除红茶外，大批量生产高档绿茶、花茶、乌龙茶，市场好，效益高，这都是杨局长的功劳。"张尚文不忘给老领导请功。

领导们来到中学，学生正在上课，校园内鸦雀无声。中学规模不大，学生人数不多，全是本场职工子弟。从这学期开始，高一、高二、高三年级各有三个班，每班50人左右，共有450多名学生，老师30多人。学校建在一个山包上，面积大约40亩。建有四层教学楼一幢，多功能实验楼一幢，大操场内建有两个篮球场，操场外还有乒乓球台、单杠、双杠等体育设施，足球场设在校外。教工宿舍全都是平房，四周建有围墙。学校绿树成荫，环境优雅，与外界的交通很方便。

中学的陈校长陪同领导们视察。他一边陪着领导们走，一边汇报情况："实行校长竞争上岗、老师聘用制后，师生的纪律性大大加强，精神面貌大有改观，老师的教学积极性有所提高，学生的学习气氛浓厚多了，比改革前变化较大。""就是要改革嘛！不改革是没有出路的。"李副书记的话既是肯定，也是鼓励。"这都是被逼出来的。上学期，初中毕业生有百分之四十考不上高中，高中毕业生有超过百分之九十考不上大学，今年高考，升学率不到百分之十，造成资源浪费，就业压力大，不改革不行啊！我建议李书记回去后，在适当的时候提议省委省政府研究，将企事业单位的教育收归国家办，我们的报告已经送上省教育厅。这样可以做到资源共享、综合利用，减轻企事业单位的负担，促进教育事业发展。"杨局长不失时机地进言。"省里已有这个想法，但时机还没成熟，主要是省财政的教育经费预算比例过低，尚未达到中央的要求，这条路一定要走的。我回去马上向省委省政府提出来，争取年底的省人大会议通过提高教育经费预算比例，明年或后年逐步改变这种现状。"李副书记明确表态。杨刚双手合十，做出感谢动作："我代表农垦系统的广大教育工作者首先多谢李书记！"

领导们在中学视察大约 40 分钟，张尚文看看手表，时间是上午 11 点 30 分。他向李副书记建议："李书记，时间还早，我们的红英茶厂就在附近，请领导们去看看，怎么样?"李副书记说："好的，去看看。"

领导们来到红英茶厂，张尚文带他们去绿茶和乌龙茶生产车间视察。看到工人们正在忙碌地杀青、揉软、发酵、烘干、筛选、包装，一条龙作业，整个车间弥漫着诱人的茶香，令人心旷神怡。成品仓库里一箱箱各种品牌的茶叶整齐地堆放着，仓库门口有不少车辆在等候装货，搬运工正在忙个不停。杨刚局长感慨地对李副书记说："农场也要抢占商机啊！当年我们改造老茶园，调整茶树品种结构，目的就是瞄准市场，抢占商机。张尚文这小子不失时机地调整茶叶产品结构，现在见成效了。"张尚文明白，老领导又在赞扬他，便说："老领导过奖了，这是您打下的基础，没有多品种的优质茶叶原料，是生产不出多种茶叶产品的。我为每人都准备了一份样品，让大家拿回去品尝品尝，给我们提出宝贵意见，帮我们宣传宣传。"张尚文有商业头脑，这些人当中既有大领导，也有大领导的秘书和新闻记者，宣传效果一定很好。"小张真聪明！我们都愿意当你们茶叶的义务宣传员。"李副书记笑着说。

下午两点，场部四楼大会议室，农场主要领导向省、局等领导汇报工作。参加汇报会的有场党政两套班子成员，各科室领导，各厂矿、公司的负责人。

汇报会上，张尚文首先代表两套班子及全场干部职工，向省委李副书记、农垦局杨局长以及市、县领导亲临指导、关心和支持新生农场的工作表示热烈欢迎和衷心感谢！然后为了节省时间，按照李虹给他准备好的材料照着汇报，不到 20 分钟就汇报完了。他最后说："各位领导，我场近期虽然做了一些工作，但离省委、农垦局的要求还有很大差距，对比清新市和明德县的工作，做得还很不够。请李副书记、杨局长作重要指示，也请市、县领导提出宝贵意见。多谢各位领导！"

按照议程安排，杨刚局长首先发言："我离开新生农场至今已将近 5 年了。这几年，我经常来这里，每次回来都有不同的收获，这次陪同李副书记下来视察，收获最大，感受最深。因为这次看的地方多，了解得全面、细致、深入。新生农场这几年的变化，是在我国改革开放不断深入的大环境下实现的，这不但充分体现党的改革开放政策的正确性，也充分说明新生农场党政班子具有很强的战斗力和创新精神，更加说明干好事业，人是第一因素。希望新生农场的领导班子不断努力，继续前进，争取做出更好的成绩。"

然后是李副书记讲话："上次在全省农垦系统工作会议上，我对新生农场的经验介绍很感兴趣，给予充分的肯定，并大力表扬。这次，我向杨局长提出，要到实地去看一看。现在看来，我们不枉此行。新生农场是我省建起的第一批综合性农场，在改革开放的新形势下，新生农场紧跟形势，不断改革，创新发展，物质文明建设和精神文明建设一起抓，取得了丰硕成果，我感到由衷的高兴。在此，我提三点意见：第一，要坚定不移地执行党的路线、方针、政策，坚持改革开放，时刻与党中央保持一致。要毫不走样地贯彻落实中央的各项指示精神和省委省政府的决策部署，积极稳妥地抓好两个文明建设。第二，农垦局要切实加强分类指导，总结好经验，树立新典型，广泛做好宣传工作，积极推动改革。第三，新生农场要努力实践，深化改革，不断创新，继续前进，当好榜样，为推进我省农垦系统的两个文明建设、加强和创新做出更大的贡献。"

李副书记讲话结束后，全场响起热烈的掌声。主持人周华书记作会议小结："刚才，张尚文场长简单汇报了我场的工作情况，杨局长也发表了很好的意见，对我场的工作给予肯定，并提出了殷切的希望，我们将认真落实。李副书记的讲话，言简意赅，语重心长。既是对我们的鼓励和鞭策，也为我们今后的工作指明了方向，增加了前进的动力。我们将认真学习领会李书记的指示精神，并贯彻落实，进一步把工作抓好，努力推进我们的两个文明建设，决不辜负李书记和各位领导的期望。在此，我代表我场的全体干部和职工，对李书记以及各位领导表示衷心的感谢！汇报会就开到这里，散会。"

散会后，张尚文马上找来李虹，带她去见杨刚局长。李虹是杨刚局长调走后才来的，杨局长不认识她。张尚文将李虹拉到杨刚面前，介绍说："这位是我们行政办的才女，中文本科毕业，分配来这里工作已有 4 年，现在是行政办副主任。她工作认真，文笔一流，现在向您隆重推荐，如有需要，我定能忍痛割爱。"杨刚不明白张尚文的意思，李虹也一头雾水。杨刚问："你这小子搞什么名堂？"李虹也说："场长，您这是什么意思？"张尚文赶忙解释："我没其他意思，人往高处走嘛！我们的李副主任年轻有为，德才兼备，也有几年工作经验，我是想让杨局长调她到农垦局，发挥更大的作用。"杨刚还是不明白："这么优秀的人才你愿意拱手相让？你不后悔？"李虹也想不通："是我的工作令您不满意吗？""误会，误会，都是误会。我就是想让杨局长调你上去，发挥更大作用。如果老领导能帮这个忙，高兴都来不及呢！还后悔什么？"李虹大概明白了，她脸色一下子沉了下来，瞪大眼睛："我后悔！""就是嘛，小李都不高兴了。这事不要急，慢慢商量，好吗？"杨局长似乎也意识到了什么。

这时，已是下午 4 点 30 分，李副书记考虑时间尚早，他要求现在赶去清新市，使明天的视察多一点时间。张尚文和周华无法挽留，只好送领导们上车，握手告别。

㉛

　　在场部二楼会议室，场党政两套班子召开会议，传达省委及农垦局领导的视察情况和指示精神，研究部署下一步工作，讨论文化大楼落成、庆祝建国 52 周年和建场 50 周年庆典活动方案。

　　张尚文简明扼要地通报情况："前两天，省委李副书记、农垦局杨局长以及清新市、明德县的有关领导一行来我们场视察，他们来了一天半，用一天时间视察我们的机械厂新厂区、综合文化楼、改造的新茶园、中学和红英茶厂。小半天时间听取我们的工作汇报，这些情况大家都清楚了。当接到省委领导要来我场视察的通知时，我和周书记都感到很突然，因为多年来，没有这么大的领导来过这里。但我们想，我们的工作摆在这里，实事求是，不弄虚作假，所以我们也坦然地欢迎领导前来视察。结果，领导们视察后都很满意，对我们的工作给予充分的肯定，也对我们提出不少的意见和要求，在座的领导也听到了。我的理解是，几位领导对我们工作的肯定和表扬，是对我们的鼓励和鞭策，既是动力，也是压力。所以，我们不能骄傲自满，停滞不前。我想，根据几位领导的意见，特别是李副书记的要求，我们下一步，在经济建设方面，要对水泥厂进行技术改造，提高劳动生产率和产品质量；对农药厂进行扩产，将生产能力增加一倍以上；对几间茶厂进行改造升级，改进工艺流程，以生产绿茶、乌龙茶和花茶为主；对石米厂实行转产，生产新型建筑材料；淘汰红砖厂，保护耕地和生态环境，转产环保砖。还要认真抓好机械厂的电冰箱、空调机的市场开拓，提高茶叶新产品的市场占有率。在文化建设方面，主要经营好文化大楼，开展各项文化娱乐活动，经常性地邀请一些文化团体来场演出，举办职工歌咏和各类体育比赛，丰富职工文化生活。"

在座的领导听到张尚文的传达和工作设想，个个精神振奋，决心不辜负省委和各级领导的希望，认真做好本职工作，绝不拖后腿。

周华书记说："张场长向大家通报领导视察的情况很全面、很清楚；理解上级领导的指示精神很准确、很深刻；工作计划安排也很具体、很超前。请各位领导在职责范围内认真贯彻落实。下面，讨论综合文化楼落成和国庆 52 周年、建场 50 周年庆典活动方案，请马主席汇报。"

总工会主席马茂林汇报："根据张场长的意见，经总工会班子研究，制订如下活步方案，供大家讨论。"然后，他拿起稿子照念："1. 活动时间：2001 年 10 月 1 日晚上 8 点。2. 活动地点：综合文化楼影剧院。3. 活动内容：活动分 3 个阶段进行。第一阶段，举行大楼落成仪式，张场长讲话，周书记宣布大楼落成；第二阶段，庆祝新中国成立 52 周年，全场起立，唱国歌，之后由周华书记讲话；第三阶段，庆祝建场 50 周年，由张尚文场长、农垦局领导讲话，讲话结束后举行庆祝晚会。晚会节目有舞蹈、独唱、合唱、相声、小品等。4. 节目主持：邀请两名省电视台节目主持人主持整个晚会。5. 邀请领导：省农垦局和明德县各请一名领导，特别邀请省农垦局总工会主席陈强同志出席。6. 座位安排：观众席第一排的中间位置安排上级领导和嘉宾就座，场两套班子在两侧就座。7. 出席观众：晚会的观众，按影剧院的座位数量，分配给各科室，各基层单位派代表参加，免费凭票进场，对号入座。8. 会场纪律：场内不准抽烟、大声喧哗、打电话、随便走动。9. 安全保卫：从公安分局抽出 15 名公安干警维持秩序，搞好安全保卫工作。10. 结束时间：晚会在 10 时 30 分结束，全体起立，合唱《歌唱祖国》。"

马茂林汇报完毕。周书记请各位领导提出修改补充意见，大家都认为方案已经很全面，一致同意。周书记最后强调："如果大家没有意见，就按照这个方案实施，由总工会负责全面落实。还有 5 天就是国庆节了，会后马上发出领导和嘉宾的邀请函，联系庆典主持人和演出单位。总之，庆典活动一定要做到气氛热烈，主题突出，确保安全，节约开支。散会。"

国庆节那天，天气特别好。白天，风和日丽，秋高气爽；晚上，月明星稀，凉风习习。

晚上 7 点，综合文化大楼灯火辉煌，犹如一颗灿烂的明珠。大楼顶上，巨幅五星红旗迎风飘扬，五颜六色的花灯，将大楼点缀得十分耀眼。大楼门口的广场四周，插满了彩旗。高音喇叭连续播放《歌唱祖国》，那雄壮、优美、动听、熟悉的旋律，令人激动，催人振奋。

7 点 30 分，参加庆典的干部职工陆续进入影剧院。他们个个情绪激动，满脸笑容，期待着盼望已久的时刻到来。上级领导、嘉宾和场两套班子领导也已经入座，观众席全部坐满了人。

舞台的大帷幕上方，悬挂着大幅横额："新生农场文化大楼落成典礼暨庆祝国庆 52 周年和建场 50 周年晚会"。

8 点整，文化大楼落成典礼准时开始。只见一男一女两位主持人走上舞台中央，他们都来自省电视台。男的英俊潇洒，身穿白色西装；女的亭亭玉立，身穿印花旗袍。男主持人用标准的普通话宣布："各位领导、各位嘉宾、女士们、先生们：在欢庆中华人民共和国成立52周年的大喜日子里，我们新生农场精神文明建设的主阵地综合文化大楼今天落成了！这标志着新生农场的两个文明建设取得了丰硕成果。这是新生农场重视文化设施建设，关心职工文化生活的具体体现，是全体职工的一件大喜事。在此，我们代表全体职工表示热烈的祝贺！"女主持人说："下面，请新生农场场长张尚文先生讲话，大家欢迎。"台下观众掌声雷动。

张尚文今天穿一套灰色西装，打一条细花领带，气宇轩昂，十分精神。只见他快步走上舞台，对着麦克风脱稿讲话："尊敬的杨刚局长、陈强主席、各位嘉宾、各位朋友、同志们：今天是新中国成立52周年国庆节，在举国欢庆的大喜日子里，我们举行文化大楼落成典礼，我的心情十分激动！文化大楼的建成，凝结了农场几代领导的心血，实现了全体干部职工的愿望。在此，我代表农场两套班子领导，对在百忙中前来参加我们文化楼落成典礼的上级领导和嘉宾，表示热烈的欢迎和衷心的感谢！对文化大楼落成表示热烈的祝贺！今后，我们一定要充分发挥这个文化基地的作用，努力搞好我场的精神文明建设，最大限度地丰富干部职工的文化生活，希望大家支持和监督。多谢大家！"张尚文简单的几句话，讲出了心声，讲出了要点，明了简洁，台下报以热烈的掌声。

女主持人接着说："多谢张场长简洁而有内涵的讲话，简单的几句话，概括了文化楼建设的目的、意义和今后的使命。下面，请农场党委书记周华同志宣布文化大楼落成，大家欢迎！"

周华书记迈步上台，对着麦克风，镇定而有力地说："我宣布，新生农场文化大楼落成！"台下又响起经久不息的掌声。男主持人说："真是激动人心！下面是庆典活动的第二项内容，庆祝中华人民共和国成立52周年。全体起立，齐唱国歌！"

伴随着节奏明快、坚定有力、鼓舞斗志、振奋人心的旋律，全场观众齐唱国歌，豪迈的歌声在观众的心中产生了共鸣，那场面令人热泪盈眶。国歌唱毕，主持人请大家坐下，然后说："下面，请周华书记致国庆祝词，大家欢迎！"

周华精神抖擞地走上舞台，拿着准备好的稿子照念："尊敬的各位领导、同志们：今天，是伟大的中华人民共和国成立52周年的大喜日子，我们欢聚一堂，庆祝新中国的生日。此时此刻，我的心情和大家一样，十分激动。我们伟大的祖国，在中国共产党的领导下，经过50多年的艰苦奋斗，从一穷二白到初步繁荣富强，特别是改革开放以来，经济建设突飞猛进，社会事业蒸蒸日上，科技和教育日新月异，国防力量日益壮大，国际地位逐步提高，人民的生活越来越好！过去，我们没有条件，没有机会举办这么大型的活动，十分遗憾。今天，我们有机会在这里共同庆祝这一伟大节日，感到无比的荣幸、无比的自豪。希望大家珍惜今天的美好生活，热爱共产党，热爱祖国，热爱社会主义，坚守岗位，积极工作，为把我们的祖国建设成为富强、民主、文明、自由、和谐的社会主义强国而奋斗！谢谢。"台下掌声热烈。

女主持人说："多谢周书记热情洋溢的致辞。下面进行第三阶段的活动，庆祝新生农场建场50周年。现在再次有请新生农场场长张尚文先生讲话，大家欢迎！"又是一阵热烈的掌声。

张尚文走上舞台，这次他拿着李虹给他准备的稿子念："各位领导、嘉宾、同志们：在今天这个伟大的日子里，我们共同庆祝新生农场走过半个世纪的历程。此时此刻，我心潮澎湃，十分激动！新生农场建于1951年9月，建场50年来，经过一代又一代'新生'人的艰苦奋斗，农场发生了巨大的变化。工业、农业、商贸业、教育事业都有长足的发展，取得了喜人的成绩。现在，我们场总人口1万2000多人，干部职工8000多人。全场工农业总产值3亿多元，上缴国家税利近亿元。两个文明建设都取得好成绩。借此机会，我代表场党政两套领导班子，对全场干部职工表示衷心的感谢！并致以崇高的敬意！百尺竿头，更进一步。今天我们举行庆典活动，不仅仅为了庆祝，更重要的是为了总结，以此激励全体干部职工振奋精神，戒骄戒躁，继续前进，在党中央的坚强领导下，在省委、农垦局的关心支持和指导下，团结一致，共同努力，夺取两个文明建设双丰收，把我场建设得更加和谐、更加美丽！多谢大家。"张尚文讲完后，向台下观众深深地鞠躬，台下又是一阵如雷般的掌声。

女主持人说："多谢张先生令人振奋的讲话。张场长不愧是科班出身，50年的历史，仅用几百字就总结得这么全面，对未来的目标概括得那么明确，那么振奋人心。本来活动安排杨刚局长讲话的，但他认为活动内容多、时间紧，不再讲话了。下面，庆祝晚会正式开始，请欣赏南方歌舞团给大家准备的文化大餐。首先请欣赏大型歌舞表演《歌唱祖国》"。

舞台的灯光，全部现代化设计。彩灯、射灯、旋转灯、远近光灯一应俱全，橙红黄绿青蓝紫，五光十色，变幻无穷，衬托着精彩的节目，有着非凡的震撼力和感染力，与观众的视觉和心灵交融在一起，观赏效果非常好。

第一个节目结束后，观众报以热烈的掌声。男主持人继续报节目，接着是大合唱《没有共产党就没有新中国》、女声独唱《唱支山歌给党听》、舞蹈《在希望的田野上》。女主持人继续报相声、小品等节目，当晚共演出十多个节目。干部职工多年没观赏过这么精彩的节目，个个聚精会神，热情高涨，掌声不断。

晚会一直到 10 点 30 分结束。结束前，全体观众再次起立，高唱《歌唱祖国》。

新生农场有史以来的第一场大型庆典活动取得圆满成功。

第二天早上，张尚文和周华，一早就去招待所，陪几位参加庆典活动的领导吃早餐。在吃早餐的时候，农垦局总工会主席陈强对张尚文和周华开玩笑："昨天晚上，你们两个的'二人转'演得很不错，晚会的节目更加精彩，整个庆典活动安排很紧凑、很科学，格调非常高，主题也很突出。想不到尚文和老周在这方面还有两下子，让你们的总工会认真总结一下，将晚会情况书面汇报局总工会。"陈强是工会的元老了，懂业务，他的意见很有权威性，也很中肯。他的"二人转"论，虽然是在开玩笑，但实际上是在表扬张尚文和周华。在场的领导听陈强这样说，都哈哈地笑了起来。周华说："这个活动自始至终都是场长策划的，我只是打下手。"杨局长也开玩笑："他俩的'二人转'比本山大叔的还精彩呢！二人转嘛，必须是两人认真配合，节目才精彩啊！"张尚文听明白陈强和杨局长的意思，笑着说："陈主席和杨局长过奖了！我们两个是主官，活动内容又

282

多，样样都很重要，没办法啊！只好唱'二人转'了。不过，如果没有杨局长和主席老兄打下的基础，昨天的晚会还真的连想都不敢想，还'二人转'呢？多谢杨局长和你老兄啦!"周华也附和着："是的是的，多谢了！多谢了!"

早餐后，杨刚拉着张尚文到他的房间，问："你小子上次和我说小李的调动问题，究竟是什么意思?"老领导这么一问，张尚文觉得应该如实汇报，便将李虹不切合实际的想法说了出来。他说："这小姑娘很单纯，个性也很倔强，恋爱观很不正确。我担心这样下去，会影响她的前途和婚姻，所以我介绍给您认识，目的是想让您将她调到局里去，这样接触少了，时间长了，她的不正确的想法也就淡了，老领导说是吗?"杨刚说："原来有这回事，不过你说的也有道理，你为什么不早说呢?"张尚文说："我也是最近才确定她有这种想法的。再说您还不认识她，我怎么和您说呢?""也是。好吧，局办公室还有一个行政编制，我回去运作一下。不过，你一定要想办法做通小李的思想工作，她愿意离开才行。""我明白，拜托老领导了。"事情总算有眉目，张尚文很高兴。

这时，小叶来通知杨局长准备回去。张尚文让小叶帮助杨局长收拾行李，和周华一起送领导们上车。

③32

送走省农垦局领导，张尚文刚回到办公室，李虹就到了。李虹今天很高兴，穿一身牛仔布料衣服，既美丽又大方。她笑着对张尚文说："场长好！昨晚的庆典活动很成功，干部职工反映很好。您昨天的形象特别帅啊！"张尚文也笑了："是吗？我一直都这样啊！至于昨晚的庆典活动，我的体会是：功夫不负有心人，只要用心去办一件事，就一定会办好的。大家都很辛苦了，多谢你们的积极配合和辛勤工作。"李虹赞成张尚文的说法："场长说得很对。您办任何事情都那么用心，很值我们年轻人认真学习。"张尚文说："对，办任何事情都要用心，尤其是年轻人。上次说让你介绍对象给叶主任，有消息吗？"张尚文始终不忘关心部下的人生大事。"我让朋友给他介绍一个中学教师，他们已见过面了。这个女老师是大学英语本科毕业，今年28岁，现在他们正在谈。""多谢了！你呢？有什么打算？"张尚文问。"我说过，将我交给您啦！您有什么打算呢？"李虹一语双关，认真地反问。张尚文拍拍脑袋："对啊，我还没帮你找到合适的呢！"李虹说："不用找了，你就是现成的。"李虹越说越离谱了。张尚文听了大吃一惊："你不要傻了，总是想一些不切实际的东西。我让杨局长调你到农垦局办公室，你同意吗？""不同意，赶我走呀？这么狠心。"李虹态度很坚决，突然流下眼泪。张尚文问："为什么呢？""不为什么。"李虹擦着眼睛说。张尚文严肃地说："小李啊！人生有很多路可走，是光明大道就勇往直前，是阴暗邪路就及时转弯，不然会害了自己，也有可能伤及别人，明白吗？""但是……"李虹还想往下说，但被张尚文制止："没有但是。路子走错了，即使可以回头，但光阴不再了，将会遗憾终身。到农垦局工作，平台高、接触广，前程远大，机会很多，凭你的条件，这是最好的选择。你不用马上答复我，先考虑考虑再说，好不好？"李虹清楚张尚文的性格，再说下去也作用不大，于是勉强答应："好吧，让我考虑考虑。"张尚文说："你先回去，叫叶主任来一下。""好。"李虹说完就离开。

不一会儿，叶茂进来了。张尚文问他："小叶，昨晚的庆典怎么样？请你这位高参评价一下吧！有什么感想？"叶茂认真地说："非常成功，感想很多。我的主要感想是：事在人为，格局决定效果。办事情最讲究的就是格局，昨晚的庆典，赢就赢在格局上。而格局的决定因素，在于人的认知水平，还有环境和条件，特别关键的是领导人的要求。这方面我非常佩服您，不但想到了，而且做到了。"

叶茂虽然职务不高，但水平不低。他跟随张尚文多年，对张尚文的工作能力和处事风格十分了解，而且学到了他具体问题具体分析的本领。张尚文认为，叶茂的分析很到位，他十分满意："你说得很对。我们要认真总结经验，争取今后将这类事情办得更好。你回去和李虹商量一下，由她执笔，写一份庆典活动情况汇报，上报农垦局，要抓紧。"叶茂回答："好的，马上就办。"他说完就要走。"且慢，我还有话说，听说最近有好消息？"张尚文问。叶茂笑了："什么事情都瞒不了您，因为条件未成熟，所以没向您汇报。有这回事，是李虹的朋友介绍的，中学英语老师，本科毕业。现在正在互相了解，有结果我会向您汇报的。""这个老师叫什么名字？需要我帮忙吗？"张尚文又问。"叫陈雯，暂时不需要帮忙，如果需要我会告诉您的。"叶茂回答。"好吧！祝你成功！"张尚文很高兴。他想，叶茂的婚事至少有一个良好的开端，一定要好好帮帮他，让他完成人生的最大任务。

叶茂走后，张尚文在想，作为一名合格的领导人，除了以身作则，树立榜样，当好表率外，更重要的是思路要清晰，考虑问题要全面，不能顾此失彼，而且要全力以赴抓落实。一直以来，自己的工作能够样样见效，特别是这次的庆典活动能够取得圆满成功，都充分证明这一点。与此同时，还要在力所能及的情况下帮助别人，尤其要无微不至地关心下属，真心实意地帮助他们解决实际问题。叶茂跟随自己多年，由于条件限制，婚姻问题一直未能解决，这与自己平时对他很少关心和过问有很大关系。这一次，无论如何都要促使叶茂的婚姻成功，了却自己的心愿。至于李虹，除了纠正她的错误思想外，还要下决心解决她的上调问题，通过改变环境，改变她的思想，从而改变她的人生。

　　张尚文想到这里，不自觉地拿起座机，拨通中学校长的移动电话："陈校长吗？我是张尚文。你们学校有一个英语老师叫陈雯吧？她表现如何？"陈校长答："是的。陈老师很不错，为人诚实，心地善良，教学水平较高，就是年龄有点大了，婚姻问题还没解决。张场长怎么问起她了？"张尚文笑笑："没什么事，听说她最近谈朋友了，你知道吗？"陈校长说："我也听说了，我们都为她高兴，但具体情况还不清楚。""据我了解，她是和我们行政办主任叶茂在谈恋爱。我想，他们都是大龄青年啦，我俩就当他们的月下老人吧，促成这桩婚事，行不行？"张尚文说。"行，一定尽力而为。"陈校长表态。"谢谢！"张尚文放下电话，长吁了一口气，觉得自己又办了一件了不起的事情。他坐了下来，想了一下，又拿起电话打给妻子："阿英，今晚加点菜，有客人来家吃饭。"黎小英不明白他的意思，因为他很少在家里请客。她问："什么贵客？要在家里请?"张尚文说："不要问，到时你会知道的。"张尚文说完，又打电话给李虹："小李吗？今晚请你到我家吃个便饭吧!"李虹说："有好吃的呀？好的，多谢领导!"她爽快地答应。

中午下班后，黎小英按照丈夫的要求，到农贸市场买了鱼和肉等，这些菜黎小英平时很少买。下午5点，黎小英提前下班回家做饭。她不知道丈夫请什么客人，生怕给丈夫丢脸，忙碌了半天，做了一个清蒸鱼、一个炒肉片、一个炒滑蛋、一个炒青菜和一个紫菜蛋花汤。张尚文下班回来后，黎小英问："你要请谁吃饭？这些菜行吗?"张尚文笑着说："够了，就请李虹一个人，她吃不了多少。"黎小英不解，责怪丈夫："真有你的!请谁吃饭又不事先说清楚，怎么请小李吃饭呢?""到时你会明白的。"张尚文还在卖关子。

这时，李虹提着一袋水果进来了。她见到披着围裙的黎小英，礼貌地打招呼："嫂子好，您辛苦了。""不辛苦，不辛苦，快坐。"黎小英客气地让座。张尚文接过李虹的水果放好："不喝茶了，我们吃饭吧，菜凉了。"

三个人坐下后，张尚文说："今晚就我们三个人，一起吃个便饭，聊聊天。小李，你还没吃过你嫂子做的饭呢!你尝尝她的手艺，我已经吃了半辈子了。"张尚文的话中有话。"是啊!我们结婚将近20年了，尚文习惯吃我做的饭菜，在外面吃饭总是吃不饱。"黎小英说完，夹一块鱼肉放在李虹的碗里："你尝尝。"

这时的李虹，心中已经五味杂陈。她已经明白了张尚文的意思，但她很冷静，而且不露声色。她用筷子挑起这块鱼肉放在嘴里，然后说："很好吃，嫂子的手艺真不错。""好吃就多吃点，不要客气，就当一家人。"黎小英不了解丈夫的意图，笑着说。"多谢嫂子！"李虹心不在焉，说话很勉强。"什么一家人？小李很快就要到农垦局工作了。今后她在省城，你很难请得到她啦！"张尚文将话转入正题。"是吗？恭喜了！到省城工作是多少人一生的梦想啊！小李有机会去省城工作，大幸运了。"黎小英高兴得好像自己要调到省城工作一样。"确实如此，当年陈莹随夫调到省农科院，前几年两夫妻回来，她的打扮就像个富婆一样，我和她开玩笑，说她是山沟沟里飞出去的金凤凰。"张尚文有意说起陈莹。"场长，您不要说了，我明白您的意思，听您的。"李虹无奈地说。"好好，不说这个了，吃菜。"张尚文一味地往李虹的碗里夹菜："多吃点。"李虹觉得不好意思："多谢场长，不要夹了。"她勉强将碗里的菜吃完，放下碗筷："场长，嫂子，你们慢慢吃，我有事先走了。多谢嫂子！""吃好了吗？"黎小英问。"吃饱了。"李虹说完，起身要走。黎小英站了起来，将她送到门口："慢走，有空再来。""好的，嫂子再见！"李虹走到街上，眼泪突然哗啦啦地往下掉。

李虹走后，黎小英问张尚文："今晚究竟怎么回事？"张尚文笑笑，将事情的来龙去脉向黎小英说得明明白白。末了，他问一句："你觉得我这样处理这件事还行吗？"黎小英虽然不反对丈夫这样做，但更加同情李虹："你这样做太伤她的心了。""没办法啊！长痛不如短痛。这样对大家都有好处，你说呢？"黎小英不语，瞪了张尚文一眼。

两年后，王福因被人告发，被农垦局纪委查处。

王福在职期间，利用手中的权力，受贿 60 多万元。局纪委还查出他为了场长位置，幕后指使心腹伪造黑材料，诬告张尚文。王福被判处有期徒刑 12 年。参与诬告张尚文的相关人员也受到相应的处分。

根据张尚文的提议，农场利用王福的典型事例作反面教材，在全场开展一次警示教育。

警示教育对象主要有两部分人：一是全体干部，二是青少年学生。由场纪委牵头，宣传科配合，组织一个教育辅导组，从离退休老干部、退休教师、共青团组织中抽调人员组成。教育辅导组专门制作宣传片，编写辅导材料，有针对性地开展教育。为使教材真实、生动、有意义，辅导组的同志到王福的家乡、公安机关等单位进行采访，收集王福从小到大的成长、读书成绩和参加工作后的表现等情况，分析其家庭教育、学校教育、组织教育的方式方法和存在的问题，查找王福人生观、价值观、世界观的影响因素，并摄制警示教育录像专题片，力求形象生动地反映王福的人生变化以及从无知少年发展到走上犯罪道路的经历，做到有的放矢，收到警示效果。

教育辅导组在王福的家乡了解到很多情况，其中有一件事让教育辅导组的同志很震惊。据当地村民反映，王福小时候是村里最顽皮的孩子，经常欺负村中的小伙伴和同学，但父母认为他有本事，不但不批评教育，还当面表扬他。读小学五年级的时候，王福与同班一名同学因一件小事闹矛盾，他怀恨在心。第二天，他捡了一块石头，在放学的路上击打那个同学。同学的父亲找到学校要求处理。学校老师找到王福的父母，王福的父母置之不理。同学的父亲找王福的父母要求赔偿医药费，王福的父亲大发雷霆，既不道歉，也不赔偿医药费，还将他大骂一通。无奈，那个同学的家长只好哑巴吃黄连，之后不了了之。这件事在村中一直作为一段不光彩的历史，现在人们还记忆犹新。辅导组把这件事作为特殊反面教材，编进辅导材料中，对学生家长进行重点教育。

在警示教育动员会上，面对全场干部，周华认真地说："王福的违法犯罪是咎由自取，他走上这条路，警醒了我们，每个人的成长，必须经过从小的历练，必须通过学校、家庭、社会三结合，进行规范教育，长大后要认真改造自己的'三观'，才能成为对社会有用之才。所以党委决定，在全场干部和高年级学生中，开展一次警示教育。目的是使大家清醒地认识到，干部队伍一定要警钟长鸣，学做人一定要从小抓起。这次警示教育活动，计划安排一个星期。干部教育除集中观看警示录像片和听辅导报告外，还要分组讨论，每人都要上交两千字以上的学习体会。希望大家安排好工作时间，做到工作学习两不误。中小学生教育以班为主，灵活掌握，做到既抓好警示教育，又不影响学习。"

干部的警示教育，分三个阶段进行。

第一阶段，组织全体干部观看王福的成长经历和犯罪过程专题片。专题片通过分析王福走过的人生道路，特别是从一名大学高才生如何走上犯罪的全部历史，使全体干部了解王福从小到大的成长及走上犯罪的过程。专题片中说明，王福走上犯罪道路，主要原因：一是家庭教育失败，使其人生观、价值观、世界观严重扭曲，主要是父母对王福过分溺爱，导致王福的心灵严重被污染，形成以自我为中心、自私自利的个性。一旦权力在手，就违法乱纪，贪得无厌。二是岳父无原则的帮助，使王福在思想上产生了极其错误的认识，认为只要有后台、有关系，就可以青云直上，不劳而获。一旦事与愿违，就走向极端，违法犯罪。

第二阶段是专题辅导。由警示教育辅导组的同志为全体干部进行集中讲座，结合王福这一反面教材，通过学政治、学法律、学政策，提高干部的政治觉悟、法律和政策水平，提高遵纪守法的自觉性，彻底改造人生观、价值观、世界观，使全体干部从王福的堕落中吸取教训，严格管好自己，管好亲属，管好子女。

第三阶段是组织参加警示教育的干部进行深入讨论。对照王福的违法犯罪行为，认真检查自己的表现，从认识上、思想上进行自我反思，在灵魂深处彻底清除肮脏、丑陋的东西，并写出2000字的学习心得，交给场部纪委存档。

按照教育活动的时间安排，周一、三、五上午集中观看警示教育专题片和集中听辅导课，下午由各单位组织讨论。周二、四、六全天工作。写心得体会由个人掌握时间，不能影响工作。

对青少年重点是加强思想道德教育。主要对象是小学五年级以上和初、高中学生。由各班级以上政治课的形式，在完成教学任务的前提下，通过王福这一反面教材，特别是针对王福从小就形成扭曲的心理、严重缺陷的性格，发动中小学生深入揭露和批判王福以自我为中心的思想及其危害性，引导青少年树立正确的人生观、价值观、世界观，号召全体青少年学先进、赶先进、超先进，好好学习，天天向上，健康成长。同时，召开家长会议，帮助学生家长认识王福的父母无度溺爱子女产生的恶果，提醒学生家长坚持以正确方法爱护子女、教育子女，使之成为有用之才。教育中心还要求，学生每人写一篇1000字左右的学习心得。

教育活动结束后，在干部队伍和青少年学生中产生了强烈的反响。大家一致认为，这次警示教育，措施得力，形式灵活，效果显著。在总结会上，周华书记强调："我们组织这次警示教育活动，目的是彻底消除王福事件的不良影响，营造风清气正的政治环境，教育全体干部和青少年，对照反面典型，认真改造自己的人生观、价值观、世界观，走好人生道路。警示教育辅导组的同志，认真负责，做了深入、细致的工作，针对性特别强，应予充分肯定。全体干部也自觉参加活动，做到学习工作两不误，大家深受教育，达到预期目的。希望大家吸取王福的教训，今后自觉遵纪守法，积极工作，廉洁自律，做合格的党员、称职的干部。同时，教育好自己的子女，确保下一代健康成长。"

这段时间，张尚文工作的重点是抓好机械厂和各茶厂新产品的市场开拓。他带领分管工业的副场长刘光、行政办主任叶茂和秘书李虹，分别到机械厂和四个茶厂搞调研，指导和督促产品销售工作，动员各厂利用年底的购买旺季，搭建商业平台，拓展销售渠道，加快资金回笼。

在张尚文的指导下，机械厂在清新市举办产品展销会。他们在市区一家商场大门口的广场上，搭起了平台，摆上他们生产的各种款式、各种规格的空调机、电冰箱，请来专业推销人员和表演团队进行推销和表演。

开幕那天，展销会现场载歌载舞，好不热闹。歌舞暂停后，推销人员在讲台上，手拿麦克风，用富有诱惑力的语言发表演讲："各位先生、各位朋友、顾客们：今天，我们在这里举办产品展销，展出我们厂生产的电冰箱、空调机。我们生产的产品，质量上乘、美观耐用、价格实惠。凡今天在现场购买空调机或电冰箱，价格优惠百分之十五，终身保修，还送抽奖券一张，凭券抽奖，中奖者可领取价值 300 元的丝绵被一套。机不可失，时不再来。出手吧！朋友们！"推销员话音刚落，现场顾客就围上来，咨询产品产地、性能、价格及售后服务等问题。销售人员热情耐心地一一解答。顾客们被销售人员富有诱惑力的演讲和专业的解答所吸引，都争先恐后地抢购电冰箱和空调机，场面十分热闹。

当天，展销现场卖出空调机 40 多台、电冰箱 30 多台。还有部分顾客向厂家订购 10 多台这两种产品。首次举办促销活动，就一炮打响，取得成功，大大地增强机械厂领导的信心。之后他们又在周边城市继续举办，都有很大收获，不但推销了产品，还扩大了宣传，使"雪花牌"电冰箱、"春光牌"空调机的知名度大大地提高了，不断占领市场。

电冰箱、空调机展销取得成功，张尚文很满意，马上与郑世豪商量，要求他学习机械厂的做法，牵头组织茶叶展销会。郑世豪立即行动，在岭南省城、湖南长沙、广西南宁等地，分别进行产品展销，都取得令人满意的效果。

为研究今年工作总结和明年工作安排问题，张尚文主持召开行政班子会。他在会上说："办企业，产品质量是关键，产品推销也很重要。机械厂和新生贸易公司开了一个好头，我们要认真总结经验，完善措施，大力开拓我们的产品市场，争取更好的效益。今年以来，机械厂生产空调机 2 万多台、电冰箱12000 多台，现在库存不到百分之十，利润率百分之三十以上。四家茶厂共生产绿茶 8000 多吨、乌龙茶 4000 多吨、茉莉花茶5000 多吨、菊花茶 3000 多吨，各种茶叶合计 2 万 2000 多吨，经济效益比原来的红茶出口高出四倍以上。现在各茶厂的茶叶库存不超过百分之二十。"

班子成员听到张尚文的情况通报，深受鼓舞，认为只要按照规律办事，经济必定能够不断发展，物质文明建设必定能够上新台阶。机械厂转产和茶厂调整产品结构，为新生农场的经济建设做出了新的贡献，也积累了经验，使张尚文以及其他领导，增强了不少信心，决心明年继续努力，大干一场，夺取更好的成绩。他们热情高涨，认真地研究下一步的改革和发展计划。

(34)

2002 年元旦过后第 3 天，新生农场召开一年一次的职工代表大会。张尚文当场长已是第 3 个年头，每年年底或次年年初，场部都召开一次职工代表大会。总结过去一年的工作，部署下一年度的计划和奋斗目标。

今年的职工代表大会与往年不同，因为在新世纪、新形势下，要有新要求、新目标。国家建设，社会发展，已进入了新的阶段，跃上新的台阶。新生农场也必须跟上社会发展步伐，要在当前稳定的政治局面中，团结一致，继续前进，创造佳绩，使农场的改革发展、两个文明建设更上一层楼。

张尚文在工作报告中说：过去的一年，我们的工作亮点纷呈。在经济建设方面：工业发展迅速，农药、水泥、建材等市场占有率高、效益好；机械厂转产成功，电冰箱、空调机投放市场后，经济效益显著；茶叶产品结构调整后，不断提高市场占有率；农业巩固发展，改造后的茶园产量成倍增长，质量不断提高。林、牧、副也在稳步发展。全年工农业总产值达 3 亿 8000 万元，同比增长百分之四十三，上交税利 1 亿 3000 万元，同比增长百分之五十六。各项改革也取得明显成效，落实厂长聘任制、公司承包制后，工厂、公司的生产经营积极性显著提高，效益不断增长；实行校长竞争上岗、老师聘用制后，校风学风明显改善，教学质量逐步提高；精神文明建设成果突出，综合文化楼投入使用，通过举办庆祝新中国成立 52 周年和农场建场 50 周年庆典活动，扩大了政治影响，丰富了职工文化生活。

张尚文在报告中提出今年的工作目标和任务：今年是 21 世纪开局之年，我们的主要任务是：经济建设方面，继续抓好机械厂新产品生产，不断扩大市场；对水泥厂和四间茶厂进行技术改造；对农药厂进行扩产升级；对石米厂转产新型建筑材料，红砖厂转产环保砖。农业继续抓好巩固发展，不断扩大经贸范围。力争实现工农业总产值突破 4 亿元，同比增长百分之二十五，实现税利 1 亿 8000 万元，同比增长百分之三十。继续推进改革：巩固现行的改革成果，推进卫生系统改革，实行院长、医生、护士聘用制。在精神文明建设方面，在经营好文化大楼的基础上，逐步实现基层每个科级单位建一个文化站，不同层次、多渠道丰富职工的文化生活。

张尚文的工作报告，得到代表们的一致赞成，全票通过。

5 天后，学校放寒假，张晶晶和陈小锋一起回家。张晶晶上大学一个学期，已经适应大学的校园生活和学习环境，还被选为班长和学校学生会副主席，学习和工作都比较忙，平时很少打电话回家。回到家里，看到父母都有些消瘦，关心地问："爸、妈，你俩怎么回事啊？这么消瘦？"黎小英笑着说："我们前段时间工作很忙，休息不好。放心吧，没事的。"张晶晶说："我不打电话是因为学习紧张，工作忙。你们不要为我担心，我会照顾好自己的。小锋哥哥很关心我，生活上、学习上给我很多帮助。你们不要过于节俭，要吃好一点，穿好一点，这样心情好，身体好，女儿才放心啊！""放心吧，爸妈会的。"黎小英说。张尚文坐在旁边一直不哼声，笑着听两母女的对话。他想，女儿真的长大了，也懂事了很多，大学培养的学生就是不同，仅仅几个月，变化就这么大。他高兴地说："我们的晶晶真的长大了，懂得了很多道理。爸妈只是工作辛苦，并没有省吃俭用。你就安心学习吧！晶晶呀！你已几年没回过老家啦，春节快到了，我们一家人回老家看看爷爷、奶奶、舅公、姑婆，顺便将爷爷奶奶接来这里长住。你觉得怎么样？"张晶晶高兴地说："好啊！我有好几年没回老家了。"

还有 10 来天就到春节了，张尚文将工作安排妥当，告假回老家几天，将父母亲接来这里过年。他向郑世豪借用一辆小车，星期五一大早，张尚文自己驾车，一家人风尘仆仆往老家赶。高速公路又直又宽，十分顺畅。早上8点出发，下午5点就到家了。

老父母知道儿子一家今天回来，早早就在家门口等候。过去，张尚文每次回老家，起码要花两天时间，现在不需10个小时就到家了。到了家门口，老父母见到一家三口平安归来，高兴得热泪盈眶。张晶晶高声叫："爷爷、奶奶!"她直奔过去，搂着奶奶跳个不停，那种亲热劲难以形容。

4年前，在女儿张尚玲和女婿的鼓动下，父母将老房子拆旧建新。现在是2层半楼房，每层3房1厅，面积120平方米左右，有厨房、卫生间。顶层1间半，其中半间是楼梯间。小院子约有40平方米。妹妹和妹夫一直是承包土地种甘蔗，收入颇丰，建房的钱大部分是他们出的，张尚文只是稍微支持一下。为了照顾父母，妹妹和妹夫大部分时间都住在父母家。儿子读高中，平时住校，只有周六、周日才住外公外婆这里。女儿读初中，学校离外公外婆家不远，走路上学很方便。

看到老父母居住的环境、生活条件和身体状况，张尚文和黎小英都很高兴，特别是妹妹对父母周到的照顾，两人都十分感激。张尚文想，两位老人都70多岁了，应该是享受天伦之乐的时候，而自己却没尽到丝毫责任，感到十分惭愧。这次，无论如何都要将两位老人带到身边尽尽孝，让他们享享清福。

张尚玲昨天已接到大哥的电话，知道大哥他们今天到，下午和丈夫开摩托车来到海边小镇，买鱼、买虾、买螃蟹，刚刚回来。夫妻俩还来不及和哥嫂打招呼，就提着海鲜到厨房做晚饭。这时，妹妹尚玲的两个小孩也放学回来了，一大家子有说有笑，热热闹闹，令两位老人十分开心。两个表弟妹见到张晶晶，拉着她的手，亲热地说："表姐，我们去玩吧！"张晶晶说声："好。"就一手拉着表弟，一手拉着表妹，高高兴兴地去玩了。

晚饭后，一家人坐在一起拉家常看电视，小孩做作业，复习功课。电视机是49英寸的大彩电，有线网络，十分清晰。张妈问儿子："阿文，你们这次回来，怎么这么消瘦？是不是身体有什么问题？"张尚文和黎小英对视一下，笑笑说："妈，我们的身体都没问题，可能是最近工作忙，休息不好造成的，放心吧，我们没事。"张父也说："工作再忙也要注意身体啊！"

黎小英说："尚文是场长，事情多，工作辛苦，我最近老是失眠。过一段时间就好了，你们不要担心。"

张尚文看到两位老人在妹妹和妹夫的照顾下，身体健康，家庭变化这么大，非常高兴。他说："爸、妈，这次回来，看到家里的变化，特别是你们身体状况，我和阿英很高兴。但是，妹妹和妹夫太辛苦了，我和阿英很过意不去。所以，我们决定今年不在老家过年了，接你们去我那里过年，今后长住我那里，让我们尽尽孝，好吗？"听大哥这样说，张尚玲想不通："哥，还有几天就过年了，这个时候怎能让爸妈离开家呢？"张尚文知道妹妹舍不得父母离开，但坚持说："阿玲，你不明白，我是场长，春节这么重要的节日，行政一把手是不能离开岗位的，我提前回来，就是这个原因。现在，爸妈老了，你们的小孩也长大了，你和妹夫也辛苦那么多年，应该由哥嫂照顾他们了。再说，你大嫂再过几年就退休啦，晶晶又在外面读书，你大嫂有时间和精力照顾他们，而且有爸妈在，你大嫂不会觉得孤独，你说呢？"张尚文极力劝说妹妹。"哥，你说的我都明白，但要听听爸妈的意见。"妹妹无话可说，只好把矛盾推给父母。

张妈坐在一旁，听到儿女的对话，感动得直流眼泪。她觉得很满足，儿女孝顺，是父母的福气。尽管儿子不在身边，但在经济上给予全力支持，使他两位老人不愁吃、不愁穿。女儿、女婿无微不至的照顾，使两位老人住上楼房，感冒咳嗽有人送医问药，确实无话好说。离开女儿吧？对外孙放心不下；不跟儿子生活吧？儿子儿媳不高兴，村里人也有看法。正在左右为难，孙女张晶晶说话了："奶奶，你就和爷爷去我们那里吧！这样晶晶每个学期放假都可以看到你们了。""是啊！去我们那里住一段时间，想外孙了我们再送你们回来。"黎小英也附和着。"好吧！他爸，我们就去儿子那享享清福，你同意吗？"张妈还要尊重丈夫意见。"听你的。"张父说。

父母亲的表态，张尚文很高兴，他的目的达到了。于是说："就这样定吧，我们后天就回单位，我明天和阿英、晶晶去看看舅父和姑妈、表哥，阿玲帮爸妈收拾一下行李，我们后天一早就回单位。"张尚玲虽然有思想抵触，但父母都同意了，她无话可说，只能勉强应一声："好吧。"

这时已是晚上 11 点钟了，张尚玲说："大哥大嫂今天辛苦了，床铺昨天已搞好，你们早点休息吧！晶晶和我女儿睡，行吗？"张晶晶说："好的。"

第二天一早，张尚文带着妻子和女儿，去探望舅父和姑妈。他们先到舅父家，去舅父家大约有十公里路程。张尚文记得，小时候经常跟着妈妈走路去看外公外婆，需要大半天时间，还要蹚水过两条小河。上次回来，骑自行车也是走小路，过河走木板桥，还要下来推着自行车过桥，足足走了 1 小时 20 分钟。现在已修好乡村公路，两条小河也建起钢筋水泥桥，开车半个小时就到了。

到了舅父家，看到舅父坐在自家门口晒太阳。他今年 78 岁了，比张妈大 4 岁，身体还比较硬朗，眼睛也可以，就是头脑不太灵活，耳朵也不好使，牙齿基本掉光。他认出张尚文，张着没牙的嘴巴呵呵地笑着，眼泪也流了下来。张尚文走到他面前和他打招呼："舅父，我和阿英、晶晶来看您啦！"舅父说："好好！"张尚文又问他身体状况，他却答非所问，两人无法沟通，张尚文很无奈。

舅父还是住原来的旧房子，两层半小楼，还有三间红砖瓦房。一家 10 多口人都住在一起。这时，张尚文的表嫂从屋里出来，看到张尚文他们："哎呀！尚文、阿英回来了，这是晶晶吧？都认不出来了。快进屋坐，吃完饭再走。""不了。晶晶去年考上大学，现在学校放寒假，带他回来看看舅父、姑妈、表哥和你们，顺便带爸妈去我那里过年，今后在我那里长住，等一会儿还要去看姑妈。表哥不在家？他身体还好吗？"张尚文解释说，他想见一下表哥，多年不见了。"你表哥身体还行，他下田干活去了，种了几亩辣椒，他在摘辣椒。两个儿子去外面打工还没回来，几个孙子孙女出去玩了。""那好，告诉舅父和表哥一声，我这次回来时间很紧，就不等表哥回来了，我现在就去看看姑妈，明天回单位。"张尚文说完，在车上拿下几包礼物，又从口袋里拿出一些钱，一并交给表嫂："这些东西给你们过年，这钱买点东西给舅父吃，祝老人家健康长寿。我们走了，晶晶，和舅公、表伯母说再见。"表嫂接过礼物和钱："谢谢表弟！""舅公、伯母再见！"晶晶招招手说。

离开舅父家，张尚文又去探望姑妈。姑妈的村庄与舅父的村庄距离8公里，村与村之间的道路虽然弯弯曲曲，但全部硬底，不用20分钟就到了。

姑妈比张尚文的父亲年长3岁，今年将近80岁，头发全白了，但她身骨硬朗，耳聪目明，思维敏捷。见到张尚文他们，乐呵呵地说："我阿文和阿英回来了！这是我内侄女晶晶吧？变成大姑娘啦！女大十八变，我都认不出了，快进屋坐。"然后她叫儿媳妇："阿华，快泡茶，等一会儿杀鸡做饭，打电话给阿贵，让他在圩上买些鲜鱼大虾回来，招呼我大侄子一家。"

阿贵是姑妈的大儿子，阿华是姑妈的大儿媳妇。阿贵比张尚文大1岁，两表兄弟从小玩到大。今天一早，阿贵就开着他的皮卡车，上圩买鸡饲料，带有手机，阿华用家里座机一拨就通。阿贵在电话里说："一定要留阿文他们在家吃午饭，我马上就回去。"

姑妈性格开朗，热情大方，在四邻八方是出了名的。姑父走得早，20多年来，她一个人硬是将3个孩子拉扯大。现在大儿子在家务农，与姑妈一起生活；二儿子中专毕业后在县城工作，已结婚成家，住在县城；小女儿嫁给一名军官，现在随军去外省，很少回来。

姑妈现在住的是新建的3层小楼房，比较宽敞。她很爱干净，家里收拾得整整齐齐，干干净净。张尚文他们在客厅坐下后，姑妈忙前忙后，拿出香蕉、杨桃、橙子、柑橘等水果，摆满一茶几，嚷着："快吃，快吃！"张晶晶说："谢谢姑婆！不要拿了，吃不了那么多。""客气什么？现在生活好了，这些水果一年四季都有，很便宜。等一会儿让阿华装一袋给你们带回去。"

张尚文看到姑妈这么开心，对她说："姑妈呀！您辛苦了大半辈子，现在生活好了，但是您的年纪也大了，您要注意身体啊！"姑妈不以为然，笑嘻嘻地说："大侄子放心，你姑妈一直以来都是乐天派。当年那么艰难，我都过来了。你爸当年很担心我，怕我顶不住，我说弟弟放心好了，你姐的心态好，多大的困难都能克服，现在不是过来了吗？我担心的反而是你爸妈。"姑妈记忆力好，思维敏捷，口齿伶俐，说完又催儿媳妇："阿华，快杀鸡煮饭。"儿媳妇在厨房里应一声："鸡已经杀了。"

张尚文记得，他懂事以后，姑妈对爷爷奶奶很孝顺，经常回去看望两位老人，家里但凡有好吃的，都拿回去孝敬两位老人。后来姑妈的第二、第三个小孩出生，家里十分困难，爷爷与奶奶商量，让姑妈的大儿子阿贵到他们那里，和张尚文一起读书、生活，解决姑妈一些困难。张尚文读初三的时候，姑父生了一场大病，治病花了不少钱，不久就去世了，使这个本来就脆弱的家庭雪上加霜。之后阿贵辍学，回家帮姑妈种田。张尚文读高一时，奶奶去世，参加工作的前一年，爷爷也走了。姑妈从此无依无靠，唯一的弟弟生活也很困难，帮不了她的忙，只能依靠自己打拼，能走到今天很不容易。张尚文说："我很佩服姑妈的毅力。您一路走来，付出了多少艰辛，流了多少泪水，能有今天确实不容易。我爸的身体还可以，妈妈的身体不太行，成天风湿骨痛，吃了很多药，效果都不理想，反反复复。我这次回来，一是晶晶读大学了，带她回来看看你们。二是准备带

302

爸妈去我那里过年，今后就在我那里长住，顺便给妈治病。这么多年，我这个做儿子的没尽到责任，一直是妹妹和妹夫照顾他们，我过意不去。"听侄子这样说，姑妈很放心，觉得弟弟的两个孩子都很孝顺，但也感到有些突然："这样啊！你爸妈同意吗？""爸从来都是听妈的，通过我们昨天晚上做工作，都同意了。我们这里的世俗观念，都认为父母应该由儿子养老，我这样做也是为了避免别人议论。"张尚文说。姑妈虽然年纪大，但观念一点也不守旧："这是什么观念？谁说父母一定要靠儿子养老？如果没儿子怎么办？不过也好，让他们去你那里住一段时间，住不习惯可以回来嘛，阿玲会照顾好他们的。"

他们正在说着话，阿贵开车回来了。当年阿贵初中毕业后，因家庭困难而辍学，回家帮母亲务农。改革开放后，他跟着同村兄弟外出做建筑，靠打工挣钱供弟弟妹妹读书。后来当了一个小包工头，日子慢慢好转，便与阿华结婚。弟弟读中专毕业到县城的机械厂工作，妹妹高中毕业第三年就结婚，不久随军，家庭生活有所改善。阿贵结婚后，不外出做工程了，回村里承包一块地办养鸡场。今天一早，他到圩上买鸡饲料，接到妻子的电话，他便去买鱼买虾，马上赶回来。见到张尚文，直奔过来，两人拥抱在一起。阿贵说："阿文和阿英你们怎么了？没饭吃吗？怎么瘦成这样子？晶晶变成漂亮大姑娘啦！岁月不饶人啊！转眼几十年就过去了。"

张尚文笑着说："工作忙，工作忙啊！阿英最近老是休息不好。"他轻轻地擂了一拳在阿贵的肩头上，继续说："你比小时候壮实多了。小时候你瘦得像猴子，住到我家后，长了一点皮肉，但跑步、摔跤比赛你总是输给我。你还记得吗？读小学的时候，放学后我们经常去抓鱼、捉蟹、捡田螺。有一次我们去水沟里捉蟹，当我将手伸进蟹洞时，突然被水蛇咬了一口，吓得我们马上跑回家。我一边跑一边哭，你一边跑一边喊救命。回到家里，我爸说水蛇没毒，不用怕，过两天就没事了。但从此再也不敢去摸蟹了。我们就去钓鱼，结果十钓九空，连鱼鳞都没钓到一块，哈哈！""是啊！想想小时候的日子，那才叫快活。对了，你怎么这个时候回来？还没到春节呢。""提前回来接爸妈去我那里过春节，然后在我那里长住。这么大的单位，当主要领导的，重大节日不能离开岗位。"张尚文说。"也是。当大领导不容易啊！还是当我的鸡司令自由。"阿贵感慨地说。"对了，你的鸡场有多大规模？有钱赚吗？"张尚文问。"规模不大，存栏量大约 2 万只，每年可以卖 3 批，每批 6000 多只，每只利润 5 元多，每年也就赚 10 万多元。"阿贵说。"规模还不够大，现在搞种养讲究规模效益，规模越大，效益越好。如果有场地，技术过关，市场又好，我建议你扩大规模，搞立体养殖，机械化生产，综合经营。"这方面张尚文是行家，有经验，他认真指导阿贵。"我有这个打算，一步一步来，逐步积累资本，今后慢慢扩大，到时必定向你请教。"阿贵早有计划，而且也有信心。张尚文很高兴："这是现代农业之路，坚持走下去，定能成为大老板。你的孩子们呢？""大女儿高中毕业，考不上大学，外出打工还没回来，两个男孩一个读高二，一个读高一，都住校，还没放假。"阿贵回答。

这时，阿华已做好饭，喊吃午饭了。饭桌上，摆满了白切鸡、清蒸鱼、煎大虾、炒牛肉、蒸水蛋、炒青菜等等。姑妈不停地往张尚文、黎小英和张晶晶的碗里夹菜："饿坏了，快吃！

多吃些。看阿文和阿英，你两个瘦成什么样子了？这还不是饿的吗？晶晶正是长身体的时候，快吃！"张尚文夫妻俩笑着，黎小英说："姑妈年纪大，更要多吃些，补充营养。"张晶晶很少动筷，也劝姑婆："姑婆，您吃吧！我不饿。"

吃完饭，阿贵叫妻子去捉了一大笼鸡，大约有十多只，姑妈也装了一大袋水果，让张尚文都搬上车。张尚文说："鸡放车上会闷死的，留给贵哥拿去卖吧！"姑妈不高兴了："这几只鸡能卖几个钱？如果是过去，有这些鸡拿去卖，你姑妈就发达了。现在成千上万的，还稀罕这几只吗？鸡和水果都是给你带去单位过年的。过几天我叫阿贵再捉去给阿玲。现在是冬天，闷不死的，用纸皮垫住鸡笼，回去再洗车。上次女儿和女婿回来，也是这样处理的。"姑妈为了要张尚文领她的情，滔滔不绝，一口气说了这么多，逗得大家都笑了起来。张尚文只好说："好好！听姑妈的。阿英快搬上车，我们走了，晶晶和姑婆、表伯父、表伯母说再见。""姑婆、表伯父、表伯母再见！"张晶晶一边招手一边说。

回到家，张妈急着向张尚文打听舅父、姑妈的近况，张尚文说："姑妈还行，身体很好，人也乐观，日子过得红红火火。舅父虽然身体硬朗，眼睛还好使，但头脑不灵活，耳背了，牙齿也掉得差不多了，由于人口多，经济还比较困难。"张妈感叹地说："你舅父年轻时很艰苦，他是大儿子，你外公外婆年纪大，他是家里的顶梁柱。结婚后，生了4个子女，2个儿子结婚都不分家，住在一起。两个女儿嫁在附近农村，也是当农民，生活很普通。你舅父里里外外一把手，我又帮不了他什么忙。这10多年来，2个儿子、儿媳妇一直外出打工，生活才有些好转，但孙子孙女多，生活还是比较困难。你姑妈就不同了，她是乐天派，天塌下来当被盖。年纪轻轻就守寡，这几十年来，从没叫过一声苦。现在好了，子女又争气又孝顺，日子越过越好。"张妈虽然年纪大了，但很重亲情，经常让女婿骑摩托车带她走动走动，对几家亲戚的情况很了解。

　　张尚文很认同母亲的看法。他认为：现在有党的好政策，不管是在城市还是在农村，首先必须要努力读书，知识越丰富越有用；其次是要勤劳，财富不会欺负勤劳之人；再有就是要肯动脑，灵活地运用知识，准确地把握政策，认准了就要坚持下去，最终必定成功。无论是妹妹、妹夫，还是姑妈的两个儿子，都是最好的例子。他对母亲说："妈，你说得一点都不错。看姑妈现在的心态和精神面貌，应该很长寿。阿贵表哥和阿华表嫂对她特别孝顺，对比之下，我觉得很惭愧。对了，表哥还抓了一大笼鸡，姑妈也装了一大袋水果让我们带回来。阿英，赶快将鸡和水果搬下车，这些都留给妹妹过年。"

　　张尚玲认为大哥那里的物质还不够丰富，大嫂又节俭，已给大哥准备了土特产，让他带回单位。她说："我不要，家里什么都不缺，你全部带回去，我还给你准备了虾干、鱼干等海味呢！"张尚文担心路途太远，鸡受不了会闷死在车上造成浪费，坚决要留给妹妹，说："现在哪里的市场都很繁荣，鸡鸭随便买。路途太远，这些鸡放在车上，回到家可能一个都不剩了，还是留下来吧，你买的海味和姑妈给的水果我带走。"黎小英也说："阿玲，你哥说得对，就听他的吧！"听大哥大嫂这么说，张尚玲不再出声了。

　　第二天一大早，张尚文让爸妈和妻女坐好车，就和妹妹一家道别，驾车出发。因为两位老人坐在车上，张尚文不敢开快，中途在服务区加了一次油，休息了很久，因而直到晚上10点钟才到家。

到家后，黎小英快手快脚地煮了一锅面条，让两位老人、丈夫和女儿先吃，又赶快去整理床铺，安顿好两位老人休息，然后自己才吃饭，吃完已经11点多了。

㉟

还有一个星期就到春节了。为了做好节前各项工作，场党政两套班子召开联席会议，周华书记主持，张尚文做工作安排：一是要落实年终奖金和职工福利及时发放；二是要安排、组织好节日期间的文娱体育活动，开展以职工家庭为单位的文艺表演和基层单位的篮球比赛；三是进行各单位环境卫生大评比；四是大年初一组织两套班子领导分别慰问值班干部职工；五是搞好节日期间的安全保卫工作；六是法定假日要安排主要领导值班。最后，张尚文说：“现在离春节放假仅有一个星期，上述布置的几项工作由各位分管领导抓好落实，各有关科室要认真配合。特别是总工会，从现在起，就要做好两项比赛的具体安排，以上次办庆典活动的精神抓落实。财务科要做好资金安排，确保年终奖在节前发到个人手上。环境卫生评比这两天就要进行，卫生科要及时通知下去。慰问节日一线当班人员和值班领导由两办研究，做出具体安排。总之，一定要保证干部职工过一个欢乐、祥和、平安的春节。”

散会后，张尚文刚回到办公室，人事科长就来找他。人事科长说："张场长，我们刚刚收到农垦局人事处的一份商调函，是商调李虹同志到农垦局办公室的，你看怎么办？"张尚文想，老领导办事就是雷厉风行，令人放心。他说："李虹是科级干部，她的调动问题要经党委研究。我加上意见，你去找周书记，请他尽快安排时间。""好的。"人事科长拿着张尚文加上意见的商调函就走了。张尚文马上打电话让叶茂来他办公室。

叶茂来到后，张尚文说："李虹很快就要调农垦局工作，你的压力又大了，你尽快物色一个秘书来补上，科室或基层的都可以，男女不限，年龄不要超过35岁，能力强，素质高，文字功底好就行。"叶茂有些想不通："太突然了，李虹形象好、素质高、能力强，局领导真有眼光。调走她，我们去哪找这么全面的人才啊？"张尚文说："没办法，上面要人，我们不能拖后腿。你的人生大事谈得怎么样了？"叶茂笑着说："有很大进展，而且很顺利，如果没有意外，您很快就能喝到我的喜酒啦！不过，到时您要当我的证婚人哦。""这是肯定的。"张尚文说，"你去叫李虹来一下。"李虹来到后，张尚文对她说："告诉你一个好消息，你的调动有下文了。不过，你要推荐一个接班人。"李虹反应很冷淡："是吗？多谢您费心了。但是我去哪找这个接班人呢？我熟人不多啊！"张尚文进一步说明："是的，商调函发过来了，但你是科级干部，调动需要党委研究同意。所以你要物色一位学历、专业、素质、能力、形象和你差不多的同志来接你的班，男女婚否不限，年龄不要超过35岁，最好是女同志，比较细心。到时一进一出同时研究，容易通过，怎么样？""找个中学老师可以吗？有一位高二语文老师，叫杨文秀，师范学院中文本科毕业，今年30岁左右，已婚，有一个女孩3岁了。她很有文才，素质和形象都很不错。"李虹想了想，继续说，"我是在笔友会活动时认识她的，交往几次后，觉得她很不错，而且很有抱负，不想老是在三尺讲台上消磨青春年华，想走上社会干一番事业。"张尚文觉得李虹推荐这位老师基本符合条件，说："很好。你将这位老师的情况向叶主任反映，让他去了解一下，抽时间找她谈谈。"李虹一语双关，苦笑着说："好的，这下你放心了吧？"张尚文马上反应过来了："这是什么话？这是为了你的前途着想，有了接班人，你的调动问题就容易通过。忘记过去，抛弃苦恼，展望未来，今后天高任你翔！"张尚文鼓励李虹。

星期三的党委会，专门讨论人事问题。在讨论到李虹的调动问题时，有人提出不同意见："李虹同志是行政办的才女，形象佳、素质高、能力强，很难得。农垦局那么大的机关，怎么可能找不到一个理想的干部呢？"张尚文觉得很有必要解释一下，不然会造成有人对老领导杨局长的误解，认为老领导太自私，或对李虹有误会，认为她要往大机关里钻。他说："关于李虹同志的调动问题，既与杨刚局长无关，也不是李虹本人的要求，而是我本人的主意。大家都清楚，小李同志形象好、素质高、能力强，是难得的人才。正因为这样，我才向局里推荐，为局里输送优秀人才，既是为我场增光，也是考虑小李的前途。大家可能担心我们人才缺乏，工作接不上，我非常理解，我也有同样的顾虑。但是'流水不腐，户枢不蠹''树挪死，人挪活'，这些说法非常有道理。现在行政办已物色了一位中学女老师，叫杨文秀，已婚，30岁左右，中文本科毕业，形象、素质和小李差不多，至于工作能力，今后可以学习、锻炼嘛！基于此，我认为可以考虑让小李调动。"

大家听了张尚文的这番解释，都觉得很有道理。人才是国家的，不能过于本位，要将优秀人才放在更加重要的位置上，发挥更大作用，于是都表示同意。

会后，人事科长去找李虹填表。李虹拿过商调表，不一会儿就填写完毕，然后去找张尚文签字。张尚大笔一挥："同意调动"。李虹对张尚文说："场长，叶主任昨天已找杨文秀老师谈过了，她非常愿意来行政办工作，就是担心校长不肯放人。"张尚文很高兴："是吗？担心校长不放人很容易理解。除了我本人，还有哪个领导能主动将优秀人才拱手相让呢？这个工作只能我来做。你去叫叶主任过来一下。"叶茂来到后："场长找我？"张尚文问："是的。刚才党委会研究已同意李虹同志的调动，商调函我也签字了。找接班人的事情办得怎么样了？听小李说你已找杨老师谈过了是吗？你觉得她怎么样？"叶茂赶忙解释："是啊，早上上班，就想向您汇报的，结果您去开会了。我昨天下午找杨文秀来办公室谈了，她形象不错、气质优雅、表达能力很强。她说能来行政办工作很高兴，主要担心两点：一是担心不能胜任这项工作；二是担心校长不肯放人。"张尚文说："担心不能胜任很正常，说明她谦虚谨慎，这正是我想要的作风，角色转换，都有一个适应过程。她来了以后，我们多指导她就可以了，李虹当年不也是这样？至于担心校长不肯放人，这是个实际问题。但是行政办要一个人，相信校长会支持的，这个问题由我来出面解决。"张尚文说完，拿起电话机，马上给校长打电话："陈校长吗？我是张尚文。"陈校长说："是张场长啊？有何指示？""我和你商量一件事。你们学校的杨文秀老师，我们想调来行政办工作，因为我们行政办副主任李虹同志很快就要调去省局工作了，行政办人手不够，请你支持。"张尚文用商量的口吻说。"这样啊？杨老师是我们的教学骨干，她现在是高二语文科任老师，教学方法好，学生喜欢听，调走她我们怎么办？"陈校长有些不愿意。"这个好办，你先从本校的老师中调剂一下，如果调剂不了，再从全场的学校中挑选，要谁给谁，再不行就让教育中心到高校的师范毕业生中招聘，下学期开学前办妥，行不行？"张尚文将能够想到的办法都提出来了，真可谓用心良苦。"学校调剂有些困难，场内挑选多数达不到条件，师范毕业生招聘就怕时间来不及。"陈校长的理由很多，就是不想放人。"这还不好办吗？先在本校暂时安排老师代课，春节后马上让教育中心去招聘。就这样定吧，过完春节就叫杨老师来行政办跟班学习，你下学期就不要安排她的课程了。"张尚文最后拍板。"好吧，行政办要人，我有什么办法呢!"陈校长勉强表态。

今天是大年三十。张尚文的心情特别好。一方面，父母已经来到他身边，少了很多牵挂；另一方面，节前该做的事情都做完了。这是自从他被诬告停职审查以来第一次那么开心，觉得世态虽有炎凉，但是温暖自在人间，千山万水总有情。

黎小英按照当地习惯，准备了不少年货，炸了很多油角，包了很多饺子。年夜饭吃饺子，是北方人的习惯，而南方人则喜欢大鱼大肉。黎小英担心张尚文父母吃不惯饺子，还杀了一只鸡，蒸了一条鱼，炒了一盘青菜，煮了一锅骨头汤，尽量做到南北结合。看到这么多菜，张晶晶特别开心："哇，今年的年夜饭真丰盛，还是爷爷奶奶来这里好啊!"张晶晶在学校很节约，每餐都是猪肉青菜，看到这么多美味佳肴，而且都是出自妈妈的手，很高兴。前段时间回老家，虽然姑姑和表伯母也做了很多菜，但不合她口味，吃得很少。"你这个馋猫，是爷爷奶奶来了你才有这个口福，今晚就让你吃个够。"黎小英拍拍女儿的头说。

吃饭的时候，张妈见到这么多饺子，问黎小英:"阿英呀，你做这么多饼干什么?"黎小英笑了:"妈，这不是饼，是饺子。我爸是河南人，家乡习惯过年就是吃饺子，与尚文结婚这么多年，过年都是吃这个。现在你俩来了，也想让你们试试，换换口味。老年人吃饺子有营养，助消化，有益健康。"

往年过春节，黎小英基本上包上一大盆饺子，煮一锅清汤，就算是年夜饭了。今年的年夜饭却十分丰盛，完全是南方人过大年的习惯，令张尚文又想起他的童年，心中十分高兴。看到饭桌上有这么丰盛的菜肴，张晶晶垂涎欲滴。她首先分别给爷爷奶奶各夹一块鸡肉，然后又给爸妈各夹一块，自己也夹一块放在嘴里，还没吃完就说:"妈，这鸡真香，很好吃，爷爷奶奶快吃鸡吧! 好香!"奶奶说:"孙女吃吧，在学校天天吃青菜，饿坏了。"张尚文斟了一杯酒，一边喝着，也一边给爸妈夹菜。张妈吃了一个饺子，觉得味道不错，说:"这个饺子也很好吃。他爸多吃点，这是阿英花了半天工夫做的。晶晶要多吃鸡和鱼。阿文不要老喝酒，要多吃菜。阿英辛苦了，多吃点肉。"张妈年纪大了，话有点多。说完，张妈给晶晶夹鸡腿，给黎小英夹鱼肉，给张尚文夹鸡肉，给老伴夹饺子，自己吃青菜。这是她多年的老习惯，当年生活困难，子女又年幼，所有好吃的都让给子女和丈夫吃，自己吃最差的或剩下的。张尚文看到母亲还是几十年的老习惯，劝说："妈，现在生活好啦，过去的老习惯要改了。您和我爸想吃什么就吃，不必为我们省，家里没有就让阿英去买，不要客气啊！""这么多年习惯啦！改不了。"张妈说。

晚饭后，一家人坐在客厅，喝茶、聊天、看中央电视台直播春节联欢晚会。黎小英拿出从老家带回来的橙子、柑橘、杨桃，张晶晶马上将橙子切开，将柑橘剥皮，分别送到爷爷、奶奶和爸妈面前。

8点整，春节联欢晚会直播开始。那欢乐的气氛、喜庆的场面、精彩的节目，一幕幕呈现在观众面前，充分反映出祖国繁荣昌盛、社会安定和谐、人民生活美满幸福。

一家人正在聚精会神地欣赏节目，陈小锋进来了。他客气地与大家打招呼："叔叔阿姨、爷爷奶奶新年好！"张晶晶马上纠正："现在是大年三十，还没到新年呢。""提前祝福，提前祝福嘛！"陈小锋笑着说，"晶晶，我俩出去走走吧？"年轻人虽然对春晚节目不太感兴趣，但一家人难得团聚在一起，特别是爷爷奶奶第一年在这里过春节，张晶晶不好意思出门。现在，有陈小锋给她机会，她便迫不及待地说："好啊！爸、妈、爷爷、奶奶，我和小锋哥出去走走。"说完就拉着陈小锋出门。陈小锋赶忙说："叔叔阿姨、爷爷奶奶再见！"黎小英叮嘱一句："外面很冷，不要太晚回来，注意安全啊！""知道了。"晶晶说。

两人出门后，沿着江堤一直走。深冬的天气，江边吹着凛冽的北风，阵阵寒气袭来，但两人此时的心却是火辣辣的，丝毫不感到寒意。

下个学期，陈小锋就要毕业了，他要找张晶晶商量毕业前的实习问题。虽然有些心急，但张晶晶在陈小锋的心中，已经占据了相当重要的位置。所以，毕业前的实习问题，要征求一下她的意见。放假回来10多天了，各忙各的，很少见面，陈小锋的思念之情很迫切。刚吃完年夜饭，陈小锋一放下碗筷就告诉爸妈："爸、妈，我有事出去一下。"郝红梅知道儿子的心思："去吧，早点回来。"陈小锋出门后，就直奔张晶晶的家。

　　陈小锋和张晶晶可谓青梅竹马，两小无猜。陈小锋高大英俊，张晶晶亭亭玉立，两人确是天造地设的一对。学习上，陈小锋不但成绩优秀，是高才生，还是师兄，经常辅导张晶晶复习功课；生活上，陈小锋作为哥哥，对张晶晶更是给予无微不至的关心和照顾。而张晶晶对陈小锋也非常信任和依赖，一有时间，就跑去找他散步，请教学习问题。

　　两人手拉着手，冒着寒风，一直往前走。本来，出门时陈小锋有满肚子话要对张晶晶说的，但此时不知说什么好。还是张晶晶首先打破沉默："小锋哥，你没什么话和我说吗？"陈小锋正在思考着自己的未来，张晶晶这一问，马上反应过来了："有啊！但不知从何说起。我下学期就要去实习了，还要写毕业论文，我想去省政府的外经委实习，这里的平台高、接触广，专业对口，对写毕业论文很有帮助，就是不知能否实现。"张晶晶说："这个我还不太懂。不过我想，你学的是对外经济专业，如果能够去与对外经济有关的部门实习，对你研究对外经济政策和策略一定有帮助，对今后毕业分配也有好处。努力争取吧，我支持你。""国家培养我们几年，毕业后一定要有所作为，为国家做贡献。我学的是对外经济专业，随着经济全球化，我国正在申请加入世贸组织，今后对外经济活动必然很频繁、很活跃。所以，我要到平台高、专业对口的单位去实习，将学过的理论与实践结合起来，研究适合我国国情和世界经济环境的经济对策，提出意见和建议。你说呢?"一直以来，陈小锋的思想境界高，学习成绩优秀，是班里的团支书，最近又入了党。他理想远大，将自己的前途和国家命运联系在一起。他继续说:"晶晶，你才读大一，还没学到专业知识，今后的学习任务很重。你的专业是国际贸易，与我的专业有很多联系，希望你努力学习，有问题多向老师请教，也可与我交流。现在必须打下扎实的基础，将来才能得心应手地工作。"张晶晶十分崇拜这位大师兄，非常佩服他的才华，对他言听计从，下决心向他看齐。她说:"我听你的，你的选择我理解，也支持。希望小锋哥今后多给我指导和帮助。""你冷吗? 出来已经 1 个多小时了。"陈小锋担心冷到张晶晶:"我们回去吧? 免得你我父母担心。"张晶晶确实感觉身体有点冷，但心里热乎乎的，不愿这么快回去。不过，她考虑如果太晚了会让父母担心，只好同意:"好吧!"

陈小锋和张晶晶手牵着手，肩并着肩，沿着江岸往回走。天上繁星闪耀，地下人间沸腾，两人心灵相通。小镇居民区、场部宿舍区和附近农村的爆竹声此起彼伏，不时有烟花冲上天空，吱吱地响个不停，五光十色的烟花时起时落，照亮了蓝天和大地。这种景象充分表明:时代变迁，社会进步，政局稳定，国泰民安。

他们各自回家。张晶晶回到家里，已 10 点多钟。爷爷奶奶早已回房休息，父母亲还在全神贯注地观看春晚节目。"爸、妈，我回来了。"张晶晶向爸妈打招呼。"赶快洗澡睡觉吧!"黎小英催促女儿。张晶晶"哦"了一声，就回房间了。

大年初一，张尚文值班。他带着叶茂去慰问当班的干部职工，李虹回家探亲了。他俩去了公安分局、机械厂、供电所等10多个单位。他们事先准备好糖、水果和红包。每到一个单位，张尚文都对值班干部职工进行热情的问候、衷心的祝福、大力的鼓励，并送上糖、水果，每人一个红包，直到下午五点多才回来。

同一天，黎小英和女儿，带着爷爷、奶奶去逛公园，参加游园活动。游园活动就在综合文化大楼大门口的广场上，有猜谜语、套圈圈、蹉脚骑自行车捡物等多项活动。张晶晶聪明，猜中了10多条谜语，领了不少奖品，特别高兴。黎小英也加入套圈队伍，结果十套九空。张父从没离开过农村，张妈上次和女儿张尚玲来看望黎小英时，去过县城，逛过公园，但都没见过这么热闹的场面，也没有感受过这么欢乐的节日气氛。两位老人在黎小英母女的陪伴和引导下，玩得特别开心。

年初一晚上，总工会在影剧院举办职工春节联欢晚会，进行家庭文艺节目表演比赛，张尚文一家人也到场。比赛节目有歌曲独唱、对唱、单人舞、双人舞、相声、小品等，内容丰富多彩。尽管艺术性不是很强，表演水平也不是很高，但是笑点很多，观众掌声不断，气氛十分热烈。张尚文的父母听不懂普通话，也没看过这些节目，他们看不明白内容，别人鼓掌，他们也跟着鼓掌。经评委打分，晚会表演的节目评出一奖一名、二等奖两名、三等奖三名，优秀奖十名，张尚文最后颁发一等奖。

大年初二，张尚文和黎小英带着女儿，去看望张晶晶的外公外婆。黎小英在出门之前，已做好了张晶晶爷爷奶奶的午饭，不想让两位老人动手。两位老人觉得儿媳妇想得很周到，很感动。张妈说："阿英呀！我们还不会老到不能做饭，你不要这样啊！""妈，这是我应该做的，天气太冷，我不想你们煮。我煮好放在锅里，中午你们热一下就可以吃了，我们下午就回来。"黎小英说。

到了黎小英父母家，外婆见到外孙女，非常高兴，拉着张晶晶问长问短。张晶晶也关心外公外婆："晶晶几个月没见到外公和外婆了，你们都好吗？"黎妈说："晶晶乖，外婆和外公都很好。你长高了，但你爸妈瘦了，到底怎么回事？""外婆和外公放心吧，我爸爸前段时间工作忙，妈妈休息不好造成这样的，过一段时间就好了。"张晶晶说。

黎小英的哥哥，一直都很孝顺，虽然在外地工作，但逢年过节或重大节日，一定带妻儿回来探望父母，令两位老人很满足。今天，黎小英一到家，就进入厨房，帮助嫂子做饭。张尚文和大舅子，陪着两位老人拉家常。黎小英的父母，都已70多岁了。黎小英的父亲曾经当过兵，虽然头发全白了，但身骨硬朗，耳聪目明，气色很好。黎小英的母亲比丈夫小5岁，看起来更显得年轻，还没多少白头发，而且行动敏捷，反应灵活。张尚文对岳父岳母说："爸妈，前段时间，我和阿英、晶晶回了一趟老家，将我父母接来这里了，打算今后留他们在我这里长住。你俩的年纪这么大了，大哥大嫂又在外地工作，照顾不了你俩，我想你俩也去我们那里生活，便于阿英照顾，好吗？""你让父母来你这里住，我非常赞成，当初你和阿英准备结婚，我也是这样劝你的。但要我们去你那里住，就没必要了。儿子照顾年老父母，天经地义。我和阿英妈妈要跟就只能跟儿子。再说，我和阿英妈妈身体还好，生活完全能够自理，你们就放心吧！再过几年我俩走不动了，就去儿子那里生活。"黎小英父亲认真地说。"我爸说得对。我早有打算，只要两位老人愿意，随时可以到我们那里生活，由我们照顾。"黎小英的哥哥说。黎小英在厨房里听到父亲和哥哥这样说，也走出来补充一句："这个想法我哥早就和我说了，就是我爸妈不愿意去。"听了岳父的表态和妻子兄妹的话，张尚文说："这样我就放心了。"

张尚文曾经有过打算，要建一所敬老院，解决孤寡老年职工，特别是离退休老同志的养老问题。他想，现在看来很有必要，这件事必须马上办。

这个春节，农场的干部职工过得十分喜庆、安乐、祥和。

36

春节假期过去了，一切又恢复正常，各行各业又投入紧张的工作。

节后上班的第一天，张尚文和周华带着两套班子和两办领导，分别到各科室进行慰问，真诚地给干部职工送上美好的祝愿，鼓励大家积极工作，做出新成绩。

节后上班的第三天上午，张尚文刚到办公室，叶茂就给他送来一包糖，高高兴兴地说："领导新年好！请吃糖。""喜糖？你的？""是啊！"叶茂说。张尚文高兴地说："什么时候办了？""本来打算春节前办的，但节前工作太忙。昨天我们去办婚姻登记手续了，初步计划本月 28 日开学前举行婚礼，到时你要当证婚人哦！"叶茂高兴地说。"那是必须的。"张尚文认真地表态。

这时，人事科长来找张尚文："场长新年好！刚刚接到李虹同志的调令，要求她下个月 5 日前去农垦局办公室报到。""这么快啊？真是双喜临门了。叶主任，你的婚礼要与欢送李虹同志一起办，怎么样？"张尚文问。"好的，没问题。"叶茂说。"叶主任，你现在去把李虹叫来。"张尚文吩咐说。"好的。"叶茂说完马上出去。

不一会儿，李虹跟着叶茂进来了。张尚文对李虹说："小李，你的调令来了，要求下个月 5 日前报到，叶主任的结婚登记手续也办完了，他打算本月 28 日举行婚礼，我计划将欢送你的仪式与叶主任的婚礼一起办，热闹一番。你这几天把杨文秀带好，顺便交接一下。""交接没问题，欢送就免了吧？"李虹很客气。叶茂说："这是我们领导的一番好意，不能不给面子啊！""那好吧！听领导安排。"李虹勉强同意。人事科长将调令交给李虹："明天去人事科办调动手续吧，祝你工作顺利！""好的，多谢科长。"李虹与科长握手致谢。

2 月 28 日，叶茂举行婚礼，同时欢送李虹。婚礼在小镇一家上档次的酒店大厅举行，张尚文主持婚礼并当证婚人，李虹当伴娘，叶茂的同学、外地工作的小张当伴郎。参加婚礼的有场部的一些领导、新郎新娘双方的父母及亲戚、好同学、好朋友和好同事，共 50 多人，摆了 6 桌酒席。大厅主席台的背景是巨幅"龙凤呈祥"图案，图案下面贴上大红"双喜"，婚礼场面简约而隆重。

婚礼开始，叶茂穿着合身的灰色西装，系上红色细花领带，胸前佩戴"新郎"标志的胸花；陈雯身穿洁白的婚纱，戴上一对金耳环，打扮得犹如仙女下凡，胸前佩戴"新娘"标志的胸花。伴娘李虹身穿鲜艳的印花连衣裙，站在新娘身边，佩戴"伴娘"标志的胸花，比新娘还显眼；伴郎身穿白色西装，站在叶茂身边，比叶茂高出半个头，佩戴"伴郎"标志的胸花。四个人整齐地站在舞台中央。

张尚文今天穿正装，胸前佩戴"主持人"标志的胸花，满脸笑容。只见他手拿麦克风："各位来宾、各位朋友、女士们、先生们：今天，我们的行政办双喜临门，一是叶茂先生和陈雯小姐新婚的大喜日子；二是我们行政办的才女李虹小姐调到省农垦局高就。此刻，我的心情与新郎新娘一样激动。叶茂先生走进婚姻殿堂，是我本人多年的愿望。叶先生和陈小姐，从相识、相恋到结婚，虽然时间不长，但他们互相了解、互相爱慕、互相信任、情投意合。今天，他们携手进入婚姻殿堂，我非常高兴。在此，我郑重地向大家宣布：叶先生和陈小姐都属晚婚，他们的婚姻手续完备，完全合法。现在，我提议在座的嘉宾、亲朋好友，报以热烈的掌声，对他们表示祝贺！祝愿新郎新娘幸福美满、恩爱有加、白头偕老、早生贵子！同时，借此机会，向我们今天美丽大方的伴娘李虹小姐表示祝贺！李虹同志是我们单位的才女，由于工作需要，很快就要到省农垦局工作了，在此我代表各位领导、同事、朋友表示热烈的欢送！希望李虹同志到省农垦局后，积极工作，做出新的成绩，事业更上一层楼，也希望到大机关工作，多给我们提供信息，有空常回来看看，更希望早日找到白马王子、如意郎君，过上幸福的生活。谢谢大家！"台下报以热烈掌声。张尚文接着说："下面，请新郎讲话，大家欢迎！"

此时的叶茂，心情十分激动。他当了多年行政办主任，见过大场面，能够控制住情绪。他说："首先感谢我和陈雯的父母在现场见证我们的幸福，然后感谢各位领导、来宾、亲朋好友参加我们的婚礼，特别是要感谢我的好领导张场长，他不但非常关心我的婚姻大事，给予大力的支持和帮助，还在百忙中亲自主持我们的婚礼，当我们的证婚人。我还特别感谢我的好同事、红娘李虹小姐，我和陈雯结婚，就是她这个红娘牵的线。在此，我代表夫人陈雯，向大家表示衷心的感谢！感谢双方父母的养育之恩，感谢各位领导的关心和支持，感谢同事、朋友们的爱护和帮助。我们将不负众望，互相信任，互相支持，搞好家庭，努力工作，做到事业家庭两不误。非常感谢大家！"

叶茂的婚礼喜庆、热烈而简约，李虹的欢送仪式也很隆重。张尚文对圆满完成这两件大事，心中感到由衷的高兴。

三天后，李虹到省农垦局办公室报到。张尚文让叶茂派一辆车，装上李虹简单的家具和行李，由叶茂直接送她到农垦局。李虹报到后的第二天，给张尚文写了一封信，大致内容是：张场长，您是最值得我尊敬的领导，您对我的恩情我永远不会忘记。我当初思想糊涂，尽想一些不切实际的东西，给您添烦恼，太对不起了。说实话，您的形象、您的能力、您的水平、您的为人，令我难忘，您是我见过的最优秀的男人，特别是在领导中，您是独一无二的。所以我被你的人格魅力所吸引，被您的形象所左右。您无私奉献的精神，光明磊落的性格，坐怀不乱的品格，助人为乐的作风，永远值得我们年轻人学习。我将在新的岗位上，以您为榜样，刻苦学习，努力工作，以优异的成绩报答组织，报答我的偶像、我的恩人。祝您及嫂子身体健康、家庭幸福、工作顺利！

张尚文看完信后，思绪万千。他觉得，改变她的糊涂认识，使她的思想转上正轨，是他最大的安慰。他没有给李虹回信，而是将信撕毁，将已经过去的事情存入脑海中，作为永久记忆。

杨文秀调到行政办工作后，一下子改不了为人师表的心态和作风，谨小慎微，不敢大胆工作。尽管李虹带她一个星期，对她言传身教，手把手地指导她尽快进入角色，但效果甚微。叶茂有些心急，找她谈了一次话，也没有多大收获，只好向张尚文汇报。张尚文专门找她谈："文秀同志，你大学毕业后一直从事教书职业，接触社会不够广，特别是长期面对学生，久而久之形成了这种小心翼翼的性格，我非常理解。但是你现在已离开学校，面对的是领导、干部、职工甚至还有普通群众，唯唯诺诺不行，谨小慎微不行，粗心大意不行，胆大妄为更不行。你必须尽快转变角色，在思想上来一次大的转变，将复杂的服务对象看成一个大家庭，你是子女，上有爷爷奶奶、爸爸妈妈、哥哥嫂嫂，下有弟弟妹妹，面对这么复杂的关系，你只有摆正自己的位置，该尊重时要尊重，该听话时要听话，该建议时要建议，该批评时要批评，该帮助时要帮助。这样，你在这个家庭里就能左右逢源，得心应手，明白了吗？"张尚文不讲大道理，他以形象生动的例子，对杨文秀进行开导、启发，令中文本科毕业、当了几年教师的杨文秀豁然开朗，深受教育："多谢场长，我明白了。"

从此，杨文秀变成另外一个人。她再不是温文尔雅、小心谨慎、行为中规中矩的中学老师，而是敢说敢干、行事泼辣、刚柔相济的行政办干部。她文化功底扎实，又善于虚心学习，平时特别勤于掌握情况，她写的请示汇报、工作总结，深受张尚文及其他领导的好评。叶茂看到杨文秀的进步，心中很高兴，非常佩服张尚文的思想工作方法。

今天，郑世豪来到张尚文办公室，要找他征求意见。张尚文见到他，问："怎么有空来这里？不忙吗？"郑世豪说："我想和你商量一件急事，听听你的意见。""什么事？你说吧！"张尚文对郑世豪知恩图报的表现很满意，认为他如有问题和困难，只要不违反法律、政策，条件允许，该帮的要帮他解决。郑世豪也理解张尚文，凡是违反法律或政策的事情，他从不向张尚文提起。但这件事完全是他太重情义而造成的，心中受到莫大的委屈，有苦难言，只能向张尚文倾诉："事情是这样的，3年前，韩天明刑满释放，回省城后，混了两年，结果一事无成。半年多前，他来投奔我，考虑到曾经是死党，我收留了他。开始让他当小苏的助手，他老老实实几个月。3个月后，考虑他曾经当过老板，有经验，便安排他当建材公司经理。没想到他贼性不改，贪得无厌，当经理仅3个月，就将建材公司的大部分货款装进自己的腰包，使建材公司资金周转困难，没有流动资金进货，面临亏损状态。无奈之下，我只好从总公司财务给建材公司拨出30万流动资金，才维持正常运转。我找过他，他也承认贪污挪用了几十万元资金，用于自己的生意和个人开支。但他一点都不觉得惭愧，说是我欠他的，现在要讨回去。你说，我现在该怎么办？"

听郑世豪这样说，张尚文很震惊。一方面，他觉得郑世豪过于重感情，太信任韩天明了；另一方面，觉得韩天明太过自私，不应做出这种事，恩将仇报，损人利己，而且堂而皇之。他认为，同是好兄弟，都是因为犯罪而坐牢，结果反差太大。这说明不同的农场改造罪犯的措施和效果，有很大的差别。于是他说："韩天明的为人我不太了解，但20年前他承建综合楼造成的重大事故，令人唏嘘。他当年好像被判15年吧，而且在监狱里被整整关足15年，说明他在监狱里的表现很成问题。我的意见是，公是公，私是私，感情归感情，原则归原则。他的行为已经构成犯罪，你不能姑息迁就，这样只能害了他。我建议你马上清账，让他将贪污挪用的资金全部退回来。如果拒不退回，就只能报案了。你是搞企业经营的，不是慈善机构，一切都要依法办事。"

本来，郑世豪是想报案的，但考虑到韩天明出来还没几年，现在又通过自己将曾经的好朋友再送进去，于心不忍。他左右为难，下不了决心，于是找张尚文征求意见。听了张尚文的分析和建议，郑世豪已经心中有数，他说："我知道该怎么做了。"

郑世豪回到总公司，立刻叫麦丽娜带着会计到建材公司封账，进行彻底的清查。建材公司经营范围包括钢筋、水泥、地板砖、门窗和其他装修材料，业务来往多，账目出入频繁，清查难度很大。郑世豪再次找韩天明谈话，苦口婆心地劝说他："老兄啊！你我兄弟一场，我无条件地在帮助你，你却挖我的墙脚，太不应该呀！我当初出来的时候，走投无路，在张尚文的帮助下，从临时工做起，每月工资才150元，后来开了一间茶叶门市部，一步一步走到今天，不容易啊！可你呢？不知感恩，总是想着坐享其成，天底下有这样的好事吗？我给你的报酬已经不低了，养家糊口完全没问题。当然，要靠打工发达是不可能的。你如果想自己另起炉灶，我一定支持你，但是你不能贪污挪用公司的钱啊！家有家规、国有国法，公司有公司的规定。如果我放任你乱来，我这个公司还能办下去吗？我已封账了，暂时冻结建材公司的业务和资金出入。现在，你最好尽快将贪污挪用的资金退回来，我们还是好兄弟。不然，别怪我翻脸不认人，到时只有通过法律途径解决了。"

郑世豪在说这番话的时候，韩天明一直不哼声，只见他的脸色青一阵紫一阵。郑世豪讲完后，他"咳"了两声，说："我目前确实很困难，家里两位老人长期有病，老婆早已下岗了。我是想走捷径，做些小生意才走这条路，打算今后赚了钱再还给你，可是现在……兄弟你就高抬贵手吧！以后我再也不这样做了。好吗？"

听韩天明这样说，郑世豪更加反感："你这样说就更不应该了！我们曾经是兄弟，你有什么困难不可以和我说呢？你不知道这样是违法的吗？你在农场蹲了15年，难道监狱管教没组织犯人学习法律？你不用再说了，先把钱退回来。""好吧！我考虑一下。"韩天明勉强答应。"不要再考虑，是马上。"郑世豪毫不客气地说。

麦丽娜将建材公司的财务账本查封回来后，让财务部的员工们加班加点进行清算，结果出来了：韩天明担任建材公司经理不到三个月，就采用瞒报、多收少报、直接收取现金和货多款少等手段，贪污挪用公司资金80多万元。郑世豪知道查账的结果后，大吃一惊，觉得韩天明做得太过分了。于是他给韩天明下最后通牒："必须在三天内将贪污挪用的资金如数退回给公司。"韩天明收到最后通牒后，急得像热锅上的蚂蚁。这些钱全是他近几个月贪污挪用的，其中小部分用于投资私人生意，大部分用于家庭和个人开支，基本上花光了，哪里有钱退还？于是，他干脆玩失踪，气得郑世豪七窍生烟，立即报案。公安分局立案后，马上发出通缉令。

㊲

叶茂结婚以后，精神面貌大改变。每逢周六、周日，都带着陈雯逛商场、看电影。他一直以来都是住单身宿舍，结婚前，单位把张尚文原来居住的房子分给他住，他请人刷一下石灰水，买了几件新家具，就当作婚房。现在，他觉得成家后比住单身宿舍好得多。陈雯老师的学校离场部不到5公里，朝九晚五天天来回跑，也不觉得很辛苦。两位大龄青年已经完成人生大事，觉得很幸福。

今天上班，张尚文去找叶茂，要求行政办组织力量，进行调查研究，重新修订场部的管理方案。场部的管理方案，从当年张尚文带着叶茂下基层搞调研，第一次修订到现在，已将近20年，尽管多年来一直不断修改完善，但大部分规定已不适应形势发展的要求，必须重新修订。叶茂向张尚文表态：保证一个月内完成任务。

叶茂带着杨文秀，到基层搞调研。杨文秀调到行政办已有3个多月，工作起来得心应手。特别是张尚文与她谈话以后，她受益匪浅。在工作中，她注意摆正位置，胆大心细，主动作为。叶茂有意给她压担子，将修订管理方案的任务完全放手给她做，让她去学习、去锻炼。叶茂说："杨老师，这次修改完善全场管理方案，涉及面广，政策性强，我想让你肩挑重担，当主笔。"杨文秀也非常乐意接受，认为这是难得的锻炼机会："我初来乍到，情况还不是很了解，怕完成不了这一任务。但行政办目前人手少，我只能硬着头皮去干了，希望叶主任多指导啊！"于是，杨文秀全心全意地投入工作，时时刻刻地思考管理方案的修订。在叶茂的指导下，她收集意见、查阅资料、学习政策，修订条文，经常熬夜到凌晨一两点。

一个月后，修改完善后的管理方案征求意见稿出笼了。这是场部在改革开放20多年后的管理方案，方案根据形势发展要求，对农场提出了更高的发展目标，对全场制定了更加具体、细致、严格的管理制度，使各项规定更加符合时代精神和上级要求。张尚文看后很满意，批示行政办印发给党政领导、科室和各基层单位征求意见，力求做到集思广益，使管理方案更全面、更完善、更切合实际，并将在年底职工代表大会通过后实施。

杨文秀的丈夫在医院搞行政工作，他全力支持妻子的工作，做家务、带小孩，没有丝毫怨言。杨文秀为了写好这个管理方案，天天加班加点，整个人瘦了一圈，但得到领导们的认可，她很高兴，也增强了自己的信心。她还经常与李虹电话联系，向李虹汇报她的工作情况，讨论工作上遇到的困难和问题，两人成为好朋友。

自从被下最后通牒后，韩天明知道自己无力归还贪污挪用的资金，便拍拍屁股溜之大吉，跑回省城躲藏起来。公安分局经侦大队根据内部掌握的线索，在韩天明的一个远房亲戚家里将他缉拿归案。结果，韩天明又被判处有期徒刑5年，成了"二进宫"的劳改犯。郑世豪与这位结交多年的"兄弟"彻底决裂，被他贪污挪用的资金也无法追回。

郑世豪本来精明老练，却被所谓的友情迷住了双眼。虽然交了学费，但也学会了如何识人。他向张尚文诉苦，张尚文对他说："这样也好，少了一个损友，多了一份智慧。如果你不报案，也许还有一个朋友，但是不知道还要害多少人，你也不知还要损失多少钱。"郑世豪也感慨地说："是啊！实际上我已经被他害了两次。本来想向你学习，拉他一把，结果事与愿违。这种人不值得同情，烂泥永远扶不上壁，这个教训必须铭记。""对，一定要学会具体问题具体分析，不同对象采用不同的方法对待和处理，这对于你们生意人来说，尤其重要。"张尚文告诫郑世豪。

韩天明逃跑后，郑世豪立即将儿子郑升安排到建材公司当经理。郑升读职业技术学院的专业是土木工程，对建材行业十分熟悉。他毕业后也在建筑公司打了几年工，有一些经验。特别是在父亲的教育和苏秋来的指导下，进步很快，完全可以独当一面。建材公司在郑升的管理下，现在已恢复正常，经营状况大有好转。

儿子的表现，令郑世豪十分高兴，认为孺子可教，有前途。郑升也小心谨慎，吸取韩天明的教训，严格依法依规办事，维护公司的利益，得到父亲的信任和员工的拥护，自己也信心十足。

开学后，陈小锋向学校提出要求，到省外经委实习。学校认为他是优秀学生，极力向省外经委推荐，最终如愿以偿。实习期间，他被安排在外经委办公室跟班。他虚心好学，不耻下问，主动工作，帮了办公室不少忙，还了解了不少国家和世界的外经工作动态，掌握了不少对外经济政策，他结合学过的理论知识，写出了一篇很有分量的毕业论文。六月份毕业后，他被留在省外经委工作。

陈小锋回到学校找张晶晶，告诉她："晶晶，我已分配到省外经委工作，下月初就要报到上班了。"张晶晶高兴得跳了起来："好啊！祝贺你，小锋哥！我知道你一定行的。今晚我请客，找个地方我们庆祝庆祝。""好吧，哥请你。"陈小锋说。

两人来到学校附近的一间西餐厅，在一个卡座里坐下来，点了两份牛扒、一瓶红酒。陈小锋说："晶晶，你开始学习专业知识了，学习任务将越来越繁重。国际贸易是新兴专业，除了学好英文之外，还要选修几个国家的语言，打好外语基础。平时要多看一些与国际贸易有关的报纸、杂志、书籍，了解国际经济发展动态和形势，开阔视野，这样对今后的工作很有帮助。我现在外经委工作，掌握很多这方面的信息。今后我们要多联系、多沟通，生活上、学习上有什么困难和问题，你就直接找我，知道吗？""知道了。这学期开始，我的学习有点紧张，社会工作也不少，除了当班长外，还当了学校的学生会副主席，班党支部书记还介绍我入党，我已递交了入党申请书。哥，我俩的命运已联系在一起了，今后不能不管我哦！"张晶晶把自己的未来完全寄托在陈小锋身上。陈小锋说："放心吧！有哥在，一切都好办。来，我们喝一杯！趁热把牛扒干掉，吃完我们出去走走。"张晶晶很少喝酒，她端起酒杯与陈小锋碰一下："祝你工作顺利，前程似锦！"陈小锋说："也祝你学业进步，前途光明。"然后一饮而尽。张晶晶不会喝酒，只是喝了一小口，做个样子。陈小锋的心情特别好，只见他一杯又一杯，大口大口地喝，已经喝得满脸通红。张晶晶心疼地劝说："小锋哥，别喝了，你都像关公啦！""没事，今天特别高兴。"陈小锋说完，拿起酒瓶咕噜咕噜地将剩下的半瓶红酒全喝了下去。

吃完西餐，两人到校内公园去散步。在公园里，学子们或三五成群，或成双成对。陈小锋和张晶晶，手拉着手，一边走一边聊，两人亲密无间，一直到10点钟，两人才依依不舍地各自回自己的宿舍。

陈小锋是国家分配的最后一届大学毕业生，他非常珍惜这次机会。工作上，他勤勤恳恳，任劳任怨，兢兢业业，一丝不苟，是单位的业务骨干。生活上，他简简单单，勤俭节约，不讲享受，是典型的知识分子。他参加工作才几个月，现在又报考研究生。在工作、学习之余，他不忘关心张晶晶，对她的学习时时过问和指导，对她的生活照顾得无微不至。有陈小锋的关心和支持，加上自己的努力，张晶晶的学习成绩一直名列前茅，社会工作也干得有声有色，不久前已被批准为预备党员，是德才兼备的优秀学生。

黎小英和郝红梅对两个孩子的健康成长都感到很欣慰。但是今年暑假张晶晶不回来，让黎小英觉得有些不对劲，她隐隐约约地感觉到两个孩子的微妙关系，但又不知如何处理，她打算和张尚文商量商量。

郝红梅和丈夫陈大新对儿子分配在省直机关工作很自豪，行政办知情的干部职工都向她表示祝贺："恭喜梅姐！你儿子真争气，也很优秀，这是你们夫妇俩教导有方啊！"郝红梅的脸上露出十分自豪的神情："哪里！哪里！是学校培养得好啊！"这是郝红梅的客气话。孩子能否成才，家庭教育是重要的一环。郝红梅的丈夫陈大新是教师，后来又升为初中校长，为儿子的成长倾注了不少心血。郝红梅为人诚实，勤俭持家，是典型的贤妻良母，对儿子的成长也有较大的影响。父母是子女的第一任老师，这话一点也不错。陈小锋能够成才，与家庭教育有很大关系。

黎小英与郝红梅一直是同事，而且是好姐妹，她对郝红梅的个性和为人特别了解，也十分佩服，总是学习她的优点。两个家庭对子女教育方法大同小异。张尚文工作繁忙，对女儿的学习指导较少，但对女儿的为人教育较多。黎小英虽然对女儿有点溺爱，但对女儿的学习从小就管得比较严，所以女儿在学校的表现很出色。可以说，这两个家庭对子女的教育各有千秋，都很成功。

张尚文作为场长，对下属生活上的关心、工作上的支持、政治上的培养，已尽到了责任，使他们的工作得心应手，生活也幸福美满，因而十分欣慰。现在，叶茂的人生大事已解决，李虹的调动顺利完成，杨文秀的工作已经上手，一切都在自己的意料之中。同时，郝红梅的儿子分配到省直机关工作，自己的女儿学习成绩优秀、表现出色，他的心中感到莫大的欣慰。

晚饭的时候，黎小英对张尚文说："我看这两个孩子有些苗头啊！"张尚文不明白地问："苗头？什么苗头？哪两个？""画虎还要画骨吗？晶晶和小锋啊！"黎小英答。张尚文反应过来了："他们在谈恋爱？不会吧？晶晶刚读大学二年级呢！不可能，不可能。""我也只是猜测。我看晶晶对小锋很依赖，几个星期没打电话回来了，暑假也不回来。"黎小英说。张晶晶上学期几乎每隔几天就给家里打一次电话，暑假几乎没有电话，这个学期的电话越来越少。黎小英敏感，觉得有点不对头。"这样吧，你先探探红梅口风，如果是真的，我们一定要劝导、说服晶晶。这姑娘今年还不满20岁呢！绝对不能早恋，影响学习。"张尚文非常担心女儿早恋，怕女儿荒废学业，继续对黎小英说："如果确有其事，你明天就打电话给她，从侧面敲打敲打她。""好。"黎小英答应。

第二天上班，黎小英问郝红梅："梅姐，小锋最近打电话给你吗？""没有啊！他刚到单位上班不久，可能工作忙吧！你怎么问这个呢？"郝红梅觉得有点奇怪。"没什么，我家晶晶最近也很少打电话回来，随便问问。你有没有感觉，这两个孩子的关系很密切？"黎小英旁敲侧击。"他俩的关系密切很正常啊，师兄妹嘛，何况我们是老交情了。怎么啦！你反对他们来往？"郝红梅误解黎小英的意思。"不是，不是，晶晶今年还不满20岁，才读大学二年级，担心她影响学业。""这个你就不用担心啦！听我家大新说，现在大学校园学生谈恋爱很普遍呢！""梅姐呀，这个我也听说了。但晶晶年纪还小，现在主要任务是学习。谈恋爱、结婚要等她毕业以后再说，你说是吗？"黎小英还是把话说明白了。"我理解，我理解，据我观察，我儿子小锋很喜欢晶晶，但你说得有道理。这样吧，我们姐妹有话好说，我打电话提醒小锋，让他在这几年一定要以工作为重，恋爱、婚姻问题等晶晶毕业以后再说。行吗？"郝红梅的表态，让黎小英心中的石头落了地："多谢梅姐！"

中午下班回家，黎小英将她与郝红梅的谈话内容一五一十地告诉张尚文。张尚文听后有点吃惊："果真如此。不行，你马上打电话提醒晶晶。"此时已是中午，黎小英拿起座机电话，打到学校张晶晶的宿舍："你好，我是张晶晶妈妈，找她有点事。"接电话的同学大声叫张晶晶："班长，你妈找你。"张晶晶正在午休，听说是妈妈来电话找她，一下从床上爬起来，拿过电话："妈，怎么这个时候打电话？同学们都在午休呢！有急事吗？""没事，你不要出声，妈说你听就行。""哦。"张晶晶应一声。黎小英继续说："你最近很少打电话回家，爸妈想你了，有空打个电话回来报平安，让爸妈放心，知道吗？"张晶晶又"哦"一声。"你爸让我告诉你，你现在的任务就是学习，除了班里和学校的学生工作外，其他什么都不要想，更不能做，明白吗？好吧，不说了，你休息吧！"听到张晶晶连续"哦"了两声，黎小英才放下电话。

(38)

新生农场的改革和两个文明建设，继续前进不止步。按照今年的计划安排，张尚文重点是抓好农药厂的扩产和水泥厂的技术改造，同时兼顾其他项目如新型建筑材料厂、环保砖厂及基层文化站建设等。到目前为止，水泥厂改造已进行了一段时间，农药厂的扩产也基本完成，新型建筑材料厂已进行设备安装，环保砖厂已经投产。

今天上午，张尚文带领副场长刘光、行政办主任叶茂、秘书杨文秀到上述工厂搞调研，他们第一站来到水泥厂。水泥厂建于20世纪70年代末，限于当时的经济和技术条件，全厂仅有一条生产线，技术落后，产量低、质量差，生产水泥仅是325标号，只能用于修路或低层建筑，年产量一万吨左右，效益一直上不去。现在，建筑市场非常活跃，修路、建桥、房地产开发遍地开花，水泥需求量大增，质量要求越来越高。因此，进行水泥厂技术改造，是当务之急。按照计划要求，厂房面积将扩大两倍以上，增加两条生产线，改进工艺流程，提高锅炉容量和压力。淘汰原来的旧生产线，按新的技术要求统一设计和改造。技术改造后，水泥厂年产能达3万吨以上，产品达425标号以上，产值比原来至少增加两倍。

他们来到施工现场，工地上热火朝天。扩建的厂房主体工程基本完成，下一步将进行设备安装。厂区的空地上，整齐地堆放着刚拉回来的锅炉、碎石机、磨粉机以及其他设备。厂长向张尚文汇报："新厂房本月底可以进行设备安装，旧厂房的设备已经拆除大部分。新厂房的设备安装已完成，接着便是旧厂房的设备更新，争取今年10月初水泥厂的技术改造全部完成，10月中旬试产。"

张尚文听了厂长的汇报，特别高兴："很好，进度很快，必须抓好安全生产。这些设备体积大，而且都很笨重，起吊移动安装时一定要注意安全。还有什么问题吗？""现在看来，技术上没有多大问题了，派去学习的技术骨干已全部学成归来，并且发挥了作用。但资金一定要保证。除了部分设备购进需要资金外，化验室仪器也需要重新购置，估计资金上有些不足，还要场部大力支持。"厂长实事求是地提出要求。张尚文说："这个问题不大。你做一个预算报上来，由刘副场长去协调解决。"

张尚文等人离开水泥厂，又赶去农药厂。农药厂扩产的目的，是为了适应市场需求。改革开放20多年来，中央十分重视农村和农业，现代农业发展很快。土地流转和集约经营成为一股浪潮，专业承包土地开发种植水果、茶叶、花卉等作物的生产能手层出不穷，高效、广谱、低毒、无残留的农药需求量大增。为了适应市场需求，农场决定将农药厂扩建两个车间，增加两条生产线，新建一间仓库，将产能提高两倍以上。按照计划，今年初已动工建设车间，现在设备已安装完毕，正在进行试产。

张尚文看到这种情况，非常高兴，他对吴厂长说："你们的工作进度很快，提前一个月完成扩产任务，很好！下一步重点是抓好生产，提高产量，确保质量，切实搞好劳动保护。""场长请放心，新招的工人全部经过岗前培训，我们还将老工人重新调整安排，实行以老带新，防护措施很严格，不会出问题的。试产两天了，机械设备运转正常，明天可以转为正常生产了。今后，每天的产量将比原来的增加两倍以上。我们的主要原料准备很充足，就是填充料供应不上。我们已和沙厂打招呼了，要求他们无论如何要保证供应。现在最担心的是天气不好，填充料无法晒干，影响生产。所以，计划建一间简易厂房，购进两台烘干设备，防备天阴下雨。"厂长信心十足地汇报。"你们想得很周到，就是要做到有备无患。增加一些投资，能够保证产量、效益上去，这是企业家最起码要具有的经营头脑。资金没问题吧？如果还需要，场部支持你们。"张尚文肯定吴厂长的思路，也表示给予资金支持。吴厂长很高兴："多谢场长，我们的资金没问题。"

离开农药厂，张尚文一行又去石米厂。石米厂已改名为"新型建筑材料厂"，主要生产陶瓷地板砖、外墙马赛克、装修石膏线等产品。原来的石米生产线全部拆除，厂房加高加固，安装生产陶瓷地板砖设备。另建两间厂房，其中一间厂房安装马赛克生产设备，一间厂房安装石膏线生产设备。现在，厂房全部建成，设备正在安装，技术人员和工人正在忙碌工作着。

张尚文看到这种场面，对刘光副场长说："老刘，你是工业技术专才，地板砖、马赛克、石膏线这三种产品都是新型建筑材料，我们的技术还不成熟，是否组织一些人去佛山市的此类工厂参观学习，保证今后的设备正常运行，工艺科学先进，产品质量提高呢？"刘光回答："场长的担心很有道理，派人学习也是必要的，我也有这个想法。当年我们转产电冰箱和空调机，要不是去珠三角的工厂参观学习，进展不可能有那么顺利。现在这个新型建筑材料厂的情况，和当年的机械厂转产基本一样。我们回去商量一下，争取下星期就行动，宜早不宜迟。""好。"张尚文表态。

最后，张尚文一行来到红砖厂。本来张尚文打算淘汰红砖厂的，因为政府已下文禁止生产黏土砖。但有人建议，可以利用红砖厂的场地，生产环保砖。张尚文考虑投资不大，又可以利用场地，安排就业，经班子会议研究便同意了。两间红砖厂同时改造，由于流程简单，现在都已投产。他们去了其中一间砖厂，看到原来的烟囱已拆，砖窑已推平。场地上已经准备了堆积如山的煤渣、矿渣和砂子。新引进的制砖机不停运转，工人们按比例拌好原料，加上黏合剂，装上输送带，经过机器压模，一块块环保砖就出来了，由工人们用手推车推到晒场码好。

看到晒场上一排排半成品，张尚文很开心。他问厂长："现在每天可以生产多少块砖？"厂长回答："大约3万块，生产效率不高。如果天气好，一周就能出厂，天气不好，要十天半月才能干。""每块砖出厂价多少钱？市场怎么样？"张尚文继续问。"每块砖出厂价两角伍分左右，市场很好，供不应求。"厂长回答。"生产效率还不够高，主要是机械化程度低。你们要购买几台搬运机车，不要用人工手推车搬砖了，还要购进一条连续烘干生产线，提高自动化程度，从而提高生产效率。"张尚文说。刘光副场长补充："场长说得对。搬运机车有3台就可以了，每台价格大约2万元，自动烘干生产线一条就行，大约10万元，这两样产品南方机械厂都有货，可以马上派人去采购。""对，马上派人去，资金由场部先垫支，列入投资成本。"张尚文表态。"好的，马上落实。"厂长很高兴地说。

已经将近中午12点了，张尚文还要去红英茶厂，看看茶厂的改造情况。来到茶厂，进入红茶生产车间，原来的大型红茶生产设备大部分已经拆除，只留下一条生产线，拆除后的空间，全部安装本场机械厂生产的绿茶和乌龙茶加工设备，并且已经正式投产。张尚文问厂长："红茶产量能完成出口任务吗？"厂长回答："绰绰有余，今年以来，出口任务是去年的百分之三十，明年就基本取消了。张场长你有远见啊！要不是及时转产绿茶和乌龙茶，四家茶厂都要面临倒闭，全场这1万多亩茶园生产的茶青，将要倒进北江，付之东流。"张尚文笑着说："你说得很对，如果不转产绿茶和乌龙茶，我们改造老茶园就前功尽弃，也无法向农垦局和我场干部职工特别是老同志交代。"

在回场部的路上，张尚文对刘光说："看来我们的工作计划实施得还比较顺利，这段时间你辛苦了，但是还要继续努力，特别是要加强技术指导，尽量做到技术上不存漏洞，不出问题。资金方面，场部保证大力支持。行政办回去要将今天调研的情况写一篇简报，发到各单位，鼓励、促进一下。"刘光和叶茂齐声说："好的。"

第二天上午，张尚文又带着分管文教卫生的陈志远副场长和叶茂、杨文秀到医院调研，在医院会议室听取院长的情况汇报："根据场部的计划和安排，我们从今年初就做出改革方案，实行副院长、行政科室科长、主任、副科长、副主任和业务科主任、副主任、主治医师、副主治医师、护士长、副护士长的聘用制。3月份开始实施，具体做法是：由院长聘用副院长；由副院长聘用分管系统的行政科室正职和护士长；由行政科室和业务科正职聘用副职；由业务科正副职共同研究，聘用普通医生，正副护士长共同研究聘用护士。由医院人事科组织竞争上岗，择优聘用。未被聘用的，集中办班 1 个月，考核后补聘。再次未被聘用的，一律辞退，实行末位淘汰制度，现在已基本完成。改革后，反映普遍良好。杜绝了过去的南郭先生滥竽充数现象，医德、医风有所好转，医生对患者的态度有所改变，医疗技术水平有所提高，来院就诊的患者有所增多，医院的经济收入也不断增加，初步扭转了亏损局面。"张尚文听了院长的汇报，高兴地说："你们领会上级的有关精神很准确，改革措施很到位，行动很迅速，效果很明显。要坚持下去，加强管理和考核。"他转过脸来对分管卫生工作的陈志远副场长说："各基层卫生所，也要学习医院的做法进行改革，提高基层的医疗水平和服务质量。请陈副场长抓好落实。""好的。"陈志远副场长回答。

离开医院，张尚文一行又到农场第一大队和第二大队，了解基层文化站的建设情况。在第一大队，他们详细察看新建的文化站。文化站有两层楼，面积200多平方米。第一层设有文化活动室，配有电视机、音响、桌球台等，墙壁四周挂上书画、职工业余摄影爱好者的作品。第二层是图书室，书架上的各种图书、报夹上的各种报刊琳琅满目，摆放得整整齐齐。

大队长介绍："文化站每天晚上8点到10点开放，星期六、日早上8点到晚上10点全天开放。平时晚上有不少职工来这里唱歌、打牌或看书、看报纸杂志，星期六、日很多学生到这里来看书学习，很热闹。""很好，要坚持下去。"张尚文比较满意，"我们去第二大队看一下吧！"他们到第二大队，看到文化站的建设情况与第一大队大同小异，对大队长说："我们的基层文化建设刚开始，今后要不断发展完善，要多与兄弟单位互相交流，取长补短。文化站建设是精神文明建设的重要组成部分，也是基础，必须常抓不懈。""对对，一定，一定。"大队长表态。

星期一上午，张尚文主持场长办公会议。他首先通报前几天下基层搞调研的情况，然后进行小结。他说："今年以来，各单位根据场部的部署，积极推进各项工作，成效明显。特别是工业项目建设进度较快，其中水泥厂的技改项目扩建厂房已完工，并开始设备安装；农药厂增加的两条生产线，已安装完毕，并正式投产；新型建筑材料厂加高加固的厂房已基本完成，现已转入设备安装阶段；环保砖厂已经投产了一段时间，产品供不应求。现在存在的主要问题，就是技术和资金。技术问题比较复杂，要采取'走出去、请进来'的办法解决。资金缺口不大，我们完全有能力解决。现在主要是要解决水泥厂设备安装的技术难题和新型建筑材料厂的工艺问题。会后刘光副场长组织一个学习小组，到相关地方的企业参观学习，回来后要加强指导。同时，财务科准备好资金，支持水泥厂购买化验仪器、环保砖厂购买搬运机车和自动烘干设备，所需资金全部列入项目投资。此外，基层文化站的建设也在全面铺开，刘副场长要召开一次促进会，组织基层单位的领导到第一、第二大队参观学习，全面推进这项工作。"

王福坐牢后，李廷被提为副场长，生产科长的位子由温副科长补上。李廷在会上提出："据天气预报，今年会有大旱。到目前为止，已有两个多月没下雨了，大多数茶园都处于干旱的临界状态。如果再不下雨，我们就要组织抗旱了。"张尚文说："李副场长的提醒很及时，秋旱在我们这里经常出现。现在距离'寒露'还差一个季节，要做好抗旱准备：第一，各农业大队要清仓查库，将原有的抽水机、马达、水泵、水管进行清查，不能使用的要及时修好备用，没有的要及时购买；第二，各农业中队要检查本队范围内抽水站、机井的水源贮存情况，检查输电线路是否畅通，排灌渠该疏通的要及时疏通，该清淤的要及时清淤，该维修的要及时维修；第三，做好柴油贮备，及时与附近加油站联系，打好招呼，确保需要时有足够的柴油供应。此外，李副场长组织召开一次抗旱专题会议，将任务布置下去。""好的。"李廷领命。

散会后，张尚文刚回到办公室，黎小英就来找他："妈头晕得很厉害，早上你上班后，她起不了床。爸起床后告诉我，我拿了一点药给她吃，我想告诉你，但你在开会，不知道现在怎样了，你赶快回去看看吧！"张尚文马上赶回家，看到母亲躺在床上，非常后悔："妈，您怎么了？您有病怎么不及时告诉我呢？"张妈躺在床上迷迷糊糊，眼睛也睁不开，声音很微弱："昨晚后半夜开始头晕。"说完这句话就不说了。张父补充："我是今天早上才知道的，我告诉阿英时，你上班了。阿英给她吃了几片药，但没什么效果。""知道了，马上去医院。"张尚文说完立即打电话叫医院派救护车，夫妻俩将母亲送院。

　　到了医院急诊室，医生给张妈量血压，舒张压100毫米汞柱，收缩压180毫米汞柱，医生建议留院观察。办完留院手续，张尚文让黎小英回去照顾父亲，自己留下来照顾母亲。医生给张妈安排好病床，给她输液降压，这时张妈稍有所清醒，但说话还是很困难。张尚文守在她身边，全神贯注地看输液管。这时，张尚文的脑海在翻腾着：自从自己懂事以后，老妈从没享过一天福。年轻时当了多年妇女主任，带头劳动，早出晚归，干得多，吃得少。两兄妹出生、长大、读书，倾注了她无数心血。挣工分、做家务、照顾丈夫和子女，长年累月地苦拼，结果积劳成疾，患了风湿骨痛病。自己出来工作以后，全靠妹妹和妹夫两人照顾。现在父母虽然来到身边，但工作太忙，照顾不周，心里非常难过。

　　这时，张妈清醒了很多，但声音很微弱："阿文，我没什么事吧！""没什么事。医生说您血压偏高，建议留院观察，您现在输的是降压药。今晚不回去了，明天做全面检查。"张尚文说。"检查什么？浪费钱，我要回去。"张妈听说要在医院过夜，不高兴了："我活大半辈子了，还没住过医院呢！不打针了，我们现在就走。"说完就要起身拔针头。张尚文急了，赶忙制止她，扶她躺下："妈不要急，还有半瓶药水呢！您的身体很差，风湿病、高血压都是慢性病，要长期打针吃药，今晚就在这里住一晚，明天做一个全身检查，找出病因，对症下药，尽快康复，这样我、阿英、阿爸和妹妹都放心。没事的，今晚我在这里陪着您。"

母子俩正说着话，黎小英送午饭来了，她急切地问："妈怎么样？好些了吗？""好些了，血压高，正在输液降压。"张尚文答。"阿英，你这么辛苦跑来干什么？我没事，打完针就回去。"张妈喘着气说。张尚文笑了："医生说要留院观察，明天做全面检查，妈不干，要回去。""妈，来都来了，就住一夜吧，做一次全身检查有好处，花不了几个钱，改天方便，让阿爸也来检查一次，如果没什么事，大家都放心。"黎小英也劝说婆婆。张妈见儿子儿媳妇都同一口径，不出声了。

黎小英拿过饭让张尚文先吃，张尚文说："输液很快就完了，等妈输完液再一起吃。你回去吧，照顾好爸。晚上不用送饭来了，我们在医院饭堂买就行。今晚我在这里陪着妈，不回去。""好，那我回去了。"黎小英说完就走了。

母子俩吃完午饭，已是下午2点，张妈继续输液，一直到下午5点多才输完。张尚文去饭堂买饭，他给母亲买一盅鸡汤，一份炒瘦肉；给自己买了一份炒青瓜，没要汤，还买了两份饭。张妈习惯让儿子先吃，张尚文说："妈先吃，我还不饿。"张妈无法说服儿子，勉强喝了几口汤，吃了几块瘦肉和几块青瓜，就说吃不下了，要儿子吃完，不能浪费。张尚文接过来，三两下就一扫而光。张妈望着儿子吃饭的动作，想起他儿时狼吞虎咽的样子，满意地点点头。

当夜，张尚文坐在病床边，看着母亲睡觉，自己偶尔打了个盹，一直陪到天亮。早上7点，张尚文买回早餐，母亲要做检查，留下一份给母亲做完检查再吃。张尚文刚吃完早餐，医生就来了，带张妈去做检查，张尚文一直陪着。医生让张妈做了心电图、脑电图、B超等，一直检查到上午11点30分才完成。检查完后，留下来的早餐早已凉了。张尚文赶快去医院饭堂打了一份饭菜给母亲，自己吃早上留下的早餐。张妈不高兴了，一定要吃早上留下来的，让张尚文吃刚买回的饭菜。母子俩争执不下，张尚文十分无奈，含着热泪将饭菜吃完。

下午3点，医生拿着检查结果来找张尚文："张场长，你妈的心脏、脑部、肺部、肾脏都没什么问题，就是血压严重超标。也就是说，你妈患有高血压和风湿性关节炎。这些都是慢性病，目前没办法根治，只能中西医结合，药物或物理治疗。我建议最好住院一段时间。"听说要她住院，张妈反应很强烈："我不住院。"张尚文十分了解母亲，一怕浪费钱，二来不习惯，三是挂念着父亲。他极力劝说："妈，听医生的，住院吧！""我没事，如果在老家，我找些草药煲水喝几碗就没事了。"张妈态度很坚决。张尚文考虑到母亲年纪大了，即使没大病，住院调理一下并非坏事，于是态度也比较坚决："妈，现在条件好了，有病要治，没病可调理。过去生活困难，有病只有拖，拖不过就吃草药。年纪大的人，有病不能拖啊，听我的，住院吧！""阿文，你不用说了，这就回去。"张妈始终坚持不住院。医生站在一旁听到母子俩的对话，摇摇头说："场长，算了，我开两个疗程的药给你拿回去，让她调理调理，不行再来治疗。""也好。"他说完就跟着医生去拿药。走出病房门口，他马上用移动电话打给黎小英，让她请车来医院接他们回去。

5点多，黎小英跟车来到医院，接婆婆和丈夫回家。

㊟

上午，场党委召开会议，主要内容是研究叶茂的职务变动和其他同志的提拔问题。

叶茂今年35岁，在行政办工作已有10多年。他22岁大学毕业，分配到农场当行政办秘书。张尚文当行政办副主任的时候，叶茂就跟着他。张尚文当行政办主任，叶茂当副主任。张尚文当上副场长，他被提拔为行政办主任。现在，张尚文当场长已将近3年，叶茂还在原地踏步，主要原因是一直没有合适人选接他的班。原来的副主任李虹是张尚文计划培养的对象，但她调到农垦局后，新调来接班的杨文秀，到行政办的时间不长。所以，张尚文只能委屈叶茂，让他带带杨文秀。现在，杨文秀通过将近一年的锻炼，工作完全上手，可以考虑叶茂的提拔问题了。叶茂在行政办工作10多年，张尚文对他特别了解。他文化水平高，为人正直低调、头脑灵活、工作主动、责任心强，提拔他是场党政领导的共识，但一时没有位子。而叶茂根本不计较这些，他觉得在张尚文的身边工作，不但心里踏实，还学到不少东西，毫无怨言，一如既往地做好工作。有个别干部为他打抱不平说："叶主任，老实人吃亏啊！你跟张场长那么多年了，难道要在行政办主任这个位子上干到退休吗？"叶茂笑着说："在哪里都是工作，这有什么呢？"

最近，总工会主席马茂林到龄退休。张尚文考虑，是时候考虑行政办人员的职务调整问题了。他想，让叶茂接替马茂林的位子比较合适，可以进入领导班子，给他提半级；行政办分管后勤的副主任邱林生，工作兢兢业业，当副主任也超过10年，再有三四年就退休了，应该给他提半级，顶上叶茂的位置；杨文秀提拔为行政办副主任，让她锻炼几年，到时接替行政办主任职务，再将招待所所长提拔为行政办副主任，分管后勤工作。这样一来，行政办的人事安排既科学，又合理。于是，张尚文找周华书记商量，周书记完全支持他的想法，并指示人事部门进行考察，做方案，还请示农垦局人事处考察叶茂，请示农垦局总工会同意叶茂为场总工会主席候选人。

经过人事科的考察，党委及时召开会议，人事科长提出人事安排方案，由大家讨论。在会上，周华书记说："这个人事安排方案，是我和尚文场长商量，并由人事科组织考察后做出来的决定，主要考虑叶茂同志当行政办主任的时间较长，马茂林同志到龄退休，需要有人顶上，经省农垦局考察，同意叶茂同志补上这个位子。同时，考虑到行政办是重要部门，秘书和后勤工作很重要，不能脱节，因此主要是从行政办的内部进行人事调整。邱林生同志年富力强，工作勤勤恳恳，任劳任怨，在行政办当了10多年副主任，情况熟悉，经验丰富，让他负责行政办工作，大家放心。杨文秀同志到行政办的时间虽然不长，但她善于学习，工作主动，责任心强，已经完全胜任秘书工作，特别是她主笔修订、完善的场部管理方案，领导们对她的评价比较高，完全可以给她压担子，锻炼培养。大家如果没意见，就表决通过吧！"

本来张尚文打算在会上解释一下的，但他想说的周华都说了，没有必要再重复。人事安排投票后，张尚文利用一些时间，将前两天行政班子会议的内容向党委委员们通报。通报完后，人事科长宣布表决结果，上述人事任命全票通过。

散会后，张尚文将叶茂、邱林生、杨文秀找来办公室，进行工作交底。张尚文说："找你们几个来，主要是通报你们的工作变动情况。党委领导明天会分别找你们谈话的，因为行政办是行政班子的参谋部，你们都是我的高参，所以要事先向你们交底。党委会刚刚通过行政办的人事变动，叶主任调总工会当主席，进入场领导班子；老邱同志接替叶主任；文秀同志任副主任，分管文秘工作；招待所李所长接替邱主任，任副主任分管后勤。党委同意这样的人事安排，我非常高兴，既给你们相应的职务，也给你们增加了工作压力。这么多年来，你们在行政办工作，帮了我和行政领导班子的大忙，也为我场的发展做出了较大的贡献，你们的工作我很满意。今后，你们的职位变动了，任务也重了，但不能骄傲自满，止步不前。一定要发扬你们各自的优点，继续努力，把工作做得更好。叶主任今后的工作任务主要是维护职工的合法权益，活跃职工的文化娱乐生活，解决职工队伍中的困难和问题，这些工作比较符合你的个性。你有文化，头脑灵活，办法很多，相信你会胜任的。老邱同志年富力强，工作经验丰富，协调能力强，比较适合行政办主任工作。老邱今后要充分发挥你的长处，多在协调关系方面下功夫，一定会不负众望的。文秀同志年轻有为，文化基础好，工作积极主动，你要充分发挥你的优势，但也要弥补你的不足，多向老同志学习，多接触社会，多交各类朋友，不断提高交际能力。同时要多接触实际，多掌握情况，努力提高办文和处事能力。总之，你们都曾经是我的同事和部下，希望你们今后要大力支持和配合我的工作，并在不同的岗位上，做出更好的成绩。"张尚文讲完，三个人不约而同地说："感谢场长！"

第二天，周华书记找叶茂谈话，许洪副书记找邱林生、杨文秀谈话。两位领导代表党委，分别对他们提出具体的工作要求，勉励他们不要辜负组织的希望，做好本职工作，以实际行动报答组织的信任和关怀。两天后，人事科发任命通知。叶茂、邱林生、杨文秀正式上任。

人事交替是任何单位再正常不过的事情。行政办的人事调整宣布后，交接十分顺利，工作正常开展，令张尚文很放心。

不久，在农场总工会召开的工会会员代表大会上，叶茂全票当选为新一届总工会主席。

"妈，按时吃药了吗？"张尚文下午下班回到家里，关心地问母亲。张妈从医院回来后，精神好了很多。张尚文平时在家，一定督促她按时吃药。因为降压药一旦开始吃，就不能间断。他要求妻子平时一定要提醒母亲按时吃药。张妈一直以来，都没有吃西药的习惯，有时监督不及时，她就不吃药。造成血压时高时低，很不正常，张尚文很担心。他要求妻子根据医嘱，尽量做清淡的饭菜，还专门买回一台电子测压仪，每天早晚各测一次。这几天工作忙，监督不到位，有点不放心。张妈对儿子儿媳的关心和照顾，十分感激，觉得不应怕麻烦，便坚持按时吃药。她笑着对儿子说："妈按时吃药了，阿文就放心吧！"黎小英接着说："是啊！妈现在很自觉，不用提醒。""这样就好。"张尚文这才放心吃晚饭。

吃完晚饭，张尚文对父亲说："爸，您也要注意身体啊！不要老看电视，长时间看电视影响眼睛。平时多和妈妈去外面走走，吸收一下新鲜空气，去公园活动活动筋骨。您不会打太极拳，那就多走几步路，对健康有好处。"张父平时很喜欢看电视，特别是电视连续剧，他听不懂普通话，专门选择说岭南语的频道，什么家庭伦理剧、抗日战争剧、解放战争战斗故事片，他都喜欢看，一坐下来就是大半天。张妈不喜欢看电视，一坐下来就打瞌睡。张父在聚精会神地看电视，张尚文夫妻要上班，张妈独自坐在家里很无聊，想出去走走吧，与邻居语言又不通。于是，张尚文向父亲提出建议。儿子这样说了，张父觉得自己太自私，便笑着说："听阿文的，从明天开始，不看电视了，陪你妈去散步。""好啊！老爸觉悟提高了。"张尚文高兴地说。

这段时间，母亲生病，使张尚文想起全场的退休干部职工，特别是离退休老干部的健康和养老问题。全场现有退休干部300多人，其中离休干部10多人。这些老同志，一般有两三个子女，都已参加工作并且成了家。子女除了小部分安排在本场工作外，大部分都在外地工作，对父母的照顾比较困难。因此，办一间敬老院，是当务之急，必须马上行动。

第二天，张尚文上班刚到办公室，就打电话找李辉副场长，说要和他去视察场部东北面的一块地。这块地原来是旱坡地，靠近北江边，十多年前分给场部的干部职工种蔬菜。现在生活水平提高了，农贸市场的物资也很丰富，干部职工都不再自己种菜，这块地便丢荒多年。张尚文一直计划建一间敬老院，但还没实现。自从父母来到身边，特别是母亲前几天生病不肯住院，他整天在考虑这个问题，认为必须马上落实。

张尚文、李辉、老邱、杨文秀等人走路来到现场，对地块进行认真的考察。这块地面积大约有四亩，靠近江边，地势平坦，距离场部不足800米，距离综合文化楼只有1公里。这个地方空气好，环境美，非常适合建设敬老院。跟随的几个人都不知道张尚文为什么要看这块地。老邱问："张场长要搬迁办公楼吗？"李辉笑笑："我知道他要做什么了。"张尚文说："中央三令五申，不能兴建楼堂馆所，再说我们的办公楼还好好的，也够用，没必要再建办公楼。我们场建场50多年了，一部分留下来的已离退休的老干部一般都有七八十岁了，他们有的子女少，有的子女都在外地工作，老人又不愿意离开这里，这些老同志的养老很成问题。因此，我打算在这里建一间敬老院。"老邱恍然大悟："哦，原来是这个意思。"李辉说："我就猜你一定是这样想的。"张尚文继续说："这块土地大约有4亩，共有2600多平方米，可建200多间养老房，每间12平方米，里边可设置卫生间和冲凉房。敬老院还要建饭堂、餐厅和医务室，配备护理人员、炊事员、服务员、医生和护士。让无依无靠的、愿意来这里的老干部集中起来生活，方便管理和照顾。""场长的设想很超前，很人性化，也是现实需要，我首先支持。"李辉说。张尚文最后说："这是实际情况，不得不考虑。李副场长回去找单位设计图纸，做出具体方案，下星期一召开班子会研究，行吗？""可以。"李辉表态。

40

　　在星期一上午的行政班子会议上，张尚文提出了建敬老院的问题。会议由李辉通报根据张尚文的设想做出的方案，由大家讨论。

　　参加会议的领导都认为：企业建敬老院，可谓全省首创。新生农场建立的时间长，新中国成立的第二年就成立了本场，第一代"开荒牛"都超过70岁了，不能不考虑这些老同志的养老问题。因此，大家都十分赞成。有的领导还建议搞一间高档次的老干部活动室，让他们平时有一个好去处，能陶冶心情，使他们健康长寿。

　　有了大家的认同和支持，张尚文对建设敬老院的信心更足了。他说："既然大家都统一了认识，我看就事不宜迟。我已让李副场长找单位设计，图纸出来后，马上报建，进行招标，然后抓紧建设。刚才有领导提出要搞一间老干部活动室，这个意见很好。我看就放在敬老院的建设规划中一并考虑吧。这项工程由李辉副场长专门负责，争取在今年春节前投入使用。至于资金问题，初步估计需要投资500万到600万元，这笔资金我早已安排好了，一定要建一所三星级的敬老院，让我们的'开荒牛'们安度晚年。"张尚文说完，大家都鼓掌。

　　散会后，张尚文刚回到办公室，叶茂就来向他报告："场长，刚才接到消息：我们的离休老干部原副场长陈永志因病医治无效，上午9点30分，在医院去世了。"

陈永志副场长，原籍吉林，1947年参加中国人民解放军，当时只有16岁。解放战争时期，转战南北，后随部队南下，解放战争后期，参加解放海南岛战役，之后转业到地方工作，参加农村土改。1951年建场时，组织决定将他调来农场工作，是农场名副其实的"开荒牛"，为农场事业做出了毕生贡献。他在副场长的位子上离休20多年了，一直非常关心农场的发展。他今年刚满84岁，由于年轻时在战场上多次负伤，身体不太好，经常住院。独生女陈莹，结婚后在省城定居，很少有时间回来照顾他。他老伴年纪也大了，照顾丈夫有些力不从心。于是场总工会给他请了一个保姆。

　　陈副场长这次住院已有3个多月了，住院期间，张尚文和周华经常去医院看望他。医生说："陈老的心脏衰竭很严重，恐怕……"张尚文强调："他是享受厅级医疗待遇的离休老同志，你们要用最好的药，想方设法治好他，尽可能延长他的生命。"现在，他走了，张尚文很悲伤，也很感慨。他对叶茂说："陈老是个老革命，他把毕生都贡献给革命和农垦事业，是我们的功臣。我这次要建敬老院，就是考虑和他一样的老同志的养老问题，可惜他走得太快了。你与他的亲属商量一下，通知他女儿陈莹回来，我们明天下午在县殡仪馆举行一次大型的追悼会，请两套班子领导和科级以上的干部及陈老生前的亲朋好友参加。大力宣传陈老优良的革命传统、艰苦奋斗的革命精神和全心全意为人民服务的思想，以此教育和激励我们的年轻干部，向老同志学习，当好农垦事业的接班人。""好的。"叶茂说完，离开张尚文的办公室。

　　第二天下午，在明德县殡仪馆的遗体告别大厅中央，鲜花簇拥着陈老的遗体，身上盖着中国共产党党旗。大厅两边摆满了省农垦局、中共新生农场委员会、新生农场和各基层单位以及亲朋好友送的花圈。参加陈老追悼会的有农场两套班子领导、部分离退休老同志、各基层单位负责人、陈老的家属、亲朋好友，还有自发前来的群众，大约有200多人。他们的左臂上全都戴上黑纱，庄严肃穆地站在殡仪馆遗体告别大厅。

在低沉的哀乐声中，追悼会开始。周华书记首先带领大家向陈老的遗体三鞠躬，然后请张尚文致悼词。张尚文拿着准备好的稿子，心情沉重地宣读："各位领导、各位朋友，我们尊敬的老前辈、革命功臣、享受厅级医疗待遇的离休老干部陈永志同志，因病医治无效，于昨天上午9时30分永远离开了我们，享年84岁。陈永志同志的不幸逝世，我们十分悲痛。陈永志同志出身贫苦的农民家庭，16岁参加中国人民解放军，在解放战争中累立战功，多次负伤。1950年随大军南下解放海南岛。海南岛解放后，他转业地方工作，到农村参加土改。1951年来到新生农场，参加农场的建设，一步一个脚印，从小队长做起，到中队长、大队长、副场长，最后享受厅级待遇离休，是我场级别最高、威望最高的老领导。陈老的一生，是革命的一生，是艰苦奋斗的一生，是全心全意为人民服务的一生。他的一生，光明磊落，大公无私，为我们树立了好榜样。我们要学习他为党为人民不怕牺牲的革命精神，学习他把党和国家利益放在第一位的思想觉悟，学习他长期保持艰苦奋斗的工作作风。陈老不幸逝世，我们要化悲痛为力量，继承陈老的遗志，将我们的事业永远进行下去。陈永志同志安息吧！"读完后，张尚文与周华带领参加追悼会的全体人员，绕着陈老的遗体转了一圈，沉痛告别，还分别与家属握手，表示深切的慰问。这时的陈莹，已哭成泪人，吴教授就站在她的身边。张尚文和周华以及其他党政领导分别和他们握手，张尚文特别叮嘱陈莹："节哀顺变，照顾好母亲。"陈莹十分难过地点点头。

追悼会是农场有史以来最隆重的一次。张尚文认为，离退休老干部是党和国家的宝贵财富。他们出生入死，以革命事业为重，为党、为国家、为人民做了大量的工作。逝世后，应当有所表示，举行这样的悼念仪式，既可告慰逝者的在天之灵，也可鼓舞生者承前启后、继续前进。因此，张尚文觉得很值。

全场的干部，对这次给陈老举行隆重的追悼会给予很高的评价，都认为，生前为党和人民工作，辛辛苦苦，死后得到组织和后人的肯定，家属得到安慰。大家都决心向陈老学习，做一名合格的党员、称职的领导干部，廉洁自律，始终如一，奋斗不止。

一年一度的重阳节到了。过去每年到重阳节和春节，场两套班子领导都分别进家入户，慰问在领导岗位上退下来的老同志。今年，张尚文要改变这种方式，集中召开座谈会，还在饭堂准备午餐。张尚文的目的很明确，要通过座谈的形式，让老同志互相见面，相互了解各人的身体状况，相互介绍各自的生活方式和养生经验。也可以听听他们的意见，使场党政领导和有关科室掌握情况，便于对他们采取相应措施，进行更好的关心和照顾。

这些老同志有的刚退下来不久，身体较健康；有的退下来时间较长，但头脑清醒、身骨硬朗；有的已离休多年了，行动不便，需要亲属或保姆搀扶才能出门。虽然身体状况各有不同，但他们都欢声笑语，十分高兴，相互拱手或握手问候、致意。

场部会议室，摆上水果、花生、饼干和糖果，30多位副处级以上的离退休老同志欢聚一堂，一边喝茶吃水果，一边畅谈改革开放的大好形势和农场的巨大变化。

周华书记首先简单通报农场的两个文明建设情况，然后请老同志提出意见和建议。

有一位老同志说："新生农场有今天的成绩，离不开党的改革开放好政策，也离不开农场全体干部职工的艰苦奋斗，更离不开历届领导班子的开拓创新。我退下来的时候，刚改革开放不久，那个时候的工农业产值还不到8000万元，税利还不到300万元。工业生产仅有机械厂、水泥厂和四家茶厂，产量低、效益差；茶园老化严重，产量一直上不去，质量逐年下降，加工出口的红茶经常不合格。小镇仅有一条不长的街道，破破烂烂，干部职工购物很不方便。现在的变化翻天覆地，要是在当时，想都不敢想。"

有一位老同志说："我刚来的时候，碰上困难时期，粮食紧张。没有粮食，我们就上山挖野菜、打野兔、捉老鼠。天天吃野菜，没有营养，身体浮肿。有时候偶尔打了一只野兔或捉了一只老鼠，高兴得不得了。那时我才20多岁，整天饿得头晕眼花，路都走不稳，做梦都想吃一顿饱饭。"

有一位老同志说："我刚到这里的时候，这里全都是荒山野岭，有很多野兽出没，听说还有老虎呢，但是我没见过。当时我年纪轻，才20岁出头，天不怕，地不怕，跟着陈永志等场领导，搞勘探，做规划。先搭茅棚办公，后大面积开荒种茶。那时候虽然很艰苦，但是干得很开心。不觉几十年过去了，我从毛头小伙变成了耄耋老人，已 75 岁啦。现在的日子好过了，我还想多活十几年，亲眼看看国家的强大。希望我们现在的领导，给我们提供一个条件好的去处，陶冶一下身心，使我们健健康康多活几年。"

还有一个老同志说："过去工作和生活都不堪回首，我们要向前看。改革开放 20 多年了，我们的祖国日渐富强，各项事业的发展突飞猛进。新生农场的发展也日新月异，现在的生活环境、生活条件、生活水平都是我们当年所追求的，已经基本实现了，希望大家向前看，保持好心态，保证身心健康，享受生活，安享晚年。"

张尚文微笑着静静倾听老同志们谈历史，谈心得，谈体会。他认真地思考着，每一代人都有他们光荣的奋斗史，都为国家建设做出过贡献。但是在历史进程中，每一代人都会受到历史条件所限制，工作成效不尽如人意。然而，历史的车轮滚滚向前，社会不断发展，这是历史的必然。没有前人打下的基础，就没后人取得的成就，一个国家是这样，一个单位也是这样。于是他说："老同志们回忆过去的艰苦岁月，值得我们永远记住。我计划组织几个人，写好我们的场史。你们是新生农场的老前辈，'开荒牛'，为我场的发展做出巨大贡献，历史不会忘记。我们非常希望大家健康长寿，亲眼看看我场的变化，祖国的强盛。所以，我们已经规划建设一所高规格的敬老院。只要你们愿意，都可以在那里养老。我们将在敬老院建餐厅，配有护理员和服务员。还有医务室，配备医生和护士。同时规划建设一间高档次的老干部活动室，老同志可以在里面看电视、看书、看报纸杂志，还可以打桥牌、打扑克、下象棋等。我们的目的，就是让我们的功臣们老有所养，老有所为，健康长寿。"老同志们听了以后，报以热烈的掌声。

中午的饭菜，张尚文专门叮嘱饭堂师傅：菜不用多，以清淡为主，一定要煮熟、煮烂。用餐的时候，周华和张尚文，以茶代酒，祝大家身体健康。尽管老同志吃得不多，但这是多年来没有过的场面，在这样温馨、热烈的气氛中，老同志互相祝福，祈求祖国强盛、国泰民安、大家都健康长寿。

这次座谈会，老同志们都非常感动，在现任领导和全体干部中也产生了良好的影响。

张尚文送走老同志，回到家里，黎小英对他说："刚才晶晶打电话回来，祝爷爷奶奶重阳节快乐。我今天也加了两个菜，为爸妈庆祝老人节。这几天，吃完早饭，爸和妈就去散步，直到 11 点才回来。妈的血压正常了。""这样我就放心了。老人就是要多走路，加强锻炼，这样下去，爸妈的身体一定会越来越好。"张尚文高兴地说。

张尚文走到父母面前，难过地说："爸、妈，儿子不孝，今天是重阳节，我工作忙，没时间陪你们，对不住啊！"张妈说："你事情多，爸妈不需要你陪，我孙女打电话回来问候，阿英又加菜，我和你爸很满足了。"

㊶

张晶晶已经读大学二年级，开始学习专业知识。上学期，在她的努力下，加上陈小锋的指导，期末考试成绩在班里数一数二，这学期她的学习越来越紧张。她是班长、学校学生会副主席，又是预备党员，业余时间的工作任务比较重。暑假不回家，主要是参加班党支部组织的社会调查。由于学习和工作忙，很少打电话回家。上一次黎小英打电话提醒她的话，她记在心里。除了学习和班务，张晶晶不去想，也不去干其他事情。

陈小锋已是单位的业务骨干，工作比较忙，还继续读在职研究生，学习也很紧张。因为两人都很忙，所以他们很少在一起，已经有一个多月没见面了，只是有时偶尔通通电话，互相问候一下。

学校的学生会主席，名叫吴华勇，是国际贸易系的四年级学生，明年毕业。吴华勇的身材魁梧，英俊潇洒，学习成绩优秀，是共产党员。他当学生会主席已有 3 年，经常组织学生举办各项活动，如纪念"五四"青年节、国庆晚会、文化沙龙等等，学校领导信任他，支持他，在同学们心目中有较高的威信，也有较强的号召力。张晶晶是学生会副主席，是吴华勇的助手，非常配合他的工作。两人接触多了，也就互相了解。吴华勇看到张晶晶长得眉清目秀、美丽大方，非常喜欢她，经常找机会接近她，在学习上、生活上给她不少帮助。张晶晶思想单纯，认为这只是同学之间的友谊，并没有多想。

今天是星期六，一大早，吴华勇就去找张晶晶，邀请她去青翠山游玩。这段时间，张晶晶不但学习紧张，而且学生工作任务重，现在稍有空闲，也想去放松一下，便爽快地答应吴华勇的邀请。

吴华勇叫了一辆出租车，两人直接上到山上售票处，买了门票，步行进入风景区。只见山上男男女女、老老少少，有的是拖家带口，扶老携幼，三五成群；有的是孤男寡女，成双成对，卿卿我我；还有一批又一批的旅游团，随着导游，手持相机，不停地取景拍照。

青翠山是岭南省城唯一的一处山上旅游风景区，历史悠久。山上名胜古迹多，自然风光美，设施很完善。时值农历九月上旬，登高的游人兴高采烈。吴华勇带着张晶晶，在绿树成荫的曲径小道上漫步，往山上走去。两人开始还觉得很开心，特别是张晶晶，她从没上过青翠山，一切都觉得很新鲜，特别感兴趣。但爬山消耗体力，女孩子的耐力有限，慢慢地就走不动了。她对吴华勇说："我走不动了，找个地方歇一下，好吗?"吴华勇多次上过青翠山，对旅游区的路径和景点很清楚，他体力好，完全不觉得累，但还是同意了。

两人就近到一个凉亭坐下来。吴华勇去附近的小店买来两瓶矿泉水，递给张晶晶一瓶："喝口水吧!"张晶晶接过水："多谢!"然后打开咕噜咕噜地喝了半瓶。喝完水，张晶晶恢复了体力，精神也好了很多。她说："多谢大师兄带我来这么美丽的地方游玩，但第一次爬山，体力不支，不能陪你尽兴，对不起啊!""没事。多上来几次就习惯了，我第一次上山也一样，现在已不觉得累了。"吴华勇说："晶晶同学，毕业后打算干什么呢?"吴华勇这一问，张晶晶觉得很奇怪。她说："我刚刚读大二，离毕业还远着呢，现在谈这个问题为时过早啊!而你明年就毕业了，你有什么打算?"吴华勇说："我不用打算。从我这届开始，大学生毕业国家就不包分配了，毕业后要自己找工作。我已经想好了，毕业后就回我爸的公司打工，以后接班。""你爸开公司的?"张晶晶问。"是啊!我爸原是外贸公司的干部,改革开放不久就下海自己开公司,已经20年了。现在资产估计不少于10个亿,下属有多个分公司,员工有300多人。我爸当时要我读这个专业,目的就是想让我毕业后接他的班。"吴华勇在说这番话的时候,表情很自豪。"原来你是富二代。你为人低调,素质高,很多人不知道你的背景。既然有这么好的条件,毕业后就回去当大老板吧,首先祝贺你啦!大师兄。"张晶晶到现在才知道吴华勇的家庭背景。"其实,我一直都不想依靠父母,想靠自己的努力打拼。但这是父亲的安排,不得不服从,你说呢?"吴华勇谦逊地说。"你有这么好的条件,没必要多想了,毕业后乖乖回去接班吧!"张晶晶说。"只能这样了。晶晶,做我的女朋友好吗?"吴华勇转了一个大弯,终于把真心话说出来了。

吴华勇的这话一出口,张晶晶觉得很突然,只见她睁大眼睛,张着嘴巴,半天说不出话来。吴华勇意识到自己太唐突,道歉说:"不好意思,吓坏你了。"张晶晶这才回过神来,她冷静地说:"多谢你的直率!你的条件这么好,还愁没有女朋友吗?我有什么好?再说我还有3年才毕业,我现在的主要任务是学习,其他什么都不想。我们还是保持纯洁的同学情谊吧!""你说得对,保持纯洁的同学情谊。"吴华勇说。

他们一直到下午5点才下山,6点才回到学校。尽管张晶晶拒绝了吴华勇的要求,但吴华勇表现出少有的大度,一点也不觉得尴尬,在回校的路上,依然有说有笑。这一天,他们玩得还算开心。

张晶晶班的党支部书记,名叫郑石生。此人个子不高,肤色很白，戴一副深度近视眼镜，样子比较斯文，同学们都称他"书生书记"或"秀才书记"。他平易近人，性格温和，学习成绩比较好。他对张晶晶也有那种意思，时不时找机会接触她。张晶晶认为，班党支部是全班同学的领导核心、战斗堡垒，党员要起先锋模范作用，带头遵守纪律、搞好学习、参加各项活动，关心同学的学习和生活，帮助解决同学们的各种困难和问题。自己是班长，在党支部的领导下开展工作，支部书记与她多接触是正常的，也没多想。

今天刚下自修课，党支书郑石生就来找张晶晶，塞给她一封信，很不自然地说："拿回宿舍再看吧!"张晶晶一头雾水，心想，平时天天在一起上课、自修、搞活动，有什么话不可以当面说？何必写信呢？回到宿舍，张晶晶将信拆开，内容大致是：晶晶同学，请恕我冒昧给你写信，因为面对面不好意思开口。自从见到你，我就被你的容貌、才学、气质和为人所吸引，不能自拔。你在我的心目中，就像个仙女。我自认为配不上你，但无法控制自己，不得不冒昧给你写信。我们都是学生干部，我是党支书，你是班长，两人都在服务全班学生，有着共同工作、共同语言，为我们今后的发展创造了条件，铺平了道路。所以，我想和你交朋友，今后我们互相鼓励，互相帮助，共同进步，好吗？张晶晶看完信，想笑，也想哭。她认为，作为党支部书记，他却明目张胆写情书，尽管信中内容很宛转，但明眼人一看就知道是什么意思，想想有点可笑。同时，两人都是读大学二年级，正在学习最紧张的时候，今后的路还长，再说毕业后各奔东西，现在谈这些问题还为时过早。他作为班里的党支书，难道连这些道理都不懂吗？想想有点可悲，于是她想哭，但忍着眼泪。为了尊重党支书，给他面子，张晶晶选择沉默。她决定找时间与党支书面谈一次，让他打消念头，端正思想，认真学习。

第二天晚上下自修课，郑石生走出课室，正想回宿舍，张晶晶叫住他："秀才书记，请等我一下，我有话对你说。"郑石生以为他的信打动了张晶晶，很高兴地站在原地。"走吧，我们一起回去。"张晶晶说。两人一边走一边谈，张晶晶没有什么男女相处经验，她小心翼翼地说："郑书记，你给我的信我很认真地看了，多谢你对我的评价，但是你在信中的一些想法，有些不切合实际，也不合时宜，我不赞成。我们才读大二，是学习最紧张的时候，现在谈男女之间的感情问题，我觉得非常不妥。你我都是学生干部，应该带好这个头，不能做出与身份不符的事情，让同学们笑话，这样影响不好啊！"郑石生这才觉得太感情用事了，他很不好意思地说："对不起班长，我感情冲动，一时糊涂，请你原谅。"张晶晶劝他："你不要自责，我非常理解你的想法。这件事到此为止吧，我绝对不会公开出去的，今后我们依然是好同学、好同事、好朋友，共同将班里的工作做好，将学习搞好，将同学们带好，让辅导员放心，让班主任放心，好吗？"郑石生把心放下来了："好好！"

张晶晶仅仅读了1年多大学，就越来越成熟，非常难得。本来男欢女爱，是年轻人的特权，尤其是21世纪的大学生。但是，她的头脑十分清醒，母亲只是在电话上提醒几句，她就记得一清二楚，而且立场坚定，拒绝任何诱惑。她心中的那个人，时时刻刻在脑海里浮现，只是深深地藏在心底。她虽然想念他，但又不能打扰他。

陈小锋也接到母亲的电话提醒，因此两人有约定，在她大学还没毕业、他未领到研究生毕业证之前，不能公开两人的关系，也不能向前发展。

郑世豪兑现他的承诺，一年前就拿出 100 万作为教育基金，支持教育事业。教师节那天，教育中心在场部四楼大会议室召开庆祝大会，宣布表彰决定并颁奖。参加大会的有各中小学校长、先进教师代表、优秀学生家长，考上重点大学、普通大学、大专的应届高中毕业生和初中升上高中成绩优秀的学生代表、特困家庭学生和家长代表等，共 200 多人。郑世豪应邀参加会议并颁发奖金，分管教科文卫的陈志远副场长主持会议。张尚文出席会议并讲话。

陈志远副场长首先介绍今年优秀教师评选和高考、中考情况。他说："今年，受到省表彰的优秀教师 2 名，受到农垦系统表彰的优秀教师 8 名，受到本场表彰的优秀教师 30 名。同时，应届高中毕业生考上重点大学的 5 名、考上普通大学的 10 名、考上专科的 32 名，大专以上录取率占高中应届考生的百分之三十，比去年增加 25 个百分点；初中升高中占百分之八十五，比去年增加 25 个百分点。评上各级优秀老师、考上大学的考生，全部按照'世豪教育基金会'的规定兑现奖励。"接着，陈志远宣读表彰决定和获奖的学生名单。

读完表彰决定和获奖名单，接着举行颁奖仪式。教育基金会工作人员将奖金制成支票样式，出郑世豪颁发。颁奖分老师组和学生组，各组分三批进行。其中，优秀教师分省政府、农垦系统、本场三个级别；高考学生分重点大学、普通大学和大专三等次。颁奖仪式完成后，分别给特困家庭学生发放助学金。基金会第一次奖励，共发出30多万元，对特困家庭学生发放助学金8万多元，总共支出40多万元。

颁奖结束后，张尚文作讲话。他说："今天是教师节，我们的优秀教师和优秀学子代表欢聚一堂，共同庆祝这一节日，我很高兴。刚才，'世豪基金会'出资人郑世豪先生，向获得上一学年度各级'优秀教师'称号的园丁、获得奖励的学子颁发奖金，场面十分感人。在此，我代表农场党政班子对被评为各级'优秀教师'称号的园丁、考上大学和升上高中的学生表示热烈的祝贺！过去的一年，我们通过改革，实行校长竞岗、教师聘用制，有效地调动了校长、老师的积极性，改进教学方法，不断提高教学质量；学生们珍惜学习机会，勤奋学习，使今年的高考和中考获得大丰收。其中考上大专以上的考生占参加高考人数的百分之三十，有5名考生被重点大学录取，突破历史记录。初中升高中的学生超过百分之八十，达到历史新高。这些成绩充分表明：我们的改革是成功的，不改革就根本没出路。在这里，我要充分肯定，我们的园丁们是有智慧、有水平、有能力的；我们的学生们也是有志向、有潜力、奋发向上的。希望老师们戒骄戒躁，再接再厉，继续努力，将教学质量提高到新的水平，向明年高考实现大专以上达到百分之五十以上、初中升高中百分之九十的目标迈进。也希望今天受到奖励的同学到大学后，继续保持刻苦学习的精神，奋发有为，将来成为国家栋梁。还希望今天受到资助的困难学生，不忘感恩，向在座的哥哥姐姐学习，克服困难，努力学习，以实际行动报答老师和郑世豪老板。"

张尚文讲完话，接着是优秀教师代表、获奖学生代表和受资助的学生代表发言。

首先发言的是被评为全省优秀教师的高三年级语文老师李秀才。这位教师慷慨激昂、振振有词："教师是伟大的职业，老师是人类灵魂的工程师，是桃李遍地、鲜花盛开的园丁。我们为当一名教师而感到光荣、感到自豪。当我们面对桃李满天下，学子成才时，心中极其满足。我们一定要对得起这份职业，我们今后的路还长，任务更艰巨。我非常感谢上级领导给我这份荣誉，但比起其他老师，我做得还不够，我要虚心向他们学习，把教书育人的工作当作崇高的事业，一直坚持到底！"

接着是高考获奖学生代表发言。发言的代表考上了浙江大学。他拿着准备好的稿子照念："尊敬的张场长、刘副场长、郑总，尊敬的各位领导、老师、同学们，你们好！现在，我代表今年高考获奖学生发言。首先衷心感谢领导对我们的关心和支持，感谢老师对我们的爱护和教育，感谢郑总对我们的鼓励和帮助。我们能够考出好成绩，完全有赖于改革开放的有力推动、老师们的辛勤培养、郑总的慷慨激励，还有我们自己的努力。上了大学，我们将刻苦学习专业知识，努力改造自己、锻炼自己、提高自己，树立正确的世界观、人生观、价值观，成为有用人才，为建设祖国贡献自己的力量。"

最后是困难家庭学生代表发言。发言的是考上本科的一名女学生，她的父亲长年卧病在床，为治病花了不少钱，家庭经济十分困难，没钱交学费。在教育基金会的支持下，解决了学费。她本人及父母都十分感激领导和郑世豪。这名学生说："我代表所有受资助的学生，非常感谢各位领导、老师和郑总，是你们帮助我们解决困难，让我们有机会继续读书。我们将努力学习，将来报效祖国、报效人民，报答各位领导、老师和郑总。"

张尚文对推行教育改革所取得的效果很满意，对教育基金会所产生的效应也十分高兴。庆祝大会结束后，他对分管教育的陈志远副场长说："我们的教育改革很有成效，一定要总结经验，坚持下去，不断改进，不断完善，争取下一个学年取得更好的成绩。"然后他又对郑世豪说："郑老板，多谢你对教育事业的支持，教育基金会已初步显示其作用，今后要完善管理，科学运作，使基金会发挥更大作用。我们还要广泛发动社会热心人士，赞助更多善款，不断提高奖励额度，扩大资助困难学生覆盖面，进一步推动教育事业发展。"郑世豪也很满意。他说："张场长说得有道理，我没想到基金会的作用这么大。我打算今年追加100万元，带动大家捐款，将奖金额度增加一倍，资助范围扩大到所有困难家庭的学生。""好啊，等我们发动捐款后，再作决定。"张尚文说。

星期六晚上，综合文化楼影剧院举行文艺晚会。晚会由总工会和教育中心联合举办，邀请场部所有厂矿领导、公司承包人、有实力的个体老板、社会热心人士出席，干部职工自愿参加，场两套班子领导全部到场，估计现场不少于1000人。舞台一角，摆放着一个捐款箱。

晚会邀请南方歌舞团演出。在节目演出前，节目主持人请张尚文讲话。张尚文精神抖擞，站在舞台中央，手拿麦克风，慷慨激昂，他说："各位厂矿领导、公司经理、个体老板、社会热心人士和干部职工，大家晚上好！今天晚上，我们举办这场晚会，目的是发动大家捐款，扩大我们的教育基金。去年9月，郑世豪老总捐资100万元，成立'世豪教育基金会'。基金会规定，凡被评为省、农垦系统、本场优秀教师的，分级给予奖励；凡考上重点大学、本科、专科的应届高中毕业生，同样分别给予奖励；还对特困家庭的子女读书给予资助。教师节那天，我们召开了颁奖大会。郑世豪老板分别为被评为省、本系统、本场的40名优秀老师颁发了奖金，也为今年考上重点大学、普通大学本科和专科的47名应届高中毕业生颁发了奖金，为特困家庭在校读书的学生发放资助款。去年，我场在教育方面进行了改革，实行校长竞争上岗和老师聘用制，同时成立教育基金会，取得了明显的效果，教学质量显著提高，今年高考，考上重点大学的有5名，考上普通大学本科的有10名，考上专科的有32名，升学率占百分之三十左右，比去年提高25个百分点；中考升学率占百分之八十五，比去年提高25个百分点，这是我场有史以来高考和中考取得的最好成绩。我们的目标是：明年要争取大学升学率达百分之五十以上，中考升学率达百分之九十以上，以后分别每年提高百分之五以上，争取三年内高考升学率达百分之七十以上，中考升学率达百分之百。因此，我们打算增加基金会的基金总量，计划明年将优秀教师和升上高校学生的奖金提高一倍，并提高困难学生的资助额度，扩大资助的范围。所以，我们今天晚上举行这个晚会，希望在座的领导、老板、热心人士和干部职工，慷慨解囊，大力支持教育事业，我在这里，代表党政领导班子和全体师生以及家长感谢大家！"

张尚文刚刚讲完，郑世豪马上站了起来，第一个走上舞台大声说："我捐100万！"说完，他将一张100万的支票放进捐款箱。接着，在座的场领导、厂长、经理、热心人士和干部职工，陆续走上舞台，我1万，你3000，他1000，少的也有200或300。他们有的捐支票，有的捐现金，场面十分感人。

在工作人员清点捐款期间，歌舞团开始表演节目。晚会结束前，陈志远副场长宣布捐款总额：此次共收到捐款345.6万元。

43

星期二下午，张尚文刚到办公室，行政办主任邱林生就来找他，说："张场长，刚接到农垦局办公室的电话，请您明天去局里一趟，局领导找您有事商量。"他说完就出去了。

张尚文想，有事商量？怎么不直接来电话？还要亲自跑一趟，应该是重要的事情吧。第二天，张尚文不要随从，一大早就和司机出发，上午11点就到省城，来到农垦局机关，人们还没下班。张尚文直接去找老领导杨刚局长。杨刚正在办公室与人事处长谈话，见到张尚文，笑着说："说曹操，曹操就到。""说是局领导找我有事商量，我哪敢怠慢，一大早就赶来了，在高速公路上，司机每小时开到120公里，不用3个小时就到了。您找我有重要的事吗？"张尚文喘着大气说。杨刚笑了："就算是我找你，也不要这样急嘛，安全第一。走吧，我们找个地方吃午饭，下午林书记找你谈话，王处长一起去吃饭吧?"人事处长姓王，他找杨刚就是谈有关张尚文的工作变动问题。他说："我还有事，我就不去了，让你们师徒两人交流交流吧!""那好。尚文，我坐你的车，到街边随便找个地方。"杨刚说完，就拉着张尚文出门，王处长也跟着走出杨刚的办公室。

　　杨刚带路，他们来到离农垦局办公大楼不远的一间小饭店，停好车，要了一个小包厢，3 个人坐下，点了几个菜。在等上菜的时候，杨刚对张尚文说："是这样的，我还有不到 3 个月就到龄退休了。省委正在考虑我的接班人问题，他征求我的意见，我推荐你。李副书记很赏识你，认为很合适，让我们事先找你谈一谈，征求一下你的意见，然后向省委组织部推荐，由组织部考察。事情比较急，昨天上午才定下来的，来不及同你通气。我的意见是，下午林书记找你谈话时，你装作什么都不知道，要谦虚谨慎，也不能直接答复，婉转地表态，服从组织安排。""原来如此，接到通知的时候，我一头雾水，以为是什么大事。放心吧老领导，你对我的关心我最清楚。如果能够留下来，我还想在农场多干几年，毕竟这几年在您的支持下，工作还比较顺利，各方面都有一些起色，我在那里干了 20 余年了，有感情。"张尚文说。"这还不算大事吗? 你小子的心比天还大啊! 我们是国家干部，任何干部都不可能在一个地方干一辈子的，这是组织需要，共产党员要服从组织安排。"杨刚有些担心张尚文意气用事，搬出大道理来压他。"明白，听您的。"张尚文只好向老领导表态。

　　这时，菜已上齐，杨刚叫服务员每人装一碗大米饭，然后三个人狼吞虎咽，一下子就吃完了。张尚文还叫服务员多来一碗饭给司机，怕他吃不饱。吃完饭，马上回招待所休息。

　　下午 2 点半，在农垦局林书记的办公室，人事处王处长也在场，三个人在融洽的气氛中开始谈话。林书记说："尚文同志，这么急请你上来，觉得突然吧？"张尚文笑笑："是有些突然，不知什么事。"李书记不紧不慢地说："是这样的，我们的杨刚局长过几个月就到龄退休了，急需有人接班，杨局长向省委推荐你，李副书记觉得很合适，认为你虽然年轻，但经验丰富，成绩突出，完全能胜任这个位子，于是委托我找你谈，征求你的意见，你有什么想法呢？"张尚文收回笑容，认真地说："林书记，我资历浅，恐怕担当不起这个重任啊！"林书记也认真起来："这是你谦虚。据我们了解，你文化水平高，政治素质好，工作能力强，政绩很突出。你当新生农场场长这几年，团结和带领班子，抓改革，抓工业发展，抓文化建设，做出了实实在在的成绩，两个文明建设走在全省农垦系统的前面，成为'领头羊'。农垦局领导，特别是老杨，也包括我，还有省委李副书记，对你的评价都很高，认为你完全胜任。你怎么连自己都没信心呢？"张尚文说："新生农场能够取得一些成绩，是上级的正确领导、全体干部职工努力的结果。我在那里工作了 20 多年，对那块地方有感情，想留在那里多干几年啊！"林书记不高兴了："感情归感情，这是组织需要嘛！""既然林书记说到这个原则问题，我只有服从组织安排了。"张尚文最后表态。林书记很高兴："这就对了，王处长，你回去就马上将谈话情况向省委组织部专题汇报，要抓紧。""好的。"王处长应一声就出去了。"我让招待所安排你吃晚饭，今晚就住招待所，明天再回去。"林书记对张尚文说。张尚文考虑来一次省城不容易，想见见总工会主席陈强，还有部下李虹，同时还要将谈话情况向老领导汇报，于是说："多谢林书记！不用麻烦了，我今晚还要会朋友。""那好吧，再见！"两人握手道别。

离开林书记办公室，张尚文直接去找杨刚，来到他办公室，他在看文件。张尚文对杨刚说："老领导，我听你的，答应林书记了。今晚请您吃饭，您打电话请陈强主席和李虹一起来吧！""今晚我请，不用你破费。我现在就打电话。"杨刚说完，马上打电话给陈强和李虹，叫他们马上来他的办公室。打完电话，杨刚问："你是怎样答复林书记的？""您放心，您教我怎么说我就怎么说。"张尚文说。"这就好。今晚喝点小酒吧！"杨刚很高兴。"听从老领导安排。"张尚文说。

陈强和李虹来到了。陈强问张尚文："什么风把你这个大忙人吹来了？"李虹也觉得奇怪："是啊！太阳从西边出来了？"张尚文笑着说："很长时间没看到你们了，怪想念的，来看看你们。今晚我们吃个饭吧！怎么样？"陈强和李虹异口同声："好啊！""走吧，我们马上就去。"杨刚还是保持着雷厉风行的作风。几个人坐上张尚文的面包车，张尚文坐在副驾驶室："老领导，怎么走？""去北京路。那里有很多土鸡饭店，今晚我们去吃土鸡。"杨刚说。"师傅知道怎么走吗？"张尚文问。"没问题。"司机回答，然后起动汽车，直往北京路开去。

他们来到北京路的一家土鸡饭店，找了一个包厢坐下来，由陈强点菜，他点了一只白切土鸡、一条清蒸福寿鱼、一斤白灼罗氏虾、一碟小炒王和一份灼菜心，还点了一瓶白酒。几个人在新生农场的时候，既是上下级，也是同事，更是好朋友。工作上互相配合，互相支持；生活上互相关心，互相帮助。那种真挚的情谊，是永远不能忘记的。杨刚离开已有六年，陈强离开将近四年，李虹也差不多一年了。李虹调到农垦局办公室半年后，被提拔为秘书科长，之后与农垦局人事处一位姓陈的科长结婚。现在，他们有机会走在一起，那种喜悦心情不言而喻。也许陈强和李虹还没想到，不用多久，张尚文可能是他们的领导。然而，这件事还不能说，这是组织原则。他们只是互相问候，互相祝福，互相鼓励，一边喝酒，一边说谈笑风生，气氛非常融洽。张尚文关心地问李虹："李科长结婚有半年了吧？什么时候当妈妈呢？"李虹有点害羞："不急，以后再说。"杨刚接着说："小李是真正的人才，现在是局办公室的主力，工作特别忙，现在要小孩她可能有点思想抵触，但丈夫和公婆有意见，对吧？"杨刚虽是大男人，但对农垦局机关干部的工作和生活很关心，特别是对办公室的工作人员，尤其是身边工作人员的家庭情况比较了解。杨局长这样问，李虹很不好意思，红着脸说："这个我不管，我已经和他的父母说清楚了，在35岁前是不会要小孩的。"陈强笑笑："李虹是女强人啊！她的先生陈凯科长那么善良，肯定听她的，是吗？"李虹也笑了："那还用说，俗话说得好，想吃咸鱼就要耐得渴。"

　　几个人在说话的时候，张尚文不出声。他觉得李虹的性格一直没变，依然这样倔强。他想起当初老领导"事业家庭两不误"的教诲，于是很认真地对李虹说："小李啊！我们都是过来人，当初杨局长要求我事业家庭两不误，我做到了。我用这句话送给叶茂，他也做到了。你已结婚成家，可以说也做到了。年轻人拼事业无可非议，但是家庭关系一定要处理好啊！"李虹无语了。杨刚为了调节气氛，转移话题："不说这个了，大家喝一口吧。"大家都举起杯，异口同声地说："好，祝老领导身体健康!"一杯过后，张尚文又分别给几个人的杯里斟满酒，他端起酒杯说："杨局长、陈主席，你们都是我的好领导，我的进步离不开你们的教育、帮助和培养，小李在农场时，也给我很大的支持，借此机会，我敬各位一杯，表示衷心感谢!"然后一饮而尽。李虹本来不喝酒，但今天晚上这种场面，她不能失礼，见到局长和主席都喝了，她也硬着头皮，举起酒杯，仰起脖子，一杯见底。然后，她又给各位领导斟满酒，说："我参加工作的时间不是很长，但你们几个领导、前辈、恩人对我的教导、支持和帮助，李虹没齿难忘，我诚心诚意地敬各位领导一杯，表示感谢，祝各位领导身体健康、工作顺利!"大家都给李虹面子，举起酒杯一饮而尽。饭局一直到晚上9点才结束。

饭后，张尚文分别送杨刚、陈强和李虹回家。之后和司机直接去国际贸易学院招待所住宿，目的是看看女儿。来到学院招待所，已是晚上十点半钟，过了下自修课的时间。张尚文让司机登记住宿，自己走出招待所门口，打电话到宿舍去找女儿。张晶晶接到电话，马上从宿舍跑来招待所见父亲，她觉得很突然："爸，您怎么来了? 还这么晚!""爸想你了，来看看你。我来农垦局办事，办完事太晚了，明天一早就要赶回去，所以连夜赶来看我女儿，今晚就住在你们学校招待所。走吧，去招待所坐一会儿，爸有话和你说。"张尚文拉着女儿的手，一边走一边说。张晶晶跟着父亲来到招待所，张尚文找到司机拿钥匙，进入他的房间。父女俩坐下来，张晶晶问："妈妈、爷爷奶奶都好吗?""都很好，奶奶前段时间血压高，头晕，打针吃药之后，现在已经好了。他们整天在唠叨你，你怎么不打电话回去呢?"

"我这个学期已转上学习专业课，学习压力很大，班里和学生会的工作任务重，一直都比较忙，加上电话收费较贵，所以没什么事我就不打电话。""没钱了吧?"张尚文知道女儿很节俭，很少向父母要钱。这次他是有备而来的，他拿出1000元钱递给女儿:"拿着，没钱用又不开口，该花的钱还是要花嘛。你妈说这些钱让你去买几件衣服，平时饭堂打饭要加点菜，注意身体，有空多打电话报平安，不要让妈妈和爷爷奶奶担心，知道吗?""知道了。爸，我用不了这么多钱，这些钱你拿回去给爷爷奶奶多买点好吃的。"张晶晶说完，将钱递回给父亲。"傻孩子，爷爷奶奶的生活我和你妈会照顾的，你要照顾好自己，太晚了，拿着钱回去休息吧，我明天一早就回去了。"张尚文将钱塞进女儿的包里。张晶晶只好接受:"好吧，爸爸再见，晚安!"她说完就回宿舍了。

第二天一早，张尚文就和司机起程，来到郊区路边大排档，每人吃了一碗牛肉面，又急着赶路，中午12点回到家里，刚好父母和黎小英正在吃午饭。张尚文觉得有点累，在客厅坐着不想动。妻子催他几次:"先吃饭吧!吃完饭再休息。"张尚文确实有点饿了，他走到饭厅坐下来，捧起饭碗，三下两下扒了一碗饭，就放下碗筷:"爸妈，你们慢慢吃，我吃饱了。""见到晶晶了吗?局里这么急找你去干什么?"黎小英关心地问。"见到了，她很关心爷爷奶奶，我让她放心，照顾好自己，还将你的话也转告她。她说学习任务很重，学生会工作忙，电话费太贵，所以很少给家里打电话。我给她钱，她还不要呢!说留给爷爷奶奶买吃的，我是硬塞给她的。局领导找我是讲工作上的事，昨天晚上和杨局长、陈主席，还有李虹几个吃了一顿饭。"黎小英笑笑："这孩子就是这样，不肯多用一分钱。杨局长、陈主席、李虹都好吧？""都很好。杨局长还有几个月就退休了。"张尚文说。黎小英感叹："这日子过得真快，转眼 20 多年就过去了。""是啊！我们都不年轻了。记得当年我刚来这里时，意气风发，不但不怕苦，不怕累，还不怕死。我们谈恋爱的时候，我总是让你担惊受怕，想想真值得我们回忆。"张尚文也很感慨。

一个星期后，省委组织部派一个考察组来到新生农场，专门考察张尚文。

在科级以上干部大会上，省委考察组组长、省委组织部干部一处处长作动员讲话："根据省委领导的指示，省委组织部部务会议决定，在我们新生农场的正处级领导干部中，选拔一名年富力强的党员领导干部，调省农垦局任职，提拔使用。今天请大家来，主要是进行干部推荐。下面我宣布推荐条件：1. 拥护中国共产党，坚定不移地执行党的路线、方针、政策；2. 有两年以上正处级领导岗位的工作经历；3. 具有大专以上文化程度；4. 年龄不超过 50 岁；5. 成绩突出、作风正派、廉洁自律、没有历史污点。请大家按照条件要求在工作人员发出的推荐表上打'√'或打'×'。填好推荐表，按顺序投进票箱。"

推荐结束后，组织部考察组分三个小组找干部谈话。其中一个小组找党政领导班子成员，一个小组找场部科室负责人，一个小组找基层单位领导。考察组严格按照规定办事，严肃认真。农场的各级领导也领会上面的意图，几乎是百分之百地推荐张尚文。

考察组离开后，张尚文十分冷静，以平常心态抓好工作，完全没有得意忘形的表现。周华书记找他说："众望所归，你的推荐票达百分之九十八。我已超龄了，不符合条件，但还有百分之二的推荐票呢！哈哈！你不会怀疑我拉票吧？"张尚文很明白，周华已经55岁了，这次实际上等于定向考察，周华当了多年党委书记，有些推荐票也是很正常的，就连张尚文也把这一票投给了他，于是说："老周，你开什么玩笑，你我共事多年了，难道你还不了解我吗？我的那一票还投给你呢！"周华笑了："老伙计不要责怪啊！我是举双手赞成你上去的。不过，你走后，组织上又派谁来呢？我又往哪里摆？我心中没底。这几年我们的合作很默契，我也非常开心。我现在唯一的希望，就是你走后，组织上给我安排一个清闲的岗位，吃几年闲饭，然后退休。""你想多了，我不走，留下来和你继续战斗，多拍档几年，好不好？"张尚文确实不想离开这位老搭档，他说的是心里话。这几年，两人互相尊重、互相信任、互相支持，周华把握大政方针，抓好党务和思想政治工作，完全放手让张尚文干，使行政工作顺顺利利，才有今天的局面。周华听后收起笑容："尚文，你就不要开玩笑了，这是组织的安排，我们只能服从。"

两套班子领导和干部也有很多议论，都担心张尚文离开后，能否保持农场的发展势头、大好局面。许洪、李辉、叶茂三个人不约而同来到张尚文的办公室。张尚文正在写个人工作总结，见到几个人进来："你们坐吧！"然后给他们每人倒一杯茶。他们坐了下来，许洪说："先预祝领导高升啊！但是你如果上调了，农场今后能否保持这样的发展势头，就很难说了。"李辉接着说："是啊！我们的第二轮工业发展高潮刚刚掀起，水泥厂技改还没完成、农药厂扩建还要完善、新型建筑材料厂刚刚起步，你走了，能否达到预期效果，我看难说呢！"叶茂最后说："两位领导说得没错。基层文化站的建设刚刚开头，敬老院还没动工，能不能按计划进行下去？谁也说不准啊！"张尚文听了他们的言论，不高兴了，严肃地说："亏我们共事了那么多年！这是什么观点？你们这是杞人忧天。我们的事业蒸蒸日上，我们的队伍前赴后继，我们的干部人才辈出，这个世界不是非谁不可，缺了谁地球照样转，你们的担心是多余的。我调走了，不是还有你们吗？组织上会考虑的，不管谁接手，有良好的基础，有你们的支持，或者比现在干得更好呢！再说，现在还在考察，我能不能走还不知道呢！"几个人见到张尚文态度很严肃，不好意思地对视一下，都咧着嘴不说话了。张尚文继续说："你们都是我的好朋友、好同事，这些话在这里说完就算了，绝对不能在外面乱说，很容易让人产生误解，明白吗？"许洪觉得有些委屈，解释说："刚才我们说的话，全都是干部职工的议论，我们只是代表他们和你说说而已。听你的，我们不说就是了。今晚小聚一下怎么样？""不行。非常时期，以后再说吧，有的是机会。"张尚文否定许洪的提议。"也是，那就以后再说吧！"许洪明白张尚文的意思。

一个月后，张尚文的任命书下来了。同时，任命农垦局一位姓刘的副局长为场长、任命农业厅一位姓马的副处长为党委书记。下派的书记、场长比较轻，都不超过 45 岁。周华调到农业厅宣传处当主任。在农场召开的全体科级以上干部大会上，省委组织部干部处处长在大会上宣读任命决定，组织部副部长出席会议并讲话。

组织部副部长说："这次我们对农垦局和新生农场的主要领

导进行调整，是工作需要。因为杨刚局长到龄退休，农业厅宣传处处长也到龄退休了。考虑到新生农场这几年来在周华和张尚文两位主官的领导下，成绩很突出，为全省农垦系统树立了榜样，起到了'领头羊'的作用，我们向省委有关领导和省委组织部推荐，经过省委组织部的考察，决定张尚文同志担任农垦局局长职务。张尚文同志年轻有为，政治素质好，文化水平高，创新意识强，经验丰富，完全胜任农垦局局长工作。周华同志年富力强，政治坚定，思想品德好，决定由他去负责宣传处工作，我们放心。这次下派马先进同志当党委书记，主要是考虑他比较年轻，理论水平高，政治素质好，大有培养前途，决定给他压担子，放下来锻炼。下派刘远同志担任场长职务，主要是考虑他的专业对口。他在农垦局当了3年的副局长，工作经验很丰富，派他下来当行政一把手，目的是让他增长其他知识，全面发展，成为综合型人才。我希望上调的、下派的同志，都要充分发挥各人的优点和长处，克服自己的缺点和不足，虚心学习，努力工作，在不同的岗位上做出新的成绩。"副部长讲完后，全场响起热烈的掌声。

接着是新到任的书记和场长作表态发言。两人都首先感谢组织的信任，肯定前任打下的坚实基础，表示决不辜负组织的关怀，承前启后，努力工作。希望上级领导和农场的全体干部，大力支持，积极配合，共同努力，做好工作。也希望前任领导今后多关心、多指导，使新生农场的事业更上一层楼。

会议结束后，不少领导干部走过来与张尚文、周华握手祝贺和道别，并对新来书记马先进、场长刘远握手表示热烈欢迎。

当晚，在场部饭堂举行欢送和欢迎晚宴，省委组织部干部处领导、场两套班子成员参加，欢送周华、张尚文离开农场，欢迎马先进、刘远前来任职。

晚宴的气氛十分热烈，张尚文感动得流下热泪。晚宴开始时，张尚文站起来，满腔热情地说："尊敬的各位领导，我和周华书记很快就离开这里了。今天晚上，我们共聚一堂，把酒言欢，共同祝愿农场的明天更美好。此时此刻，我的心情非常复杂。我在这里工作了20多年，经历了农场的改革开放和两个文明建设，和同志们结下了深厚的友谊，对这块土地也有浓厚的感情。现在马上就要离开这里，离开你们，心情十分复杂。希望各位领导和同志们，今后对我们继续支持和帮助，共同努力，将我们的事业进行到底！我敬大家一杯！"张尚文讲完，一杯酒一口干了，大家也都一饮而尽。接着，两套班子领导纷纷向他和周华敬酒，张尚文一律不推辞，端起酒杯一饮而尽。

欢送宴会结束后，张尚文回到家，黎小英担心他喝酒多，冲了一杯热茶端到他面前："喝多了吧？喝口茶，你什么时候去报到？"张尚文有点郁闷，说："我没喝多，但有点累，喝口热茶应该没事了。明天交接一下，后天就要去报到。不过，我走后，你怎么办？你一个人照顾爸妈，太辛苦了，我放心不下啊！"黎小英说："你放心吧，这是小事。我担心的是你一个人在那里，没人照顾，我才放心不下呢！你要学会照顾自己，年纪大了，工作不要太拼命啊！""是啊！阿文不年轻了，工作不要太劳累哦。"张妈插话。"妈，你们放心吧，我会照顾好自己的。我争取每个星期回来一次看你们，您要按时吃药，爸没事就多和妈去公园走走。我先去安顿好，等阿英退休了，我就回来接你们去一起生活。"张尚文安慰两位老人。"放心吧！我会照顾好爸妈的。"黎小英红着双眼说。

欢送会后第二天，周华送副部长和省委组织部领导回省城，顺便到农业厅报到。张尚文处理工作交接事宜和家庭事务后，第三天便走马上任。

那天早上，在场部办公大楼门口，欢送张尚文的干部职工和自发前来的群众，大约有三四百人，他们站在道路两旁，列队挥手，热泪盈眶，依依不舍，从办公大楼门口一直排到公路边，场面十分感人。张尚文含泪向他们挥手告别，迟迟不愿上车。直到上午9点，在新领导马书记和刘场长的劝说下，张尚文才很不情愿地上车，汽车慢慢离开办公大楼，张尚文将车窗打开，不停地挥手致意……

从此，张尚文到新的岗位，接受新的挑战，迎接新的考验。

三年后，黎小英退休，张尚文将父母和她接到省城生活。这时张晶晶大学毕业了，陈小锋被提拔为省经贸委对外贸易处的科长，同时拿到研究生毕业证书。张晶晶在陈小锋的指导和帮助下，参加省公务员考试被录取，安排在省经贸委办公室工作。两人征求双方家长意见，决定在国庆节举行婚礼。

国庆节那天，在省城的一间酒店，张晶晶和陈小锋的婚礼如期举行。出席婚礼的有张晶晶和陈小锋的父母、亲属，还有张晶晶和陈小锋的同学、同事和亲朋好友。杨刚、陈强、许洪、李辉、叶茂、李虹、杨文秀和郑世豪夫妇、苏秋来夫妇等朋友也参加婚礼。婚礼隆重而热烈，张尚文和黎小英、陈大新和郝红梅作为双方父母，在婚礼现场的主席台上，笑逐颜开，接受婚礼主持人及宾客祝福和两位新人敬酒……

此刻，张尚文心潮澎湃。他回想自己的人生历程：从一个农村青年，在党组织的培养下，一步一步走上领导岗位，为党为国家为人民做了一些有益的工作，得到上级领导的肯定和组织的信任。现在女儿成才并建立了家庭，妻子、父母身体健康，觉得莫大的安慰。他想，今后，可以集中精力，努力工作，在人生的正道上，坚定不移地迈步向前。张尚文想着，脸上露出了灿烂的笑容……

2021 年 11 月于广东湛江

H后记
OUJI

　　《路》是我初步尝试创作的一部长篇小说，现在终于可以付梓了。

　　我出生于20世纪50年代，那个年代的文学作品，如小说《青春之歌》《红岩》《林海雪原》等，伴随着我成长，也影响和教育了我们整整一代人。读初中、高中后，我曾经做过作家梦。但事与愿违，由于种种原因，我当了一名农业技术员。

　　参加工作后，我一直在基层工作，曾当过生产干事、办公室秘书和基层党政领导，最后在县处级领导干部岗位上退休。在职时我忙于行政工作，无暇实现当作家的梦想。退休后，组织任命我当区关工委主任，我开始从事关心教育青少年的工作。由此，我萌发了文学创作的念头，想创作一部与青少年健康成长有关的小说。于是，便有了这部处女作。

　　本人的文学功底本就不深，平时很少写文学作品，但出于创作的冲动，硬是从键盘上一字一句敲出了近30万字，历经两年多时间，三易其稿，三改书名，最后有了这本《路》。

　　在创作的过程中，得到著名戏剧家卢凌日先生、区作协主席郑晓晖先生和区作协监事长游真兴先生等文友的真诚鼓励和大力支持，在此，我向他们表示衷心的感谢！

《路》的创作，也得到湛江市文联的认可，并被授予湛江文学精品扶持奖。坡头区文联也给予大力支持。借此机会，我也向有关部门和领导表示感谢！

本人是个文学新兵，写作水平有限，书中难免存在很多不足之处，恳请读者批评指正。

作者

2022 年 11 月